이별의 수법

살인곰 서점의 사건파일

SAYONARA NO TEGUCHI
by WAKATAKE Nanami

Original Japanese edition published by Bungeishunju Ltd., in 2014.
Korean translation rights in Korea reserved by Friendly Books under the license granted by WAKATAKE Nanami, Japan arranged with Bungeishunju Ltd., Japan through JM Contents Agency Co., Korea.

이별의 수법

살인곰 서점의 사건파일

와카타케 나나미 장편소설 | **문승준** 옮김

경찰에게 이별을 말하는 방법은

아직 발견되지 않았다.

《기나긴 이별》 레이먼드 챈들러

◈ **등장인물 소개**

하무라 아키라 : 전직 탐정, 현재는 살인곰 서점 아르바이트생

도야마 야스유키 : 살인곰 서점 점장, 전직 추리소설 편집자

도바시 다모쓰 : 살인곰 서점 오너, 방송국 PD

아시하라 후부키 : 왕년의 스타 여배우

아시하라 시오리 : 후부키의 딸. 20년 전에 실종

이즈미 사야 : 후부키의 질녀

이시쿠라 다쓰야 : 후부키의 먼 친척

마시마 신지 : 유품 정리 업자

사쿠라이 하지메 : 대형 탐정사 '도토종합리서치' 직원

시부사와 렌지 : 조후히가시 경찰서 형사

루우 씨 : 셰어하우스 '스타인벡 장' 주민

오카베 도모에 : '스타인벡 장' 집주인

이와고 가쓰히토 : 20년 전에 후부키가 시오리를 찾아달라고 의뢰했던 탐정

이와고 미에코 : 이와고 탐정의 부인

이와고 가쓰야 : 가쓰히토와 미에코의 아들, 대기업 직원

구라시마 마미 : 사라진 약혼자를 찾고 있는 여성

구라모토 슈사쿠 : 마미의 사라진 약혼자

소마 다이몬 : 거물 정치인

야마모토 히로키 : 아시하라 후부키의 전 매니저

1

이 세상에는 수많은 불행이 존재한다. 다들 불행과는 인연이 없는 삶을 살고 싶기에 불행의 냄새가 떠돌면 거리를 둔다. 원하는 대로 잘 풀리는 경우도 있지만, 너무 거리를 둔 나머지 오히려 불행에 발을 담그게 되는 경우도 있다. 불행하게 보였지만 사실은 멋진 미래로 가는 열쇠였다는 일도 있을 수 있고, 반대로 아름다움을 가장해서 사람을 유인하는 불행도 있다.

오랫동안 남의 불행을 양식 삼아 살아가다 보면 여러 패턴의 불행을 다 꿰고 있는 듯한 느낌이 든다. 어디까지나 그런 느낌이 들기만 할뿐인데, 세상에는 나 따위의 지식이나 경험은 콧바람으로 날려버릴 듯한 전개가 기다린다.

내 이름은 하무라 아키라. 국적은 일본, 성별은 여자. 대학교를 졸업한 이래 아르바이트를 전전하다 서른 살 이후 10여

년간은 하세가와 탐정사무소와 계약하여 프리랜서 탐정으로 일했다.

내 입으로 말하기 좀 그렇지만, 탐정으로서의 실력은 괜찮은 편이라서 동년배 회사원보다는 많이 벌었다. 가족과는 10년 넘게 만나지 않았고, 취미도 없고, 친구도 거의 없고, 애완동물도 기르지 않고, 남자와도 인연이 없다. 전에는 신주쿠의 폐가나 다름없는 음식점 2층에서 월세 5만 엔을 내고 살았지만, 그곳이 대지진 탓에 결국 기울어버렸기에 현재는 조후 시내의 농가 별채를 개조한 셰어하우스에 광열비 포함 월 7만 엔에 살고 있다.

많은 수입에 적은 지출. 현재 주거지는 집주인인 오카베 도모에가 손수 농사지은 채소가 공짜라는 멋진 특전까지 포함되어 있다. 결과, 내 통장에는 상당한 금액이 쌓였고, 반년 전, 주 수입원이었던 하세가와 탐정사무소가 사정상 문을 닫아 실업 걱정을 하게 되었음에도 느긋하게 지낼 수 있는 원동력이 되었다.

지금 생각해보면 그것이 문제였다. 바로 이력서를 작성하여 다른 탐정회사에 보냈어야 했다. 실제로 하세가와 소장은 아는 회사를 소개해주겠다고 했다. 실적이 있으니 바로 고용되었을 것이다.

현재 나는 40대다. 지금까지 열심히 국민연금을 납부했지만, 내가 수령할 때가 되면 연금수급연령이 일흔다섯 살로 올라갈 거라는 말도 있다. 그렇게 되면 앞으로 적어도 30년은 더 일해야만 한다. 아니, 어쩌면 그것으로도 부족할 수 있다. 최근 뉴스에서는 다음 일을 필사적으로 찾는 사람도, 마음 느긋한 백수도, 다섯 명의 아이를 양육한 뒤 증손이나 고손에게 둘러싸여 행복한 여생을 보내는 아흔 살도 모두 '무직'으로 분류하고 있다. 열심히 일을 해서 세금을 납부하는지 아닌지로 인간이 구분되는 그런 세상에서 우리는 살아가고 있다.

하세가와 탐정사무소가 폐업했을 때는 생각이 거기까지 미치지 못했다. 탐정이란 꽤나 피곤한 일이다. 이참에 몇 달 정도는 푹 쉴 생각에 하세가와 소장의 제안을 거절하고 이노카시라 공원 벤치에서 우아하게 독서 따위를 하고 있을 때, 전부터 알던 도야마 야스유키와 맞닥뜨리고 말았다.

도야마는 출판사를 정년퇴직 후, 방송국에서 근무하는 도바시 다모쓰와 '살인곰 서점MURDER BEAR BOOKSHOP'이라는 미스터리 전문서점을 열었다. 신간과 고서 모두를 취급하는 아담한 서점이다. 도야마는 나와 재회했을 때 다리 골절과 서점 이전 건이 겹쳐 급히 아르바이트 점원을 찾던 중이었다. 도야마는 붙임성도 좋고 다른 사람을 자신의 페이스로 끌어들이는 능력이 뛰어났다. 정신을 차렸을 무렵에는 이 서점에서 일한 지 이미 다섯 달이 지나 있었다.

서점은 전에 상점가 끝자락에 있었지만 현재에는 기치조

지 주택가 안에 있다. 도바시가 소유한 2층짜리 목조 모르타르 건물을 리모델링한 다음 그곳으로 옮겼기 때문이다. 장소가 장소인 만큼 '지나가다 어쩌다 들렀다' 같은 손님은 거의 기대할 수 없다. 애당초 서점도, 종이를 기반으로 한 책도 사양길로 들어선 것이 전 세계적인 경향이다. 외딴 전문서점에 손님을 끌어 모으기 위해서는 인터넷 선전과 이벤트가 필수라 할 수 있다. 반대로 이벤트가 없으면 손님은 오지 않는다.

때문에 정오부터 오후 8시까지 영업하는 것은 주말뿐. 나머지는 수목금 3일 동안 오후 5시부터 오후 8시까지만 영업을 한다. 덕분에 아르바이트 비는 탐정 시절 수입의 6분의 1 이하. 그런데다 서점 쪽이 훨씬 중노동이다. 슬슬 서점을 그만두고 탐정으로 복귀할 생각이라고 도야마에게 말을 꺼내놓았는데…….

그것은 3월 마지막 주 화요일의 일이었다. 4월을 목전에 두고 있음에도 계속 쌀쌀했었는데 며칠 전부터 갑자기 봄바람이 불어오더니, 이날은 카레가 먹고 싶어질 정도로 더웠다. 선크림을 바르지 않고서는 외출할 수 없는 계절이 다가오고 있었다. 나는 목덜미가 따끔거리는 것을 느끼며 자전거 페달을 밟았다.

작년 이맘때에는 사람을 찾았었다. 가출한 딸이 있는 곳을 알아내기 위해 그 친구를 미행. 두 명이 슈퍼에서 만나는 장면을 목격했을 때는 기쁨과 흥분으로 몸이 떨렸다.

현재 내가 찾고 있는 것은 책이다. 게이오 선 주변 고서점을 돌아다니며 현재 진행 중인 '도서倒敍 미스터리 페어'용으로 진열할 책을 100엔 균일가 매대에서 물색 중이다.

서점은 지금까지 '크리스마스 미스터리 페어'나 '과학수사 페어', '미스터리 작가가 등장하는 미스터리 페어' 등 다양한 이벤트를 진행했다. 이때 다른 서점은 흉내 낼 수 없는 전문 서점만이 가능한 라인업을 갖출 수 있는지 없는지가 우리 서점의 생명줄이라 할 수 있다. 다행히 도야마가 고물상 허가증을 갖고 있는 덕에 살인곰 서점은 고서도 취급한다. 때문에 꽤 흥미로운 페어도 전개 가능하다.

문제는 신간은 미리 충분한 양을 준비할 수 있지만, 고서는 대개의 경우 한 권밖에 없어서 팔리면 그것으로 끝이라는 점이다. 페어를 개시하고 3일 정도 지나면 갖춰 놓았던 품목이 줄어 놀랄 만큼 볼품없는 페어가 되고 만다.

'도서 미스터리 페어' 또한 그랬다. 도서 미스터리란, 범인의 시선에서 서술된 반전이 있는 미스터리를 뜻하는 말로, 명작도 많지만 절판된 작품도 많다. 페어 개시 직후, 진열된 《백모살인사건》과 《백모살인》 두 권 모두 팔려버리고, 리처드 오스틴 프리먼의 《손다이크 박사의 사건집》이나 《포터맥 씨의 실수》, 《노래하는 백골》도 바로 사라졌다. F. W. 크로프츠, 프랜시스 아일스나 로이 빅커스의 책도 마찬가지다.

도야마가 빈 책들을 채우라고 명령해서 이렇게 낮부터 고서점을 돌고 있는데, 소 잃고 외양간 고치기란 바로 이런 것을 말한다.

상대가 고서이다 보니 찾는 책이 꼭 있으리란 보장이 없다. 그런데 운이 좋게도 두 번째 고서점에서 〈형사 콜롬보〉를 소설화한 문고본을 몽땅 발견했다. 그것도 권 당 100엔짜리. '도서 미스터리 페어'의 주력인 '후쿠이에 경부보 시리즈'의 작가 오쿠라 다카히로가 번역을 맡은 책도 포함이다. 이거라면 다소 비싼 가격을 매길 수 있을지도 모른다. '도서 미스터리'는 아니지만, 범인 시점에서 묘사된 소설이라는 의미로《죄와 벌》도 함께 사서 가방에 집어넣었다. 원하던 것을 찾으면 의욕이 생기는 것은 탐정 일도 고서점 순례도 마찬가지다. 다만 가출한 딸을 발견했을 때만큼의 희열은 없었다.

가방을 자전거 짐칸에 단단히 동여매고 세 번째 대형 고서점을 향해 기세 좋게 페달을 밟을 때 스마트폰이 울렸다. 자전거에서 내려 전화를 받으니 도야마였다. 도야마의 첫마디는 다음과 같았다.

"문자를 하나 보낼 테니 바로 그곳으로 가주실 수 있나요? 책 인수 건이에요. 아까 마시마에게서 연락이 왔거든요."

마시마 신지는 도바시의 지인으로 유품 정리인이다. 유품 중에 미스터리 관련 출판물이 있으면 살인곰 서점으로 연락을 하는데, 그 덕에 지금까지 쏠쏠하게 벌었다. 그렇다고는 하나……

"도야마 씨, 잊으셨나요? 오늘은 도야마 씨가 시킨 대로 고서를 찾아 돌아다니는 도중인데요."

"어라, 그랬던가요? 아직 댁에 계시는 줄로만 알았는데."

도야마가 천연덕스럽게 말했다. 이 사람 밑에 있다 보면 이따금 성실하게 일하는 것이 바보처럼 느껴진다.

"그렇다면 그곳에서 바로 마시마가 있는 곳으로 향해주세요."

"전 지금 자전거를 타고 있는데요."

"어라라. 그렇다면 정리한 박스를 마시마에게 차로 운반해 달라고 하세요. 부탁해요."

"여보세요" 하고 외쳤을 때는 이미 전화가 끊긴 다음이었다. 그런 뻔뻔한 부탁을 내게 시킬 생각인가.

아무렴 그러시겠지.

문자를 확인하니 장소는 고쿠료였다. 다행히 지금 있는 곳에서 그리 멀지 않다. 나는 자전거 방향을 바꿨다.

구 고슈 가도 변을 자전거로 남하했다. 시나가와 길을 건너, 반 정도 수확된 양배추 밭 사이의 길을 빠져나와 왼쪽으로 꺾으니 갑자기 마시마의 회사 '하트풀 리유즈'의 마크인 물총새 그림이 새겨진 밴과 트럭을 맞닥뜨렸다. 안면이 있는 작업원이 골판지 박스를 실어내던 중이었다.

"아, 하무라 씨, 안녕. 고생 많네."

가슴에 '마쓰시타'라고 자수된 작업복을 입은 작업원이 상자를 트럭 짐칸에 싣고는 코를 훌쩍였다. 아직 20대일 텐데 패기라는 것이 전혀 느껴지지 않는다. 기척을 없앤 채 짐을 옮길 수 있으니 유품 정리에 딱이라고 할 수 있지만, 80대 고객에게도 반말투라 마시마는 그에게 고객 응대를 맡기지 않는다.

"수고 많네. 어때?"

마쓰시타가 쓴웃음을 지었다.

"어쩌고 자시고 저 집을 봐봐."

마쓰시타가 가리키는 쪽을 보았다. 좁은 골목 안쪽의 단층집이 문제의 집인 모양이다. 외벽은 녹이 슨 함석. 군데군데 검게 그을린 목제 벽. 1년 내내 바람도 들지 않고 햇빛도 들지 않는지 길에는 이끼투성이. 요 며칠 건조주의보가 내려졌음에도 이 집 주변만은 어둡고 습해보였다. 고치기 전 모습이 끔찍할수록 기뻐하는 인테리어 업자조차 거절할 것 같았다. 발로 툭 차기만 해도 기울 것 같은 건물이었다.

"전에 살던 독거노인은 외출했다 쓰러져, 이송된 병원에서 며칠 후 죽었대. 가족이 없어서 집주인이 의뢰한 거라던데. 이 집을 철거하고 갱지로 만들 거라고."

"열 평 정도밖에 안 되는 것 같은데 이런 장소에 요즘 법률로 뭐라도 지을 수 있나?"

"이웃한 정원에 흡수되는 거 아닐까?"

그 말에 살펴보니 낡은 집은 이웃집 부지 끝에 세워져 있었다. 이웃집은 넓은 부지 면적을 자랑하고 있다. 조후 주변에는 원래부터 농가가 많았던 탓에, 원주민들의 집이라면 몇백 평이 넘어도 그리 이상할 것도 없다.

그 이웃집 부지에 누군가가 작은 흰 개를 품에 안고 서 있었다. 염색과 퍼머를 심하게 해서 손상된 긴 머리. 브랜드 로고가 들어간 롱 티셔츠 위에 싸구려 다운코트를 걸치고 화려한 핑크 머플러를 둘둘 말고 짧은 레깅스를 입었다. 레깅스 밑으로는 그다지 모양이 좋지 않은 다리가 불쑥 나와 있다. 개를 안는 자세를 바꿀 때 얼굴이 살짝 보였다. 고희는 오래 전에 넘은 것 같다.

"어차피 철거할 거면 유품 정리 같은 거 안 해도 될 텐데. 모조리 폐기물로 처리하면 될 것을."

마쓰시타가 불온한 발언을 입에 담았다. 집주인으로 보이는 인물이 추파라도 던지듯 몸을 배배 꼬며 마쓰시타를 바라보고 있다. 그 등 뒤로 희미하게 연기가 피어오른다. 모닥불이라도 피운 걸까?

현관 밖으로 나온 마시마가 나를 보고 다가오려다가 습한 땅에 발이 미끄러졌다. 골판지 박스를 두 개나 품에 안았음에도 가볍게 자세를 바로 잡았다. 처음 알게 되었을 때는 막 독립했을 시기로 작업복이 빳빳하게 다려져 있었으나, 고작 반년 만에 작업복이 후줄근해졌다.

"갑자기 불러내서 미안해요."

불러줘서 감사하다고 이쪽이 인사를 해야 할 상황인데 마시마는 입을 열자마자 사과부터 했다.

"혹시 우리가 인수할 만한 책이 없나요?"

"책은 엄청 많아요."

마시마가 목소리를 낮췄다. 집주인과 흰 개가 이쪽을 응시하고 있는 것을 느끼고 나도 목소리를 낮췄다.

"미스터리 쪽은 어때요?"

"없지는 않아요. 신초문고에서 나온 마쓰모토 세이초를 발견했어요."

마시마를 뒤따라 집주인 앞을 지나쳤다. 가볍게 목례를 했지만 집주인은 대놓고 고개를 돌렸다. "헌책방입니다. 실례하겠습니다" 하고 입속으로 중얼거리며 실내로 들어갔다.

원래라면 차와 박스와 박스 테이프를 내가 준비해 와야 하는데 전부 마시마에게 빌리기로 했다. 스마트폰만 청바지 주머니에 집어넣고, 코트나 백팩도 트럭 조수석에 놔두었다. 마시마는 싫은 내색 하나 하지 않았는데, 집 안으로 한 걸음 들어간 순간 그 이유를 깨달았다. 현관 마루에도, 벗겨진 벽지 틈에도, 안쪽의 작은 부엌에도 대량의 곰팡이가 피어 있었다.

확실히 책은 많았다. 책 무게 때문에 바닥 여기저기가 눈에 띄게 꺼졌을 정도다. 그리고 예상했던 상태이기도 했다. 곰팡이와 얼룩투성이. 그런데다 책은 오래되어 여기저기 변색, 변형되어 있었다. 대다수는 재활용 쓰레기로 버리는 것조차 우려될 정도였다.

더불어 오래된 오락소설뿐이다. 후지와라 신지, 고노 텐세이, 구로이와 주고, 시바타 렌자부로, 이시자카 요지로…….

흠흠. 마쓰모토 세이초도 있었다. 다 재미있는 책이지만 상태가 이래서는 살 사람이 없을 것이다.

종이로 된 것은 모조리 내가 담당하기로 결정되어, 쓰레기로 버릴 책들을 닥치는 대로 끈으로 묶었다. 그것을 마쓰시타가 들고 2톤 트럭 짐칸에 던져 넣었다. 이래서는 책 인수가 아니라 단순한 청소 도우미다. 가능하면 책을 쓰레기로 버리고 싶지는 않다. 그렇다고 이것들을 서점으로 가지고 돌아가도 의미가 없다. 결국 쓰레기로 버리게 될 것이기 때문이다.

집이 좁은 것이 다행이었다. 현관과 두 평 남짓한 작은 방 두 개에 부엌, 욕실. 탈의실 같은 것이 있나 했더니 변기가 보였다. 놀랍게도 이 화장실에는 문이 없었다. 사실 혼자 사는 거라면 별로 신경 쓰지 않으리라.

모든 곳에 책이 있었다. 화장실에도, 욕실에도. 이 집의 주인은 책을 좋아했던 모양이다. 아니면 책 모으는 것을 좋아한 걸까? 하지만 돈이 될 만한 책은 거의 없다. 만약 이곳에 구텐베르크 성경이라든가《이상한 나라의 앨리스》초판본이 있다고 해도 가치는 거의 없을 것이다.

욕실이나 화장실에 놓인 책은 거의 확인하지도 않고 묶어서 마쓰시타에게 넘겼다. 곰팡이 포자를 얼마나 들이마셨는지 생각하는 것조차 두렵다.

"어때요?"

부엌을 정리하던 마시마가 이쪽 상황을 살피러 왔다. 일부러 불러내놓고는 이 모양이니 마음에 걸리는 모양이다.

"이 집에 살던 사람의 정체가 뭐예요?"

"혼자 살던 할아버지……라기에는 아직 60대였다고 하던데요."

마시마가 마치 그 질문을 기다렸다는 듯이 들떠서 이야기를 꺼냈다.

"집주인의 남편이 어딘가의 술집에서 알게 되어 이 오두막 같은 별채에 거의 공짜로 살게 해준 게 20년 정도 전이었대요. 소설가를 꿈꾸며 빈둥거렸다나 봐요. 옛날에 무슨 문학상 최종 후보까지 남았다고 자랑했다는데, 최근에는 소설 이야기를 거의 꺼내지 않게 됐대요. 하긴 집주인의 남편이 사라진 뒤에는 단순한 세입자에 불과하다고 집주인 할머니가 말씀하셨어요."

소설가를 꿈꾸다 좌절한 남자. 흔한 이야기에 살짝 실망한 나는 작업으로 복귀했다. 기침이 나오고 눈이 가려워서 더

속도를 올려 현관 주변 벽에 기대어 놓은 책을 처분하고, 거실로 보이는 듯한 방으로 이동했다. 눈에 보이는 책을 모조리 정리하고 앉은뱅이책상 주위의 오래된 신문이나 전단지 부류도 버렸다. 마시마와 마쓰시타가 가구를 밖으로 꺼낸 덕에 집 내부는 이제 바닥도 보이고 벽도 보였다.

마쓰시타가 벽 앞에 있던 공간박스를 옮기려고 손을 댔다. 공간박스를 치우니 바닥이 꺼진 것이 보였다. 건축기준법이나 직하지진을 바보 취급하는 것으로밖에 보이지 않는 싸구려 날림공사다. 흰개미가 슬지 않은 것을 다행이라고 생각해야 할지도 모른다.

공간박스가 없어지니 벽장이 나타났다. 불길한 예감을 느끼며 미닫이문을 떼어낸 순간, 마쓰시타와 마시마가 동시에 "우와" 하고 신음 같은 말을 내뱉었다. 벽장 안에도 책이 가득 들어차 있었다.

책을 보고 실망하다니 서점 직원으로서, 아니 인간으로서 문제가 있는 것이 아닌가 생각하며 눈을 질끈 감고 위쪽 칸부터 책을 내렸다. 책을 내릴 때마다 벽장과 그 주위 바닥이 삐걱댔다.

도중에 알아차렸는데 어째서인지 벽장 안은 곰팡이 냄새가 그리 심하지 않았다. 책을 빼낼 때 책 사이에서 오래된 건조제나 습기 제거제가 떨어졌다. 그 탓인지 책도 비교적 깨끗했다.

여기서 드디어 건질 만한 책이 나왔다. 《사화산계》, 《들의 묘표》, 《오리엔트의 탑》, 《붉은 가사》와 같은 미즈카미 쓰토무의 추리소설이 한꺼번에 쏟아졌다.

더 찾아보니 오래전 순요문고에서 출간된 아유카와 데쓰야의 《밤의 의혹》, 고가 사부로의 《젖이 없는 여자》. 좀 특이한 작가로는 소다 겐. 이 작가는 전혀 몰랐는데 몇 달 전에 도야마가 《한 자루의 만년필》을 어디에서인가 가져와서는 인터넷에 '입하!'라고 올렸더니, 그날 바로 마니아가 숨을 헐떡이며 달려왔다.

드디어 금광을 파냈나 하며 기뻐했지만, 벽장 아래쪽 칸에서는 야마다 후타로나 가야마 시게루가 나왔을 뿐, 나머지는 표지도 없는 잡지들뿐이었다. 이 상태라면 건질 만한 것들은 쇼핑 봉투 하나 분량에 불과할 것이다. 마시마의 차로 실어나를 필요 없이 자전거로 돌아갈 수 있다. 일단 샤워를 해서 온몸의 먼지와 곰팡이를 떼어내고, 책 때문에 건조해진 손에도 핸드크림을 듬뿍 바르고 싶다. 기분 좋은 봄날에 자전거 페달을 밟으며 헌책방이나 돌아다니는 신세를 한탄했던 몇 시간 전이 천국처럼 느껴졌다.

"하무라 씨, 어때요?"

숨을 멈추고 벽장 아래쪽 칸 구석에서 책을 꺼낼 때 마시마가 수건으로 목덜미를 닦으며 말을 걸었다. 어느새 창의 커튼도, 벽에 걸려 있던 액자도, 바닥의 카펫도 사라지고 없었다.

"조금만 더 하면 끝날 것 같아요."

벽장에 몸을 반쯤 들이민 채 대답했다.

"이상하네요."

마시마가 몸을 앞으로 숙이고 말했다. 나는 벽장 안쪽에서 책을 끌어낸 다음 마시마를 보았다.

"뭐가요?"

"금붙이가 전혀 안 보여요. 귀금속이나 골동품 같은 건 애당초 기대하지 않았지만, 보통은 저금통이나 오래된 예금통장 정도는 나온단 말이죠."

"집주인이 먼저 챙긴 건 아닐까요?"

"그럴지도 모르지만, 혹시 통장은 책 사이에 끼워져 있었다거나 그런 건 아닐까요?"

나는 얼굴을 찡그리며 이마의 땀을 닦았다.

"절대로 그런 일이 없다고는 단언할 수는 없지만, 그래도 설마."

마시마가 황급히 손을 저었다.

"아뇨, 다시 체크해달라는 말이 아니에요. 이런 상황에 그런 부탁은……."

당연한 소리.

피로와 스트레스 탓에 한계가 가까웠다. 이대로라면 마시마에게 화풀이를 하고 말 것 같다. 빨리 정리하자는 생각에 다시 벽장 안으로 몸을 들이민 순간 뒤쪽에서 시끄러운 소리가 들렸다.

"치이, 그쪽으로 가면 안 돼. 더럽단 말이야."

귀에 거슬리는 쇳소리와 함께 마시마가 "앗" 하고 외쳤다. 흰 털뭉치가 내 옆을 지나쳐 벽장 안으로 뛰어들었다. 코를 벌름거리며 벽장 바닥을 발로 긁어댄다.

"치이, 안 된다니까. 이봐요, 멍하니 보지만 말고 빨리 잡아줘요."

집주인의 명령에 마시마가 이쪽으로 다가와서 옆으로 한 걸음 비켜서려고 했다. 그러자 우지직하며 바닥에서 큰 소리가 났고, 개가 미친 듯이 짖어댔다. 다음 순간 벽장 바닥이 굉음과 함께 사라졌다.

잠시 기절한 모양이다. 개가 끼잉끼잉 울어대는 것과 등 뒤에서 누군가가 절규하는 듯한 그런 소음 탓에 현실로 돌아왔다. 나는 엄청난 악취가 가득 찬 어둠 속에 머리를 들이민 상태였다. 상반신은 무거운 것에 짓눌려 있었고, 이마는 벽 같은 것에 닿아 있고, 입안은 피로 가득했다. 떨어질 때 오른뺨 안쪽을 깨문 모양이다. 몸을 지탱하려고 손을 뻗으니 질척거리는 무언가에 파묻혀버렸다.

"하무라 씨. 하무라 씨, 괜찮아요?"

마시마의 목소리가 멀리서 들렸다. 대답을 하려고 입안의 피를 삼키다 숨이 막혔다. 필사적으로 호흡을 하려 하니 엄청난 악취가 코를 찔러, 땅 쪽으로 쏠린 위에서 식도를 타고 점심에 먹은 것들이 역류하려 했다.

"움직이지 마세요. 지금 치울 테니까요."

양 겨드랑이에 사람의 기척이 느껴지더니 바로 몸이 가벼워졌다. 움직일 수 있게 된 왼손을 들어 잡을 수 있을 만한 것을 찾았다. 손이 목재 같은 것에 닿아서 그곳에 체중을 실었지만 손가락이 미끄러졌다.

"움직이지 마세요."

마시마의 목소리가 아까보다는 확실히 들렸다.

"다리를 들고 끌어낼 테니 아프면 왼손을 들어요. 천천히 꺼낼게요."

누군가가 내 양발을 잡았다. 마시마의 "영차" 하는 소리가 들렸다. 엎드린 자세로 비스듬하게 벽장에서 수십 센티미터 떨어진 곳까지 끌려나왔다. 그 여세로 입에서 피가 왈칵 쏟아져 주위를 붉게 물들였다. 마쓰시타가 "우웩" 신음소리를 냈다.

입안에 상처가 좀 난 것뿐이라 보기보다는 괜찮다고 말하고 싶었지만 목소리가 나오지 않았다. 나는 눈을 깜박거렸다. 벽장 바닥이 꺼지고, 벽은 반대쪽으로 넘어갔으며, 부러진 목재가 불쑥 솟아나와 있는 등 처참했다.

바닥 아래로 기초공사를 하지 않았는지 땅이 그대로 보였고, 물까지 고여 있었다. 그리고 그 물웅덩이 안에…….

“하무라 씨, 움직일 수 있겠어요? 바로 구급차를 부를게요.”

마시마의 말에 나는 아무런 대답도 하지 못한 채 그저 물웅덩이만 바라보았다. 물웅덩이 안의 하얗고 동그란 것을.

인간의 두개골이었다.

2

구급차로 병원에 이송되었다. 전에도 몇 번인가 신세를 진 적이 있는데 그때마다 구급대원이 마치 신처럼 느껴졌다.

집으로 돌아가겠다고 주장하는 나를 끈질기게 설득하고, 들것으로 구급차에 싣고, 병원에서는 선 채로 순서를 기다리던 구급대원. 기절한 것은 고작 몇 초뿐이니 귀중한 병원 침대를 점령하지 않아도 된다고 하는 나를 달래듯이 정중하게 상황을 설명해준 의사. 팔이나 가슴, 얼굴에 꽂힌 가시를 하나하나 뽑아준 간호사 그 모두가.

약보다 이 사람들의 손톱의 때라도 달여 마시고 싶다. 아무리 그렇게 해도 내게 효과는 없겠지만 말이다.

만신창이이긴 한데 일단 심각한 이상은 발견되지 않았다. 하지만 구급차 안에서 다시 의식을 잃었던 모양이다. 의사가 CT를 찍고 제대로 검사를 받은 다음, 적어도 오늘 하루는 입원하라며 상당히 강경했다. 전신 타박상에 갈비뼈 두 개에 금이 간 데다 이마에 커다란 혹까지 생긴 모양이다.

"머리가 걱정입니다."

의사가 엄청 진지하게 말했다. 언젠가는 누군가에게 들을 거라 생각했던 대사였지만, 신에게 이 말을 들을 거라는 생각은 못했다.

성가시기는 했는데, 생각해보니 이대로 퇴원했다가는 경찰에게 붙잡혀 백골을 발견하게 된 상황을 꼬치꼬치 취조당할 것이 분명하고, 그랬다가는 오랫동안 붙잡혀 있을 가능성 또한 높다. 병원 침대에 누워 있는 편이 좋을 것 같다.

내가 이송된 곳은 조후 역 근처에 있는 '부슈 종합병원'이다. 4인 병실의 입구 오른쪽 침대를 배정받았는데, 침대 위로 올라가는 것만으로도 금이 간 가슴 근처에 통증이 느껴졌다. 두통도 심했고, 일단 온몸이 불편해서 짜증이 났다. 바닥이 꺼져 떨어진 것으로도 모자라 두개골에 박치기를 한 여자는 떼를 써도 될 권리가 있다. 응석을 부릴 상대가 있다면 말이다.

그런 것은 없기 때문에 진통제를 받았다. 진통제를 먹고 누워서 눈을 감자마자 잠이 들었는데 얼마나 지났을까, 갑자기 심하게 기침을 하며 눈을 떴다. 순간 어디에 있는지 알 수 없었다. 기침이 멈추지 않고 머리도 움직이지 않아 여기가 어디인지 파악할 수가 없었다. 숨을 쉴 수가 없다. 더불어 갈비뼈가 엄청나게 아팠다.

어두운 방 어디서 누군가가 혀를 차는 소리가 들렸지만, 호출 벨을 눌러주었는지 잠시 후 간호사가 달려왔다. 의사도 함께 왔기에 나는 숨이 끊어질 듯 헐떡이며 낮에 엄청난 양의 곰팡이를 들이마셨다고 호소했다.

병실에서 실려나간 다음의 일은 제대로 기억나지 않는다.

의사가 엑스레이 사진을 보고 "우왓, 폐가 새하얗잖아" 하고 중얼거린 것만 기억난다. 나중에 들은 바에 따르면 곰팡이 때문에 알레르기 반응을 일으켰던 모양이다.

생각했던 것보다 상태가 심각해 집중치료실에서 나오는 데 3일이나 걸렸다.

그동안 나는 숨을 쉬는 데 온 신경이 팔려 있었으나, 일반 병동으로 돌아오니 거듭된 불행에 화가 치밀었다. 탐정이었을 무렵에는 다소의 트러블은 각오했었다. 하지만 헌책 구매를 하러 갔는데 왜 이런 일을 겪어야 하지?

누군가의 탓으로 돌리고 싶었는데 이 분노를 향할 대상이 없었다. 코에 산소 튜브를 꽂은 모습으로 화를 낸들 웃기기만 할 거라 생각하니 더 화가 치밀었다.

그날 오후, 계속해서 문병객이 찾아왔다.

먼저 마시마가 멜론을 들고 나타났다. 그는 입을 열자마자 사죄의 말부터 늘어놓았다. 그런 집을 소개하는 것이 아니었다, 벽장 쪽으로 발을 들이밀어서 미안했다, 라든가, 내가 구급차로 실려 간 다음 경찰 조사를 받느라 도야마에게 연락하는 것이 늦은 밤이 되어 아무도 바로 병원에 가지 못했다든가.

상대가 열심히 사죄를 할 경우에는 "당신 탓이 아니에요"라며 위로의 말을 건네주어야 한다. 나이 든 일본인의 철칙이다. 나도 철칙을 따랐다. 실제로 이번 건은 마시마의 잘못이 아니다. 더구나 병원 수속까지도 죄다 해준 모양이다.

내 짐은 모조리, 자전거까지 살인곰 서점에 실어다 놓았다고 마시마가 말했다. 쇼핑 봉투에 구분해둔 '수확물'은 그대로 경찰에게 압수당했다고 한다.

필요한 대화가 끝나니 어색한 침묵이 이어졌다. 화제를 바꾸기로 했다.

"그래서 그 뒤에는 어떻게 되었나요? 그 백골은?"

마시마가 숨을 헐떡이며 말했다.

"경찰에 경위를 몽땅 설명했지만, 내가 그 집에 들어간 건 그날이 처음이었으니 백골에 대해 알 리가 없잖아요. 집주인도 전화번호부에서 우리 회사를 보고 연락을 한 거고. 그 이야기를 대체 몇 명의 경찰에게 했는지……. 첫 번째 발견자가 하무라 씨다 보니 조만간 하무라 씨에게도 올 거예요. 그들도 일이고, 그것도 방대한 서류를 작성해야 하는 일이니 꼬치꼬치 귀찮게 할 것 같아 걱정이네요."

"신원은 아직 안 밝혀졌나요?"

"신문에서 읽은 바로는, 사망한 건 25년에서 30년 정도 전이고, 여성이고, 서른에서 쉰 살 정도라고 했어요. 고하마 씨에게도 물어봤는데 짐작 가는 바가 없다네요."

'흐음, 여자였구나.'

집주인의 남편이 '사라졌다'고 했으니 그 남편의 시신이 아닐까 했다. 남자에게 추파를 던지는 모습을 보건대, 별채에 사는 작가 지망생과 불륜에 빠져 공모해서 남편을 죽이고 바닥에 묻은 것이라 상상했는데.

곰팡이와 함께 오래전 추리소설까지 흡입한 모양이다.

"집주인의 성함이 고하마인가요?"

"그래요, 고하마 에이코. 정말 성가신 할머니예요. 그런 낡아빠진 오두막 따위 어차피 철거할 거면서, 집을 부쉈느니, 뼈가 나와 이만저만 민폐가 아니라느니 하면서 변상하라지 뭐예요. 덕분에 변호사에게 연락을 하는 등 보통 일이 아니었어요."

"바닥에 묻은 건 거기 살았던 작가 지망생 할아버지일까요?"

"본인이 죽어버렸으니 알 수가 없죠. 어째서인지 경찰도 별 의욕이 없어 보였어요. 그렇게 오래된 사체라면 시효가 적용될 테니까요. 건강을 회복하면 하무라 씨가 직접 조사해보는 건 어때요? 탐정이잖아요?"

탐정을 그만두었다는 생각은 없지만, 지금의 나는 단순한 서점 아르바이트생이다. 더구나 그것조차 휴업 중.

마시마가 병실을 나가자 도야마가 찾아왔다. 정년퇴직한 지 적어도 10년은 넘었을 테지만 백발, 노안, 어깨 결림과는 인연이 없다. 더불어 페코(일본의 과자회사 후지야의 마스코트 캐릭터—옮긴이)의 남자친구 같은 생김새로, 엄청나게 젊어 보인다. 봄인데 인버네스 코트를 입고 오른손에 지팡이를 짚고 왼손에 바나나가 든 슈퍼마켓 봉지를 들었다.

"건강해보여 다행이네요."

도야마가 웃으며 말했다. 코에는 아직도 산소호흡기 관이, 요도에도 소변줄이 꽂혀 있고, 얼굴이나 양팔에 내출혈로 검붉은 반점투성이일 텐데.

도야마가 파이프 의자를 꺼내 앉고는 말했다.

"정말 놀랐지 뭐예요. 헌책 인수를 부탁했을 뿐인데 왜 바닥을 뚫어버린 건가요? 게다가 백골까지 발견하고."

내 탓이라고?

"우리 단골인 가가야 학생이 말했어요. 헌책이 꽉 들어차 있었다면 그 벽장은 상당한 무게를 버텨왔다는 거잖아요? 그 책을 치워서 가벼워졌는데 하무라 씨의 체중으로 바닥이 꺼진다는 건 말도 안 된다고."

"타이밍 문제겠죠."

미스터리 마니아가 모이는 서점에서 화제로 꽃을 피우기에는 안성맞춤인 사건이라고 생각은 했지만, 백골 사체를 누군가가 발견해주기를 바라던 영혼이 등장하는 이야기만은 사양이다. 그렇게 생각하며 적당히 받아넘기니 도야마가 다시 웃었다.

"인간, 마흔이 넘으면 체중이 불어나는 건 어쩔 수 없는 일이니까요."

"……그런데 도야마 씨, 제 짐은 가지고 와주셨나요?"

나는 가능한 큰 목소리로 말했다. 아직도 호흡기가 멀쩡한 상태가 아니었기 때문에 의도한 것보다는 작았지만 말이다. 도야마가 약간 놀란 듯이 말했다.

"네, 마시마에게 전해 받았어요. 아직 서점에 있는데 필요한가요?"

"필요해요. 지갑이 거기 있거든요."

"아, 그러신가요. 정말 필요해요?"

"지갑에는 카드도 들어 있어요. 입원비를 지불하려면 꼭 필요해요."

"으음. 혹시 자전거도 필요하신가요? 여기까지 나르려면 보통 일이 아닌데."

"저기 말이죠. 이 상태로 자전거를 탈 수 있을 거라 생각하시나요?"

"자전거로 퇴원하려고 그러나 해서요."

"가능할 리가 없잖아요. 부탁이니 지갑과 코트만이라도 가져다주실 수 없을까요?"

"하무라 씨가 입원한 덕에 이쪽은 바빠져서요. 그런 거라면 오기 전에 연락해줬으면 좋았을 것을."

"오늘 아침까지 집중치료실에 있었거든요."

쓸 데 없이 힘이 들어간 탓에 숨 쉬기가 힘들었다. 물을 마시고 싶었지만 도야마에게 그런 눈치가 있었으면 이런 고생도 안 한다.

"그러신가요. 그다지 내키지는 않지만 그렇다면 가지고 올게요."

"정,말, 감사드려요."

"괜찮아요. 신경 쓰지 마세요."

병실 어디선가 숨죽여 웃는 소리가 들렸다. 혼자 살아온 것을 후회할 것만 같았다. 가족이 있으면 당연히 그쪽에 부탁하면 되는데.

백팩에 고서점을 돌아다니며 찾은 '도서 미스터리 페어'에 보충할 책도 들어 있다고 전했더니, 도야마는 기뻐하며 "페어에서는 《존 닉슨 카를 읽은 사나이》가 일곱 권이나 팔렸어요" 하고 말했다.

분위기를 탔는지 옛날 미스터리 잡지에 〈존 딕슨 카를 읽지 못한 사나이〉라는 독자 만화가 실렸다느니, F. W. 크로프츠의 《살인자를 위한 침묵》 개정판이 최근에 나왔는데, 구판은 구하기 힘들기 때문에 찾으면 꽤나 짭짤하다느니, 즐거운 듯이 계속 지껄였다. 도야마가 간신히 의자에서 허리를 들었을 때에는 진심으로 안도했는데, 그는 바나나가 든 슈퍼마켓 봉지를 그대로 들고 돌아가려 했다.

"그런데 도야마 씨, 그 바나나는 뭔가요?"

도야마가 깜짝 놀라 말했다.

"바나나는 면역력을 높여준다고 하잖아요. 저도 언제 하무라 씨처럼 곰팡이에 알레르기를 일으킬지 모르니까 예방 차원에서요."

자기가 먹을 거였나.

"원한다면 드릴까요?"라면서 바나나 한 개를 뜯어서 협탁에 두고는 표표히 떠났다. 병실 어디선가 다시 숨죽여 웃는 소리가 들렸다. 도야마는 지바 현에 산다. 기치조지에서 조후까지 직행 버스가 있다고는 하나, 한쪽 다리가 불편한 사람에게는 큰일이다. 병문안 와준 것만으로도 감사한 일이다. 하지만 도야마를 상대하면 피곤해지는 것 또한 사실이다.

잠시 축 늘어져 있다가 무언가가 마음에 걸려 눈을 떴다. 그러고 보니 스마트폰을 청바지 주머니에 넣어둔 채였다.

입고 있던 옷은 병원이 맡아두었는지 침대 옆에 있는 장 아래 칸에 들어 있는 것 같다. 그래도 아직 몸을 일으킬 수 없기 때문에 확인할 수는 없었다.

이런 것으로 긴급 호출을 할 수는 없지만 스마트폰이 무사한지 엄청나게 신경 쓰였다. 병실 천장을 노려보며 냉정해질 때까지 몇 번이나 자신을 타일러야 했다.

"야호, 하무라? 죽었니?"

갑자기 누군가가 귓가에 대고 소리를 질러 벌떡 일어날 뻔했다. 미쓰우라 이사오. 전에 내가 살던 신주쿠 연립의 집주인이다.

"아직 살아 있네? 탐정을 그만둔 주제에 또 죽을 뻔했다면서? 여전히 불행하구나. 어머나, 소변줄도 꽂고 있어? 우리 할머니도 돌아가시기 전에 하무라와 마찬가지로 소변 주머니를 달고 있었는데."

"왜 네가 여기에?"

미쓰우라는 금색 코트를 입었다. 알고 지낸 지 10년이 넘었는데 늙수그레한 얼굴이 복스러워지는 반면, 복장은 갈수록 화려해진다. 오늘은 마치 갓 주조한 불상 같았다. 내가 선물한 동그란 피어스까지 하고 있으니 더 기가 찰 노릇이다. 신주쿠의 거처가 지진으로 기울어버린 뒤, 갈 곳이 없는 내게 지금 거처인 셰어하우스를 소개해준 답례로 선물한 것이다. 의리가 있는 미쓰우라는 그 이래 나와 만날 때는 반드시 이 피어스를 한다.

"하무라네 점장이 자초지종을 블로그에 적었거든. 그걸 셰어하우스의 세입자가 보고 도모에 할머니에게 전하고, 할머니가 내게 연락을 준 거지. 인터넷 덕에 세상이 더욱 좁아졌지 뭐야."

도모에 할머니란 셰어하우스의 주인인 오카베 도모에를

말한다. 조후 시 센가와의 고슈 가도 변에 낡고 넓은 목조 저택과 채소밭과 포도밭을 갖고 있으며, 포도밭 옆의 별채를 셰어하우스로 꾸몄다. 원래는 하숙이었지만 밥이나 청소 등을 입주자들에게 맡겨버린 결과, 셰어하우스가 되어버린 이 별채는 그 이름 또한 '스타인벡 장'이다. 유래를 물어본 적은 없지만 아마도 포도 관련일 것이다.

낡은 목조가옥이지만 여성만 살고 있기도 해서 경비회사 서비스에 가입해 있다. 경비 시스템의 해제를 깜박한 채 들어가려 하면 엄청나게 큰 소리로 경보음이 울린다. 도모에는 기본적으로 지인의 소개밖에 믿지 않는 탓에, 입주자의 대부분이 집주인 자신 또는 셰어하우스 주민의 소개다.

"이거, 도모에 할머니에게 받아온 하무라의 갈아입을 옷. 긴급 시에는 멋대로 방에 들어가도 된다는 계약이기 때문에 들어가셨대. 그리고 이건 할머니가 직접 만든 반찬. 톳 조림과 고기 감자. 아침까지 집중치료실에 있던 사람에게 아직 힘들지 않겠냐고 말했지만 이왕 가는 거 가져가라며. 어쩔래? 내가 가져갈까?"

갑자기 눈물이 날 것 같아 잠자코 고개를 끄덕였다.

"뭔가 필요한 거 없어? 하무라를 위해서라면 웬만한 건 다 해줄 수 있어. 돈과 몸만 빼고."

스마트폰을 확인해달라고 부탁했다. 미쓰우라는 내가 입었던 옷을 뒤지고 간호사에게도 물어봐주었지만 발견되지 않았다. 그 소동 속에 바닥 밑으로 떨어졌나? 그렇다면…….

"이미 틀렸을 거야."

미쓰우라가 거침없이 말했다.

"바닥 밑으로 물이 차 있었다며? 경찰이 백골을 꺼낼 때 발견해서 챙겨두었을 텐데, 물에 빠졌으면 끝이야. 포기해."

한숨이 나올 것만 같았다. 그날그날 백업을 하던 탐정 시절에는 스마트폰은 도둑맞지도 파손되지도 않았다. 최근에 마음이 느슨해서 관리를 제대로 안 했더니 바로 이 꼴이다.

"최악이네."

"보험은 들어뒀겠지? 그렇다면 새 걸 살 수 있어. 어쩌면 수리가 될지도 모르고. 외국 드라마에서 봤는데 침수된 스마트폰은 쌀에 파묻어두면 좋다나 봐."

미쓰우라는 부탁도 안 했는데 환자가 누운 채 마실 수 있게 만든 부리가 긴 물그릇에 물을 담아주고, 짐을 장에 정리하는 등 분주히 움직이며 말했다.

"그러고 보니 아는 할머니가 얼마 전 여든여덟의 나이로 돌아가셨는데 가까운 가족이 없어서 유언장을 남긴 거야. 부동산부터 저금까지 전부 세입자에게 남겼대. 최근에 이런 이야기를 자주 들어. 하무라도 도모에 할머니에게 열심히 애교라도 떨어서 예쁨받으면 어때? 그 땅을 상속받으면 평생 놀고먹을 수 있을 텐데.

뭐? 나? 그야 도모에 할머니는 나를 예뻐하기는 하는데,

재산은 됐어. 귀찮고. 그보다 그 하무라의 짐? 다리가 안 좋은 할아버지에게 가져다 달라는 건 좀 그렇지 않나? 내가 가져다줄게. 괜찮아, 괜찮아. 버스로 기치조지까지 가서 전철 타고 약간만 돌아오면 되는데. 어라라, 그럼 너, 지금 지갑도 없어? 그렇다면 돈을 조금 두고 갈게. 걸을 수 있게 되면 매점에서 요구르트라도 사먹어."

미쓰우라는 용건과 잡담이 뒤섞인 수다를 한 시간 정도 떤 다음 또 오겠다고 말하고 질풍처럼 떠났다. 의리가 있는 인간이다 보니 정말로 또 올 것이다.

약간 기운을 되찾았을 때 커튼이 열리고 처음 보는 남자 두 명이 얼굴을 들이밀었다. 젊은 남자와 50대로 보이는 남자. 둘 다 싸구려 양복을 입고 깨끗하게 면도를 하고 땀과 스트레스와 암모니아가 섞인 냄새를 풍겼다. 눈초리가 심상치 않았다.

3

남자들은 조후히가시 경찰서의 경찰이라고 밝히고는 배지를 보여주었다. 연상의 남자가 시부사와 렌지, 20대의 남자는 마시오 분고라고 했다. 둘 다 관할서 인간이라는 말에 마시마가 한 말이 생각났다.

"경찰도 별 의욕이 없어 보였어요."

질문은 대부분 젊은 남자가 했다. 익숙하지 않은지 열심히 하는 느낌으로, 말을 할 때마다 어미에 힘이 들어갔다. 나도 가능한 정중하게 대답했다.

경찰에게 신문받는 것은 처음이 아니다. 대개의 경우 형사는 탐정을 싫어한다. 여자 탐정은 더더욱 싫어한다. 경찰의 반응을 생각한다면 입원 중인 서점 아르바이트생으로 있는 편이 좋을 것 같다.

"백골은 여성이었다는 것 같은데 아직 신원은 안 밝혀졌나요?"

필요한 질문이 다 끝난 뒤 젊은 형사가 더 물어볼 것이 없는지 생각하는 틈에 물어보았다.

"그러게 말이에요. 워낙에 오래된 사체다 보니."

조후히가시 경찰서 청사는 고슈 가도 변에 있다. 크고 아직 새 건물이다. 신축했을 때 오래된 실종신고서 같은 것은 처분했을 것이다.

"그 집에 살았던 할아버지가 범인인가요?"

"당신, 할아버지 이름은 못 들었나? 야마다 이치로라고 하는데 말이지."

벽에 기대어 하품을 참던 시부사와가 말했다. 야마다 이치로라. 관공서 서류에 기입 사례로 적혀 있을 듯한 이름이다.

"처음 듣네요. 명패도 없었고, 책에도 사인이나 도장이 찍혀 있지는 않았고. 게다가 생각해보니 그 집에는 돈이 될 것뿐만 아니라 원고도 없었거든요."

나는 마시마가 신경 썼던 사실을 떠올리고는 말했다. 시부사와의 표정이 변했다.

"원고라는 게 무슨 말이지?"

"작가 지망생이라고 들어서 친필 원고가 엄청 쌓여 있지 않을까 했었거든요. 종이로 된 건 모조리 제 담당이었는데 창작 메모 같은 것조차 안 보여서."

장서 취향으로 보건대 야마다 이치로 씨의 지향점은 팔리는 작가였을 것이다. 소설을 쓰는 것을 좋아했는지 어땠는지는 모르겠다. '작가 지망'이라는 말은 성실하게 살지 않기 위한 변명으로 꽤나 편리한 수단이다. 그렇기 때문에 원고가 발견되지 않더라도 이상할 일은 아니다.

시부사와가 벽에서 몸을 떼었다.

"하무라 씨 당신, 전직 탐정이었다면서?"

쳇, 알고 있었나.

"마시마라고 했던가, 유품 정리인에게 들었어. 그 집에서는 금붙이가 나오지 않았다는 이야기도. 당신이 집주인이 먼저 챙긴 게 아니냐고 했다더군."

그런 것까지 경찰에게 말했나. 나는 코로 천천히 산소를 들이마셨다.

"자주 있는 이야기니까요. 하지만."

"하지만 뭔데?"

"마시마 씨나 마쓰시타도 이상하게 생각했는데, 그곳에 남아 있던 건 쓰레기뿐이었어요. 모든 게 곰팡이투성이였습니다. 정말 작고 낡은 오두막이니 애초부터 철거업자나 쓰레기처리업자에게 부탁해서 안의 내용물과 함께 집을 부숴서 처리하는 편이 합리적이거든요. 그런데 별도 요금을 내면서까지 유품 정리 업자를 불렀습니다. 의뢰주가 돈이 될 물건이나 추억이 담긴 물건을 빠뜨리지 않기 위해서 부르는 게 통상적인데 말이죠. 만약 그런 것들을 미리 챙겼다면 굳이 유품 정리인을 부를 필요가 없어요."

시부사와가 흥, 하고 콧김을 내뿜었다.

"당신은 어째서라고 생각하는데?"

"마시마 씨 이야기로는 집주인인 고하마가 '하트풀 리유즈'에 손해배상을 청구하겠다고 했다더군요. 오두막이 부서져 백골이 발견된 건 예상 밖의 사태라 해도, 변변한 유품이 나오지 않을 거라는 걸 알고도 일부러 찾게 한 다음 트집을 잡으려 했다……."

"흠."

"혹은…… 내 억측일지도 모르지만……."

"거만 떨지 말고 빨리 말해."

말을 너무 많이 해서 호흡기 전체가 지친 느낌이다. 시부사와가 옆에 있는 물그릇을 들어 입에 물게 해주었다. 단순히 뒷이야기가 듣고 싶어서 한 행위라는 것을 알고 있음에도 절하고 싶은 심정이었다.

미적지근한 물은 놀랄 만큼 맛있었다. 나는 헛기침을 하고 말을 이었다.

"어디까지나 가정인데, 집주인인 고하마가 바닥 밑에 사체가 있다는 사실을 알고서 집을 철거하기 전에 어딘가로 옮기고 싶었던 거라면 어떨까요? 사체는 벽장 바닥 밑에 있는데, 그 벽장에는 책이 잔뜩 들어차 있고, 미닫이문 앞에도 수납박스가 놓여 있었습니다. 노인 혼자 그것들을 치우고 사체를 꺼내는 건 힘들었겠죠."

"그렇다면 전직 탐정님 말씀은 고하마 에이코가 사체에 대해 알고 있었다는 건가?"

"경찰도 그렇게 생각한 거 아닌가요?"

시부사와가 더는 볼 일 없다는 듯이 고개를 돌리자 대신 젊은 형사가 말했다.

"하지만 말이죠. 야마다 이치로는 그 집에 살게 된 뒤로 20여 년 동안 근처 파친코나 이따금 경륜장에 다녔을 뿐, 여자관계는 전혀 안 보이더라고요."

꼭 지인을 죽였다고만은 할 수 없다. 지나가던 여성을 그 집으로 끌고 가 죽였을지도. 혹은 어쩌다 알게 된 여성을 집으로 데려왔다가 문제가 생겼을 가능성도 있다.

하지만 그 폐가에서 소동이 발생했다면 이웃이 들었을 것이다. 게다가 그 집을 제 발로 따라갈 특이한 인간이 있다고도 생각되지 않는다.

"고하마 에이코 주위에도 행방불명된 여성은 없습니다. 제대로 조사했어요."

백골이 발견된 지 아직 1주도 채 지나지 않았다. 제대로 조사했을 리가 없다.

"그 사람, 언제부터 거기 살았나요?"

"그게 말이죠, 결혼한 건 30년 정도 전이에요. 마흔 넘어서까지 독신이었던 고하마 게이조에게 당시 술집에서 일했던 에이코가 반강제적으로 들이닥쳤다고 해요. 고하마 게이조는 상당히 특이한 사람으로, 일도 안 하고 부모의 재산으로 빈둥거리며, 때로는 여행을 떠났다 몇 년이나 돌아오지 않아 부모 속을 엄청 썩였다더군요. 이웃 간 왕래도 없고, 친구도 없었습니다. 그런데 그 일대의 땅이나 건물을 꽤 가지고 있던 부자니까요. 에이코 입장에서는 현명한 선택이 아니었을까요? 얼마 전에도 가도 변 땅을 팔아 맨션을 지어 엄청 벌었다는 소문이니까요."

마시오라는 형사는 젊지만 알맹이는 아줌마다. 가십을 즐거운 듯이 이야기해주었다.

"때문에 결혼생활은 처음부터 문제가 많아, 두 사람은 매일같이 싸웠다더군요. 그러다 반년 정도 지나니 게이조가 다시 여행을 떠나게 되었고……."

"그 남편은 현재 행방불명인 거죠?"

나는 생각에 잠겼다. 시부사와가 코웃음을 쳤다.

"이봐, 발견된 백골 사체는 여성의 것이라고. 남편이라면 보통은 남자잖아."

"보통은 말이죠."

시부사와의 웃는 얼굴이 굳었다.

"무슨 말이 하고 싶은 거야?"

"어디선가 들었는데 여성은 폐경 후 여성 호르몬이 급감합니다. 그 결과, 일흔 살 여성의 여성 호르몬은 일흔 살 남성이 갖고 있는 여성 호르몬의 반 정도가 된다더군요."

"네에……. 어라, 그래서요?"

젊은 형사가 영문을 모르겠다는 얼굴로 말했다.

"말하자면 할아버지보다 할머니 쪽이 남자답다는 이야기예요."

"저어…… 하무라 씨, 몸 상태는 괜찮으세요?"

젊은 형사가 걱정스러운 듯이 말했다. 시부사와가 그의 어깨를 툭 쳤다. 아무래도 시부사와는 내가 무슨 말을 하려는지 알아차린 모양이다. 어쩌면 고하마 에이코는 젊은 형사에게도 마쓰시타에게 보여준 것처럼 추파를 던졌을지 모른다. 다만 그것이 구애 행동이라는 사실은 당사자인 젊은이들은 몰랐을 것이다.

"입원 중임에도 불구하고 협력 고맙군. 우리는 이만 돌아가지. 맞아, 하무라 씨 당신, 현장에 스마트폰을 떨어뜨리지는 않았나?"

"네, 네!"

"오늘 진술을 조서로 작성해서 사인을 받아야 하니 조만간 가져오지. 완전히 죽어버렸지만, 본체가 없으면 보험을 들었어도 새로운 기기를 받지 못할 거 아닌가? 그럼 몸조심하게."

형사들은 돌아갔다.

그로부터 며칠 사이에 소변줄과 산소호흡기와 링거에서 해방되었다. 걸어서 화장실에 가서 거울로 내 얼굴을 확인했다. 내 용모에 대한 환상과는 10대 때 이별했다. 좋지도 나쁘지도 않으며 인상에 남지 않아 기억하기 힘들다. 원래부터 탐정에 어울리는 얼굴이었는데, 마흔을 넘기니 그 경향이 더욱 빛을 발휘하기 시작했다.

현재 내 얼굴은 상당히 개성적이다. 이마 한복판에 두개골에 박치기를 한 흔적이 남아 있다. 동그란 녹색 멍이다. 벽장 바닥이 부서지며 꽂힌 가시를 뽑은 곳들에 딱지가 져서 뺨이나 목에 여기저기 남아 있다. 눈 아래에는 다크서클이 생기고, 안색이 안 좋고, 입술이 말라 거칠거칠했다. 별다른 분장 없이도 좀비 영화의 엑스트라를 맡을 수 있는 용모였다.

미쓰우라가 집주인에게 받아온 짐에는 수건과 칫솔, 평소에 사용하던 세안제와 화장수가 들어 있었다. 익숙한 향기를 만끽하며 천천히 얼굴을 씻었다. 살아 있기를 잘했다고 생각했다.

수요일 저녁 무렵, 담당의사인 나루미가 와서 "걱정했던 머리는 아직 괜찮은 것 같네요" 하고 선언했다. 웃고 말았다.

의사가 '방금 한 말을 철회해야 하나' 하는 듯한 얼굴이 되었지만, 오늘 밤 아무 일도 없으면 내일 오전 중에 퇴원해도 된다고 했다. 폐 상태가 아직 완전하지는 않기에 항생제 처방을 할 테니 당분간 계속 먹으라는 것, 절대로 멋대로 중간에 복약을 중단하지 말 것, 다음 주 화요일이나 목요일에 내원해서 진찰을 받으라는 것 등의 당부가 이어졌다.

의사를 끌어안아야 하나 엎드려 절을 해야 하나 고민 끝에 감사의 말을 입에 담았다. 나루미 선생은 의젓하게 고개를 끄덕이고 병실에서 나갔다. 신이 난 나는 검게 변색되기 시작한 바나나를 냉장고에서 꺼내 먹었다.

그때까지는 어떤 인간이 같은 병실에 있는지 전혀 신경 쓰지 않았다. 경계심이 강한 나로서는 좀처럼 있을 수 없는 일이다. 그제야 그 사실을 떠올리고는 주위를 살펴보니 대각선상에 있는 침대에 나이 지긋한 부인이 이어폰을 끼고 막 시작된 뉴스를 시청 중이었다.

다른 두 개의 침대는 비어 있었다. 그렇다면 지난번에 간호사를 호출해준 것은 그녀일까? 일단 인사를 해야겠다고 생각했지만 그녀는 텔레비전에 집중하고 있었다.

첫 문병 다음 날, 미쓰우라가 약속대로 짐과 코트를 가져다주었다. 그 코트를 걸치고 병원 안을 거닐었다.

부슈 종합병원은 지하 3층, 지상 12층 건물인데, 의료 설비를 빼면 아무래도 위쪽으로 올라갈수록 호화로워지는 피라미드 형태인 듯했다. 10층 위쪽으로는 엘리베이터에서 나온 순간 쫓겨나서 제대로 보지 못했기 때문에 내 개인적인 추측일 뿐이기는 하다.

그 엘리베이터에 실려 10층으로 올라가는 듯한 특수 제작

휠체어를 보았다. 9층 휴게실에서는 담당하는 환자들의 뒷담화 중인 간병인 아줌마들을. 4층에서는 뚱뚱한 여자 환자가 병문안 온 고령의 남자와 농탕치는 것을 보고, 3층에서는 심각한 얼굴로 이야기 중인 의사들과 보험회사 조사원을 보았다.

병원 일주라는 가벼운 운동에 숨을 헐떡이며 지하 1층 매점으로 갔다. 아직 조간신문이 다 팔리지 않은 채 남아 있었다. 마시는 요구르트와 조간신문을 사서 매점 옆 벤치에 앉았다.

별다른 일이 있지 않는 한 신문은 텔레비전 프로그램 지면부터 확인하는 편이다. 대사건이 발생해 특별 프로그램이 편성되지는 않았나 확인했지만, 그런 일은 없었다. 사회면을 펼쳤다.

'조후 백골사건 신원 판명! 범인 체포!'

요구르트가 목에 걸렸다.

기사 자체는 그리 크지 않았다. 사회면에서도 네 번째 정도 취급이다. 그러나 기사를 읽은 사람은 꽤나 놀랐을 것이다. 사망한 사람은 유골이 발견된 건물의 주인 '고하마 에이코' 씨로, 고하마 에이코인 척을 했던 사람이 남편인 고하마 게이조였기 때문이다. 남편이 아내를 죽이고 아내인 척을 한 사건은 본 적이 없으리라.

기사에 따르면 에이코가 사망한 것은 결혼 반년 후인

1985년 봄. 게이조는 사체를 별채 벽장 바닥에 파묻었다. 그 후 지인 남성에게 별채를 빌려주었다. 얼마 전, 그 남성이 사망했기에 별채를 철거할 예정이었지만, 유골을 꺼내는 데 방해가 되는 남성의 가재도구 처분을 업자에게 의뢰하고, 그 작업 중에 유골이 발견되고 말았다…….

지역면에 실린 기사는 사회면보다는 다소 컸지만, 내용은 별반 다르지 않았다. 다만 시신이 고하마 에이코라는 사실을 오래된 치과기록을 통해 확인했다는 것, 고하마 게이조는 사체유기에 대해서는 인정했지만 살인 혐의에 대해서는 부인했다는 것이 적혀 있었다.

신문을 접어들고 병실로 돌아왔다. 엘리베이터에서 내리니 휴게실 앞에 시부사와 형사가 서 있었다. 그는 나를 보고는 손에 든 비닐봉투를 들어보였다. 스마트폰이 들어 있었다. 나는 조간신문을 들어 경례를 했다.

"범인 체포, 축하드립니다."

"덕분에."

휴게실 소파에 앉아 스마트폰을 받았다. 건네기 전에 시부사와가 말했다.

"경고해두겠는데 이 봉투는 열지 않는 편이 좋아. 냄새가 끔찍하거든. 야마다 이치로의 집은 한동안 하수관이 맛이 갔는지 바닥 밑에 고여 있던 물은 말하자면 그런 물이야."

나는 비닐봉투를 바닥에 두었다. 쌀독에 파묻어두면 어쩌면 데이터는 되살아날지도 모르지만 악취는 그대로일 것이다. 그 진창 속에 손이 빠졌었다는 사실을 깨닫고는 오싹해졌다. 오히려 고하마 에이코의 두개골에 감사하고 싶은 심정이었다. 그 뼈가 막아주지 않았다면 나는 머리부터 '그런 물'에 처박히고, 어쩌면 그 물을 마셨을지도 모른다. 내출혈이나 혹이나 "머리가 걱정" 정도의 일은 그에 비하면 아무 일도 아니었다.

시부사와가 조서를 꺼냈다. 내가 한 말이 문어체로 변환되어 있다는 사실에 위화감을 느끼면서도 조서를 읽은 뒤 사인을 하고 날인을 했다. 스마트폰을 가져다준 사실에 대해 감사 인사를 하자 시부사와가 머리를 긁었다.

"솔직하게 말하면 시신 발견자에게 증거품을 돌려주겠다는 구실로 도망친 거야. 그 고하마 게이조를 취조할 생각을 하니 진절머리가 나서."

"취조실에서 그 젊은 형사에게 추파라도 던지나요?"

"일흔둘이라고, 일흔둘."

시부사와가 짜증난다는 듯이 말했다.

"일흔둘의 할망구가 스물여섯에게 추파를 던져도 문제인데, 일흔둘의 할배잖아. 분고, 그 녀석은 알아차리지도 못하는 것 같은데 좁은 취조실에서 매일 그 꼴을 보는 입장이 되어보라고. 짜증이 안 나는 게 이상할 지경이야."

"그 할아버지는 살인 혐의를 부인하고 있다면서요?"

"사고라고 주장 중이야. 30년 전, 술에 취한 에이코가 멋대로 넘어져서 화로에 머리를 부딪혀 죽었다고. 사이가 안 좋았기 때문에 자신이 죽인 거라고 의심받고 싶지 않아서 시신을 숨겼다더군. 애당초 게이조는 여자보다 남자를 좋아하고, 여장을 좋아하고, 여행이라는 구실로 집을 나가 시내 맨션을 빌려 '여자 생활'을 하곤 했어. 그렇기 때문에 자기가 1인 2역으로 부부를 연기할 수 있다고 생각한 모양이야. 그러다가 금세 본인인 고하마 게이조 역할을 하는 게 귀찮아져서 이제는 어쩌다 한 번밖에 돌아가지 않는다고 할 정도니 어이가 없어."

"시부사와 씨는 정말로 사고라고 생각해요?"

"글쎄. 처음에는 전부 야마다 이치로가 한 짓이고 자신은 모른다고 진술했을 정도니까. 야마다 이치로는 미토 출신으로, 25년 전까지는 군마 현에 있는 건설회사 기숙사에 살았어. 시기적으로 봐서 30년 전의 죽음과 관계가 있다고 생각하기 힘들지. 그 말을 꺼내니 어쩔 수 없다는 식으로 사체를 숨긴 사실을 인정하더군. 그때부터는 그 사실을 야마다 이치로가 알고서 협박을 했다는 거야. 그래서 어쩔 수 없이 그 별채에 살게 해줬다고."

"와아, 설득력이 있군요. 그 별채, 엄청 멋지니까요. 거기라면 협박한 사람도 기꺼이 살았겠죠?"

"빈정대지 마, 전직 탐정. 야마다 이치로는 혹시라도 유골이 발견되었을 경우의 보험이었을 거야. 게이조의 애인이었던 건 틀림없는 것 같고. 싼 값에 이용당한 거겠지."

"게이조에게 돈을 받았나요?"

"아니, 야마다 이치로는 건설회사에 다녔을 때 후유증이 남는 큰 부상을 입어서 장해연금을 받고 있었어. 생활비는 그걸로 어떻게든 되지 않았을까? 집세는 공짜였고."

그 책더미가 떠올랐다. 신간을 산 거라고는 생각되지 않는 책 무더기.

"당신이 말한 대로 돈이 될 것들은 고하마 게이조가 챙겨놨더군. 야마다 이치로가 죽기 전 병원에 실려 간 뒤에, 입원비를 지불하는 데 필요하지 않을까 하면서 보험증이나 연금통장이나 일반통장 그리고 컴퓨터도 챙겨놨다고 해. 당신이 신경 썼었던 원고도 말이지. 그것도 골판지 박스에 들어 있었던 것 같아. '하트풀 리유즈'가 오기 직전, 골판지 박스째 꺼내 정원에서 불태웠다고 했어. 쓸데없는 사실이 적혀 있거나 하면 성가시니 혹시나 해서 그렇게 했다고."

야마다 이치로가 게이조의 애인이었다면 그 생활을 소재로 소설을 썼을 가능성이 높고, 그렇다면 '고하마 에이코'가 실제로는 고하마 게이조라는 사실을 더 빨리 알아차렸을 수도 있다.

나는 '고하마 에이코' 뒤쪽으로 피어올랐던 연기를 떠올렸다. 골판지 박스 하나 분량의 야마다 이치로의 삶의 증거는 불에 타 사라지고 말았다. 읽어보고 싶다는 생각은 들지 않지만 아깝다는 느낌은 든다.

"그건 그렇고 하무라 씨 당신, 고하마 에이코가 남자라는 사실을 용케도 알아차렸군. 전직 탐정의 직감인가?"

시부사와가 일어서서 살피는 듯한 눈으로 나를 보았다.

"그리 대단한 일도 아니에요. 그저 '고하마 에이코'의 맨다리가 마음에 들지 않았을 뿐. 아무리 나이가 들어도 여성의 다리 치고는 묘하다고 생각했거든요. 여성을 미행할 때는 주안점을 다리에 두고 있기도 하고."

그래서 고하마 에이코가 사실은 에이코가 아니라 게이조라면 어떨까 생각해보았다. '남편이 사라진' 시기, 발견된 백골의 사망 시기와 추정 연령 모든 것이 고하마 에이코에 들어맞았다.

게이조는 부자였다. 본인의 모습이 사라지고 아내가 모든 것을 좌지우지하기 시작하면 누군가가 이상하다고 느꼈을 것이다. 서류의 사인이나 날인, 대여 금고의 암호번호 등……. 아내가 그 어떤 실수 없이 모든 것을 처리할 수 있을 리가 없다. 그런데 지금까지 남편이 사라졌어도 아무도 에이코를 수상쩍게 여기지 않았다. 맨션을 지어 한몫 단단히 챙겼음에도 말이다.

그도 당연하다. 고하마 게이조 본인이었으니 말이다.

"그렇군."

시부사와가 고개를 끄덕였다. 그리고 잠시 먼 곳을 보는 듯한 눈이 되었다. 나는 신경이 쓰였다.

"뭐가 그렇다는 건가요?"

"……아니, 당신이 지금도 탐정이라는 거 말이야. 고서점 아르바이트, 언제까지 계속할 생각이야?"

시부사와는 "뭐, 나와는 상관없는 일이지만" 하고 말하며 휴게실을 떠났다.

4

다음 날 오전에 퇴원했다. 음력 3월 마지막 주 화요일 저녁에 실려 가서, 나온 것은 달이 바뀐 목요일. 오래 머무른 만큼 병원비 또한 상당했다. 하루라도 빨리 회복해 탐정 일로 복귀하자고 결심했다. 보험에도 든 만큼 물론 병원비를 청구할 생각이지만, 이 꼴이면 내년부터는 보험료가 오를 것 같다.

하세가와 탐정사무소가 그립다. 소속이 아니라 자유계약이었지만 내가 조사 중에 부상당하면 하세가와 소장이 동분서주해서 치료비나 입원비를 조달해왔다. 살인곰 서점에서는 그런 것을 기대할 수 없다. 보험이든 자비 부담이든 나 스스로 알아서 해야 한다.

자동인출기 같은 기계에서 정산을 마치고 처방전을 받아 냉큼 돌아가려 했을 때 누가 말을 걸었다. 돌아보니 라메가 들어간 천에 흰 테두리 장식이 있는 고급 투피스를 입고, 레이스 스타킹에 핑크 리본이 달린 펌프스를 신은 여성이 걸어왔다. 이목을 끌만한 고급 복장이었는데, 헤어나 화장은 공을 들이지 않은 듯하여 전체적으로 잘 어울리지 않았다. 나보다는 다소 연상일까?

"하무라 아키라 씨, 맞죠?"

"그런데요?"

"7716호실에 입원하셨던 하무라 씨죠?"

그녀는 재차 확인 후 이즈미 사야라고 이름을 밝혔다.

"하무라 씨와 같은 병실에 입원했던 아시하라 후부키의 외조카입니다. 저희 이모님이 신세 많이 졌습니다."

얼굴이 붉게 달아올랐다. 타이밍을 놓쳐서 그 노부인과는 인사도 나누지 못한 채 병실을 나왔다. 간호사를 호출해준 생명의 은인일지도 모르는 상대에게 감사 인사 한마디 하지 못했는데, 신세 많이 졌다니…….

당황하며 인사말을 건네자 사야가 내 쪽으로 한 걸음 다가왔다.

"사실은 부탁드릴 게 있어서요. 잠시 시간 좀 내주실 수 있을까요?"

"네, 그게…… 잠깐이라면."

사야가 한 걸음 더 거리를 좁혔다.

"퇴원 직전에 정말 송구하지만, 이모님을 만나주실 수 없을까요? 사실은 이모님께서 하무라 씨께 여쭤보고 싶은 게 있다고 말씀하셔서요. 실례라고 생각하지만 한 번만 시간을 내주시면 만족하실 거예요. 늙은이의 고집 같은 거라 생각하시고 잠시만 시간을 내주실 수 없을까요?"

'왜 내게…….'

그렇게 생각했지만 받아들일 수밖에 없었다. 오래전에 돌아가신 할머니가 "사람이 예의가 없으면 결국 손해 보는 건 자신이란다" 하고 말씀하셨다. 어르신들의 가르침은 대개가 옳고, 그것이 옳다는 사실을 알게 되었을 때에는 이미 열차가 떠난 다음이다.

엘리베이터에 탔다. 둘만 있게 되자 사야의 옷에서 오래된 눅눅한 냄새가 풍겼다. 사야가 시선을 앞쪽에 고정한 채 빠른 어조로 말했다.

"이모님께서는 당신께 부탁드릴 게 있는 것 같아요. 그 일을 부디 수락해주셨으면 해요."

잠깐, 한 번 만나만 달라는 이야기였잖아?

"그게 무슨 말씀이시죠?"

"이모님은 말기 암이라 앞으로 사실 날이 얼마 안 남으셨어요. 그 때문인지 좀 제멋대로라 당신께도 폐를 끼치지 않을까 해요. 하지만 무슨 부탁을 받더라도 일단 들어주실 수는 없을까요? 진짜로 받아들이실 필요는 없습니다. 그 자리만 때우시면 돼요. 나머지는 우리가 알아서 할 테니까요."

이야기를 듣고 있는 동안 엘리베이터가 목적한 층에 도착했다. 휴게실에 본 적이 있는 노부인이 앉아 있었다.

갑자기 마음이 무거워졌다. 아시하라 후부키가 무슨 말을 꺼낼지 알 수가 없지만, 죽어가는 여성을 상대로 적당히 속여 넘기라는 부탁을 받고 말았다. 아니, 강요당했다. 만약 내가 부탁을 거절해서 그녀가 발작을 일으켜 죽기라도 하면 뒷맛이 엄청 안 좋을 것이다. 요컨대 거절한다는 선택지는 처음부터 없었다.

"이모님, 모셔왔습니다."

사야는 내 대답 따위는 기다리지도 않았다. 휴게실 입구에서 몸을 비켜선 채 나를 안으로 밀어 넣은 뒤 "그럼 저는 실례하겠습니다" 하고 말하고는 재빨리 어딘가로 사라졌다.

이렇게 된 이상 마음을 다잡고 고개를 숙였다.

시부사와 형사와 이야기를 나누었을 때 이곳은 흔한 휴게실이었다. 소독하기 쉬워 보이는 노란색 의자에, 진짜처럼 보이는 비닐 관엽식물 그리고 꽃 위에서 피리를 부는 요정 그림이 몇 점.

후부키는 마치 이곳이 알현실이라도 되는 것처럼 당당히 나를 맞이했다.

'죽어가는 사람'을 처음 보는 것은 아니지만, 그녀는 매우 건강해 보였다. 비타민이 잔뜩 투여된 탓인지 피부가 고왔다. 완벽한 헤어는 아마도 가발일 것이다. 따뜻해 보이는 타

탄체크 가운을 걸치고 발에는 자수가 들어간 슬리퍼를 신었다. 패션을 예절이라 생각하는 계층의 여성이라는 인상을 받았다. 나이나 병 때문인, 느긋한 말투나 동작이 오히려 우아하게 보이니 대단했다.

"오늘은 퇴원인데 늙은이의 고집 때문에 시간을 빼앗아 미안하군요. 빨리 집에 돌아가고 싶으실 테니 용건만 말씀드리죠."

후부키가 내 어영부영한 인사치레를 흘려 넘기고 쉰 목소리로 말했다. 오래 담배를 피운 사람 특유의 목소리였다.

"내게는 딸이 한 명 있습니다. 20년 전, 스물네 살 때 집을 나갔죠. 그 이래 어디서 어떻게 살고 있는지 알 수가 없습니다. 나는 죽어가고 있습니다. 죽기 전에 딸의 생사를 알고 싶어요. 그래서 당신이 딸을 찾아줬으면 합니다."

"네에?"

이번에야말로 얼빠진 소리를 내고 말았다. 후부키가 천천히 미소 지었다.

"탐정님께는 자주 있는 의뢰, 아닌가요?"

"그건 뭐…… 그렇지만, 현재 저는 탐정이 아닙니다."

"하지만 얼마 전에 발견된 백골 사건을 해결했잖아요? 아, 면목 없지만 경찰분들이 병실에 찾아왔을 때와 어제 여기서 나눈 이야기를 들었습니다."

"그건 제가 해결한 게……."

"대단하더군요."

후부키의 눈이 반짝였다.

"이야기를 들으며 두근거렸습니다. 최근 몇 년 동안 이렇게 흥미진진한 일은 없었거든요. 남편이 아내를 죽이고, 아내인 척을, 그것도 몇십 년이나. 실례인 걸 알면서도 웃음이 터지고 말았어요. 나이를 먹고 병에 걸리면 세상이 빛바래 보이는데, 이번 백골 사건 덕에 수명이 좀 늘어난 듯한 느낌이 들어요."

살인 사건을 가지고 재미있어 하는 것은 불경하다는 생각도 들지만, 말투가 너무 천진난만해서 따지고 싶은 마음은 들지 않았다. 게다가 그것과 이것은 이야기의 차원이 너무나 다르다.

"저기 말이죠, 어쩌다 맞닥뜨린 사건에 무책임한 추리를 해서 그게 어쩌다 맞은 것과 오랫동안 행방불명인 사람을 찾는 건 전혀 다른 일이에요. 아시다시피 저도 부상과 병으로 제 컨디션이 아니고, 현재는 그 어떤 탐정사에도 소속되어 있지 않습니다. 게다가 2007년에 탐정업법이 시행된 이후, 신고 없이 탐정 일을 했다가는 최악의 경우 6개월 이하의 징역 혹은 30만 엔 이하의 벌금이 부과되게 됩니다."

후부키가 옆에 있던 의자에 올려두었던 종이봉투를 들어 내 쪽으로 내밀었다.

"여기에 전에 의뢰했던 탐정의 보고서가 두 개 들어 있어요. 하나는 딸 실종 직후에 내가 부탁한 보고서. 다른 하나는 실종 7년 후, 오지랖 넓은 친척이 다른 흥신소에 멋대로 부탁한 것. 왜 그런 짓을 했는지 사정은 대충 짐작이 가시죠?"

7년이 지나도 발견되지 않으면 포기하고 딸의 실종선고 절차를 밟아라. 더불어 우리 자식을 양자로 삼아 전 재산을 내놓아라. 그런 이야기일 것이다.

"아까 그 아이. 사야. 엄청난 복장이었죠?"

후부키가 목소리를 낮췄다. 잘 들리지 않아 몸을 가까이 가져가니 담배 냄새가 코를 찔렀다.

"그건 딸의 옷이에요. 내가 입원해 있으니 집에 들어가서는 병문안이라는 명목으로 그런 오래된 옷을 입고 돌아다니는 거죠. 죽어간다고는 하나 아직 노망들지는 않았거든요. 그 땅딸막한 무다리 계집애를 딸이라고 착각한 나머지 전 재산을 남기겠다는 유언장을 쓸 거라고 착각하는 걸까."

"쓰지 않으실 건가요?"

후부키의 시선이 내 훨씬 위쪽에 오랫동안 머물렀다. 그런 다음 그녀가 미소를 지으며 말했다.

"재미있군요, 당신. 내 주위에는 없는 타입이에요."

"실례했습니다. 하지만 진심으로 따님을 찾을 생각이라면 어쩌다 같은 병실에 머물게 된 개인이 아니라 기동력이 있는 대형 탐정사에 의뢰하는 게 좋을 겁니다. 그렇게 하지 않는다는 건 당신은 따님이 발견될 거라는 생각은 눈곱만치도 없고, 이번 의뢰는 질녀를 비롯한 친척들을 골리려는 용도라 보입니다."

후부키가 고개를 젖히고 크게 웃었다. 마르고 주름진 목이 드러나 다소 놀랐다. 가운 탓에 살집이 있어 보이지만 아마도 그녀의 체중은 초등학생 수준으로 줄었을 것이다.

"나는 대형 탐정사는 믿지 않거든요. 20년 전에 부탁한 곳은 실종신고를 냈던 경찰서의 소개였는데 말이죠. 전직 경찰이 조사했는데 아무런 단서도 밝혀내지 못했어요. 그런 주제에 조사를 질질 끌기만 하니 돈은 또 엄청 들었죠. 딸을 찾지 못했으니 6주 만에 조사를 중지해달라고 말했더니 여러 실례되는 말을 하는 데다, 그 후에도 험한 꼴을 당했지 뭐예요."

"그건 대체……."

"그 일은 떠올리기도 싫어요."

후부키는 잔뜩 화가 난 표정이었지만 바로 몸에서 힘을 뺐다.

"거절하지 마세요, 하무라 씨. 당신은 지금 운이라는 걸 가지고 있어요. 백골 사체를 발견하고 아무도 몰랐던 범죄를 밝혀냈습니다. 나는 그 운에 걸기로 했어요. 그 봉투에는 딸이 사용했던 주소장이나 수첩 그리고 300만 엔이 들었습니다. 부족해지면 말씀해주세요. 같은 금액을 또 내도록 하죠. 그것으로 부디 딸을 찾아줬으면 합니다."

후부키는 하고 싶은 말을 하고는 깊은 한숨을 쉬었다. 자려는 건지 기절한 건지 알 수가 없어 간호사를 부를까 고민할 때 그녀가 천천히 일어났다. 그와 동시에 어딘가에서 사야가 나타나서 후부키에게 손을 빌려주었다.

나는 병실 쪽으로 떠나는 두 사람을 지켜본 후 휴게실 의자에 몸을 푹 파묻었다. 정말이지 강한 독기를 뿜어내는 할머니다.

잠시 그러고 있자 사야가 돌아왔다. 불편한 듯이 시선을 돌린 채 말했다.

"폐를 끼쳤습니다."

"이거 그쪽에게 돌려드릴게요."

내가 종이봉투를 내밀자 사야는 의외라는 듯이 고개를 갸웃했다.

"받아들이지 않는 건가요? 이모님은 하무라 씨라면 꼭 의뢰를 받으실 거라고 생각하시는 모양인데요."

"이모님께도 말씀드렸지만 신고 없이 멋대로 탐정 일을 하면 안 되거든요. 그런 법률이 있어요."

성실하게 들리면 좋을 텐데. 탐정은 절대로, 무슨 일이 있어도 절대로 법률에 저촉되는 행위를 해서는 안 된다. 예외는 없다. 사실이다. 20년이나 전에 가출한 딸을 이제 와서 찾는다는 의뢰는 재미있지도 않고 성공률이 엄청나게 낮은 일이기 때문에 준법정신을 내밀며 거절하는 것이 아니다.

정말이다.

사야가 어찌할 바를 모른 채 "곤란하네요" 하고 말했다.

"이모님은 하무라 씨에게 매주 보고하러 와달라고 전해달라고 했거든요. 하무라 씨가 와주시지 않으면 흥분해서 어떻게 되실지도 몰라요. 저래 봬도 정말 상태가 안 좋아서, 의사 선생님은 당장 내일이라도 어떻게 될지 모른다고 하셨거든요."

"그건 그렇고 그 따님……의 이름은 어떻게 되나요?"

사야가 순간 얼굴을 찡그리고 입술을 깨물었다.

"시오리예요. 뜻 지志에 실마리 서緒에 이익의 리利를 써요."

시오리志緒利. 머릿속에 한자를 떠올렸다. 아시하라 시오리. 한자로는 복잡하고 갑갑한 이름이다.

"시오리 씨는 후부키 씨의 무남독녀인가요?"

"맞아요."

"실례지만 후부키 씨는 따님을 찾는 일에 처음 보는 거나 마찬가지인 제게 현금으로 300만 엔을 아무렇지도 않게 지불했습니다. 부자……인 거죠?"

"그렇게 말해도 좋을 거예요."

"그런데 병실은 1인실이 아니다?"

"본인의 희망이에요. 오래 입원 생활을 하신 탓인지 얼마 전에 1인실은 지쳤다, 감옥 같아서 싫다고 하셨어요. 다만 내일이 되면 역시 1인실이 좋다고 말하실지도 몰라요. 이모님은 다소 괴팍한 성격이라서요. 주위 사람들도 이모님께 휘둘리고 있어요. 하지만 앞날이 얼마 남지 않았기 때문에 웬만한 요구는 들어드리려고 하니까요. 이번에 하무라 씨께 폐를 끼치게 된 건도 그래요. 시오리가 사라진 뒤 찾는 둥 마는 둥 하다가 죽은 셈 치겠다고 선언하셨으면서, 20년이 지난 이제 와서 갑자기 찾겠다니."

사야가 지친 듯이 의자에 몸을 기댔다.

"20년 동안 시오리 씨에게서는 연락이 없었나요?"

"딱 한 번 이모님 앞으로 엽서가 왔었어요. 행방불명된 지 반년 정도 되었을 때였을까요. 교토에서 금각사가 인쇄된 엽서로. 마치 여행지에서 보낸 듯한 가벼운 내용이었어요. 시오리가 가출했을 때는 그녀를 동정했거든요. 이모님은 옛날부터 보통 성격이 아니어서 그 어머니에게서 도망치고 싶어지는 것도 무리는 아니라고. 그런데 그 엽서 때문에 동정했던 마음이 차갑게 식었어요. 아마 지금도 어딘가에서 나름대로 즐겁게 살고 있지 않을까요?"

사야는 거기까지 말한 뒤 낭패한 듯이 눈을 깜박였다.

"저기, 하무라 씨. 이 의뢰를 받아주시면 안 될까요? 탐정 일을 할 수 없는 사정이 있으신 것 같으니, 진지하게 시오리를 찾으라는 말은 아닙니다. 매주 병실에 들러서 10분 정도 적당히 조사 상황을 설명해주시기만 하면 돼요. 그러면 이모님의 마음이 풀리실 거예요. 게다가…… 일단 여기에 든 돈은 드릴 테니 손해는 아니실 듯한데……."

'그것도 사기다.' 나는 생각했다.

사야는 이렇게 말하고 싶은 것이다. '게다가 이모님은 곧 돌아가실 테니.'

솔직히 돈은 필요하다. 300만 엔 전부가 아니라도 좋다. 반, 아니 3분의 1이라도 좋다. 그 돈이면 얼마간 무보수 상태였던 구멍을 메울 수 있고 의료비도 충당할 수 있다. 더 이상 통장에서 돈을 빼서 쓰지 않아도 된다.

나는 사야에게 말했다.

"조건이 있습니다."

5

생각하기에 따라서는 후부키의 말대로 내게 운이 찾아온 것일지도 모른다. 탐정 일로 복귀하고 싶다고 생각했더니 그 순간 의뢰인이 나타났다.

하지만 금이 간 갈비뼈와 맛이 간 폐 때문에 도저히 무리할 수 있는 몸이 아니니 사회 복귀가 먼저다.

빗발이 거세서 병원 매점에서 비닐우산을 샀다. 계속 건물 안에 있던 인간에게는 쌀쌀한 날씨였지만, 머플러나 장갑이 필요할 정도는 아니다. 센가와 역 앞의 벚꽃은 이미 져서 꽃잎이 땅 위에 떨어져 있었다.

그 길로 휴대전화회사 직영점에 들렀다.

응대해준 것은 '히라마쓰'라는 명찰을 단 여성이었는데, 비닐봉투를 보여주고 상황을 설명하니 눈을 동그랗게 떴다. 이런 사태에 대한 매뉴얼은 없는 모양이었다. 하지만…….

"하무라 아키라 님이시죠? 하무라 님께서는 보험에 가입하셨기 때문에 이쪽 번호로 전화를 걸어 신청하시면 새 기기를 할인된 가격으로 받으실 수 있습니다. 비용은 전화요금과 함께 자동 이체되는데, 일정기간 내에 쓰시던 기기를 반납하지 않으면 새 기기를 사는 것과 같은 금액이 인출되게 됩니다."

자신이 아는 범위 내의 이야기가 되니 청산유수처럼 술술 설명을 한다.

"보냈다가 악취 때문에 기술자가 졸도하거나 해도 소송을 건다거나 하지는 않겠죠?" 하고 물어보니 히라마쓰는 "그에 대해서는 서비스센터에 문의해보시기 바랍니다" 하고 말했다. 책임 회피를 위해 다른 부서에 떠넘기는 듯했지만, 말투와 태도에서는 애교가 넘쳤다.

무책임을 돌려서 드러내는 사회. 이따금 난동을 부리고 싶어진다.

새 스마트폰은 다음 날 도착했다. 마지막으로 데이터를 백업한 것은 반년 전의 일이었다. 하지만 체크해보니 옛날 데이터로도 별로 불편할 일이 없었다. 그 이후에 알게 된 사람들의 데이터는 사라졌지만, 그런 정도로 이 세상이 끝장나지는 않는다.

누군가에게 새로 연락을 할 생각은 없었지만, 이 작은 통신기기가 돌아온 것만으로 어째서인지 안심이 되었다. 비는 계속 내렸지만 전날에 비해 따뜻해지기도 해서 재활 겸 셰어하우스의 청소나 세탁을 하며 보냈다.

창으로는 도모에가 사는 안채 정원이 내려다보인다. 우비를 입은 도모에가 나를 알아차리고 손을 흔들었다. 나는 계단을 내려가 인사하러 갔다. 결국 그녀가 입원 보증인을 서주었다. 먼 친척보다 가까운 집주인. 고마운 이야기다.

"어머나, 퇴원했구나. 정말 다행이다."

도모에가 미소 지었다. 그녀는 입원 중에 요리가 든 밀폐용기를 들고 병문안을 와주었다. 여든 살이 멀지 않았을 텐데 정정하고, 채소를 기르고, 담배를 문 채 트럭을 운전해서 근처 슈퍼마켓 등지에 납품하러 가고, 지은 지 70년이 넘는 안채를 깔끔하게 관리 중이다.

지진 후, 간선도로 주위 건물의 규제가 심해졌다. 다행히 안채는 도로에서 꽤 들어간 곳에 있기 때문에 재건축할 필요는 없었지만 살짝 기운 듯이 보인다. 지진으로 지붕 기와가 떨어지거나 벗겨지거나 한 데다, 지은 지 70년이다. 바닥 밑에서 쥐가 기어 나온 것을 목격한 적도 있고, 지붕 안쪽에는 족제비가 살았다고 한다. 단골 업자도 끊임없이 재건축을 권유하고 있는 듯한데, 본인은 신경도 안 쓴다.

"정말 폐를 끼쳤습니다."

"큰일이었네. 우리 집도 낡은 집이니 바닥이 꺼지지 않게 조심해야겠어."

"꺼질 것 같나요?"

"항상 삐걱대."

도모에가 웃었다.

잡담을 나눈 후 센가와 상점가로 쇼핑을 나섰다. 온 김에 화과자집에서 호박 계열의 명과 세트를 골라 문병와준 사람들에게 감사 문구를 적어 발송을 부탁했다. 바른 생활, 바른 인간 하무라 아키라.

집으로 돌아와 채소밭이 내려다보이는 정남향 방에서 받아온 아시하라 시오리의 자료를 꺼냈다.

첫 탐정사의 조사 보고서는 컴퓨터가 아니라 워드프로세서로 작성한 것이었다. 시오리가 실종된 1994년이면 당연하게도 윈도95 발매 전이다. 컴퓨터는 아직 일반적이지 않았고, 보고서는 워드프로세서로 작성하는 것이 상식이었다. 물론 일부의 완고한 조사원은 손으로 쓰기도 했다. 첨부된 사진도 필름카메라로 촬영해 사진관에서 현상한 것을 풀로 붙였다.

후부키는 경찰에게 소개받았다고 했는데, 표지에 있는 '이와고 종합조사연구소'라는 이름은 전혀 들어본 적이 없었다. 조사를 담당한 것은 이와고 가쓰히토라는 인물로, 개인 사무소인 모양이다.

표지를 넘기니 갑자기 젊은 여성의 사진이 나왔다. 사진관에서 찍은 단정한 상반신 사진이다.

언뜻 보고는 살짝 놀랐다. 뭐라 해야 할지 상상과는 달랐다. 평평하고 둥근 얼굴, 눈 사이가 벌어지고 작은 눈, 가운데가 움푹 파인 턱. 콧구멍은 앞을 향하고 있고, 피부는 어중간하게 햇볕에 탔고, 광대뼈 주위에 주근깨가 있었다. 머리카락은 억세 보였고, 미용실에서 다듬은 다음일 텐데 여기저기 삐죽 솟아나 있다.

옛날에 읽은 소설에 "재패니즈 친이 재채기를 한 듯한 얼굴의 추녀"라는 말이 있어서 대체 어떤 얼굴일까 궁금했는데 시오리를 보고 납득했다. 그렇구나. 이런 얼굴을 말하는구나.

그 우아한 후부키의 딸로는 전혀 보이지 않는다. 나는 아연했지만 바라보고 있으니 눈을 뗄 수가 없었다. 확실히 못생겼다. 그녀를 미인이라고 부를 사람은 없을 것이다. 그런데 어째서인지 계속 보고 싶어진다. 신기하게도 사람을 끌어당기는 강렬한 애교 같은 것이 있다. 미인 무리에 섞여 있어도 다른 미인을 눈에 띄지 않게 만드는 여자.

이것이 아시하라 시오리인가.

보고서를 꼼꼼히 읽었다.

시오리는 1994년 7월 25일, 별장이 있는 야마나시 현 가와구치 호수에 가겠다며 집을 나섰다. 시오리의 직업란에는 '신부 수업'이라 적혀 있다. 지금이라면 이것도 '무직'인데, 이날도 가와구치 호수 근처에 있는 스즈키 부부의 집에서 맞선을 보기로 했던 모양이다.

원래는 어머니인 후부키와 함께 가기로 했는데, 후부키가 급한 일로 갈 수 없게 되었다. 시오리는 기차를 타고 가겠다고 했고, 후부키는 조심해서 다녀오라고 말하고 8시 넘어 차로 집을 나섰다. 모녀는 세타가야 외곽인 세이조에 있는 300평 부지의 단독주택에 둘이서 살았다. 시오리는 후부키를 현관에서 배웅했다고 한다.

그날 이후 시오리를 본 사람은 없다.

맞선 약속은 오후 3시였다. 그보다 한 시간 전에는 나타날 것이라 생각했던 시오리가 전혀 나타나지 않기에 스즈키 부인이 2시 반에 별장과 도쿄 아시하라 저택으로 전화를 걸었다. 이때 아시하라 저택에는 아무도 없는지 전화를 받지 않았다. 이 시절에는 휴대전화가 간신히 보급되기 시작하던 때로, 시오리는 갖고 있지 않았다.

스즈키 부인은 음성사서함에 메시지를 남기고 그대로 기다렸지만, 시오리는 날이 저물어도 나타나지 않았다. 결국 맞선은 취소가 되었다. 부부는 화가 났고, 부인이 다시 도쿄의 아시하라 저택으로 전화를 걸었다. 이번에는 후부키가 받았다.

후부키는 사정을 듣고 깜짝 놀랐다. 시오리의 백과 구두가 없어졌고, 현관문도 제대로 잠겨 있으니 확실히 나갔을 거라고 말했다. 그래서 부부는 걸어서 5분 거리에 있는 아시하라 집안의 별장에 상황을 살피러 갔다. 별장은 누군가가 들른 흔적 없이 고요했다.

시오리는 그 뒤로 모습을 보이지 않았다. 후부키가 가와구치 호수로 달려갔으나, 맞선이 취소된 사실에 바보같은 딸이 어디를 가든 알 바 아니라며 엄청 화를 냈다고 한다. 스즈키 부부가 열심히 그녀를 달래며, 혹시 사고를 당했을지도 모르니 경찰에 신고를 하는 편이 좋겠다고 설득했다.

후부키는 그런 짓을 했다가는 아시하라 가문의 이름에 먹칠을 하게 된다며 거부했다. 결국 신고를 한 것은 실종된 지 한 달 뒤의 일이었다.

가족의 대응이 그러했으니 경찰도 이것을 사건으로 간주하지 않았다. 신원불명의 사체나 인물과 대조해보거나 탐정사를 소개했을 뿐이다.

"시오리 양은 얌전한 아가씨였어요."

스즈키 부인은 이와고 탐정의 질문에 그렇게 내답했다.

"하지만 후부키 씨의 개성이 강렬해서 상대적으로 그렇게 보였을 뿐일지도 몰라요. 후부키 씨는 따님을 번듯한 상대와 결혼시키려 했죠. 자신이 결혼하지 않은 몸이라 더 그랬을지도 몰라요. 다만 어머님이 미혼이라면, 결혼 당사자는 괜찮다 해도 부모님이나 친척 쪽에서 반대가 심하거든요. 후부키 씨에게도 맞선으로는 어려울지도 모르겠다고 넌지시 말씀드렸지만 말이죠.

네, 그러니까 후부키 씨 자신이 따님 결혼의 걸림돌이 될 거라고는 상상도 못했을 거예요. 맞선이 잘 성사되지 않는 건 시오리 양에게 문제가 있음이 틀림없다는 게 후부키 씨의 생각이었으니까요. 스타라는 건 그런지도 모르겠지만, 시오리 양 입장에서는 힘들기만 할 뿐이죠.

물론 그건 가출이 분명해요. 나중에 들었는데 후부키 씨는 그 직전에 시오리 양에게 거금을 건넨 모양이에요. 맞선용 옷이나 보석을 사라고. 하다못해 상대에게 돈이 많다는 사실을 보여주고 싶었던 게 아닐까요?

상황이 그렇다 보니 거금을 손에 쥔 시오리 양이 그걸 들고 도망친 것도 당연하지 않을까요?"

여기까지 읽은 나는 잘 이해가 가지 않았다. 스타? 보고서를 내려놓고 컴퓨터 전원을 켰다. 아시하라 후부키를 검색했다.

아시하라 후부키

여배우. 1940년 출생. 도쿄 출신. 태평양전쟁 전 아시하라 재벌을 일군 아시하라 신의 3남 아시하라 도모히코의 딸. 본명은 사오리였으나, 후에 예명인 후부키로 개명.

1956년 N여성가극단에 입단. 톱스타로서 절정의 인기를 누리던 1966년에 은퇴 후, 영화계로 이적. 4년 동안 열다섯 편의 영화에 출연. 히지카타 류 감독의 〈백장미의 여자〉,

〈개천의 장미〉, 〈장미 키메라〉 등 장미 시리즈로 그 연기력을 높이 평가받았다. 시대를 대표하는 아이콘 중 한 명으로 현재에도 컬트적인 인기를 자랑한다. 1970년, 병을 이유로 갑자기 은퇴. 이후 공식석상에 모습을 드러내지 않았다. 1994년, 딸이 실종되었다는 사실이 주간지 등에 다루어졌고, 24년 전 은퇴의 이유가 임신이었다는 사실과 미혼모라는 사실이 보도되었다. 유명 정치가나 기업가, 거물 연예인의 이름이 딸의 아버지로 거론되는 가운데, 자신이 아버지라고 주장하는 인물이 T텔레비전 방송에 출현해 눈물을 흘리며 딸의 이름을 불렀다. 하지만 훗날 사례금이 목적인 가짜라는 것이 판명. T텔레비전 정보국장과 담당 PD가 처분을 받았다.

놀라운 동시에 납득이 가기도 했다. 아시하라 후부키는 진짜 스타였다. 그 여왕 같은 거동에는 제대로 된 이유가 있었다. 더불어 이런 사건이 있었다니 전혀 알지 못했다.

재벌 가문의 아가씨가 스타가 되었다. 재벌은 태평양전쟁 후 해체되었으나(일본에서의 재벌이란, 태평양전쟁 패전 후 연합군에 의해 해체와 자산 몰수의 과정을 거친 몰락한 가문을 지칭한다. 미쓰비시처럼 해체 이후에도 재집결 등을 통해 큰 부를 유지한 재벌도 다수 존재 — 옮긴이), 한 번 스타는 평생 스타라고 한다. 주위에서는 어떻게 여기든 본인의 마음가짐은 그럴 것이다.

부자인 이유는 본가의 재산이나 자신이 번 것이라기보다, 딸의 부친 관련일지도 모른다. 친척들이 달려드는 것도 이해가 간다.

후부키가 탐정사 등에 부탁하고 싶지 않다는 이유도 잘 알았다. 그녀는 '대형 탐정사'이기 때문에 믿을 수 없는 것이 아니라, 탐정사는 그 어떤 곳도 믿지 않는 것이다. 딸이 실종되어 탐정에게 부탁했으나 찾지 못해 조사를 중단시켰더니 언론에 정보를 흘렸다. 은퇴한 지 4반세기가 지났음에도 그런 꼴을 당한 것이다. 그야 생각하고 싶지도 않을 만하다.

그렇다고 해도 묘하게 잘 해결되었다는 생각이 들었다. 누가 아버지인지 화제가 되었더니, 자신이 아버지라고 주장하는 남자가 나타나고, 후에 가짜라는 사실이 판명. 관련된 사람들이 모조리 처분. 그 이후 이 화제는 터부시되었을 것이다. 다음 이야기는 어디를 어떻게 검색해도 나오지 않는다.

불난 집에 부채질을 하고는 단번에 물을 부어 진화한다. 정보 컨트롤이 상당히 능숙하다. 그렇다는 말은 시오리의 아버지는 역시…….

나는 고개를 젓고는 보고서 뒷부분을 읽었다. '이와고 종합조사연구소'의 이와고 가쓰히토는 꼼꼼하게 시오리의 주위를 냄새 맡고 다녔다. 후부키가 넘긴 시오리의 연락장에 적혀 있는 사람과 모조리 이야기를 나누었고, 이웃 주민들도 마찬가지였다. 탐문 상대가 족히 100명이 넘었다는 것은 꽤나 성실한 가출인 조사라고 생각한다.

그러나 수확이라 할 것은 없었다. 행방불명 후 한 달이 넘은 상황에서 조사를 시작한 것이 문제였는지, 동네 주민들도 그날 집을 나서는 시오리를 봤는지 어땠는지 기억하지 못했고, 아시하라 저택에서 호출한 택시도 찾지 못했다.

후부키의 말로는 시오리는 맞선에 대비해 큰 여행 가방을 준비했는데, 그것이 시오리와 함께 사라졌다는 것이다. 후부기가 전에 파리에 몇 달 정도 살았을 때 가져갔었던 상당히 큰 여행 가방으로 샛노란 색이라 눈에 띌 만했다. 그런 짐이 있었다면 시오리는 택시를 불렀을 것이고, 만약 버스를 탔다고 하면 운전기사나 주민들 중 누군가가 그 모습을 기억할 것이 분명할 텐데도 목격 증언이 전혀 없다.

그렇게 되면 누군가 차로 시오리를 데리러온 인간이 있었던 것이 아닐까? 이와고 탐정은 그렇게 생각해서 시오리의 친구 중에 면허증을 가진 사람을 소거법으로 한 명씩 배제했다. 시오리는 유치원부터 대학교까지 여학교를 다녔고, 이성 친구는 없었다. 아르바이트를 한 적도 없고 친한 친구는 소수였다. 더불어 가출했다고 생각되는 날은 평일이다. 대다수의 사람에게 알리바이가 존재했다.

이 작업을 통해 남은 것이 야나카 유카라는 여성이었다. 그녀는 시오리와는 유치원 때부터 친한 친구였다. 더불어 이날 외조부모가 사는 후지요시다 시로 외출했었다. 시오리의 목적지인 가와구치 호수와 거의 같은 행선지라 해도 무방할 정도다(가와구치 호수와 후지요시다 시는 같은 야마구치 현 소재지로, 대중교통으로는 한 시간 거리— 옮긴이).

본인 주장에 따르면 오전 10시경 애차인 볼보에 남동생을 태우고 시부야 구 쇼토의 자택을 출발. 도중에 고속도로 휴게소에서 밥을 먹고 외조부모의 집에 도착한 것은 오후 1시 넘어서였다고 한다. 스물두 살인 남동생도 동일한 증언을 했다.

이와고는 당초, 야나카 남매를 의심의 눈초리로 바라보았던 것 같다. 남동생은 초등부 입학시험만 통과하면, 대학교까지 자동으로 진학 가능한 유명 사립학원에 다니는 도련님이었는데, 중학교 때부터 풍족한 용돈을 이용해 나쁜 놀이에 빠지고 이따금 문제도 일으켰다. 강간이나 폭행으로 고소당한 적도 있었는데 매번 용케 빠져나갔다. 탐정을 상대로 거짓말을 하는 정도는 식은 죽 먹기였을 것이다.

그런데 이와고가 후지요시다까지 직접 찾아가서 조사하니, 단고자카 휴게소에서 남매를 목격했다는 인물이 나타났다. 야나카 남매 외조부의 오랜 친구인 전직 경찰이다. 두 사람이 밥을 먹고 있는 것을 보고 말을 걸었고, 차를 타고 떠날 때도 배웅했다. 다른 동승자는 없었다고 한다. 물론 야나카 남매가 부탁을 받고 시오리를 어딘가에 태워준 이후일 가능성도 부정할 수는 없지만, 그들이 거짓말을 했다는 증거 또한 없다.

다만 야나카 유카가 마지못해 새로운, 그것도 중요한 증언을 했다. 그 증언을 얻어낸 것은 이와고가 끈질기게 파고든 덕일 것이다.

유카가 전에 신주쿠의 로열 할리우드 호텔 라운지에서 시오리를 목격한 적이 있다는 것이다. 함께 있었던 것은 40대 정도의 남성으로, 두 사람은 사이좋게 달라붙어 있었다. 나중에 그 일로 시오리를 놀리니, 시오리가 얼굴이 새파래져서는 아무에게도 말하지 말라고 신신당부했다는 것이다.

시오리가 가출했다는 말을 듣고 유카가 제일 먼저 떠올린 것은 그 일이었다. 그것은 시오리의 불륜 상대로, 두 사람은 사랑의 도피를 한 것이라 생각했다.

이와고 탐정은 바로 호텔로 찾아갔다. 그 결과, 시오리와 상대 남성이 두 번 정도 호텔 라운지에서 만났었던 것 같은데, 숙박도 하지 않고 식사도 하지 않고 도보로 호텔을 떠났다는 사실이 판명되었다.

여기까지 읽으니 등이 뻣뻣해졌다. 나도 모르게 온몸에 힘이 들어갔던 모양이다. 이와고에게 감정이입을 하지 않으려 했음에도 시오리와 상대 남자가 호텔에 아무런 흔적도 남기지 않았다는 사실에 엄청 실망했다. 더불어 도보라니. 택시를 타라고, 택시를! 두 사람이 어디로 향했는지 알 수 있었을지도 모르는데.

동시에 20년이라는 세월이 정말 오랜 시간이라는 것을 통감했다. 어렸을 적, 20년 전이란 역사 속 이야기였다. 마흔이 넘으니 20년 전이라고 하면 확실한 기억도 있고, 그리 오래된 과거로도 느껴지지 않는다. 하지만 실제로는 로열 할리우드 호텔 같은 경우에는 이미 사라진 지 오래다. 사망자 14명의 화재가 발생해 얼마간 폐허 상태였지만, 2007년경에 철거되고 현재는…… 뭐로 바뀌었더라. 어쨌든 새로운 시설로 바뀌었다.

잃어버린 20년. 농담으로 치부하기 힘들다.

천천히 몸을 푼 다음 뒷부분을 읽었다. 조사는 이후 진척이 없었던 모양이다. 이와고도 놀고 있었던 것은 아니어서, 3주에 걸쳐 전에 만났던 시오리의 친구들을 다시 방문하거나 로열 할리우드 호텔 라운지에 진을 치거나, 어떻게 했는지 '불륜 상대'의 초상화까지 작성했다. 그럼에도 그 남자에 대한 실마리는 무엇 하나 잡지 못한 모양이다.

결국에는 시오리의 아버지에 대해 조사하려 했다. 아버지가 시오리를 어디로 빼돌린 것이 아닌가 의심했을지도 모른다. 있을 법한 일이라 아버지 쪽과의 연관성을 포기하기는 쉽지 않았지만, 그 지점을 파헤치는 것은 탐정의 월권행위라는 사실을 인지하지 못했다. 조사하려 했던 사실을 보고서에 당당히 적다니 제정신이 아니다.

아마도 그것이 후부키의 역린을 건드렸을 것이다. 보고서는 어느 날을 경계로 갑자기 끝나버렸다. 용두사미를 글로 그대로 표현한 듯해서 짜증이 났다.

그래도 이와고의 보고서는 전체적으로 잘 조사했고 잘 적혀 있었다. 이와고의 조사에 허튼 부분은 없다. 거의 혼자 조사했다는 것을 생각하면 꽤나 훌륭한 보고서였다. 결과를 내지 못했기 때문에 보고서를 칭찬한들 아무런 도움도 안 되지만 말이다.

그에 비해 7년 후에 친척이 멋대로 조사시킨 쪽, 그러니까 다른 하나의 조사 보고서는…….

표지에 적힌 흥신소 이름부터 마음에 들지 않았다. 이 흥신소는 나도 아는 곳이다. 악명이 자자한 곳으로, 이곳 때문에 사람들이 업계 전체를 색안경을 끼고 본다 해도 과언이 아니다. 조사 내용을 의뢰인과 적대하는 쪽에 팔아버리거나, 그것을 근거로 공갈협박을 하거나, 함정에 빠트리는 등 나쁜 소문이 끊이지 않는 회사였다. 고소를 당해 현장직 인원이 몇 명인가 체포되었는데, 직후 경영진이 회사를 해산. 다음 날에는 다른 이름으로 다른 곳에 새로운 사무소를 세웠다고 한다. 하세가와 탐정사무소의 하세가와 소장은 그들을 '해삼'이라고 불렀다. 껍데기만 남아 있으면 내장을 버려도 재생하기 때문이다.

그 '해삼'의 조사 보고서는, 시오리가 사라진 이후 7년간의 신원불명 시신에 대해 여러 사례를 열거했다. 대다수는 신원불명 상태인 젊은 여성의 시신 이야기였다. 그런데 키나 나이, 혈액형, 의류나 소지품 등 시오리와의 구체적인 공통점에 대해서는 그 어떤 이야기도 없었다.

계속 읽고 있으니 당돌하게 아오키가하라 삼림(자살 명소라는 소문이 있다—옮긴이)에 대해 상세한 설명이 실린 것이 아닌가. 백과사전이나 오컬트 가이드북에서 문장을 그대로 베낀 듯했다. 보고서의 마지막은 이렇게 마무리되었다.

"맞선이 있을 예정이었던 가와구치 호수와 아오키가하라의 거리가 가까운 것을 생각해보건대 그곳에서 발견된 여성 시신 중 한 명이 조사 대상자일 가능성은 상당히 높지만, 시신은 모조리 행정해부한 후 화장, 무연고 시신으로 공동 매장되었기 때문에 현재는 확인이 지극히 어려운 상황이다. 또한 사체검안서는 입수하기가 곤란한 탓에 인맥이나 복잡한 절차를 거쳐야 한다. 때문에 별도의 상담이 필요하다."

뭐야, 이거.

후부키가 일소한 것도 당연하다. 시오리의 본래 목적지 근처에 어쩌다 자살의 명소가 있었다는 것이 뭐 어쨌다는 거지? 게다가 확인하고 싶으면 돈을 더 내라니. 아마 후부키의 친척은 '해삼'에게 시오리가 죽었는지, 혹은 죽었으면 그 모친에게 보여줄 보고서가 필요하다는 식으로 의뢰했을 것이다. '해삼'은 거기에 맞춰서 사무실에서 한 발짝도 나가지 않고 거짓 보고서를 작성했음이 틀림없다.

정신을 차렸을 무렵에는 창밖이 어두워지기 시작했다. 겨울에 비해 해가 길어졌다. 양말을 한 겹 더 껴입고 불을 밝혔다. 스마트폰을 꺼내 '도토종합리서치'의 사쿠라이 하지메라는 남자에게 전화를 걸었다.

도토는 대형 조사회사로, 하세가와 탐정사무소는 자주 도토의 하청 일을 맡아 했었다. 반대로 도토 측에 지원을 요청할 때도 있었다. 때문에 사쿠라이와는 팀을 짜 함께 일을 한 적이 많다.

"여, 무슨 일이야, 하무라."

사쿠라이가 말했다.

"하세가와 탐정사무소가 문을 닫은 뒤 탐정을 그만두고 어딘가에서 아르바이트한다는 이야기를 들었어. 재능이 아깝게시리. 우리 회사로 와. 마구 부려먹을 테니. 우리 사장 조카와 한판 붙은 일이라면 신경 안 써도 돼. 사장은 경영권을 시라미네 상무에게 넘기고 다음달에 은퇴할 예정이고, 그 조카는 다시 교도소로 돌아갔거든."

"무슨 짓이라도 벌인 거야?"

"강제 추행. 피해자 신고가 일곱 건이나 들어왔으니 이번에는 오래 있어야 할 거야."

"발전이 없는 인간일세."

"그러게 말이다."

얼마간 업계 관련해 이야기꽃을 피웠다. 스토커 사건이나 경찰의 내부정보 유출 사건 등이었다. 탐정 업계도 이전과 달라진 것들이 꽤 있었다. 조사 방법도 변했다. 이 업계에 20년 넘게 몸을 담근 탐정보다 통신기기를 다루는 데 익숙한 10대 스토커 쪽이 개인정보를 캐내는 데 훨씬 능숙할 경우도 있다.

"아니면 변태라든가. 얼굴도 본 적 없는 여자들을 꼬드겨서 나체 사진을 보내게 하는 녀석이라든가. 정말 이상한 시대가 되어버렸어. 그런데 너, 이런 잡담이나 하려고 연락한 건 아닐 거 아니야?"

후부키의 의뢰에 대해 간단히 설명했다. 사야에게 내건 조건 중 하나가 내가 선택한 탐정사에 사야가 정식으로 조사 의뢰를 하는 것이었다. 사야는 상당히 떨떠름해 했지만, 그 조건을 받아들이지 못하겠다면 일을 맡지 않겠다고 협박하니 그제야 받아들였다.

"아시하라 후부키라. 옛날 여배우? 들은 적이 있는 것 같기도 없는 것 같기도……. 20년 전이라고? 으음……."

사쿠라이가 잠시 신음한 뒤 "괜찮을 것 같은데?" 하고 말했다.

"실제로는 하무라가 조사를 하고 우리는 보좌할 뿐이잖아? 하무라는 탐정업법과 관련된 문제를 해결할 수 있고, 우리는 별 고생 없이 요금을 받을 수 있지. 정규요금이면 되겠지?"

"물론이지. 하루 7만 엔씩 일단 열흘 치. 제대로 받아낼 생각이야."

"더불어 조사를 함으로써 죽음을 앞둔 할머니에게 따님과 만날 수 있을지도 모른다는 희망을 안겨줄 수 있다면…… 거절할 이유는 없지."

월요일이라도 사야를 사쿠라이와 만나게 해서 정식으로 계약을 하자. 물론 비용은 내가 맡아둔 돈에서 낸다고 못을 박아두었다. 사쿠라이가 입맛을 다시고 있는 모습이 눈에 훤했다.

"고마워, 하무라. 맞아, 계약은 저녁쯤에 하지. 끝나면 내가 한잔 살게."

"오전 중에 해. 그보다……."

나는 있는 힘껏 목소리를 끌어내 말했다. 이 상태에 알코올 섭취는 바람직하지 않다.

"조사해줬으면 하는 일이 있는데."

6

토요일 오전 중, 내가 보낸 병문안 감사 선물을 받은 각 방면에서 연락이 왔다.

마시마는 잘 받았다고 문자를 보냈고, 집주인인 도모에는 "호박 파이, 내가 좋아하는 건데" 하며 기뻐했다. 미쓰우라는 "하무라가 이런 일반인의 매너를 알고 있다니 놀랍네" 하고 말했다. 충분히 실례되는 발언이었지만, 살인곰 서점의 도야마에 비하면 양반이었다.

"과자 고마워요. 바나나를 보내주는 편이 더 좋았는데 말이죠. 아무렴 어때요. 그런데 이제 슬슬 일하러 나오지 않겠어요? 가만히 누워 있는 것도 이젠 지겨울 거 아네요? 마침 토요일이니 오늘부터 부탁해요."

웃으며 이렇게 전화를 걸어왔다.

"저도 좋아서 다친 게 아닌데 말이죠. 게다가 의사는 당분간 무리하지 말라고 했고요."

"그만큼이나 쉬었으니 하무라 씨를 해고해도 되지 않을까 해서 다음 아르바이트생을 찾았는데 좀처럼 마땅한 사람이 없더라고요. 세상 경기가 좋아졌나 봐요."

"해고해도 좋으니 다른 사람을 찾아보시죠."

"'도서 미스터리 페어'도 조만간 끝이라 다음 기획을 생각해야 해요. 하무라 씨의 백골 발견을 기념해서 '뼈 미스터리 페어'는 어떨까요? 그럴 경우 가장 먼저 떠오르는 건 캐시 라익스의 《본즈》인데, 이건 과학수사 페어 때 써먹었군요. 아론 엘킨스의 해골 탐정 시리즈, 빌 프론지니의 《뼈》, 도널드 E. 웨스트레이크의 《물어보지 마》, 레지날드 힐의 《뼈와 침묵》, 노나미 아사의 《바람의 묘비명》, 그 밖에 법인류학자의 논픽션이 몇 권인가 있어요. 얼굴 복원과 관련된 책이죠. 이 외에 생각나는 건 없나요?"

"스티븐 킹의 《스켈레톤 크루》는요?"

"장난치지 마세요. 페어 라인업에 따라서 아르바이트 비가 안 나오게 될 수도 있다고요."

아니, 아르바이트 비는 필요 없거든요. 300만 엔이나 있으니.

단호히 거절할 생각이었지만 직전에 마음이 바뀌었다. 이러니저러니 해도 요 몇 달 동안 살인곰 서점의 신세를 졌다. 아르바이트생이 없어서 곤란하다면 좀 도와줄 수는 있다.

물론 책 매수나 무거운 물건을 옮기는 것은 힘들지만 토요일 당번 정도라면, 아르바이트생을 찾을 때까지라면.

"주말만요? 어쩔 수 없죠. 알겠습니다. 블로그에도 하무라 씨가 부활했다고 써둘게요, 잘 부탁해요."

도야마가 바로 승낙했다. 솔직히 감사의 말 한마디 정도는 들을 수 있을 줄 알았다.

월요일의 탐정업 재개에 맞춰 느긋하게 주말을 보낼 생각이었지만, 급히 채비를 하고 집을 나섰다. 도중에 아웃도어 숍에 들러 휴대용 산소 캔을 샀다. 숨을 쉴 수 없게 되었을 때의 공포와 불안감이 뇌리에서 사라지지 않는다.

개점시간인 정오보다는 한참 전에 도착했으나 이미 안면이 있는 단골이 와 있었다.

고등학생인 가가야는 정말 할 일이 없는지, 아니면 친구가 없는지 주말에는 개점 전에 나타나서 폐점할 때까지 서점에서 나가지를 않는다. 서점 2층의 '살인곰 살롱'……이라고 해봤자 커피메이커와 종이컵이 놓여 있을 뿐이지만, 거기서 입시공부를 하는 모양이다. 마니아들의 대화에 이따금 끼어들며 공부를 하면 집중이 잘 된다고 했다. 인터넷에서 샀다는 셜록 홈스가 인쇄된 개인용 컵을 2층에 놔두고 사용 중이다.

30대 중반 정도의 여성과 이야기를 나누던 가가야가 이야기를 끊고 큰소리로 말했다.

"아, 하무라 씨, 퇴원 축하드려요."

순간 놀랐지만, 바로 그의 도움을 바라는 듯한 시선을 깨달았다. 상대 여성은 꽉 쥔 손수건 너머로 이쪽을 노려보았는데, 그 눈은 촉촉이 젖어 있었다. 기억에는 없지만 가가야와 친한 듯이 이야기를 나누고 있었으니 아마도 단골일 것이다.

"살롱부터 열 테니 잠깐 기다려."

알아차리지 못한 척을 하며 열쇠를 꺼내들고 2층으로 올라갔다. 지금의 내게는 다른 사람의 고민에 할애할 체력도 기력도 없다.

기다리라고 했는데 가가야가 내 뒤를 따라 2층으로 올라왔다.

"하무라 씨, 좀 도와주세요."

가가야가 곤란한 듯이 말했다.

"저 사람, 결혼 약속을 한 상대가 행방불명이라 울고 있어요. 그런 이야기를 제게 한들 어떻게 해줄 수도 없는데."

그런 말을 내게 해도 어떻게 해줄 수 없다.

살롱에 들어가 환기를 시켰다. 2층 구석에 있는 바구니에서 살인곰 서점의 간판 고양이인 노란 줄무늬 고양이가 여유롭게 나타나 하품을 하고는 느릿느릿 밖으로 나갔다. 이 녀석은 내게 전혀 관심을 보이지 않는다. 도움이 안 되는 방해꾼이라고 생각하는 모양이다. 화가 나는 사실은, 그렇게 생각하는 것이 세상에 이 녀석만이 아니라는 것이다.

평소의 두 배 정도 시간을 들여 어지럽혀진 것들을 치우고, 의자를 정리하고, 커피메이커를 씻고 세팅을 했다. 벽 한쪽 면에 걸려 있는 액자의 먼지도 털었다. 유명한 미스터리 작가의 사진이나 실제 원고, 사인, 상장 등 일일이 확인할 수 없을 정도로 다양하고 잡다한 액자가 걸려 있다.

그 일을 끝낸 후 도바시의 모친이 사용했던 낡은 청소기를 돌렸다. 무게가 꽤 나가다 보니 끌고 다니는 것만으로도 지치지만, 엄청나게 큰소리가 나기 때문에 가가야의 목소리도 들리지 않게 되었다.

청소가 끝나니 가가야가 너무나도 한심한 얼굴로 말했다.

"그렇게 되었는데 어째야 좋을까요?"

"미안. 안 들렸어."

"하무라 씨, 제 얘기 좀 들어주세요."

"폐기능이 일반인의 20퍼센트 정도에 갈비뼈가 아직 붙지 않은 사람에게 말도 안 되는 부탁은 하지 마."

가가야가 고개를 숙였다. 어째서인지 모르겠지만 사람이 살해당하는 미스터리라는 소설을 애호하는 인간은 대개 번듯한 집안 출신이 많다.

"죄송해요. 하무라 씨는 탐정이니 뭔가 해주지 않을까 하고 그녀가 말해서, 저도 그 생각밖에 못했어요."

침울한 모습으로 홈스 머그컵을 홀짝이는 가가야를 놔두

고 1층으로 내려갔다. 서점 앞쪽의 콘크리트 바닥에 거대한 간판고양이가 발라당 누워 가르릉거렸다. 아까 그 여성이 간판고양이의 배를 쓰다듬는 중이었다.

1층 문을 열고 100엔 균일가 매대를 꺼내 입구 바로 옆에 설치했다. 이 작업은 꽤나 힘들었다. 힘을 주면 가슴 쪽에 통증이 심하게 느껴진다.

고양이는 악전고투 중인 나를 바보처럼 바라보며 뒷발로 머리를 벅벅 긁었다. 발로 차버릴까 했을 때 그 여성이 잠자코 나를 도와주었다. 엄청 고마웠다.

안쪽 창고에서 빗자루를 꺼내 서점 주위와 길을 가볍게 쓸고, 한손에 책, 다른 한손에는 피로 물든 칼을 들어 올린 곰 일러스트가 그려진 간판을 닦았다. 건물 외벽의 덩굴 잎에서 선명한 신록이 느껴졌다. 누워 있는 동안 벚꽃은 졌지만 역시 계절은 봄이다.

"저기, 안을 봐도 될까?"

그 말에 고개를 드니 여성이 서점 입구를 턱짓했다.

"들어오시죠. 바로 불을 켤 테니."

서둘러 서점 안으로 들어가 불을 켜고 카운터 아래에 있는 CCTV 스위치를 넣었다. 1층 서점 안 두 곳과 2층 살롱 영상을 4분할로 볼 수 있다. 그녀는 밝아진 서점 중앙의 '도서 미스터리 페어' 코너를 들여다보았다.

"난 이런 미스터리 싫어해."

그녀가 말했다.

“짜증나는 주인공의 일인칭 소설은 읽는 거 힘들지 않나? 아무리 마지막에 명탐정이 범행을 폭로해 파멸한다는 사실을 알고 읽어도 거기까지 견디기가 힘들어.”

“범인이 반드시 짜증나는 녀석이라고 할 수는 없잖아요?”

“그 경우에는 명탐정이 기분 나쁜 녀석인걸.”

그녀는 입술을 문지른 다음 내 쪽을 똑바로 보았다.

“가가야에게 뭐라도 들었어?”

“그다지.”

“그래? 당신, 탐정이라면서? 사실 내 남자친구가…….”

“막 퇴원한 참이라 그쪽 관련 상담은 받지 않습니다.”

“딱히 고용하겠다는 그런 이야기가 아니야. 실종신고를 하는 게 좋은지 조언이 필요할 뿐.”

여성은 구라시마 마미라고 했다. 본바탕이 예쁜 데다 복장이나 메이크나 네일까지 빠지는 곳이 없었다. 자신에게 닥친 비극으로 머릿속이 가득하며, 온 세상이 그 일에 대응해 줄 거라고 당연한 듯이 생각하고 있다.

네일을 신경 쓰지 않고 나를 도와주었을 정도니 근본은 친절하다는 것을 알 수 있다. 다만 이런 타입은 자신이 할 일을 이미 정한 뒤고, 그 이외의 조언에는 화를 낸다. 한편 본인이 원하는 대답을 내놓는다 해도 그 결과가 좋지 않으면…….

"당신이 그렇게 하라고 해서 그렇게 했는데."

이런 식으로 남 탓을 한다. 세상의 평화를 희망한다면 조언을 하지 않는 편이 좋다.

나는 눈을 마주치지 않은 채 카운터에 앉아 책 커버를 접는 척을 했지만, 마미가 멋대로 이야기를 시작했다. 도중에 서점에 손님이 들어왔다. 좁은 서점이다 보니 이쪽 이야기도 그대로 들린다. 나는 안절부절못했는데 마미는 신경도 쓰지 않았다.

두 달 반 정도 전, 결혼정보사이트에서 알게 된 동갑인 구라모토 슈사쿠. 연봉 800만 엔의 공인회계사. 둘 다 고양이를 좋아한다는 이유로 의기투합해 매주 두 번 정도 데이트를 하게 되었다. 건실한 사람으로, 데이트는 대개 프랜차이즈 선술집. 자산 운용에 대해 친절하게 조언을 해주고, 투자처로서도 좋고 함께 살기에도 좋다며 히가시고가네이의 애완동물을 기를 수 있는 맨션 구입을 권유했다. 부모님께도 여쭤봐야 한다고 말하니, 스스로 결정하지 못하는 여자에게는 매력을 느끼지 못한다는 말을 들었다. 그래서 싸움이 벌어졌고, 그날은 일단 헤어졌다. 나중에 부재중전화에 사과의 말을 남겼는데, 그 이후로 3주 넘게 그에게서 어떤 연락도 없고 전화도 연결되지 않는다는 것이다.

마미가 눈물을 글썽이며 절절하게 호소했으나, 그 이야기는 더하고 덜함이 없이 잘 정리되어 있어 내용을 파악하기 쉬웠다. 대체 지금까지 도망치지 못하는 상대를 제물로 이 이야기를 몇 번이나 반복했을까.

그 희생자들이 모두 뭐라고 말했을지 상상이 간다. 전형적인 데이트 사기다.

"나도 바보 아니거든."

마미가 말했다.

"그가 일하는 회계사무소가 진짜 있는지 없는지 확인했고, 전화도 해봤어."

"사무소에 직접 가봤나요?"

결국 물어보고 말았다. 마미가 입을 삐죽였다.

"거기까지는 하지 않았어. 홈페이지를 확인했을 뿐."

사기꾼이라면 가짜 홈페이지 정도는 준비해두는 법이다. 전화만 받아주는 비서도 버튼 하나로 준비할 수 있다.

그렇게 말하니 마미가 울컥해서는 "그이는 사기꾼이 아니야"라고 주장했다.

"왜냐면 고양이를 좋아하거든. 함께 고양이 카페에 가서 고양이를 대하는 모습을 보고는 이 사람이라면 틀림없다고 생각했어. 고양이를 좋아하는 사람 중에 나쁜 사람은 없으니까."

정말? 세계 정복을 꿈꾸는 조직의 보스는 대개 고양이를 무릎 위에 올려놓고 있는 법이라고 생각했는데.

"경찰에 신고하는 편이 좋을 거라 생각해? 친구들은 다들 그만두라고 말했는데."

"신고를 해도 수리해주지 않을 거예요."

"대체 왜? 나는 결혼까지 생각했는데."

'이미 과거형이잖아요?'라고 말하기라도 했다가는 큰 소동이 벌어질 것이다. 아무리 남녀 간의 미묘한 사정에 둔하다 해도 마흔이 넘으면 그 정도는 알 수 있다.

"실종신고는 기본적으로 가족만 낼 수 있거든요. 그의 가족이나 친구를 만난 적은 없나요?"

"……없는데."

"구라모토 씨의 집에 가본 적은?"

"없어."

"구라모토 씨의 고향은? 구라모토 슈사쿠라는 이름이 본명인지 아닌지 확인해봤나요? 그저 명함만 받은 게 아니고요?"

"그런 적 없다니까. 그는 거짓말쟁이가 아니라 좋은 사람이야. 연락이 끊긴 건 그의 의지가 아니라고."

마미의 눈은 눈물로 글썽글썽했다. 불쌍하다고는 생각했으나 이대로 경찰에 보냈다가는 나중에 더 안 좋은 꼴을 당할지도 모른다.

"제삼자가 보기엔 당신은 구라모토라는 남자에게 속은 걸로만 보여요. 하지만 당신은 자신의 의지를 관철했고, 어중간한 맨션을 사지 않아도 되었습니다. 그걸로 된 거 아닌가요?"

마미가 나를 노려보았다. 복귀하자마자 단골을 쫓아내는 꼴이 되는 건가. 초지를 관철해서 닥치고 있을걸.

"그렇기는 한데 당신이 옳았을 수도 있어요. 그래서 제안이 있습니다. 구라모토 슈사쿠 씨는 자신이 공인회계사라고 했다고 했죠? 공인회계사 협회가 있을 겁니다. 그런 이름의 공인회계사가 있는지 문의해보면 어떨까요? 지금 한 이야기를 하면 사기꾼일지도 모르니 알아봐줄 거예요."

"……알았어. 당신이 틀렸다는 사실이 그걸로 밝혀지겠지. 고급 초콜릿을 걸어도 좋아. 그는 좋은 사람이고, 무슨 사건에 휘말린 게 분명해. 그렇지 않으면 내게 연락을 안 할 리가 없어."

마미가 몸을 홱 돌려 서점에서 나갔다.

한숨이 나왔다. 아까부터 서점 안을 서성이던 손님과 눈이 마주쳤다. 그도 당황한 듯이 눈을 돌리고는 손에 들고 있던 빅토리아 홀트의 책을 책장에 돌려놓고는 서점에서 나갔다. 돌아가신 할머니가 사람을 겉보기로 판단해서는 안 된다고 자주 말씀하셨는데, 체격이 좋고 금발에 워크부츠를 신은 투박한 남성이 빅토리안 로맨스에 흥미가 있을 거라는 생각은 들지 않는다. 서둘러 그가 있던 책장을 확인하러 갔는데 사라진 책은 없는 것 같았다. 하긴 2주일 만이니 책장째 책이 바뀌어도 알아차릴 수가 없다.

작은 서점의 가장 큰 적은 책 도둑이다. 지금의 내게, 그것도 그런 고릴라 같은 좀도둑을 붙잡을 체력은 없다.

다행히 그날도 그 다음 날인 일요일도 평온하게 지나갔다.

'도서 미스터리 페어'도 일단락되어 손님은 뜨문뜨문 들어왔다. 그래도 단골이 찾아와 몇 권씩 사주었다. 그들의 목적은 2층 살롱에서의 별 볼 일 없는 잡담이었지만, 아무것도 사지 않고 드나드는 것에 다소 거부감이 있는 모양이다. 고마운 일이다.

그중에는 내가 백골을 발견한 사실을 알고 있어서 그 이야기를 꺼내는 손님도 있었다. 몇 번이나 같은 이야기를 묻기에 백골에 박치기한 흔적이라고 말하며 이마에 남은 멍자국을 보여주자 사진을 찍는 것이 아닌가. 물어보지도 않고 남의 사진을 찍는 무례함이 세상에 만연하게 된 것은 대체 언제부터일까.

어쨌든 '뼈 미스터리 페어'는 개시 전부터 불타오를 듯한 분위기였다. 단골들이 각자의 지식을 피력했다.

"잰 버크가 쓴 책 중에도 《뼈》라는 책이 있었어."

"도모노 로의 《50만년의 사각》도 뼈 미스터리라고 할 수 있지."

"로스 맥도날드의 《갤튼 사건》에도 뼈가 나왔었는데."

"뭐? 《갤튼 사건》에? 〈개틀스〉(가공의 원시시대를 배경으로 한 개그 만화. 일본판 〈고인돌 가족〉 — 옮긴이)와 착각한 거 아니고?"

덕분에 《갤튼 사건》과 요코미조 세이시의 《해골 검교관》이 팔렸다. 페어용 책을 보충하려면 또 땀나게 자전거 페달을 밟아야 할 것 같다.

단골들이 2층으로 이동해 서점이 빈 틈에 마미가 시무룩한 얼굴로 나타났다. 역 앞에서 샀을 것이다. 초콜릿 전문점 '레오니다스'의 종이봉투를 손에 들었다. 그녀는 말없이 종이봉투를 내게 내밀었다.

마미가 2층에서 커피를 담은 종이컵 두 개를 들고 왔다. 카운터 안쪽 의자에 둘이 나란히 앉아 커피를 마시고 초콜릿을 먹었다. 초콜릿은 놀랄 만큼 맛있었다. 맛있다고 하니 그녀는 "이건 벨기에 초콜릿인데, 푸아로의 단편 중에 벨기에 초콜릿 이야기가 있지 않았던가?" 하고 말했다.

"기치조지에는 '린츠'도 있지만, 나는 '레오니다스'가 좋아. 그보다 신주쿠에 있던 '노이하우스'의 초콜릿이 좋았는데."

"전문가시네요. 그쪽 계열 일이라도 하시나요?"

"그쪽 계열이 어느 계열인지는 모르겠지만, 일은 평범한 회사원. 중견 건설회사에서 경리 일을 하고 있어. 디저트와 미스터리는 단순한 취미."

좀처럼 카운터에 올라오지 않는 간판 고양이가 거구를 일으켜서는 쿠웅, 하고 카운터로 뛰어올랐다. 그런 다음 마미의 무릎을 노리고 뛰어내렸다. 마미는 기쁜 듯이 고양이를 만지고, 고양이도 기쁜 듯이 냐아, 하며 대답한다. 흐뭇한 광경이라, 서점 안에 있던 퇴근길에 들른 듯한 슈트 차림에 숄더백을 걸친 여성이 이쪽을 상당히 신경 썼다. 나는 전혀 부럽지 않았다. 이런 거구가 나를 향해 날아오면 죽을 것이다.

고양이를 쓰다듬는 마미와 약 한 시간 가까이 잡담을 나누었다. 주로 미스터리와 관련된 이야기였다. 우리는 같은 미스터리 드라마를 좋아했고, 미스터리 취향도 닮았다. 인기가 전혀 없었지만 《블러드하운드 레드의 죽음》이라는 책을 좋아한다고 말하니 그녀가 펄쩍 뛰었다.

"나도 그거 엄청 좋아해. 그런데 그 책을 읽은 사람을 만난 건 처음일지도. 《페르시안 피클 클럽》도 좋아하는데 읽은 사람이 없어서."

"네? 그거 걸작인데."

"하무라 씨, 읽었어? 굉장해. 그럼 엄청 옛날 책인데 '랜돌프 목사 시리즈'는 알아?"

즐거운 한때였다. 처음부터 끝까지 구라모토 슈사쿠의 이야기는 한마디도 나오지 않았다. 그녀는 회사 상사의 웃긴 일화를 피로했고, 나는 살고 있는 셰어하우스 이야기를 했다. 마미는 돌아갈 때 다음에 올 때는 '레몬 드롭'의 레몬파이를 가져오겠다고 말했다. 나는 홍차를 준비해두겠다고 대답했다. 좋아하는 책 이야기를 나눌 수 있는 상대를 만나기는 쉽지 않다.

6시가 넘었을 무렵 도야마가 도바시와 함께 서점에 왔다. 그제야 해방되어 집으로 돌아갔다. 저녁을 먹은 나는 책장 가장 구석에서 《랜돌프 목사와 죄의 보수》를 꺼내들었다.

7

월요일 오후, 신주쿠에 있는 '도토종합리서치' 사옥에서 이즈미 사야와 만났다.

토요일까지의 따뜻했던 기온이 거짓말처럼 차갑게 식은 일요일에 비하면 다소 낫다고 할 수 있지만, 이날도 아침부터 추웠다. 코트를 세탁소에 맡겼다는 사실을 후회하며 집을 나섰는데, 사야는 가볍고 따뜻하면서도 봄처럼 보이는 밝은 회색 코트, 몸매를 감추는 블루 니트셔츠에 검은 레깅스 팬츠 차림이라 멀쩡한 여성으로 보였다.

이런 사람이어도 유산에 욕심이 생겨 사촌 여동생의 20년 전의 옷을 입고 돌아다니고 그러는 건가? 그렇다면 '해삼'에게 의뢰한 사람은 엄청나게 유산에 집착하고 있으리라. 흥미가 생겼다.

우리는 7층 개인실로 안내되었다. 사쿠라이와 사무직원의 입회하에 이즈미 사야 이름으로 가출인 수색 의뢰를 했다. 아시하라 후부키에게 받은 현금으로 비용을 지불하고 사야 앞으로 영수증을 끊는 등 모든 서류를 작성했다. 사야는 긴장했던 것 같지만 사쿠라이와 대화를 나누게 되니 기분이 풀렸는지 편안한 분위기에서 대화가 이어졌다. 30분도 채 되지 않아 사쿠라이는 사야의 신변과 관련한 기본적인 것들을 모조리 이끌어냈다.

"결혼한 지 22년째예요. 전업주부입니다. 부탁을 받아 이따금 퀼트를 가르칠 때가 있지만요. 네, 이 백은 제가 만들었는데 완성까지 두 달이 걸렸어요. 아녜요, 그냥 취미일 뿐인걸요. ……평은 나쁘지 않지만요. 개인전을 개최한 적도 있어요. 진열한 물건은 전부 팔렸어요. 어머나, 굉장하다니. 그 정도까지는…….

남편은 두 살 연하로, 중견 상사회사의 차장이에요. 네, 연애결혼. 아녜요, 엄청 옛날 일인 걸요. 대학교 테니스 동아리 교류전을 통해 알게 되었어요. 평범한 주부예요.

집은 20년 전에 25년 상환으로 미타카에 지은 주택이에요. 아이요? 올해 스무 살인 큰딸은 캐나다에 유학 중. 둘째는 아들인데 고등학교에서 야구를 하고 있어요. 집 대출금도 아직 남았고, 교육비도 엄청 들어가는데 남편 월급은 오르지를 않네요. 후부키 이모님께? 네, 이따금 도와주세요. 정말로 가끔이지만.

때문에 그 보답이라 생각해서 이모님께는 가능한 은혜를 갚고자 해요. 집이 미타카라 이모님 집과도 가까우니 입원한 이후에는 한 달에 한 번 정도 환기를 시키러 가고 있어요. 아녜요, 그 정도로 훌륭하다니……. 당연한 일을 한 것뿐인걸요. 시오리를 빼면 이모님과 가장 가까운 건 저니까. 네, 제 어머니가 여동생이에요. 그 밖에도 위아래로 외삼촌이 계셨지만 두 분 모두 아이를 낳기 전에 돌아가셔서. 네. 외조부모님도 어머니도 오래 전에. 어머니가 살아계셨을 적에는 이모님과 왕래가 없었어요.

옛날 사람들이었으니까요. 가극단은 규율도 엄격하고, 양갓집 규슈에게는 신부학교처럼 여겨져서 허락을 해줬는데, 그 후 이모님이 영화계로 진출했을 때에는 여배우 따위는 매춘부나 마찬가지라며 부끄러워들 하셨다고. 더불어 미혼모라는 건 생각할 수 없는 시대였으니까요.

경제적으로 지원요? 후부키 이모님이요? 글쎄요, 저는 잘……. 집에서 논 이야기는 하지 않았으니까요.

아, 맞다. 이모님이 하무라 씨가 집을 보셔도 좋다고 말씀하셨어요. 시오리의 물건도 있으니……. 뭔가 참고가 될지도 몰라요. 열쇠는 오늘 가져오는 걸 깜박해서 다음에 연락드릴게요.

멋대로 시오리의 조사 의뢰를 한 친척 말인가요? 이시쿠라 다쓰야 숙부예요. 후부키 이모님의 외사촌 동생인데, 항상 요행을 바라는 사람이라, 자주 이모님을 찾곤 했어요. 시오리가 사라진 뒤에는 하나라는 자기 딸을 양녀로 삼으면 어떠냐고 상당히 강하게 이모님을 압박했어요. 이모님은 상대도 안 해주었지만요.

그래서 멋대로 흥신소에 의뢰한 거겠죠. 그것도 조사라고 할 수 없는 엉망진창인 내용이어서 이모님이 화가 단단히 나셔서는 이후 그쪽 집안과는 연을 끊었어요.

네, 집안의 치부를 드러내는 것 같아 좀 그렇지만, 이시쿠라 숙부는 여기저기서 돈을 빌렸는데 끝내는 후부키 이모님이 빚을 떠맡으셨어요. 그래서 빌려주는 쪽도 안심했던 점이 있어요. 그런데 그 일이 있고 나서는 이시쿠라와 자기는 아무런 관계도 없다며, 두 번 다시 빚보증을 서줄 일은 없으니 이시쿠라에게 돈을 빌려줄 경우에는 그 사실을 고려하라며 여러 곳에 알렸어요.

그래서 돈을 빌려줬던 사람들이 몰려들어 큰 소동이 벌어졌어요. 이시쿠라 숙부는 어딘가로 도망치고, 숙모는 친자식만 데리고 집을 나갔다더군요. 숙부는 여자 문제가 복잡해서 세 번째 부인이었거든요.

때문에 그 집에 남겨진 건 하나 혼자였어요. 그래서 무슨 일이 있었는지는 확실하지 않지만, 이시쿠라 숙부가 한참 뒤에 집에 돌아갔더니…….”

기세 좋게 떠들어대던 사야가 깜짝 놀란 듯이 손수건으로 입을 막았다.

"죄송해요. 다들 바쁘신데 쓸 데 없는 이야기만 늘어놓아서. 이만 실례할게요."

의자를 덜컹거리며 일어섰다. 이야기를 더 끌어내려는 사쿠라이를 눈빛으로 제지하고 내가 말했다.

"택시를 부를까요? 아니면 역까지 배웅해드릴까요?"

"아뇨, 혼자 갈 수 있어요."

발걸음을 서두르는 사야를 엘리베이터 홀까지 배웅하고, 목요일에 진찰 받으러 가는 길에 후부키에게 보고하러 가겠다고 말했다. 사야는 별다른 대답을 하지 않았다. 자주 있는 일이다. 사쿠라이와 대화를 하다 방심해서는 쓸 데 없는 것까지 털어놓은 뒤 누구와도 눈길을 마주치지 못하게 되는 일은. 이럴 때는 진정될 때까지 그냥 놔두는 것이 최선이다.

방으로 돌아가니 사쿠라이가 창밖을 바라보며 시팅을 빨고 있었다. 전에 한 번 담배 냄새 때문에 미행하는 것을 들켜 금연하게 되었다고 했다. 나도 전에는 흡연자였다. 끊은 지 오래되었지만 이따금 담배를 피우는 꿈을 꾼다.

"그 실력은 여전하네."

"마담 킬러라고 불러줘. 그런데 실력이 좀 줄었나. 전에는 도중에 제정신을 차리거나 그런 일은 없었는데."

사쿠라이가 책상 위의 파일을 밀어서 내게 보냈다.

"조사해달라고 부탁받은 거. 20년 전이라면 보통 일이 아닐 텐데 어디부터 파고들 생각이야?"

파일을 펼쳤다. '이와고 종합조사연구소' 이와고 가쓰히토의 약력을 비롯해, 야나카 유카의 현재 연락처, 처분을 받은 T텔레비전 PD 연락처, 당시 후부키의 숨겨진 자식과 그 아버지에 관련된 기사를 실은 주간지나 타블로이드 신문 기사 복사본 등.

"먼저 이와고 탐정의 이야기를 들어볼까 해. 보고서가 그만큼이나 역작이었고, 지금도 이 건에 관해서 똑똑히 기억할 테니. 이 탐정사의 평판에 대해 좀 들은 거라도 있어?"

"그거 말인데, 이와고 종합조사연구소는 꽤 오래전부터 개점휴업 상태인 것 같아. 사무소로 사용했던 자택이 이사한 것 같지는 않은데 활동은 안 하는 모양이야. 공안위원회에 탐정업 신고서도 내지 않았고."

실망했다. 20년이나 지나면 이런 일이 발생한다.

"병이라도 걸린 걸까?"

"아무도 소문을 들은 적이 없다고 하니 죽었다 해도 이상할 건 없지."

서둘러 약력을 확인했다. 아니나 다를까 이와고는 전직 형사였다. 이바라키 현 출신. 1952년에 열여덟의 나이로 경시청에 들어갔다. 이후 관할 파출소, 기동대 근무 등을 거쳐 1960년에 세이조 경찰서 형사과에 배속. 같은 해 쓰치야 미에코와 결혼. 이듬해, 장남 가쓰야가 태어났다.

세이조 경찰서에서 10년, 그 후 본부의 형사 3과로 파견되어 13년간 근무 후, 세이조 경찰서 형사과로 돌아와 결국 퇴직 때까지 그곳에서 근무했다. 30여 년간 같은 길을 걸은 베테랑 형사인 것이다. 그렇기는 한데…….

"1994년, 정년퇴직. 직후에 이와고 종합조사연구소를 개소. ……갑자기?"

"그와 관련된 경위까지는 주말 이틀로는 무리였어. 다만 그리 이상한 일도 아니야. 조직에 오랫동안 있었던 인간은 독립하고 싶어 하는 법이거든. 전직 경찰관 동료와의 연줄도 있으니 일을 골라 받지만 않으면 일감도 꽤 올 거고, 사무소를 자택으로 하면 초기 투자비용 또한 최저한으로 억제할 수 있으니까. 하지만 험한 업종이다 보니 자리를 잡는 사무소는 많지 않아. 그런데 어째서인지 다들 자기는 잘 될 거라고 생각하는 게 문제야."

"사쿠라이 씨도 독립을 생각한 적 있어?"

"당연하지. 남자라면 한 왕국의 주인을 목표로 하는 법이잖아."

"왜 포기한 거야?"

"듣기 싫은 질문을 놓치지 않는군. 여러 일이 있었다고만 말해둘게."

사쿠라이가 어색하게 웃었다. 완전히 포기한 것은 아닌 모양이다.

이와고 건은 일단 제쳐두고, 1994년의 숨겨둔 자식 소동 때의 기사를 확인했다. 거의 대부분이 1994년 11월 상반기에 발간된 것이다. 야비한 삼류지일 거라 생각했는데, 이름이 알려진 주간지 몇 곳과 타블로이드 신문 두 곳에 실린 기사의 복사본이 있었다. 가십을 좋아하는 사람들이 읽는 신문으로, 눈길을 끄는 강렬하고 선정적인 카피 이면에 세상의 모든 것에 대한 질투와 반감이 숨어 있었다.

그리고 이때 그들이 두들길 가치가 있는 '물에 빠진 개'는 아시하라 후부키였다. '청순한 여배우의 숨겨진 얼굴', '아이의 친부는 거물 정치가?', '가극단 시절부터 남자관계가 복잡'……등등. 이런 카피를 생각한 편집자들은 후부키에게 구애를 했다가 거절이라도 당한 걸까?

그렇게 지적하고 싶어질 정도로 알맹이라고는 전혀 없는 기사였다. 확실한 사실이라고는 후부키에게 스물네 살 난 딸이 있고, 부친이 누구인지 호적에 기재되지 않았다는 것뿐이다. 나머지는 실체가 없는, 존재하는지조차 의심스러운 '정보통'을 자처하는 인간이 지인의 지인에게 들었다는 이야기를 그럴 듯하게 기사로 꾸민 것이다.

그래도 '해삼'의 보고서보다는 완성도가 높았다. 후부키가 닥치는 대로 거물들과 잠자리를 함께했다는 사실까지는 믿을 수 없다 쳐도, 그중 누군가와 연인이었을지도 모르겠다고 생각하게 만드는 정도의 설득력은 있었다. 그렇다 해도 이렇게까지 규탄받을 일은 아니라고 생각한다. 성인이 쌍방에 합의한 관계는 범죄가 아니다.

"그래서 이 거물 정치가 S. D라는 건 누구야?"

"소마 다이몬相馬大門. 원래는 다이몬이 아니라 히로카도라고 읽는데, 다들 다이몬이라 불러."

"흐음."

"아, 하무라 너, 소마 다이몬을 모르는구나? 국토교통성으로 바뀌기 전의 건설성을 좌지우지했던 흑막이야. 대규모 공사의 담합사건이나 뇌물사건 이면에는 반드시 소마 다이몬이 있다는 말까지 있었는데, 항상 수사망을 빠져나갔지. 검찰 특수부의 귀신이라 불렸던 하세쿠라 검사가 뺑소니사고로 사망한 것도 소마의 지시라는 소문이 있어. 어둠의 세력과도 밀접한 관계였고. 그 왜 있잖아, 큰 사건이 벌어지면 반드시 중심인물이 갑자기 우익을 자처하는 인간의 칼에 찔려 죽거나 하는 거. 그것도 소마가……."

"사쿠라이 씨, 즐거워 보이네?"

"응, 뭐? 바보. 그럴 리가 없잖아."

《일본의 검은 안개》나 《금융부식열도》(《일본의 검은 안개》는 일본의 도시전설을 모아놓은 앤솔러지, 《금융부식열도》는 일본의 금융 시장을 다룬 경제소설 – 옮긴이)처럼 이런 식의 음모론은 의외로 사랑받는 법이다. 물론 완전히 허황된 이야기가 아니라, 소마 다이몬도 뒤쪽에서 상당히 더러운 짓을 했을 테지만, 음모사관론자에 의해 더 부풀려졌을 거라 생각하는 편이 좋으리라. 사쿠라이의 말처럼 엄청나게 위험한 사람이라면, '여배우와의 사이에 숨겨진 자식' 같은 속된 이야기 따위가 공공연히 거론되는 일조차 없기 때문이다.

그렇지만…….

"왜 소마 다이몬이 숨겨진 자식의 아빠 후보가 된 거야?"

"소마가 아시하라 후부키의 후원회장이었거든. 게다가 오랫동안 거물이었으니 여자와 관련된 소문도 끊이지 않았고. 무엇보다 은퇴한 스타를 계속 후원한다는 일은 웬만해서는 하기 힘들지."

방송국에 가짜를 보내 숨겨진 자식 소동을 단숨에 종식시키는 것도 웬만한 남자에게는 불가능한 일이다.

"아직 살아 있어?"

"아니, 오래 전에 죽었어. 1994년 때 이미 여든이 가까웠을걸. 죽은 건……."

사쿠라이가 아이패드를 조작했다.

"2003년이라네. 은퇴는 소동 이듬해인 1995년. 당시 마흔여덟 살이었던 아들 가즈아키가 아버지의 지역구를 물려받아서 '신선한 젊은 피'라는 선전문구로 당선되었어. 마흔여덟이 신선하다니 안 부끄럽나? 뭐, 그런 정도로 부끄러워하면 정치가 따윈 못 해먹겠지. 최근엔 그다지 이름을 듣지 못했는데, 현재 이 인간은 어디 소속이지? 야당? 여당? 여기저기 기웃거리나 보네."

그냥 내버려두었다가는 언제까지고 검색만 할 것 같은 사쿠라이에게 지쳐 화제를 바꿨다.

"그럼 두 번째 아빠 후보인 재계의 I. T라는 건?"

"슈퍼체인을 대약진시켜 이름을 널리 알린 이마즈 다카시겠지. 아시하라 후부키와는 소꿉친구라더군. 이마즈 집안과 아시하라 집안은 가루이자와의 별장이 바로 이웃이었다나 뭐래나. 금수저 집안 간의 교류겠지. 다만 후부키가 은퇴했을 때 이마즈는 아직 독신이었어. 집안도 동격이니 두 사람이 결혼한다 해도 아무런 지장이 없어. 만약 아이가 생겼다면 적어도 자기 딸이라는 건 알았을 거고. 그렇기 때문에 이쪽은 아니야."

"그럼 이 거물 배우 A. K는?"

"안자이 교타로."

이럴 수가. 나도 아는 이름이다. 소마 다이몬이 음모전설로 유명하다면, 이쪽은 쾌남전설이다. 음주에 도박에 과소비. 즐길 수 있는 모든 것을 다 즐긴 뒤 나이를 먹어 더 이상 배우 일은 들어오지 않는 모양이다. 호구지책으로 예능 프로그램에 나오게 되었는데, 현재 텔레비전에서 보이는 얼굴은 화장이나 조명으로도 감출 수 없을 정도로 황폐했다.

"후부키와는 일곱 편의 영화를 함께 찍었어. 부인은 안자이를 데뷔시켜준 은인인 영화감독 유키 가와사쿠의 딸. 더구나 장모는 모 영화사 사장의 여동생. 1970년이라고 하면 영화사가 상당한 권력을 갖고 있을 때거든. 이혼이나 혼외자식 같은 짓을 했다가는 연예계에서 완전히 퇴출당했을 거야. 실제로 방탕하게 놀기는 했지만 돈줄은 부인이 쥐고 있는 걸로 유명했다나 봐."

"그래선 호쾌하다고 할 수 없겠네. 그렇다면 안자이 교타로 쪽은 가능성이 있어?"

"있어. 후부키의 은퇴 후에도 서로의 집을 왕래했을 정도로 친분이 있었고, 1994년 소동 때 이 녀석은 완전히는 부정하지 않았다고 해. 거물 배우라고 치켜세워주기는 했어도, 1990년대에는 영화 일이 없어서 양산되는 비디오 영화로 먹고 살았다고 하거든. 연예인에게는 어떤 형태로든 사람들 입방아에 오르는 편이 거론 안 되는 편보다는 낫겠지. 그런 듯 안 그런 듯 냄새를 풍기며 매스컴의 이목을 끌었을 뿐일지도 몰라."

쾌남은 무슨. 오히려 한심해.

"주요 부친 후보는 이 세 명인데, 그 밖에도 이름이 거론된 사람이 있어. 예를 들면 매니저였던 Y. H. 야마모토 히로키. 야마모토는 후부키가 은퇴한 다음에도 계속해서 여왕님처럼 떠받들었나 봐. 이 남자라면 진짜 아버지는 아니어도 누가 시오리의 아버지인지 알고 있을지도 몰라."

"흐음. 연락처는?"

"조금만 더 기다려. 아까 그 이시쿠라 하나라고 했던가? 그쪽도 조사해서 뭐라도 알게 되면 연락할게."

시오리의 '친아버지 찾기'가 너무 흥미진진해서 본래 목적을 깜박할 뻔했다. 나는 시오리 본인을 찾아야 하는 입장이다. 그 아버지가 아니라. 자칫 그쪽에 집착하다보면 이와고와 같은 꼴을 겪게 될 것이다. 의뢰를 취소하고 돈을 돌려달라고 할지도 모른다.

헤어질 때 사쿠라이가 명함 케이스를 건넸다. '도토종합리서치' 조사원 하무라 아키라.

"하무라의 입사에 관해서는 시라미네 상무에게 허락도 받았어. 다만 이번 일은 하무라가 직접 받은 건으로, 보수가 우리 쪽에서 나가는 건 아니야. 더불어 사장과는 여러 일이 있었으니 정식 고용 계약을 맺는 건 사장이 은퇴한 다음인 두 달 후 1일부터가 되겠지."

순간 놀랐다. 고용해달라고 부탁한 적이 없기 때문이다. 하지만 생각해보니 그렇게 말한 것이나 마찬가지였을지도 모른다. 도토를 통해 탐정 일을 하고 싶다고 운을 뗀 것이니 말이다.

"……알았어. 여러모로 고마워."

"명함의 연락처는 내 직통번호야. 그 밖에 조사했으면 하는 일이 생기면 언제든 말해."

도토의 빌딩을 나오니 차가운 바람이 몸에 스며들었다. 그래도 오후의 하늘은 제법 봄다운 기운이 감돌았다. 돌아보니 도토종합리서치라고 새겨진 유리창에 신주쿠의 광경이 흐릿하게 비쳤다. 뭐라 말하기 힘든 기분이었다. 이런 커다란 회사의 일원이 되는 건가.

되어버릴까.

8

아침밥을 10시 반에 먹고, 지금은 3시 반. 그다지 배가 고프지는 않았지만 약을 먹어야 한다. 약을 하루에 세 번 꼬박 챙겨 먹어야 한다는 것은 꽤나 성가신 일이다.

입원 중에도 퇴원한 뒤에도 간을 약하게 한 일식만 먹다 보니, 슬슬 혈관에 무리가 가는 식사가 하고 싶었다. 날씨가 쌀쌀한 탓도 있어서, 신주쿠 남쪽 출구의 역빌딩 지하의 태국 식당에 가서 가파오 라이스를 먹고 약을 먹었다. 이후 오다큐 선 급행열차를 탔다. 자리에 앉았을 때 아차 싶었다. 첫 대면인데 향신료 향이 강한 요리는 피해야 했다. 탐정일 때에는 항상 지니고 다녔던 껌이나 양치 세트, 데오드란트 시트 같은 것은 현재 가지고 있지 않다.

마늘과 재스민 라이스와 고수 냄새가 나는 것을 느끼고 백을 뒤졌더니 마시는 타입의 탈취제가 나왔다. 이것을 항생제와 같이 먹어도 과연 괜찮을까?

이와고 종합조사연구소가 있었던 신유리가오카에서 하차했다. 역 앞은 교외 베드타운 같은 느낌으로, 1층은 버스터미널이었다. 2층의 홀을 통해 역과 호텔과 대형 마켓과 쇼핑몰, 멀티플렉스 극장을 빙 돌 수 있게 되어 있다. 1990년대의 개발업자가 좋아할 듯한 광경이다.

바람이 그대로 통하는 홀을 내려와 역 앞에서 멀어지자 생활감이 느껴지는 '동네'가 되었다. 수수한 상점가를 빠져나와 일반 주택가로 나왔다. 동일한 모습의 분양 주택이 죽 늘어서 있다. 스마트폰 화면을 보면서 이삼 분 걷다가 발걸음을 멈췄다. 이 주변일 텐데.

몇 번이나 왕복하며 이와고라는 명패를 찾았다. 전혀 보이지 않아 포기하고 지나가던 사람에게 물어보았다. 상대는 아이를 동반한 젊은 엄마. 이른바 가장 경계심이 왕성한 부류의 사람인데, 내가 길을 헤매고 있는 것을 알았는지 친절했다.

"아, 이와고 씨라면 이쪽이에요."

그녀가 내 뒤쪽을 가리켰다. 돌아보고는 놀랐다. 한 블록 정도를 콘크리트 벽이 감싸고 있는 탓에 공공시설이라고만 생각했다.

"엄청 크네요. 여기가 전부 이와고 씨 댁인가요?"

젊은 엄마가 쿡쿡 웃었다.

"입구는 이 뒤쪽인데요, 테라스하우스예요. 우리 옆의 옆집이 이와고 씨 댁이죠."

젊은 엄마에게 안내받아 뒤쪽으로 갔다. 꽤나 멋진 집을 상상했지만, 길고 각진 2층 건물이 우리를 맞이했다. 불투명 유리에 설거지 세제 용기가 비쳐 보인다. 금이 가 있는 오래된 콘크리트 토대. 페인트가 벗겨진 문. 오랫동안 그 자리에서 움직이지 않은 듯한 삼륜차. 프로판가스 통. 누군가가 만든 페트병 풍차가 빙글빙글 돌고 있다.

"굉장하죠? 70년대의 테라스하우스."

젊은 엄마가 다시 웃었다. 잡초가 여기저기 자라나 있고, 청소를 한 듯한 흔적도 없다. 부지 구석에 폐타이어가 쌓여 있는 것은 누군가가 주워왔다기보다 불법으로 투기한 듯이 보인다.

문 한복판에 '3'이라 적힌 집이 이와고 씨 집이라고 젊은 엄마가 가르쳐주었다. 감사 인사를 하고 나가샀다. 최근에는 거의 본 적이 없는 버튼 형식의 초인종이 있고, 그 아래에 우편함이 있었다. 명패는 젖고 마르기를 반복한 변질되고 변색된 골판지. 글자도 번져 있었지만 간신히 '이와고'라는 것을 확인할 수 있었다. 그 아래 세로로 긴 표기는 '이와고 종합조사연구소'이리라.

초인종을 눌렀다. 잠시 기다렸지만 반응이 없었다. 오래된 집의 냄새가 코를 찌른다. 백골 사체 건이 머릿속을 스쳤다.

다시 한 번 더 초인종을 향해 손가락을 뻗었을 때 갑자기 문이 열렸다. 깜짝 놀라 뒤로 물러섰다. 전체적으로 동그란 느낌의 할머니가 문 안쪽에 떡하니 서 있다.

"뭐야?"

부상 중인 가슴 쪽에 손을 댄 채 억지로 미소를 지었다.

"이와고 종합조사연구소가 여기인가요? 이와고 가쓰히토 씨를 뵙고 싶은데요."

할머니가 동그란 눈을 크게 뜨고 나를 보았다.

"당신, 우리 남편을 알아?"

"만난 적은 없습니다. 이름뿐이에요."

정공법으로 나가는 편이 좋다고 생각해 이름을 밝히고 명함을 내밀었다.

"예전에 이와고 씨가 맡았던 사건을 이어받게 되어 이야기를 여쭙고자 찾아왔습니다."

이와고의 아내. ……자료에 따르면 미에코……는 명함을 최대한 멀리 들고서 보고는 "탐정이라" 하고 중얼거렸다.

"일단 들어와. 오늘은 쌀쌀하니까."

미에코의 둥근 엉덩이를 따라 안으로 들어갔다. 다행히도 집 안은 청결했다. 깔끔한 것을 좋아하는 모양이다. 벽도 바닥도 계단도 싱크대도, 모든 곳이 반짝반짝했다. 오랜 시간에 걸쳐 그곳에 밴 그 집의 냄새는 났지만 더는 불쾌하게 느껴지지 않았다.

현관 바로 옆이 부엌이고 오른쪽에 급경사로 된 계단이 있었다. 안쪽으로는 유리문이 열려 있고 세 평 정도의 공간이 보였다. 미에코는 나를 그곳으로 안내했다. 방 오른쪽은 벽장인 듯했고, 장지문의 구멍 난 부분은 색종이로 덧대어 놓았다.

방 중앙에는 아직도 탁상난로가 놓여 있었고, 남향인 창에서 비치는 햇살이 난로 위 널빤지에 나뭇잎의 그늘을 드리웠다. 미에코의 정위치는 벽 앞인 모양이다. "영차" 하고 앉으니, 포트도 찬장도 텔레비전 리모컨도 모두 손이 닿는 위치에 있었다.

"자네가 이어받았다는 건 그거지? 아시하라 후부키의 딸 실종. 안 그래?"

미에코가 찬장에서 가사마 도자기라고 적힌 나무상자를 꺼냈다. 안에 든 찻잔을 천으로 닦으며 말했다. 나는 놀랐다.

"어떻게 아셨나요?"

"그야, 자네는 탐정이고, 남편이 탐정이 된 뒤 조사한 건 그 사건 하나뿐이었으니까."

"그렇다는 말은 이와고 씨는 더 이상 탐정이 아닌가요?"

"아마도."

미에코가 찻잎과 뜨거운 물을 넣고 찻주전자를 흔들었다.

"후부키의 딸을 찾는 의뢰가 취소되고 2주일 정도 뒤였을 거야. 남편이 어딘가 나간 뒤로 돌아오지 않았으니까."

한 귀로 흘려듣다가 깜짝 놀랐다.

"돌아오지 않았다고요? 언제부터요?"

"그러니까 아시하라 후부키의 딸을 찾는 일이 도중에 취소된 뒤 바로."

그렇다는 말은…….

"이와고 씨, 설마 20년 전부터 행방불명인가요?"

"벌써 그렇게 됐나."

미에코는 깜짝 놀란 내 반응에는 신경도 쓰지 않고 탁상 위 사진을 보며 느긋한 말투로 말했다.

"대체 어디로 간 걸까. 그만 돌아와주지 않으면 내 수명이 더 버티지 못하는데 말이지. 안 그래?"

사진은 지금보다 젊은 미에코와 이와고 가쓰히토가 서로 기대듯 몸을 붙이고 찍은 것이다. 둘 다 환한 미소를 짓고 있어 눈이 주름에 파묻혀 있었다.

"아들이 찍어준 거지."

떫은 차를 마시며 이야기를 꺼냈다. 이와고 가쓰히토는 미즈카미 쓰토무의 소설에 나올 듯한 옛날 형사였던 모양이다. 집념이 강하고, 끈질기고, 근성이 있는. 덕분에 수많은 공훈도 세웠다. "이 방 벽에 전부 걸어도 부족할 정도로 상장을 받았어" 하고 미에코가 자랑스러운 듯이 말했다. 대지진 이후 액자가 떨어지면 위험하다며 아들이 떼어내서 2층에 정리한 모양이다. "사실은 위험해도 좋으니 그대로 두고 싶었는데. 액자를 치우면 남편이 돌아왔을 때 실망할 테니까.”

“아들은 도쿄 만에 인접한 맨션 18층에 살고 있는 주제에 지진이 무섭나 봐. 그렇게 싫으면 땅에 달라붙어 살면 될 텐데 말이야.”

“이런 말씀드려 죄송하지만, 이와고 씨가 사라진 뒤 실종 신고는 안 하셨나요?”

“아들이 싫어했어. 전직 경찰이 경찰에 폐를 끼치면 나중에 힘들어지는 건 아버지 쪽이라며. 가쓰야도 걱정 안 한 건 아니지만 말이지. 경찰이었을 때는 5일이나 6일 정도는 연락도 없이 안 오거나 했으니까. 하지만 역시 2주 정도 지나 어떡해야 하지 고민할 때, 남편의 세이조 경찰서 시절의 후배에게 연락이 왔기에 상담을 했지.”

“그래서 알게 된 거라도 있나요?”

“전혀. 사고로 죽은 것도, 길에 쓰러져 죽은 것도 아니라는 것뿐.”

시오리를 찾던 탐정까지 사라졌다. B급 호러 영화의 오프닝 같은 전개다.

“확인 좀 하겠는데요, 이와고 씨가 탐정이 된 다음 받은 의뢰는 후부키 씨의 따님 사건 하나 뿐인 게 틀림없는 거죠?”

“틀림없어. 게다가 남편은 열심히 탐정 일을 할 생각은 없었거든. 심신이 엄청나게 피로해지는 일을 몇십 년이나 해왔으니, 퇴직금으로 고향인 이바라키에 밭이 딸린 작은 집이라도 사서 둘이서 느긋이 여생을 보내자고 했었어. 탐정 간판은 내걸었지만, 이웃에 곤란한 일이 있으면 상담해주겠다는 정도였을 뿐."

"하지만 후부키 씨의 의뢰는 받으셨잖아요?"

"후배에게 부탁받았으니까. 게다가 의뢰료가 두둑했거든. 퇴직금과 연금으로 살기에 부족함은 없지만, 돈은 얼마가 있어도 좋잖아. 게다가 상대가 그 아시하라 후부키고. 그런 미인 스타가 잘 부탁한다며 고개를 숙이니 남편도 의욕이 가득했지."

미에코가 깊은 한숨을 내쉬었다.

"이후 얼마간 텔레비전에서 아시하라 후부키에게 숨겨진 자식이 있다느니 매일 같이 시끄러웠지. 남편이 이런 방송을 봤다간 화가 치밀어 혈압이 오르는 게 아닐까 걱정될 정도로."

어라?

"잠깐만요. 그렇다면 숨겨진 자식 소동이 방송이나 잡지에서 다루어졌을 때에는 이와고 씨는 이미 행방불명 상태였나요?"

미에코가 동그란 얼굴을 세로로 두 번 끄덕였다.

어떻게 된 걸까?

"더불어 이와고 씨와 연락이 끊긴 건 언제인가요?"

"잊을 수 없는 10월 20일. 전날 밤에 아들이 왔거든. 그때 가쓰야는 결혼해서 도쿄에 있는 사택에서 살았는데, 오랜만에 왔나 했더니 아버지의 퇴직금이 얼마나 있냐며 따지듯 묻더라고. 아내가 사택에서 나가고 싶어 하는데, 월급이 줄었다는 거야. 하지만 자기는 대기업 사원이니 부끄럽지 않은 맨션을 사고 싶다는 거였지. 남편은 화가 머리끝까지 치밀어서, 비싼 사립대 학비까지 다 대줬더니 부모의 퇴직금까지 노리는 거냐며. 가쓰야도 자기도 좋아서 가난한 형사의 아들로 태어난 거 아니라고 내뱉고는 돌아갔어."

미에코가 한숨을 내쉬고는 탁상난로를 덮은 천으로 눈물을 닦았다.

"그래서 다음 날 아침, 남편은 기분이 좋지 않았어. 말 한마디도 없이 아침을 먹고는 나가버렸어. 그래서 나는 어디 가는지, 언제 돌아오는지도 안 물었는데, 물어봤으면 좋았을 걸. 자네도 그렇게 생각하지?"

10월 20일. 후부키의 숨겨진 자식 소동이 주간지에 실린 것은 11월 초.

후부키의 착각일까? 언론에 정보를 유출한 것은 이와고가 아닐 가능성이 높다.

"그런데 참 신기하단 말이야."

미에코가 동그란 얼굴을 갸웃하며 말했다.

"찾아달라고 부탁받을 때까지 남편도 나도 후부키에게 딸이 있다는 사실 같은 건 전혀 몰랐는데, 주위 사람들은 모두 그 아가씨가 후부키의 딸이라는 걸 알고 있는 거야. 성도 아시하라 그대로고, 어디 사립학교에 다녔던 것 같은데, 그렇게 매일 방송에서 다룰 정도의 일이었나?"

뭐라 대답할 말이 없었다. 미에코도 그다지 대답을 기대했던 것은 아니었는지 자세를 바로 하고 내게 말했다.

"자네가 후부키의 딸을 찾는다면 더불어 우리 남편 일도 신경 써줄 수 없겠나? 나도 그리 부족함은 없어. 남편의 퇴직금에는 손도 대지 않았고 연금도 있지. 하지만 앞으로 얼마나 살아야 할지 모르니 탐정을 고용할 돈은 없는데 말이지."

당황해서 고개를 끄덕였다.

"알겠습니다."

"아주 조금만 신경을 써주기만 하면 돼. 그 대신 내가 할 수 있는 일이라면 뭐든 할게."

동그란 눈으로 빤히 쳐다본다. 느긋한 말투와는 정반대로 궁지에 몰린 초식동물 같은 눈이었다. 이렇게 끈기가 강한 양 같은 할머니의 부탁을 받고 거절할 수 있는 사람이 과연 있을까? 미에코의 신경을 조금이라도 돌려야겠다는 생각이 들었다.

"아, 그, 그렇다면 이와고 씨가 남긴 자료가 있을까요? 시오리 씨를 조사했을 때의 메모나 수첩이."

"남은 게 없어. 항상 남편이 사용하던 수첩이 있었거든. 빨간 가죽으로 된 이 정도 크기의."

미에코가 사전 정도의 크기를 손가락으로 표현해보였다.

"퇴직할 때 후배에게 선물받은 거야. 현역시절의 남편은 수첩보다 메모장을 사용했는데, 앞으로는 수첩을 들고 다니는 편이 더 멋질 거라며, 후배가. 하필 빨간색이냐며 남편은 부끄러워했는데, 아시하라 후부키 앞에서 멋지게 보이고 싶어서 그 사건 때는 그 수첩에 모든 걸 적었어. 나갈 때 수첩도 손가방에 넣어 들고 갔거든."

이와고의 실종 당시 복장은 낡은 회색 양복, 베이지색 니트셔츠, 베이지색 모자에 검은 세컨백, 검은 구두.

그러고 보니 최근에는 남자가 손가방을 들고 다니는 모습을 본 적이 거의 없다. 1990년대 전반까지는 금융업이나 부동산업에 종사하는 사람들이 자주 들고 다녔었다.

"그러면 보고서를 작성한 워드프로세서는요?"

"남편이 행방불명된 후, 아들이나 세이조 경찰서의 후배가 살펴본다고 했었는데 지금은 어디 있는지……. 실마리는 아마 없었던 것 같았어."

"영차" 하고 미에코가 일어섰다.

"2층으로 와보겠나? 남편의 물건은 현재 2층에 있는 방에 두었거든."

발바닥에 느껴지는 차가운 계단의 감촉을 느끼며 잠자코

2층으로 올라가니 부엌 위쪽 방은 두 평이 약간 넘는 크기로, '남편의 유품 창고'인 모양이다. 액자에 끼워진 상장이 벽에 기댄 채 잔뜩 놓여 있었다. 그 밖에 보이는 것들은 대부분이 의류로, 서류 같은 것은 보이지 않는다.

"그런 건 아들이 가져갔거든. 가쓰야도 남편과의 마지막이 싸운 채 헤어진 거다 보니, 마음에 많이 걸린 거겠지. 남편이 행방불명된 직후에는 집에 자주 와서 남편의 물건들을 조사하곤 했어."

"아드님께 말씀드리면 보여주실까요?"

"물어볼게."

그런 다음 "현재 집에 남아 있는 건 이것뿐이야" 하며 문갑을 건넸다. 빈 쿠키 캔에 1층에 있는 장지문에 덧댄 것과 같은 색종이를 붙여 만든 것이다. 열어 보니 메모나 명함, 엽서 등이 뒤섞여 있다. 더구나 현역시대의 물건들인 모양이다. 맨 위 메모다발에는 '1976. 3. 6'이라고 휘갈겨 적혀 있다.

"가져가도 좋아. 남편도 용서해주겠지."

"아뇨, 이건……."

"괜찮으니 사양 말게."

필요 없다는 말을 할 수가 없어 결국 가지고 돌아가기로 했다. 미에코가 종이봉투를 주겠다며 붙박이장 문을 열었다. 붙박이장의 아래쪽 반은 포장지나 종이봉투에게 점령당한 상태였다.

"그 밖에도 뭔가 더 줄 거 없나."

거절하려 하니 미에코가 애절한 눈으로 나를 보았다. 달리 생각나는 바가 없어서 이와고를 후부키에게 연결시켜주었다는 세이조 경찰서 후배의 이름과 연락처를 물어보았다.

"이름은 시부사와라고 해. 시부사와 렌지. 현재는 조후히가시 경찰서에 근무하는 것 같은데. 지금도 남편에게 연하장을 보내는 건 시부사와 씨뿐이라 똑똑히 기억하고 있지. 하지만 혹시 모르니 잠깐만 기다려준다면 바로 찾아볼게."

"아뇨."

나는 힘없이 미에코를 제지했다.

"안 찾아보셔도 돼요."

9

신유리가오카 역으로 돌아가 카페를 찾았다. 앉아서 찬찬히 되짚어보고 싶었다. 다섯 달간의 탐정 공백기 탓인지, 퇴원 직후라 몸 상태가 안 좋은 탓인지, 이야기가 생각지도 못한 방향으로 흘러간 탓인지, 너무나도 협력적인 상대였음에도 탐문으로서는 45점 정도라는 느낌이 들었다. 그렇다고 달리 무엇을 물었어야 했는지도 알 수가 없다.

카페가 보이지 않아 맥도날드에 들어가 커피를 주문했다. 소란스럽게 떠드는 고등학생 남녀의 옆자리로 파고 들어가 평소에는 넣지 않는 우유와 설탕을 잔뜩 넣어 마시며 앞으로의 일을 생각했다. 미에코에게는 미안하지만 내 일은 어디까지나 시오리를 찾는 것이다. 이와고 가쓰히토가 아니라.

그렇기는 하나 이와고의 행방불명이 시오리의 실종과 전혀 관계가 없다고는 생각되지 않았다. 오히려 이와고가 행방불명됨으로써 그때까지 단순한 가출이라 생각했던 시오리의 실종에 꺼림칙한 그림자가 드리워지기 시작했다. 덕분에 좀처럼 진정이 되지 않았다. 마음이 조급해졌달까, 초조했다. 사실 신주쿠에서 신유리가오카까지 이동한 것만으로 이미 지친 상태였다.

미에코에게 들은 이야기를 메모하고, 자료를 다시 읽으며 머리를 정리했다. 이렇게 되면 제일 먼저 만나야 하는 것은 후부키의 매니저였던 야마모토 히로키다. 사쿠라이의 말대로 후부키를 받들어 모셨다면, 아시하라 모녀에 대해 그보다 잘 알고 있는 사람은 없을 것이다. 그럼에도 불구하고 '이와고 보고서'에 야마모토의 이름은 단 한 번도 등장하지 않는다. 그 이유가 궁금했다. 하지만 그것은 사쿠라이가 야마모토의 연락처를 알아낸 다음의 이야기다.

진정해. 서두르지 마. 스스로를 달랬다. 오늘 해야 할 일은 이제부터 집으로 돌아가 컨디션을 조절하는 것이다.

따뜻한 곳에서 당분을 보충한 덕인지 걸을 수 있게 되었다. 전철을 타고 세이조가쿠엔마에 역에서 내려 슈퍼마켓에서 도시락을 샀다. 버스를 타고 돌아갈 생각이었지만 문갑이 생각보다 무거워, 탐정 복귀 첫날이라는 핑계로 집까지 택시를 타고 가기로 했다.

택시는 주택가를 빠져나갔다. 고베야 레스토랑 옆을 지날 때 후부키의 집이 이 근처라는 사실을 깨달았다. 내일이라도 집 주위를 살피러 가자. 뭐라도 알 수 있을지 모른다.

택시는 20분도 채 안 걸려 고슈 가도를 벗어나 포도밭 앞 길로 나왔다. 여기서 세워달라고 말하려 했을 때 꽃무늬 미니스커트에 파란색 파카, 커다란 검은 숄더백을 멘 젊은 여성이 '스타인벡 장'에서 나타나, 고개를 숙인 채 잰걸음으로 역 쪽으로 사라지는 것이 보였다. 셰어하우스의 정원은 일곱 명인데, 지난 연말에 두 명이 방을 빼서 현재 방 두 개가 공실이다. 더불어 내가 입원했기 때문에 청소나 장보기 당번이 빨리 돌아온다며 동거인들에게 가벼운 불평을 들은 지 얼마 되지 않았다.

1층 중앙에 있는 모두가 드나드는 거실 테이블에 빈 보리차 잔이 놓여 있었다. 동거인 중 한 명인 루우 씨가 그것을 정리하다 나를 보고 "어서 와" 하고 말했다.

"방금 나간 사람 봤어?"

"입주 희망자야?"

"우리는 집주인이나 그 지인의 소개가 없으면 입주할 수 없다고 거절했어. 그래도 어떻게 안 되겠냐고 하더라고. 경비회사와 계약된 셰어하우스고, 역 근처의 도심지인데 밭도 있고 정말로 부럽다고 하기에 보여주는 것만이라면 괜찮지 않을까 해서. 어떻게든 들어오고 싶다면 하무라에게 부탁해서 신원조사를 하는 방법도 있을 거고."

동거인이 두 명 줄었기 때문에 다들 새로운 입주자를 원하고 있다.

"보여주는 것만이라면 상관없지 않나?"

루우 씨가 어깨를 으쓱했다.

"그런데 중간부터 이쪽을 살피는 듯한 느낌이 드는 거야. 어떤 사람과 함께 사는지 알고 싶다며 우리들에 대한 걸 꼬치꼬치 캐묻더라고. 혹시 하무라의 동업자 아니야? 누군가에게 결혼할 예정이라도 있어서 그 뒷조사라든가?"

"누구의?"

"글쎄. 자랑은 아니지만 나는 아니야. 최근 5년 동안 남자가 찾아온 적이라곤 없으니."

"오늘 욕실 청소 당번이 나였지?"

"셰어하우스에서 빠짐없이 찾아오는 건 청소 당번뿐이네."

방에서 옷을 갈아입었다. 갈비뼈에 통증이 느껴지지 않게 단추가 달린 셔츠나 카디건을 입었는데, 슬슬 괜찮지 않을까 하는 생각에 오늘은 머리 쪽부터 입는 얇은 셔츠를 입었다. 입는 데 문제는 없었는데 벗으려 하니 보통 일이 아니었다. 어떻게 하든 갈비뼈 쪽에 힘이 들어간다. 젊었을 적보다 몸이 굳었기 때문에 옷에서 머리를 뺄 수가 없다. 양팔을 들어 올려 셔츠를 걷어붙이는 데까지는 성공했지만, 머리를 뺄 수가 없었다. 억지로 빼려 하면 옆구리에 엄청난 통증이 느껴진다. 셔츠 속에 머리가 들어간 상태로 저주의 말을 내뱉으며 아등바등했다.

간신히 벗었을 때 인생의 깨달음을 하나 더 얻었다. "인간, 마흔이 넘으면 입을 수 없는 옷이 있다. 안 어울린다는 문제가 아니라, 생물학적으로." 이대로 순조롭게 나이를 먹어 가면 언젠가 '현인'이라 불리는 사람이 될지도 모르겠다.

이불 위에 누워 호흡을 가다듬은 후 엉금엉금 욕실로 이동해서 청소를 했다. 청소를 마치고 따뜻한 홍차를 머그컵에 담아 내 방으로 돌아와 도시락 뚜껑을 열었다.

지난 집에서 사용했던 가구는 대부분이 줍거나 누군가에게 받은 물건이었다. 이사할 때 다 처분하고, 현재 방에 있는 가구는 셰어하우스 창고에 누군가가 남겨두고 간 것을 물려받은 등나무 의자와 독서대 그리고 책장으로 사용 중인 속이 깊고 높이가 낮은 나무장뿐이다. 짐은 대부분 붙박이장에 쑤셔 넣고, 책장에 들어가지 않는 책은 벽에 기대 쌓아두었다. 이불은 깔개 위에 펼쳐놓고 쪽염색을 한 천을 덮어 낮은 침대처럼 사용 중이다.

벽은 흰 규조토, 천장은 널빤지, 대들보나 기둥은 짙은 갈색 나무인 전통적인 일본 집이라, 아무것도 없는 편이 딱 좋고 마음에 든다. 내 방에 온 적이 있는 미쓰우라는 "깔끔한 노인네들이 딱 이렇지" 하며 일축했었다.

컴퓨터로 외국 라디오 방송에 접속해 음악을 틀었다. 등나무 의자에 몸을 파묻고 살풍경한 방을 바라보며 도시락을 먹었다. 세 입 먹었을 때 '어라?' 하고 생각했다.

구라시마 마미와 이야기를 나눈 후 생각이 나 《랜돌프 목사와 죄의 보수》를 찾아 책장 위 눈에 띄는 곳에 두었다. 오늘 나갈 때도 틀림없이 그곳에 있었다. 전철 안에서 읽을까 하는 생각에 가져갈까 했지만, 글자는 작고, 종이는 낡아 찢어지기 쉬운 탓에 포기하고 책장 위에 돌려놓았다.

그 낡은 문고본이 지금은 책장 옆에 쌓아둔 책더미 위로 이동해 있었다.

도시락을 내려놓고 방을 둘러보았다. 독서대 서랍에 넣어둔 저금통장이나 연금수첩, 그 밖의 귀중품은 무사했다. 저금통 대신인 플라스틱 뚜껑이 달린 잼병도 내용물이 그대로였다.

인감이나 여권은 세탁소 비닐이 그대로 감싸고 있는 두터운 다운코트 안쪽에 클리어백에 넣어 달아두었다. 후부키에게 받은 현금 중 남은 150만 엔도 함께 넣어두었는데 그것도 무사했다.

혹시나 하는 생각해 붙박이장 서랍도 꺼내보았다. 내가 보기에도 색기라고는 느껴지지 않는 속옷이나 조만간 클리닝을 맡겨야 하는 캐시미어 스웨터, 내가 좋아하는 스카프도 그대로였다. 카메라나 비디오카메라, 가발이나 안경 같은 탐정 도구함도 그대로였다.

일단 방을 나와 문의 자물쇠를 체크했다. 전통 미닫이문임에도 불구하고 손잡이와 자물쇠가 달려 있다. 자물쇠는 나름 괜찮은 것이지만, 미닫이문과 연결되는 부분이 낡고 허술하다 보니 마음만 먹으면 힘으로 열 수 있다. 하지만 자물쇠나 그 주위에 흠집 같은 것은 보이지 않았다.

계단을 내려가 루우 씨를 붙들고 질문했다. 그녀는 내 질문에 깜짝 놀랐다.

"응, 직접 집 안을 돌아봐도 괜찮겠느냐고 하기에 그러라고 했는데 무슨 일 있었어?"

"그 말인즉슨 2층에도 혼자 갔어?"

"갔는데?"

"혹시 마스터키가 있는 장소를 가르쳐주거나 하지는 않았고?"

"화재나 지진이 났을 때 누군가가 방에 갇히면 어떡하느냐기에 마스터키가 있다고. ……마스터키는 빈 방을 보여주기 위해 뒷문 키박스에서 꺼내 그걸 그녀에게 보여줬는데. ……설마 뭐라도 훔쳐갔어?"

루우 씨가 불안한 기색으로 자리에서 일어섰다. 나는 고개를 저었다.

"하지만 오늘 누군가가 내 방에 들어온 것 같아. 그 사람의 연락처는 들었어?"

"손수 만든 명함을 받았어. 휴대전화 번호가 아니라 일반 번호라 요즘 애들답지 않아 놀랐는데, 이렇게 낡은 구옥 셰어하우스를 보러 올 정도니 그냥 그런 줄로만."

루우 씨가 말하면서 휴대폰으로 전화를 걸었다.

"저기 그쪽에 사토 게이코 씨가 계신가요? 계신다고요? 주무신다고요? 저는 오늘 게이코 씨와 셰어하우스 '스타인벡 장'에서 만난 사람인데요. ……네? 하지만 오늘 여기서 만났는걸요. 누구와요? 그러니까 사토 게이코 씨와. 거짓말이 아니에요. 왜 제가 거짓말을 해야 하죠? 네? 외출한 적이 없다고요? 어라, 하지만……. 병환 중? 아흔여덟 살? 게이코 씨가요? 네에. 네……."

루우 씨가 들고 있던 손수 만든 명함을 확인했다. 옅은 핑크색 종이에 이름이 도장으로 찍혀 있고, 뒤집으니 전화번호가 마찬가지로 도장으로 일부러 가지런하지 않게 찍혀 있다. 구석에 꽃무늬 스티커가 붙어 있고, 앞쪽의 이름 아래에는 고양이 스티커다. 이런 명함, 영업에도 맞선에도 사용할 수 없지만, 가슴 속에 딴 생각을 품은 인간이 셰어하우스에 파고들기에는 딱 좋다. 이렇게 귀여운 명함을 들고 있는 여자아이를 의심하는 인간은 별로 없다.

"미안해."

통화를 끝낸 루우 씨가 창백한 얼굴로 고개를 숙였다.

"별 의심 없이 집 안으로 들인 내 잘못이야."

"전화번호는 어디 번호였어?"

"메이다이마에의 '푸쿠푸쿠사이 관'이라던데. 대체 무슨 일이지?"

"그 사람은 여기를 어떻게 알았대?"

"집주인이 하는 '스타인벡 장' 트위터로 알았대. 우와, 생각해보니 보통은 스마트폰 같은 걸 보여줄 법한데, 이런 명함뿐이라니. 위에서부터 아래까지 패스트 패션이었는데 백만큼은 투박한 검은 가죽 숄더백이었고. 수상쩍다고 생각했어야 했어. 그런 사람을 혼자 놔두다니 내가 바보였지."

"그렇지 않아."

루우 씨를 달랬다. 백주대낮에 얼굴을 드러내놓고 나쁜 짓을 하려는 젊은 여자가 있다고는 생각하기 힘들다.

루우 씨는 직접 디자인한 가방을 만들어 인터넷에서 판매하고 있다. 동거인 중에서 혼자만 재택근무다. 그 때문에 낮에는 택배 수령에서 방문판매원 격퇴까지 거의 그녀에게 혼자 다 맡겨둔 채다. 하지만 집에서 놀고 있는 것도 아니고, 동거 희망자를 한눈팔지 말고 계속 지켜보라는 편이 더 말도 안 된다.

이러저러는 동안 다른 동거인들이 돌아와 소동은 더욱 커졌다. 집주인인 도모에도 불렀다. 도모에가 굳은 얼굴로 말했다.

"그러고 보니 최근 우리 집에 이상한 전화가 왔어. 뭐라 해야 할까, 전화사기 같은 그런 거?"

"어떤 내용이었는데요?"

"당신이 갖고 있는 부동산은 간선도로에 인접해 있으니

조만간 평가액이 떨어진다. 지금이라면 높은 가격으로 사겠다. 원한다면 맨션을 지은 다음 집 한 채를 제공하겠다나 뭐라나."

"누가 봐도 사기네요."

"이런 방식의 전화나 영업은 전부터 있었거든. 우리 집이나 스타인벡 장이 경비회사와 계약한 것도 그 때문이고. 멋대로 들어와 부지를 측량하려는 얼굴 두꺼운 개발업자가 있어서."

하지만 이번 침입은 스타인벡 장뿐이다. 더구나 누구도 도둑맞은 것은 없어 오히려 기분이 더 안 좋았다. 동거인들의 개인적인 사정까지는 모른다. 형편상 어떤 일을 하는지 정도는 알고 있지만, 가족은 있는지, 어떤 관계인지, 남자친구가 있는지, 경제 상태는 어느 정도인지 서로 알지 못한다.

폐가 되지 않는 범위에서 물어보았지만 짐작이 갈 만한 문제는 없는 듯했다. 스토커에 시달리는 사람도, 가족 간 유산 다툼에 시달리는 사람도, 불륜을 저지르는 사람도, 다른 여자에게 시샘을 살 만한 멋진 남자 친구를 가진 사람도, 큰 거래가 성사되기 직전의 사람도, 인터넷에서 악플을 단 사람도 없다. "허탈해질 정도로 아무것도 없는, 오히려 불쌍한 여자들만 모였네" 하고 누군가가 말하고 웃었지만, 덕분에 수수께끼는 더욱 깊어졌다. '사토 게이코'는 아흔여덟 할머니의 이름을 사칭해서 대체 뭘 하려 했던 걸까.

일단 마스터키 보관 장소를 바꿨다. 입주 희망자 또한 주말에 사람이 많을 때만 방문 받기로 이야기가 정리되었다. CCTV도 앞으로의 검토 과제였다. 대지진 이후, 세상은 방사능에 대한 공포 vs 전력 부족에 대한 공포로 양분되었지만, 스타인벡 장에서는 방사능에 대한 공포 쪽이 더 커서 다들 꽤나 절전 중이다. 그래도 CCTV 전력 정도는 괜찮지 않느냐는 식으로 이야기가 정리되었다.

피곤한 몸을 이끌고 방으로 돌아와 남은 도시락을 먹었다. 팬히터를 켜고 잠시 동안 그 앞에 앉아 몸을 데우며 차갑게 식은 홍차와 함께 약을 삼켰을 때 스마트폰이 진동했다. 모르는 번호였다. 히터를 끄고 경계하며 받았다.

"조후히가시 경찰서의 시부사와인데."

위엄을 가장한 듯한 말투였다. 홍차가 역류할 것 같았다.

"당신, 신유리가오카까지 뭘 하러 간 거야? 아시하라 후부키와는 무슨 관계고?"

"이와고 씨의 부인에게 연락을 받았나요?"

"오랜만에 전화가 왔어. 오늘 여탐정이 남편을 찾아왔다며. 이름을 듣고 놀랐지. 이렇게 빨리 현장에 복귀했을 줄이야. 조금 더 서점 아르바이트를 하며 재활치료에나 힘써."

마지막에 만났을 때는 서점 아르바이트 따위는 빨리 그만두고 탐정으로 돌아가라는 식으로 말하지 않았던가?

"시부사와 씨는 세이조 경찰서 시절의 이와고 씨의 후배였군요? 아시하라 후부키의 따님이 행방불명된 사건을 이와고 씨에게 소개한 것도 시부사와 씨였나요?"

"역시 아시하라 후부키였군. 지난번에 댁과 병원 휴게실에서 이야기를 했을 때 밖에서 몰래 훔쳐 듣던 여자가 나이는 먹었지만 아시하라 후부키와 똑 닮았더라고. 그 거만한 할망구가 그런 이름 없는 병원 복도의 일반실에 있을 리가 없다고 생각했는데. 그 여자, 뭐라고 말하며 접근한 거야? 이제 와서 딸을 찾아달라며 댁을 고용한 건가?"

"노코멘트."

"역시 그런 건가. 이봐, 댁을 위해서 하는 말인데 아시하라 후부키에게는 접근하지 않는 편이 좋아. 그 여자 때문에 얼마나 많은 사람이 인생을 망쳤는데."

"이와고 씨도 그중 한 명인가요?"

"경찰이 탐정에게 나불나불 다 말할 거라고 생각한다면 큰 착각이야."

"지당하신 말씀이지만, 이건 이미 20년도 더 된 이야기잖아요."

시부사와는 한숨 섞인 목소리로 "그렇긴 해" 하고 말했다.

"입이 무겁고 믿을 수 있는 탐정을 소개해달라더군. 소문이 나는 건 꺼려지니 가능하면 혼자 일하는 탐정사가 좋겠다고. 그때 내 머릿속에 떠오른 건 이와고 선배뿐이었어. 퇴직하면 자택에 탐정 간판이라도 내걸겠다고 했으니까. 시험

삼아 물어봤더니 알았다며 아시하라 후부키를 만나러 갔어. 그 여자는 그래 봬도 여배우야. 마음만 먹으면 자신을 믿게 하거나 보호욕을 자극하는 정도는 손쉬운 일이지. 이와고 선배도 순식간에 농락당하고 말았어."

시부사와가 내키지 않는다는 듯이 말했다.

"하지만 이와고 선배는 조사에 관해서는 적당히라는 게 없으니까. 파고들면 안 되는 부분까지 파고 든 결과, 행방불명이야. 더불어 그 직후에 숨겨진 자식이 실종되었다며 언론이 떠들어대서, 정보를 흘렸다는 오명까지 모조리 선배가 뒤집어썼지."

"아닌 거군요?"

"당연하지. 그래 봬도 전직 형사야. 절대로 그런 일은 없다고 단언할 수는 없지만, 정보를 유출하더라도 흥미 위주나 푼돈 따위를 노리고 하지는 않아. 제대로 된 목적을 갖고 하지. 하지만 그런 것과는 전혀 상관없었으니까."

이와고는 시오리의 부친이 누구인지를 조사하기 시작했다. 그 부분을 파악하고 싶어서 언론을 이용했을 가능성은 있다.

그 말을 흥분한 상태의 시부사와에게는 할 수 없었다. 불에 기름을 붓는 격이기 때문이다. 게다가 시기적인 문제도 있다.

"미에코 씨 말에 따르면 이와고 씨가 행방불명된 게 10월

20일, 기사가 나오기 시작한 건 그로부터 2주가 지난 후예요. 2주 동안 이와고 씨가 '어딘가에 잠복했었다' 같은 일은 없는 거겠죠?"

"너 말야, 대체 무슨 말을 하는 거야?"

시부사와가 어이가 없다는 듯이 탄식 후에 소리를 질렀다.

"왜 그런 성가신 짓을 해야 하지? 엉? 백보 양보해서 선배가 누설했다고 치자. 그래도 몸을 숨길 정도의 나쁜 짓도 아니잖아? 애당초 선배는 오랫동안 집을 비워도 괜찮을 정도의 돈을 소지하지도 않았고, 나중에 알아봤는데 돈이 움직인 듯한 흔적도 없어. 아시하라 후부키에게 받은 조사비용이나 계약금은 그대로 통장에 들어 있었고, 경비 처리도 제대로 했어. 돈 없이 잠복할 수 있는 곳이 있을 리가 없잖아."

"정말로요?"

"아, 너 이상한 걸 의심하고 있구나? 이래서 탐정은 싫다니까. 이 세상에는 부부애라는 것도 있고, 애처라가는 것도 존재해. 선배가 행방불명된 뒤 반년쯤 후에 한번 살펴보러 갔는데, 형수님은 아무것도 없는 벽에 머리를 찧으며 선배가 무사하기를 빌고 있더라. 그 정도로 그 부부는 사이가 좋았다고. 선배만큼은 애인이라든가 그런 거 절대로 없어."

"어라? 왜 잠복한 곳이 애인의 집이라고 단정하는 거죠? 잠자코 머물게 해주는 곳은 친척이든 옛 동료든 봐준 적이 있는 범죄자든 뭐든 있잖아요?"

'설마 시부사와 씨는 애인이라는 단어에 트라우마라도?' 하고 물으려다 그만두었다. 경찰을 놀려서 좋은 일은 하나도 없다.

시부사와가 말문이 막힌 듯 전화기 너머에서 거친 숨을 내쉬었다. 그 덕에 다른 가능성이 떠올랐다.

"설마 그쪽에서는 이와고 씨의 행방불명이 여자와 관련된 일이라고 보고 있나요?"

"이 세상의 인간은 8할이 바보야. 경찰도 예외는 아니고."

"돈이 전혀 움직이지 않았는데 이와고 씨 본인의 의사에 의한 실종이라고?"

"아시하라 후부키가 항의했거든. 세이조 경찰서가 소개해준 전직 경찰 출신의 탐정이 있는 일 없는 일 모조리 언론에 흘렸는데 대체 어떻게 해줄 거냐며. 이런 때 냄새 나는 것을 막아버릴 수 있다면 어떤 뚜껑이라도 상관없다고 생각하는 놈들은 우리 쪽에도 많아."

"그 뚜껑이 '사라진 이와고가 개인정보를 언론에 흘린 대가로 애인의 집에 잠복설'인가요? 말도 안 되는 이야기군요. 혹시 소개해준 시부사와 씨도……?"

"그러니까 경찰이 탐정에게 뭐든 다 말해줄 거라고는 생각지 말라니까!"

시부사와의 말투가 더욱 험악해졌다. 50대에 관할서 형사과 경사. 출세가도를 달리고 있다고는 말하기 힘들다. 어쩌면 그 사건으로 시부사와뿐만 아니라 그 윗사람들도 인생을 망쳤을지 모른다. 그렇다면 말하고 싶지 않은 것도 이해되지만, 그렇다고 물러설 수는 없다.

"그럼 시부사와 씨는 개인적으로는 어떻게 생각하나요? 이와고 씨가 부인을 버리고, 돈은 위자료 명목으로 놔둔 채, 이후 연락도 없다. 그걸로 된 건가요?"

"그럴 리가 없잖아. 그분은 의리가 있는 사람이야. 만에 하나 자발적으로 몸을 숨긴다 해도 20년이나 연락 한 번 없다는 건 절대로 있을 수 없어."

"그렇다면 이와고 씨는 20년 전에 죽었다는 게 되는데요?"

스스로 말해 놓고 등골이 오싹해졌다. 시부사와가 분노할 거라 생각했지만 아무 말이 없었다. 시부사와 역시 그럴 가능성이 높다는 사실을 오래전부터 알았을 것이다.

"어쨌든."

긴 침묵 끝에 시부사와가 말했다.

"너도 조심해. 여탐정."

스마트폰을 충전기에 연결했다. 오늘은 체력 보충이 최우선 사항이었을 텐데 머리에 피가 올라 잠이 올 것 같지 않았다. 이대로 누워 있어도 잠이 들 것 같지 않다. 그래도 잘 수밖에 없다.

세수를 하고 이를 닦았다. 보온주머니를 넣어 따뜻해진

이불 속으로 파고들었다. 《랜돌프 목사와 죄의 보수》를 읽을 마음이 사라졌기에 몇 번이나 읽었던 애거서 크리스티의 《파커 파인 사건집》을 손에 들었다. 아주 재미있지도 않고 따분하지도 않아, 언제든 독서를 그만둘 수 있기 때문에 수면의 친구로는 최적이다. 노림수가 적중하여 20페이지도 채 읽지 않아 사라졌던 졸음기가 되돌아왔다.

머리맡에 놓아둔 토끼 모양 상야등을 손에 쥐었다. 캄캄한 어둠 속에서는 잠들지 못하는 탓에 잘 때는 항상 이 얼빠진 얼굴의 토끼 등을 콘센트에 꽂고 잔다.

하품을 하며 평소대로 콘센트에 꽂으려다 깨달았다. 콘센트에는 지금껏 본 적 없는 전원 어댑터가 꽂혀 있었다.

10

"도청기야."

사쿠라이가 말했다. 아침 8시, 업무 개시와 동시에 뛰어 들어온 나를 보고 얼굴을 찌푸렸지만, 어댑터를 분해한 지금은 표정이 바뀌었다.

"역시."

"다만 싸구려야. 아키하바라에서는 이런 거 3000엔도 안 할걸. 전파 범위도 그리 넓지 않으니, 이걸로 도청을 하려면 하무라의 집 바로 근처가 아니면 힘들 거야."

"포도밭에 숨는다든가?"

"너 말이야, 웃을 일이 아니잖아. 근처에 수상한 차가 정차해 있지는 않았어?"

포도밭과 스타인벡 장은 고슈 가도에서 직각으로 꺾어진 길가에 있다. 통행인도 통행 차량도 적은 탓에 이 길을 알고 있는 근처 주민이 이따금 차를 세우고 잠깐 자기도 한다. 동거인 중 한 명의 이야기로는 노출증이 있는 변태가 창을 열고는 알몸을 보여준 적이 있다고 한다. 그녀는 안타까울 정도의 물건이었다며 크게 웃었지만, 이야기를 들은 집주인 도모에가 즉각 경찰에 신고를 했다. 근처에 중학교가 있는데 위험한 인간을 그냥 놔둘 수는 없다는 것이다.

다만 이 길, 포도밭이나 채소밭에 둘러싸여 풍광이 좋은 데다 주위를 여러 채의 맨션이 둘러싸고 있다. 때문에 목격자가 많은 지역이라 범죄는 물론 장기간의 불법주차는 쉽지 않다.

"나올 때 미행이나 감시당하고 있는 게 아닐까 신경을 썼는데 특별히 이상한 점은 없었어. 하지만 평소에 미행을 당한 적이 없다 보니 절대로 없다고 자신할 수는 없지만."

"설마 그건가?"

사쿠라이가 목소리를 낮췄다.

"아시하라 후부키 건으로 하무라가 움직이고 있다는 사실을 알고서 소마 다이몬이 손을 쓴 게 아닐까?"

"뭐? 하지만 소마 다이몬은 죽었잖아?"

"그런 거물에게는 알아서 움직이는 어둠의 군단이 있는 법이야. 다이몬이 죽은 다음에도 후부키와의 사이에 낳은 사생아를 지키려고 하무라를 조사하는 걸지도 모르잖아. 하무라가 일을 크게 만들면 바로 제거할 수 있게."

"사쿠라이 씨, 즐거운가 보네?"

"응? 뭐라고? 바보, 즐거울 리가 없잖아. 너야말로 왜 웃는 건데?"

도청 같은 짓을 당해서 화가 안 나는 것이 아니지만, '사토 게이코'는 고생해서 방에 잠입해서 도청기를 설치했으나 셔츠를 벗지 못해 버둥거리는 내 욕지기를 듣게 되었다. 도청 중인 사람이 그 소동을 뭐라 생각했을지 생각하니 자연스럽게 웃음이 나왔다.

그것은 그렇고…….

"어둠의 군단이 존재한다 쳐. 이렇게 싸구려 도청기를 사용할까? 게다가 딸을 찾아달라고 말한 건 후부키라고. 조사를 시작했을지 안 했을지 확실하지 않은 시점에 과연 도청을 할까?"

"그럼 달리 짐작 가는 바라도 있어?"

"없지만, 방을 착각했을 수도 있고, 도둑질을 할 생가으로 셰어하우스의 여기저기에 설치했을지도. 그런고로 도청 탐지기를 빌릴 수 없을까?"

"좋아. 우리 쪽 전문가에게 부탁해서 적당한 걸 받아올게. 하는 김에 도청기 쪽도 조사하고. 지난달부터 우리 회사에 전직 감식반 아저씨가 들어왔으니 부탁해보지. 이런 싸구려, 판매처나 입수 경로를 알게 되거나 지문이 확인된들 지금 바로 어떻게 할 수 있는 건 아니지만, 앞으로 일이 어떻게 흘러가느냐에 따라 도움이 될 수도 있으니까. 아, 맞다. 알게 된 사실이 있는데."

"야마모토 히로키의 연락처?"

"아니, 그건 아직이야. 이시쿠라 하나 쪽. 그 아이, 사건에 휘말렸더군."

사쿠라이가 책상 위 모니터를 이쪽으로 돌렸다.

2001년 8월 5일. 가와사키 시 다마 구의 주택에서 귀가한 아버지가 쓰러져 있던 딸(25세)을 발견. 바로 병원으로 이송했지만 의식을 찾지 못하고 있다. 발견 시, 딸의 목에는 집에 있는 전기 코드가 감겨 있었고, 찰과상과 압박상이 확인되었다. 경찰은 사건 가능성이 높다고 보고 수사를 진행 중이다.

"뭐야…… 이거? 이시쿠라 하나가 살해당했다는 거야?"

"그건 아직 몰라. 검색을 해도 이 이상의 정보는 나오지 않더라고. 그러니 죽었는지 살았는지는 아직 알 수가 없어. 어제는 다른 일로 바빠서 오늘 계속 알아본 뒤 연락할게."

사야의 말로 유추해 보건대 채권자 중 한 명에게 폭행당한 걸까? 그렇다고 해도 어제부터 계속되는 이 전개는 당황스럽기 그지없다. 탐정의 일이 평화로울 리가 없지만, 강력범죄가 튀어나오는 일은 좀처럼 없다.

전에도 사용한 적이 있는 도청 탐지기를 빌려 게이오 선을 타러 걷고 있을 때 스마트폰이 울렸다. 사야였다. 어제의 여파인지 말투가 조심스러웠다. 그럼에도 아시하라 저택의 열쇠를 전달하고 싶다고 했다. 미타카의 자택까지 받으러 가기로 했다. 게이오 선을 타기 전이라 다행이다. 후부키가 말한 '하무라 아키라의 운' 덕분일까?

주오 선 홈에 도착함과 동시에 특급열차가 들어왔다. 미타카에서 내려 사야의 집을 향했다. 깔끔한 주택이었다. 거의 주차 공간밖에 없는 집 앞에 억지로 작은 화단을 갖췄는데 현재는 팬지꽃이 피어 있었다.

초인종을 누르자 사야가 대문까지 나왔다. 긴장한 기색이 역력했다. 자기 몸에서 가능한 멀리 떼어내듯이 열쇠를 내밀었다.

"정말로 저 혼자 집에 들어가도 괜찮나요?"

재차 확인했다. 사야가 고개를 끄덕였다.

"그 집에는 현재 귀중품 같은 건 없거든요. 귀금속이나 부동산 서류 같은 건 입원 전에 은행 대여금고에 넣어두었어요. 이모님의 여배우 시절의 대본이나 의상이나 그런 건 있는데, 그런 걸 필요로 하는 사람은 엄청난 마니아뿐이고, 그런 마니아도 이제는 없을 거예요. 신경 쓰실 필요는 없어요. 전기도 수도도 살아 있으니 편하게 쓰세요."

입회할 마음은 없는 모양이다.

아무리 귀중품이 없어도 저택에 혼자 들어갔다 나중에 어떤 클레임이 올지 알 수가 없다. 사쿠라이를 불러 함께 들어가는 것도 생각했지만 그도 바쁜 모양이다. 무엇보다 이것은 내 사건이다. 이 정도로 주눅들 수는 없다.

"알겠습니다. 그럼 열쇠를 받아가겠습니다."

"목요일에 이모님께 보고하러 가시죠? 열쇠는 그때 돌려주세요."

시오리의 방 위치 등을 묻고 싶었지만 사야는 용건이 끝나자 바로 집으로 들어가버렸다.

버스를 타고 센가와로 돌아왔다. 일단 방으로 돌아와 탐지기를 설치했다. 도청기 조사는 돌아와서 하기로 하고, 영상용 카메라를 꺼냈다. 안경에 부착이 가능한 가볍고 다루기 쉬운 타입이다. '가택 수색'을 처음부터 끝까지 이것으로 촬영하기로 했다. 귀찮지만 상대는 제멋대로인 스타다. 언제 마음이 변해 나를 악인 취급할지 모른다. 몸을 지키기 위한 수단을 준비해두는 편이 좋으리라.

센가와 상점가를 남쪽으로 빠져나와 세이조가쿠엔마에 역으로 가는 버스를 탔다. 10분 만에 조후 시 이리마 초와 세타가야 구 세이조 핫초메 경계선에 진입했다. 세타가야 외곽. 일종의 육지의 섬 같은 곳인데, 부동산 광고에 따르면 이곳 또한 '세이조'(고급 주택가가 위치한 것으로 유명한 지역—옮긴이)라 불리는 지역이다.

버스가 지나는 곳임에도 길은 좁고 이리저리 굽었다. 보도도 좁은데 교통량은 좀 있는 편이다. 밭이 있고, 병원이나 상점이 주택 사이에 섞여 있고, 빈 땅은 주택이나 상가 건물이 건축 중이었다. '하다 보니 이렇게 되었습니다' 같은 느낌을 주는 곳이다. 도쿄 23구 서쪽은 이런 동네가 많다.

배기가스 냄새 탓에 기침이 나왔다. 곧바로 산소 캔을 꺼내고 말았다.

캔을 입에 대고 숨을 쉬면서 주소에 의지해 안쪽 길로 들어가니 세상에서 말하는 '세타가야의 미궁'이라 불리는 복잡한 골목길이 나타났다. 5차로, 3차로, Y자로 등 자유분방한 길이다. 그럼에도 아시하라 저택을 찾는 데 그리 고생은 하지 않았다. 보란 듯이 백아의 저택이 위용을 뽐내며 나타났기 때문이다.

신데렐라의 성까지는 아니어도 명성 있는 건축가의 손을 거쳤을 것이 틀림없는 집이다. 높고 새하얀 벽에 둘러싸여 있고, 나무와 철로 만들어진 커다란 대문은 상부가 동그랗게 구멍이 뚫려 있어 널따란 현관이 그대로 보인다. 대문 옆 반쯤 녹슨 철판에 'ASHIHARA'라고 새겨져 있다. 현관 옆에는 무성하게 뻗은 장미 아치가 보인다. 징검돌에 마른 잔디. 차고에는 미니 쿠퍼와 롤스로이스. 두 대 모두 먼지를 뽀얗게 뒤집어썼다.

후부키는 1970년에 은퇴한 뒤 줄곧 여기 살며 시오리를 키운 걸까? 그렇다면 이 집도 지은 지 40년이 넘는데 그런 것치고는 새것처럼 보인다. 자주 보수를 했을 것이다. 외벽을 새하얗게 보수하는 것은, 특히나 버스가 다니는 길과 가까운 이 환경이라면 쉽지 않은 일이다. 갑자기 후부키의 재정 상태가 궁금해졌다.

시험 삼아 초인종을 울렸지만 당연히 반응은 없었다. 열쇠로 문을 열고 안으로 들어갔다.

밖에서 보고 상상한 것보다 정원은 훨씬 넓었다. 집주인이 오랫동안 자리를 비운 것 치고는 괜찮아 보였다. 정원의 대부분은 잔디로, 그 위에 오브제가 점점이 놓여 있었다. 파란 입방체 안에 십자가, 여러 색이 섞인 사이키델릭풍, 뒤틀린 흰 장미. 모조리 태양빛을 그대로 받아 신비한 빛을 잔디에 비추었다.

하코네에 있는 '조각의 숲 미술관'을 축소한 듯한 느낌인데, 다가가니 오브제 옆에 사인이 새겨져 있었다. 'F. A'. 아시하라 후부키의 작품일까?

정원에서 카메라를 세팅하고 잘 찍히는지 확인했다. 현관 자물쇠를 열고 안으로 들어갔다.

현관홀은 엄청나게 넓어 그것만으로도 하나의 응접실 같았다. 천장이 높고, 공주님이 내려올 듯한 완만한 커브를 그린 계단이 이쪽을 향해 뻗어 있다. 벽도 계단도 흰색. 계단에는 녹색 덩굴과 금색과 핑크색 꽃 장식, 천장에는 베네치아

글라스로 만들어진 샹들리에. 샹들리에 아래에 벨벳을 두른 장의자와 티 테이블, 의자 세트가 놓여 있다. 벽에는 그리스 신화를 묘사한 거대한 그림, 발밑에는 옅은 색으로 된 실크 융단. 두 평 크기의 손수 짠 융단 하나만 하더라도 아마 수백 만 엔은 호가할 것이다. 다시금 카메라로 찍기를 잘했다는 생각이 들었다.

〈바람과 함께 사라지다〉의 테마송을 흥얼거리며 왼쪽 문을 열었다. 넓은 거실이었다. 정원에 인접한 창으로 다가가 짙은 녹색 벨벳 커튼을 걷었다. 다소 주저했지만, 갑갑한 것이 싫어서 창문도 열었다.

이쪽은 현관홀보다 더욱 중후했다. 페르시아 융단 위에 멋진 가죽 소파 세트. 위스키가 잔뜩 늘어서 있는 유리문이 달린 사이드보드. '양주'가 부자들의 아이템이었던 시절에는 엄청나게 많은 인간이 압도되었을 것이다. 술이 놓인 칸 위에는 이것 또한 하나에 10만 엔은 할 듯한 크리스탈 위스키 잔이 몇십 개나 거꾸로 놓여 있었다. 안쪽 책장에는《원색 일본의 미술》전권에, 가죽 장정으로 된 백과사전. 금박이 아로새겨진 양서가 잔뜩. 벽에는 중후한 느낌의 유화 석점이 걸려 있었다. 산에 연못, 구름 낀 하늘에 숲, 빈 집에 언덕. 모두 무기적이고 어두운 그림이다.

현관 주위는 로코코풍 공주님 양식이고, 거실은 허세가 잔뜩 들어간 1980년대 부자풍. 아시하라 후부키도 속물이구나 하는 생각에 자세히 살펴보니 그림에도 F. A라는 사인이 있었다.

현관홀로 돌아갔다. 계단 뒤쪽으로 통로가 보였다. 통로를 나아가니 오른쪽에 부엌과 욕실이 있고, 부엌 옆은 식당이었다. 여덟 명이 앉을 수 있는 긴 식탁이었지만, 여기는 오히려 담백한 느낌으로, 커튼도 차분한 짙은 갈색, 새것으로 보이는 벽지는 크림색, 의자는 짙은 감색 천의자. 자수 작품 액자가 한 점 있고, 벽 안쪽에 있는 장에 드라이플라워를 꽂은 꽃병이 놓여 있었다.

식당 옆으로는 문이 세 개 있었다. 오른쪽을 여니 네 평 정도 크기의 전통 다다미방과 그보다 작은 방이 두 개, 그리고 화장실 겸 욕실. 다다미방에는 텔레비전이 있고, 일본식 베란다에는 여관에서 볼 법한 의자와 테이블, 작은 냉장고와 전기 포트, 다도구가 있는 것 이외에 개인 물품으로 보이는 것은 없다. 객실 혹은 고용인의 방일까?

왼쪽은 널찍한 전통 다다미방. 미술품 등을 장식하는 공간과 바닥을 파서 만든 전통 화로용 공간까지 갖췄다.

가운데 문은 창고였다. 창고라 해도 지금 내 방보다 넓다. 잡다한 것들이 쌓인 가운데 측면에 '가계부 등'이라고 적힌 골판지 박스가 신경 쓰였다. 1994년 당시, 후부키와 딸이 어떤 생활을 했는지 가계부에 실마리가 있을 것이다.

그것을 뒤로 하고 2층으로 올라가 남쪽 방으로 들어갔다.

후부키의 방일까? 이쪽은 식당과 마찬가지로 심플했다. 대형 텔레비전과 대량의 DVD, 대본과 가극단 시절 것으로 보이는 팸플릿이나 앨범이 몇십 권이나 있었지만, 그 밖에 있는 것이라고는 소파뿐이다. 옆의 침대방도 가구는 최소한의 것들만. 천들도 갈색과 감색과 흰색과 짙은 녹색으로 통일되어 있어 평범한 편이었다. 하지만 드레스룸의 내용물은 역시 굉장했다.

앤티크 책상에 편지봉투가 놓여 있었다. 꺼내 보니 멋진 붓글씨로 계절 인사가 적혀 있었다. 더 이상 이 집으로 돌아올 수 없다는 사실을 각오하고 처분했는지, 후부키의 개인적인 물품은 보이지 않았다. 여배우니 등신대 사진 패널이나 초상화가 장식되어 있을 줄 알았는데 그런 것도 없다.

개인방과 현관과 거실, 전부 취향이 다르다. 그림이나 오브제를 만든 것도 만약 그녀라면, 기호가 완전히 분열되어 있다.

복도를 낀 건너편 방 역시 인상이 완전히 달랐다. 핑크, 빨강, 페퍼민트그린. 사랑스러운 소녀의 방 같은 느낌이다. 사진관에서 찍었는지 전통 복장을 입은 사진이 있었다. 아시하라 시오리의 사진이다.

사진 속 시오리는 어떻게 봐도 미인이라 할 수 없고, 피부도 좋지 않다. 하지만 역시 매력적이라 눈길을 끈다. 이것이 맞선 사진이었을 것이다. 상반신 사진과 전신사진, 각기 다른 기모노를 입었다.

방 안을 둘러보았다. 다리가 긴 옷장에는 귀여운 블라우스나 비싼 소재의 스웨터가 가득 들어 있었다. 벽장에도 양복이 한가득. 옷도 방과 취향이 같았다. 적어도 시오리는 알기 쉽고 단순하다.

책상 안에는 오래된 노트나 교과서가 있었다. 꺼내보니 서랍 바닥에 스크랩북이 놓여 있었다. 안을 펼치니 직접 촬영한 듯 개나 고양이 사진이 스크랩되어 있었다. 동글동글한 글자로 '이다 씨네 미이' 같은 이름과 날짜도 적혀 있다.

스크랩북에는 인물 사진도 있었다. 젊은 여성이 이 집 부엌에서 요리를 하면서 이쪽을 보며 웃는 사진에는 '집안일을 도와주는 유키 씨'라고 적혀 있었다. 앞치마를 한 초로의 여성 사진에는 '이모할머니'라고 적혀 있었다.

시오리의 실종 당시, 아시하라 저택에는 아시하라 모녀만 살던 것이 아니었나? 이와고의 보고서에는 그렇게 적혀 있었다. 하지만 그 전에는 도우미나 이모할머니가 있었던 것이다. 1층의 그 방을 보더라도 확실하다. 그녀들에 대한 이야기는 이와고도 듣지 못했다.

어쩌면 이것이 실마리가 될지도 모른다.

스크랩북을 손에 들고 일어섰을 때 책상에서 엽서가 떨어졌다. 주워보니 금각사 엽서였다. 사야가 말했던 엽서일까?

안녕, 엄마. 잘 지내?

나는 잘 지내.

공교롭게도 매일이 너무 즐거울 정도야.

실망하지 마.

그럼 안녕.

시오리

스크랩북의 글자와 비교해보았다. 특징적인 둥근 글자라 많이 닮았다. 소인이 긁혀 읽기 힘들었지만, 간신히 교토 역 1995, 그리고 2나 7로 보이는 숫자를 하나 확인할 수 있었다. 실종된 후 최소 반년이 지난 후였다.

1995년의 이날이면, 고베 대지진 이후일 가능성이 높다. 숫자가 2라고 하면 2월, 이때 교토에 관광 여행을 간 사람은 그리 없을 것이다. 당시 교토에 있었다면 엄청난 지진을 경험했을 테니 이런 느긋한 엽서를 보낼 때가 아니다.

그 전에 써두었다가 보낼까 말까 주저했던 엽서를 지진 후에 안부 확인용으로 보냈다고 생각하는 편이 자연스러우리라. 물론 제삼자가 보냈을 가능성도 부정은 할 수 없지만, 행방불명된 딸에게서 대지진 직후에 피해지 근처 소인이 찍힌 이런 이상한 엽서가 온다면 오히려 소동이 벌어질 것이다. 제삼자라면 그렇게 판단할 것이다.

그렇다면 시오리 본인의 엽서일까? ……영문을 모르겠다.

사야의 동정심이 식어버린 것도 무리는 아니다. 후부키가 20년간 찾지 않고 내버려둔 것도 이해가 간다.

엽서를 내려놓으려다 문득 다른 하나의 가능성을 깨달았다. 엽서를 쓴 것은 시오리지만 보낸 것은 다른 사람일 가능성이다. 하지만 그 경우……. 나는 침을 꿀꺽 삼켰다. 그런 성가신 짓을 하는 이유는 불쾌한 이유밖에 상상이 가지 않는다.

11

멍하니 있을 때 스마트폰이 울렸다. 아무 생각 없이 받았더니 미에코였다.

"하무라 씨 이야기를 아들에게도 했는데 말이지."

미에코가 말했다.

"하무라 씨에게 남편의 행방불명 건 중 알고 있는 게 있으면 알려주라고 말했는데. 그렇게 찾았는데도 찾지 못했으니 이젠 포기하자네. 포기하면 안 된다고 하무라 씨도 아들에게 말해주면 안 될까? 후부키의 딸을 찾는 김에 아버지에 대한 것도 조사해주겠다고 말해줄 수는 없을까?"

으아. 속으로 비명을 질렀다. 이렇게 되지 않을까 걱정하기는 했다. 아들이 내키지 않아 한다면 그냥 놔두는 편이 좋다고 말했지만 미에코는 내 말을 듣지 않았다. 결국 이와고 가쓰야의 연락처를 받고 말았다. 시간이 있다면 한번 연락하겠다고 약속까지 해버렸다.

만나기 싫어하는 상대와 연락을 하려면 좋은 방법이 있다. 끈질기게 달라붙는 것이다. 어쩌면 이와고 가쓰야는 아버지에게 무슨 일이 일어났는지 알고 있을지도 모른다. 그 정보를 얻으면 시오리를 찾는 데 도움이 될지도 모른다. 하지만 지금 그쪽에 신경 쓸 여유는 없다. 먼저 해야 할 일은 얼마든지 있다.

작업을 재개하기로 했다.

카메라 영상과는 별도로 스마트폰으로 엽서 사진을 찍었다. 더불어 스크랩북의 인물 사진도 찍었다. 그 밖에도 메모 대신에 사진을 다수 찍었다.

계단을 내려가 창고에서 '가계부 등'이라고 적힌 골판지 박스를 꺼냈다. 꽤 무거웠다. 모조리 바닥에 놓여 있어 다행이다. 이것이 책장 같은 높은 곳에 있었다면 내릴 때 다시 갈비뼈를 다쳤을지도 모른다.

상자를 '고용인 방'으로 끌고 갔다. 상자를 열어 내용물을 확인했다. 10년 이상 넘은 것들은 오래전에 버렸을 거라 생각했지만, 마지막 박스에서 1985년 이후 10년 치 파일이 나왔다.

영수증이 붙은 무거운 파일을 들고 남쪽 창을 열고 베란다 의자에 앉았다. 시간을 들여 확인했다.

여러 사실을 알게 되었다.

먼저 이 가계부는 2층의 편지나 노트와 같은 필적으로 적혀 있었다. 스타는 1엔짜리 동전 같은 것은 본 적이 없을 거라 생각했는데, 실로 꼼꼼했다. 어떤 부분만이라면 평범한 주부의 가계부와 다름없었다.

하지만 수입이 엄청나게 특수했다. 매달 월말에 200하고도 수십 만 엔이 제대로 통장에 들어오는 듯했는데 그것만이 아니다. 어떤 때는 갑자기 700만, 두 달 후에 1000만, 또 어떤 때는 500만……. 이처럼 임시수입이 있는 것 같았다. 어디서 무슨 이유로 들어오는 돈인지에 대해서는 적혀 있지 않았다.

또한 1989년 3월부터 같은 해 7월까지, 다카다 유키코라는 인물에게 매달 23만 엔을 지불하고, 거기서 세금이나 연금 등을 제했다. 1985년 1월부터 1994년 5월까지는 야스하라 시즈코라는 인물에게 매달 35만 엔. 도우미 유키 씨와 '이모할머니'의 월급이라 생각하는 편이 자연스러우리라.

1989년 가계부에는 '이모할머니 병문안', '이모할머니 입원비'와 같은 항목이 있다. 야스하라 시즈코가 병에 걸려 입원한 탓에 유키 씨를 고용한 걸까?

식자재 구입은 고용인 중 누군가가 했을 텐데, 영수증을 보건대 식사는 그렇게 사치스럽지는 않다. 다만 때로 좋은 고기 파티를 열었는지 정육점에 상당한 돈을 지불했다. 월말에는 술 전문점에 많을 때는 20만 엔 정도 지불한 적도 있다.

3년에 한 번, 건설업자 지불 건도 있었다. 출입하는 업자는 그때그때 달랐다. 정원사, 수리공 등이 있지만, 역시 업자 변경이 심하다. 후부키는 변덕이 심했던 걸까.

그 밖에 눈에 띄는 지불은 매달 '시오리'에게 20만과 수천 엔. 천 엔 단위로 나뉘는 것으로 보아 용돈뿐만 아니라, 학원 월사금도 포함되어 있을지도 모른다. '이와고 보고서'에는 시오리가 다녔던 아로마 테라피 교실에 대한 탐문도 있었는데, 그 지출에 대한 기록이 없기 때문이다. 그 밖에는 이따금 '아시하라'에게 수십 만. 아마 본가에 경제적 지원을 한 것이리라. 사야는 후부키의 부모님과 여동생이 그녀를 부끄러워했다고 말했지만, 그럼에도 그들은 후부키에게 기생했던 모양이다.

메모를 적으며 빠짐없이 살폈다. 1994년은 특별히 더 꼼꼼하게 보았다.

시오리가 사라진 이 해, 돈의 흐름 또한 상당했다. 후부키는 봄에 해외에 갔었는지 거금을 여행사에 입금했다. 5월에는 이모할머니가 그만두었는지 6월 이후 인건비 항목이 사라졌다. 술 전문점에는 매달 20만~30만 엔의 지불이 있고, 전기비나 가스비, 수도세 또한 상당했다.

맞선 때문일 것이다. 시오리의 기모노를 만들거나, 사진관, 미용실 금액도 있었다. 시오리의 용돈이 연초부터 매달

100만 엔으로 올라간 사실은 이와고 보고서에도 적혀 있었다. 맞선 상대에게 보석 등 돈이 있다는 사실을 보여주려 한 것이리라.

8월말에 이와고에게 지불한 기록이 있었다. 먼저 70만 엔. 그 후 9월까지 30만, 50만, 18만 등 조사비를 지불한 모양이다.

그런 가운데 정체를 알 수 없는 돈이 몇 번이나 입금되었다. 금액은 수백 만 엔. 그중 일부에는 그 옆에 '보관'이라든가 '금고'라고 적혀 있었다.

금고…….

한참동안 서류를 본 탓에 온몸이 뻣뻣해지고 배도 고팠다. 시계를 보니 3시가 가까웠다.

일어서서 스트레칭을 하고, 카메라를 해체한 뒤 짐을 그대로 둔 채 저택을 나왔다. 근처에 빵집이 있기에 샌드위치와 음료수를 두 개 샀다. 저택으로 돌아와 열쇠를 돌리니 갑자기 고성이 들렸다.

"이봐, 너. 거기서 뭐 하는 거야!"

돌아보니 경트럭이 멈추고 운전석에서 볕에 그을린 초로의 남자가 몸을 내밀었다. 험상궂은 눈초리로 나를 노려보았다. 트럭 짐칸에 '다니가와 조경'이라고 적혀 있었다. 후부키의 가계부에 적혀 있었던 정원사의 이름이다.

"도둑이 아닙니다. 아시하라 씨와 그 친척인 이즈미 사야 씨에게 열쇠를 맡았습니다."

열쇠를 들어올려 보이니 그는 '그런 거였나' 하는 표정을 짓더니 손을 흔들고 트럭을 발진시켰다.

나도 모르게 그 뒤를 쫓았다. 3차로에 정차했기에 열린 창으로 말을 걸었다.

"아시하라 씨 저택의 정원 관리를 맡고 계셨죠?"

"우와, 놀라라."

그는 깜짝 놀라 창에서 몸을 떼며 말했다.

"죄송합니다. 잠깐 이야기 좀 나누실 수 있을까요?"

빠른 말투로 사정을 설명했다. 죽음을 앞둔 여성이 20년 전에 사라진 딸을 만나고 싶어 한다는 말에는 누구도 거절할 수 없다. 그도 마찬가지였는지, "도움이 될지 모르겠지만 잠깐만이라면" 하고 말하고 길가에 차를 세우고는 아시하라 저택으로 따라왔다.

작업 후라 더럽다며 집 안에 들어오는 것을 사양하기에, 고용인 방의 남쪽 창을 열어 밖에서 베란다 쪽으로 들어와 앉게 했다.

"갑자기 소리 질러 미안하군. 최근 내가 관리하는 저택들이 연달아 빈집털이에게 당했거든. 아시하라 저택과는 오래전에 인연이 끊겨서 더 이상 고객은 아니지만 도둑이 든 거라면 그냥 두고 볼 수가 없어서."

그는 건네받은 페트병 차를 반 정도 단숨에 들이켜고는

얼굴을 쓰다듬었다.

"오랜 전이란 언제쯤인가요?"

"여기에 아시하라 씨가 저택을 세운 게 벌써 40년이 넘었던가. 내가 고등학교를 중퇴하고 삼촌이 운영하는 수목원에서 일하게 된 뒤 처음으로 나를 데리고 온 곳이 이 집이었어. 집은 아직 건축 중으로, 벽이 엄청 높아 이러면 볕이 잘 안 든다며 삼촌이 불평을 했었지. 그래도 벽을 따라 사철나무를 심고 잔디를 깔고 장미도 심고. 그때 심은 나무들은 이제는 사라진 것 같지만 말이야. 수국은 한 그루도 없고, 장미도 바뀌었고. 최근의 장미는 품종 개량을 해서 기르기 쉬워졌지만, 그 시절에도 애정을 담아 기르면 오랫동안 꽃을 피워줬거든. 이런 요상한……. 뭐야, 이거? 장식품? 오브제라는 건가? 전에 여기에 수국이 있었는데. 이런 것보다 멋진 나무를 심는 게 좋은데."

쓸쓸한 얼굴로 말했다.

"그리고 얼마 후에 아시하라 후부키가 이 집에 사는 걸 알고서 깜짝 놀랐어. 난 브로마이드도 갖고 있었거든."

"후부키 씨의?"

"쉬는 날에는 신주쿠로 영화를 보러 갔었어. 어쩌다 '아시하라 후부키 특집' 세 편 동시상영을 했거든. 〈백장미의 여자〉, 〈개천의 장미〉와 그리고 다른 한 편은 뭐였더라? 서스펜스물을 그다지 좋아하지 않지만, 수목원을 하는 입장에서는 놓칠 수 없지. 당신은 봤나?"

"안타깝게도 아직."

"그 나이라면 모르는 것도 무리는 아닌데, 당시 아시하라 후부키는 정말 아름다웠거든. 위험할 정도로 말이지. 이 집이 아시하라 후부키의 집이라는 사실을 알았을 때는 가슴이 두근거려 미치는 줄 알았어. 가까이에서 본 실물은 신성할 정도였지. 그런 사람이 이따금 우리들에게도 수고 많으십니다, 하고 말을 걸어주는 거야."

"따님에 대해서는 기억나시나요?"

"시오리 말이지? 엄마를 안 닮았지. 솔직히 말하자면 못생겼지만, 어째서인지 귀여웠어. 이 주변 잔디 위를 아장거리며 뛰어다니는 거야. 때로는 아버지도 엎드리게 하고는 말처럼 아버지 등에 타고 그랬지. 나는 그 모습을 안 보려고 필사적으로 노력했어. 그 무서운 영감이 딸 앞에서는 그런 모습을 보일 줄이야."

뭐라?

"아버지라뇨?"

"소마 다이몬. 정치인인. 몰라?"

"잠깐만요. 아시하라 시오리는 소마 다이몬의 딸이었나요?"

그가 깜짝 놀랐다.

"어라, 아닌가? 왜냐면 이 집 밖에 검은 리무진이 자주 정차해 있었거든. 뭐, 그 차를 타고 온 게 누구였는지 알고 있는 건 집 안을 드나들었던 우리들뿐이었을지도 모르지만. 삼촌이 절대로 소마 선생님의 이름을 입 밖에 내지 말라고 몇 번이나 말했어. 삼촌은 나가노 출신으로 소마 다이몬의 지역구였지. 아마 이 집의 일도 그런 연유로 맡게 된 게 아닐까?"

"시오리가 소마 다이몬을 아빠라고 불렀나요?"

"아니, 분명 '다이다이'라고 불렀을걸? 아빠라고 부르면 문제되는 일이 있었겠지."

그는 페트병의 차로 목을 축이며 먼 곳을 바라본 다음 얼굴을 쓰다듬었다.

"그러고 보니 이곳과 계약이 끊기기 직전이었나. 도우미에게서 이상한 이야기를 들었어."

"도우미라면 유키 씨?"

"그런 이름이었어. 우리 사장님의 후원자는 부인을 데리고 올 때도 있다고. 첩의 집에 본부인을 데리고 오다니 무슨 생각인지 모르겠다고. 그렇게 좋은 사람은 아니었어. 그 도우미는."

가계부에는 '다니가와 조경'과의 계약이 1989년 6월까지라고 적혀 있었다. 확인하니 그가 고개를 끄덕였다.

"아마도 그쯤이었을 거야. 결국 20년 가까이 세 달에 한 번 정기적으로 왔었는데, 어느 날 삼촌이 돌아와서는 아시하라의 일은 이제 끝이라고 말하더군. 자세한 이야기는 알 수 없었지만, 나중에 삼촌이 숙모에게 말하는 걸 들었어. 소마 선생님이 죄송하다고 하니 어쩔 수 없다고."

"요컨대 소마 다이몬이 '다니가와 조경'과의 계약을 해지한 건가요? 아시하라 후부키가 아니라?"

"아마도."

그가 고개를 끄덕인 다음 얼굴을 쓰다듬었다.

"시오리 씨가 사라진 건 1994년 7월말이었는데, 당시의 일 중 기억나시는 점이 있나요?"

"그러니까 그때에는 이미 아시하라 저택과는 인연이 끊긴 다음이었거든. ……이 집은 소마 다이몬과 비밀리에 회담을 갖고자 하는 사람들이 사용한 게 아닐까? 여기서만 하는 이야기인데, 정원 정비를 할 때 본 적이 있어. 여당의 거물을 몇 명이나. 나조차 얼굴과 이름을 알고 있을 정도였지. 아마도 계약이 해지된 것도 여러 인간이 드나드는 걸 봤기 때문이 아닐까?"

"그런 사실을 나중에 누가 물어보거나 하지는 않았나요?"

"누가?"

"탐정이나 도쿄지검 특수부라든가."

그가 크게 웃은 뒤 얼굴을 쓰다듬었다.

"그거 굉장하군. 아니, 누가 묻지도 않았고 묻는다 해도 말하지 않았을 거야. 그 당시는 무서웠거든. 협박당했으니까."

"협박……? 누구에게요? 왜요?"

"소마 다이몬의 비서. 옛날에는 아시하라 후부키의 매니저였다는 몸집이 작은 남자로, 여간내기가 아니라는 느낌이었어. 부드럽게 잘생겼지만, 그런 남자일수록 화가 났을 때는 무섭지."

"설마 야마모토 히로키?"

"풀네임까지는 모르지만, 성은 야마모토가 맞아. 아시하라 저택과의 계약이 끊긴 뒤 얼마 후, 내가 아이들을 데리고 근처 공원에서 놀고 있을 때 말을 걸더군. '전 말이죠, 후부키 씨를 평생 받들기로 했습니다. 그 사람을 위해서라면 뭐든 할 수 있어요'라고 말하더라고. 이 자식, 갑자기 내게 무슨 말을 하는 거야 했는데, '아시하라 댁에 드나들었을 때 보고 들은 사실은 모조리 잊는 게 좋을 겁니다' 하고 말하는 거야. 부드럽고 조용한 어조로 우리 아이를 보고 미소 짓더군. '아이들의 미래는 밝아야 하니까요'라는 말을 덧붙이면서."

그가 한숨을 크게 내쉬었다.

"정확히는 협박당한 게 아닐지도 모르겠지만 내 입장에서는 겁을 먹을 수밖에 없지. 그래서 지금까지는 아무에게도 말하지 않았어."

"그 협박이 있었던 게 언제인가요?"

"어디보자, 우리 아이가 유치원 상급반이었으니……. 아."

"네?"

"1994년일지도."

"계절은 어떤가요? 기억나시나요?"

"겨울은 아니었어. 아직 더웠다는 느낌인데."

혹시나 해서 '이와고 보고서'에 있었던 '시오리의 불륜 상대'의 초상화를 보여주었다. 그는 고개를 저었다.

"야마모토 히로키와는 전혀 안 닮았어. 본 적도 없는 얼굴인데."

시오리와 야마모토 히로키 사이에 어떤 문제가 있었을지도 모른다.

"모녀와의 사이? 나쁘지 않았던 것 같은데. 시오리는 소마다이몬에게 귀여움받고 자란 탓인지 다소 제멋대로인 면이 있었고, 그렇게 되면 부모자식 간에 고함이 오고 가기도 했지만, 한 시간 정도 지나면 천연덕스럽게 둘이서 웃으며 팔짱을 끼고 나가곤 했어. 엄마와 딸이란 그런 법이잖아. 시오리를 찾으면 좋겠네. 나도 신께 빌도록 하지."

오랫동안 가슴 속에 품었던 사실을 털어놓은 탓인지 그는 개운한 얼굴로 돌아갔다. 반대로 이쪽은 머리를 감싸고 싶은 심경이었다.

집 내부의 취향이 제각각이었던 이유가 확실해졌다. 1층의 응접실은 정치인이나 이권 관계자가 드나들며 수상쩍은 대화를 나누던 장소였다. 현관홀은 후부키가 전직 여배우로서 손님을 맞이하기 위한 장소. 두 가지 목적을 위한 두 개의 무대. 2층은 말하자면 무대 뒤 대기실이다.

이 집이 그런 종류의 장소라면, 시오리의 실종에 당시 소마 다이몬이 놓였던 정치 사정이 얽혀 있을 가능성이 생긴 것이다. 시오리 실종 이듬해, 다이몬은 자신의 지역구를 아들에게 물려주고 은퇴했다. 그 건과 관련해 시오리가 뭔가 중대한 사실을 알게 되어 사쿠라이가 말하는 '어둠의 군단' 또는 야마모토 히로키가 시오리를 어딘가에 감춘 걸까? 1994년에는 후부키의 통장에 돈의 이동이 빈번했다. 특히 들어왔다가 어딘가에 '보관' 또는 '금고'로 사라진 돈.

소마 다이몬에게 상납되었다가 그 후 어딘가에 뿌려진 돈. ……정치 공작?

하아.

공복 탓에 눈이 돌아갈 것 같아 사둔 샌드위치를 먹고 항생제를 삼켰다. 아침에 먹은 뒤 여덟 시간 이상 지났다. 해도 저물어 슬슬 저녁 무렵이다.

나머지는 내일 살피기로 하고 골판지 박스에 가계부를 되돌려놓을 때 스마트폰이 울렸다. 살인곰 서점 전화번호다. 도야마의 목소리가 들렸다.

"하무라 씨, 구라시마 마미라는 사람 알죠?"

"네에, 얼마 전에 서점에서 만났습니다."

"특이하게도 하무라 씨가 마음에 들었나 보네요. 그래서 연락처를 알고 싶다는 전화가 방금 왔었는데요."

"어라, 오늘 화요일인데 서점 문을 열었나요?"

"어쩌다가요. 도바시가 대학 미스터리 동아리 녀석들을 모아 6시부터 2층에서 회의를 한다더군요. 어쨌든 알려줬습니다."

"네?"

"하무라 씨의 연락처 말이에요. 구라시마 마미 씨에게 알려줬습니다."

아무리 손님이 물어보았다고 해도 먼저 내게 확인부터 했어야지. 요즘 시대에 개인정보를 이렇게 개떡처럼 취급할 줄이야.

"……그런가요? 알겠습니다."

"그녀는 하무라 씨가 즐거운 듯이 '마르틴 베크 장'에 대한 이야기를 했다며 일요일에 블로그에 올렸더군요."

"스타인벡 장인데요."

"'집 개축 때문에 반년 정도 거주해야 할 곳을 찾고 있었는데 셰어하우스도 괜찮을지도. 하무라 씨에게 물어볼까'라고도 적혀 있었습니다. 요즘 세상에 이렇게까지 적어도 괜찮은 걸까요. 조금만 더 신경을 써주면 좋을 텐데."

"……그러게 말이에요."

전화를 끊으려다 문득 생각이 들었다.

"도야마 씨, 아시하라 후부키의 〈백장미의 여자〉라는 영화를 아시나요?"

"물론이죠. 뭔 당연한 소리를 하고 계세요? 도바시가 뽑은 일본 미스터리 영화 100선에도 들어갔을 정도예요. 어라, 모르세요? 걸작인데."

"어떤 이야기인가요?"

"아시하라 후부키가 연기하는 여자가 장미가 흐드러지게 피는 서양 저택에 살고 있는데요, 여성이 매일 밤 목이 졸려 죽는 꿈을 꾸는 거예요. 눈을 뜨면 손에 흰 장미를 손에 쥐고 있죠. 그리고 꿈과 마찬가지로 여성 교살사건이 연속해서 발생해요. 형사가 후부키가 수상하다고 느끼고 조사하니, 그녀 주위에는 최면술사라느니, 약혼자인 의사라느니, 그 의사를 사모하는 간호사라느니, 수상한 인물들이 우글우글한 거예요."

"몽유병과 관련된 사이코 서스펜스인가요?"

"그렇게 생각하게 하고는 마지막에 엄청난 반전이! 순식간에 복선을 회수하는데 논리적이라 엄청 놀라워요."

"네에……."

"그 영화는 보는 편이 좋아요. 작년에 장미 시리즈의 컬렉터스 블루레이 박스가 나왔거든요. 사진집과 대본 복각판. 히지카타 류 감독의 메모를 그대로 재현한 거죠. 게다가 당시 스태프의 인터뷰나 특전도 있고요. 각본가인 히라 가나루의 인터뷰가 재미있어요. 그는 〈백장미의 여자〉에 대한 영감을 셜리 잭슨의 단편에서 얻었다고 말했거든요."

"네에……."

"게다가 유리 공예가 아소 후카. 그녀는 히지카타 감독의 의뢰로 작품의 메인 테마를 표현하기 위해 일부러 오래된 기법을 조사해서 여러 작품을 만들었다지 뭐예요. 사진집에 그 사진도 포함되어 있어요. 작품에 빛을 어떻게 주어 찍느냐 하는 이야기로 조명감독이나 촬영감독과 거의 주먹다짐 직전까지 갈 정도로 싸웠다더군요. 엄청나지 않나요?"

"……네에."

"그 블루레이 박스는 사도 결코 손해가 아닐 거예요. 아마존이라면 아직 남아 있을 텐데요? 1만 8천 엔 짜리를 10퍼센트 할인된 가격으로 살 수 있어요."

고용주로서의 도야마는 논외로 치고, 미스터리를 보는 눈은 믿을 수 있다. 그 도야마가 칭찬할 정도니 정말로 걸작일 것이다. 하지만 그런 거금을 들일 마음은 들지 않는다.

버스를 타고 센가와로 돌아와 역 앞의 쓰타야 대여점에서 〈백장미의 여자〉와 〈장미 키메라〉를 발견해 빌려 돌아왔다.

12

집으로 와서 도청 탐지기로 스타인벡 장을 빠짐없이 조사했지만 아무것도 나오지 않았다. 안심하고 푹 잘 수 있었을 터인데 몇 번이나 잠에서 깼다. 갑자기 무리를 한 탓인지 기침이 나와서 갈비뼈가 아팠다. 아마도 자기 전에 〈백장미의 여자〉를 본 탓이리라.

웨딩드레스로 착각할 만한 네글리제를 입은 후부기가 두 눈을 크게 뜬 무표정한 얼굴로 걸으며 네글리제의 옆 끈을 풀어 여자의 목에 둘러 조른다. 양팔에 근육이 나올 정도로 힘이 들어가 있는데, 두 눈은 크게 뜨고 얼굴 근육은 다소 이완된 상태다. 글라스하프로 연주되는 카치니의 〈아베마리아〉가 분위기를 더욱 고조시킨 탓도 있지만, 인간의 것으로 생각되지 않는 강렬한 연기였다. 어렸을 때 이런 영화를 봤으면 반드시 트라우마가 되었을 것이다.

후부키의 정원에 있는 오브제는 모두 이 영화에 등장한 것이라는 사실도 알았다. 조각가 아소 후카가 만든 유리 공예였다. 영화는 유리 십자가 오프닝으로 시작해서 작품 전체에 투명하면서 일그러진 빛을 비춘다. 단단할 듯이 보이지만 부서지기 쉬운 유리. 실제로 클라이맥스 신에서는 십자가를 가장했던 유리가 부서진다.

기포가 잔뜩 들어간 유리를 통해 비치는 장미 영상에, 일그러진 진범의 얼굴이 이중으로 찍혔다는 진상 해명 장면에서는 나도 모르게 '우와' 하는 신음소리를 내고 말았다.

옅은 잠이어서 7시에는 눈을 떴다. 잠을 자는 것이 힘들다면 영양을 취하자는 생각에 아침을 만들러 부엌으로 내려갔다. 마침 집주인인 도모에가 밭에서 갓 수확한 봄 양배추를 가지고 온 참이었다. 슈퍼에서 사왔던 감자 샐러드가 남아 있었기에 양배추를 듬뿍 썰어 샐러드에 섞고, 베이컨과 함께 수프를 만들고, 삼겹살과 다시마를 함께 밀푀유 상태로 겹쳐 랩으로 싸서 전자레인지에 돌렸다. 이것들을 다른 동거인들에게 제공하고, 답례로 빵과 커피를 받았다.

방으로 돌아오니 이번에는 졸음이 쏟아졌다. 약을 먹고 졸음기를 없애기 위해 구라시마 마미의 블로그라는 것을 찾아보았다.

최근에 시작한 것으로 보이는 블로그에는 일요일에 '살인곰 서점'에 가서 그곳에서 책 취향이 맞는 점원과 즐겁게 대화를 나눈 것, 그녀는 셰어하우스에 살고 있다고 말했다는 것 등이 적혀 있었다. 집이 낡아서 재건축할 예정이라 반년 동안 집을 나가 있어야 하고, 부모님은 큰아버지 댁의 별채를 빌리기로 했지만, 자신은 태어나 처음으로 독립을 해야 한다. 점원에게 부탁해서 셰어하우스에 들어가고 싶다……. 이런 내용이었다.

잠깐만.

구체적인 이름은 살인곰 서점 이외에는 전혀 나와 있지 않잖아. 그야 조사하고자 마음을 먹으면 그 서점에서 '그녀'라 부를 수 있는 점원은 하무라 아키라 한 명, 고양이도 수컷이라는 사실을 알아낼 수 있겠지만 말이다. 도야마 점장 때문에 나는 내 이름도 스타인벡 장 이름도 적혀 있는 줄로만 알았다.

컴퓨터를 끄기 전에 스마트폰의 정보와 카메라 영상을 백업해두었다. 만일을 대비해 사쿠라이에게도 데이터를 보냈다. 이렇게까지 경계심이 많은 내 자신이 싫다. '정치 공작'과 도청기에 다소 겁을 먹은 것일지도 모른다.

도우미 유키 씨와 이모할머니. 즉 다카다 유키코와 야스하라 시즈코의 소재 확인도 부탁하며 사진도 함께 첨부했다. 사쿠라이에게서 새로운 연락은 없었다. 야마모토 히로키의 소재지를 확인하는 것이 그렇게 어려운 일인가?

외출할 준비를 하며 가방 안을 확인할 때 스마트폰이 울렸다. 이번에도 처음 보는 번호였는데, 구라시마 마미였다. 그녀는 도야마를 통해 번호를 알게 되었다는 사실을 미안하다며 말하고, 나는 사정을 알고 있다고 대답했다.

"그렇다면 이야기가 빠른데……. 어때? 빈 방은 있어? 반년만이라도 살 수는 없을까?"

전에 지방에서 올라와서 3개월만 살았던 사람이 있었다. 그러니 짧아도 문제는 없으리라.

"집을 보는 건 주말만 가능하게 바뀌었어. 하지만 내 지인이라는 명목으로, 다른 사람들이 있는 밤이라면 보러 와도 괜찮을 것 같은데."

도청기에 대한 사실은 사쿠라이에게만 밝혔다. 설치된 것이 내 방뿐이었고, 왜 하무라의 방에만? 현재 어떤 일을 하기에? 이런 식으로 질문을 받는다 해도 후부키나 그 주변 사정에 대해 말할 수는 없기 때문이다. 때문에 마미에게도 도청기에 대한 것은 밝히지 않은 채 수상한 침입자가 있었다는 사실만 전했다.

"우와, 무서워라. 누군가의 스토커인가?"

마미는 흥미가 생긴 듯했다.

"그걸 모르겠어. 어쩔래? 그만둘래?"

"아니. 오히려 안심했어. 하무라 씨는 우수한 탐정이라고 살인곰 서점 점장님이 말했는데, 방을 보러온 사람이 수상하다는 사실을 바로 알아차린 거잖아? 굉장해. 나는 마흔 넘어 첫 독립이고, 부모님이 너는 그 나이 먹고서도 멍하니 열쇠를 잃어버리거나 지갑을 잃어버리는데 괜찮겠냐며 걱정하셨거든. 다른 사람에게 민폐를 끼칠 생각은 없지만, 혼자 집을 빌리는 것보다 훨씬 안심이 돼. 괜찮다면 오늘 밤에 가도 될까?"

저녁을 먹고 7시에 오라고 약속하고는 전화를 끊었다. 끊고 나서는 저질러버렸다고 생각했다.

확실히 마미는 대화가 잘 통하는 상대고, 어쩌다 마주치게 되는 관계 정도라면 문제는 없다. 그러나 지인이라며 이곳에 받아들이게 되면 내게도 책임이 생긴다. 게다가 착각을 해서 친구들의 합숙소 같은 식으로 생각하면 곤란하다. 여성의 경우, 상대가 쳐놓은 선을 의식 못한 채 성큼성큼 그 선을 넘어버리는 타입도 있다. 지친 상대방의 방에 끈질기게 찾아오거나, 멋대로 남의 음식에 손을 대거나, 샴푸를 사용하거나, 그런 일로 다툼이 생겨 스타인벡 장 전체의 분위기가 안 좋아져서, 전에도 몇 번인가 이곳을 나가려고 생각한 적이 있다.

게다가 현재 몸 상태가 멀쩡하지도 않고, 바쁘다는 핑계로 마미가 어떤 인간인지 알아보지도 않고 간단히 승낙하다니 어떻게 된 것 같다.

왜 그랬는지 짐작이 안 가는 바는 아니다.

세이조가쿠엔마에 역으로 가는 버스 좌석에 앉아 집주인

과 동거인들에게 오늘 7시의 방문 건을 알린 다음 생각했다. 30대 중반이라고만 생각했던 마미가 거의 동년배라는 사실을 알고 깜짝 놀란 것이 원인이다. 여우에 홀린 것만 같았다.

아시하라 저택 2층에서 이번에는 앨범을 꺼내 살펴보았다. 비교적 1994년과 가까운 것부터 체크해나가니 1993년 앨범에서 흥미진진한 사진을 발견했다. 시오리, 후부키, 소마 다이몬과 나이 지긋한 여성, 이렇게 넷이서 찍은 사진이다. 장소는 이 집 정원일 것이다. "요상한" 조각상이 뒤쪽에 찍혀 있다.

여성은 '이모할머니'가 아니었고, 가격이 상당할 듯한 기모노를 입었다. 혹시 "첩의 집에 온 본부인"일까?

그런 식으로는 보이지 않았다. 넷이 서로 기대어 찍은 모습을 보건대 가족사진 같았다.

야마모토 히로키의 사진은 좀처럼 찾을 수 없었다. 후부키는 가계부로도 알 수 있듯이 성실한 성격인지, 앨범에도 촬영 연월일, 상황, 인물명이 적혀 있는 것이 대다수였지만, 소마 다이몬과의 집합사진처럼 아무런 설명도 적혀 있지 않은 사진도 있다. 야마모토 히로키 또한 어떤 이유로 이름을 적을 수 없는 인간이었을지도 모른다.

그럼에도 '다니가와 조경'이 말한 "몸집이 작은 남자"에 들어맞을 듯한 인물을 찾아보았는데 딱히 그럴듯한 사진은 없었다.

별 수 없이 사진은 포기하고 거리로 나왔다. 1994년 전후로 가계부에 실린 저택에 출입한 업자를 모조리 찾아가보았다. 정육점, 술 전문점, 화원, 리모델링 업자나 건축업자, 다니가와 조경 다음에 계약한 조경원까지.

놀랍게도 술 전문점도 정육점도 이미 폐업하고 사라진 지 오래였다. 리모델링 업자도 건축업자도 검색되지 않았다. 조경원은 대가 바뀌어 20년 전의 일을 알고 있는 사람은 없었다. 생각해보니 1994년은 버블이 터진 몇 년 후. 1997년의 야마이치 증권 파산 이후에도 수많은 기업이 줄줄이 도산해 사라졌다.

역시 20년 전이라는 것은 쉽지 않다. 계속된 꽝을 뽑아 침울해졌지만, 영수증에 찍힌 주소에서 건재한 화원을 발견했다. 하지만 당시 이미 이와고의 탐문을 받은 상태였다.

"그다지 특별한 기억은 없어요. 그 탐정 다음에도 잡지 기자라든가 방송사 취재라든가 여러 사람이 왔었거든요. 취재를 거절했음에도 그 거절하는 모습이 그대로 방송을 탄 때문인지 두 번 다시 아시하라 댁에서 주문은 없었어요."

말하다 20년 전의 분노가 되살아났는지 꽃집 여주인이 나를 노려보았다.

그럼에도 후부키가 어떤 꽃을 좋아했느냐며 화제를 돌리자…….

"장미를 좋아하셨어요."

꽃집 주인답게 눈을 빛냈다.

"그 왜 장미 시리즈라는 영화에 나온 탓인지 장미에 대해서는 정말 잘 아시더라고요. 특히 벤델라라는 독일의 흰 장미를 좋아하셨어요. 정원에도 장미를 심은 것 같은데, 계절이 끝나면 쓸쓸하다고 하셨죠. 그렇게 자주는 아니었지만, 한번 구매하실 때는 50송이에서 100송이씩 구입하셨어요."

"그럼 시오리 씨는요? 그녀는 어떤 꽃을 좋아했나요?"

"글쎄요. 아, 하지만 따님이라면 이케다 선생님께 꽃꽂이를 배웠을 거예요. 세이조 역 빌딩에 있는 꽃꽂이 교실이에요. 전에는 이 근처 자택에서 하셨지만요. 나무로 된 담이 멋진 저택이었는데, 어머님께서 돌아가시고 상속 문제가 불거져 마지막에는 저택을 팔아버렸죠. 현재는 성냥갑 같은 건물 네 동이 빽빽이 들어서 있지만요. 20년이라는 시간이 지나니 이 동네도 그런 집이 늘었네요."

그 말과 함께 여성이 한숨을 쉬었다.

이와고 보고서에는 이케다 선생님에 대한 탐문은 없었다. 어째서인지 주변 인물 리스트에서 제외되었던 모양이다.

버스를 타고 세이조가쿠엔마에 역으로 왔다. 역 빌딩 위쪽에 문화 관련 구역이 있었다. 이케다 선생님은 마침 휴식 중이었다.

"시오리 씨? 네, 기억하고말고요. 그 언론 소동은 죽을 때까지 잊을 수 없죠. 다행히 그때 우리는 시오리 씨가 그만둔 지 2년이 지났기 때문에 취재가 오지 않았지만."

차분한 어조로 뼈가 담긴 말을 내뱉는다. 이런 말투는 오랜 경험 속에서 우러나는 법이다.

"애당초 시오리 씨는 꽃에 흥미가 없었어요. 어머님이 시켜서 어쩔 수 없이 다녔을 뿐이죠. 결혼 준비로 꽃꽂이에 다도 등 여러 가지를 했던 것 같은데, 본인은 내켜하지 않았으니까요. 애당초 결혼에도 별로 마음이 없었던 게 아닐까요? 어머님은 좋은 혼처가 있다면 부탁드린다고 했지만, 본인의 마음이 딴 데 가 있었으니까요."

이케다 선생님이 품위 있게 빨대를 물었다. 크림이니 향신료니 여러 가지를 첨가한 아이스커피인 모양이다.

"그 딴 데라는 건……?"

"딴 데는 딴 데죠. 제 입장상 말씀드릴 수는 없어요. 게다가 그때는 오쿠보 씨 댁도 힘들었을 거예요. 지금은 언제 그랬냐는 듯이 잘 살고 있지만, 이제 와서 옛날 일을 들춰내는 것도 좀."

"오쿠보 씨?"

"이 동네에서 오쿠보 씨라고 하면 '리스토란테 오쿠보'의 셰프를 말하는 건데요. 오쿠보 셰프의 요리교실은 여성에게 상당한 인기가 있었으니까요. 셰프도 20년 전에는 한창 때라 인기가 많았고, 아시하라 댁 아가씨도 의외로 남성분들에게 인기가 많았으니까."

"그 말인즉슨……."

"어머나, 난 아무것도 모른답니다. 하지만 어머님이 미혼모였으니 딸이 같은 길을 걷는다 해도 이상한 일은 아니죠. 사랑은 멋진 거니까요. 하지만 다른 학생에게는 나쁜 영향을 끼칠 수 있어서 우리 교실은 그만두게 했지만요."

"그 이야기, 당시에 소문이 돌았나요?"

"글쎄요. 셰프의 부인은 오랜 토박이고, 가게도 친정 돈으로 열었을 걸요? 품위를 중요하게 생각하는 집안이라 천박한 소문을 싫어하시다 보니, 많은 사람이 알고 있었을 거라는 생각은 안 들지만요.

아, 곧 휴식시간이 끝이네요. 살펴가세요."

이케다 선생님에게 쫓겨난 나는 여우에게 홀린 기분으로 역 빌딩에서 나왔다.

시오리의 교우관계는 이와고 탐정이 20년 전에 샅샅이 뒤졌으니, 이번에는 모친의 교우관계 쪽을 파보자고 생각한 것이 제대로 맞아떨어진 것 같다. 탐문 상대가 항상 이런 식으로 주저리주저리 가르쳐주는 사람들뿐이라면 좋을 텐데. 이 또한 '하무라 아키라의 운'인 걸까, 아니면 일을 키우는 것을 좋아하는 여우에게 홀린 걸까.

'리스토란테 오쿠보'는 고베야 앞의 버스 정류장에서 버스를 타고 세 번째 정류장에서 내려 십여 미터 나아간 곳에 있었다. 3층짜리 빌딩 계단 옆에 엽서 사이즈의 간판이 달려 있을 뿐이라, 스트리트 뷰를 보면서도 알아차리지 못한 채 몇 번이나 그 앞을 왕복하고 말았다. 예전에는 긴자나 아오야마와 같은 왕래가 많은 지역의 메인 스트리트에 알기 쉬운 간판을 내걸고 가게를 여는 것이 일류의 증명이었다. 요즘은 이런 눈에 띄지 않는 장소에 살짝 가게를 열고 단골과 그 입소문만으로 장사를 하는 쪽을 일류로 친다.

빌딩 2층이 레스토랑, 3층이 요리교실인 듯했다. 조사해보니 런치 타임은 11시 반부터. 현재는 10시 반이니 일반적인 셰프라면 가게에 있을 것이다.

일단 흔들어보자. 그렇게 작정하고 2층으로 올라갔다. 사무실 같은 단출한 회색 문이 있고, 명함 크기의 종이에 작게 '리스토란테 오쿠보'라고 인쇄되어 있었다. 이래서는 단골밖에 못 찾아오겠다는 생각을 하며 손잡이를 잡아당긴 순간 고성이 귓가에 울렸다.

"날 바보로 아냐. 이런 쓰레기 채소 갖고 가격이 뭐 이 따위야. 유기농이라며 잘난 듯이 말하던데, 요즘에는 유기농 채소가 기본이잖아."

깜짝 놀라 살며시 들여다보니 흰 요리사 복에 머리에는 손수건을 감고 수염을 기른 너무나도 셰프스러운 인물이 채소를 손에 들고 고함을 지르는 중이었다. 60대 중반의 배가 나온 고집스런 장인 느낌이다.

이렇게 말하기에는 좀 그렇지만, 나 같은 낡은 인간에게 셰프와 의사는 배가 나온 편이 안심이 된다. 하지만 이것이 "여성에게 인기가 있었던" 셰프의 말로인가 하니 안타까운 마음도 든다.

"그런 식으로 또 가격을 후려칠 생각인가요. 웃기지 마요. 우리 채소를 원하는 가게는 얼마든지 있거든요. 지난달 채소 값도 그런 식으로 꼬투리를 잡아 깎더니. 우리는 말이죠, 다 알고 있거든요."

그렇게 맞받아친 것은 햇볕에 그을린 40대 남성으로, 아직 4월임에도 반팔 티셔츠 차림이었다. 티셔츠 등에는 큼직하게 'I LOVE 세타가야 채소'라고 인쇄되어 있었다.

"뭐라고? 말라비틀어진 채소 가지고 뭔 소리야!"

직원일까? 주방에서 나온 젊은 셰프가 말리는 것도 뿌리치며 다시 한 번 외쳤다. 목소리는 컸지만 어딘지 모르게 기백이 느껴지지 않았다.

"오쿠보 씨, 사모님이 돈줄을 쥐고 있어서 놀 돈이 필요한 건 알겠어요. 하지만 그 화살을 우리 쪽에 돌리지 말란 말이에요. 계약한 대로 돈을 지불하시죠. 그렇지 않으면 우리도 내일부터, 아니 오늘부터 채소를 공급하지 않겠습니다. 더불어 가끔 근처 슈퍼에서 산 채소를 우리 가게에서 산 것처럼 유기농 채소를 사용한다느니 지역 채소를 사용한다느니 하면서 원산지를 속인 것도 세상에 다 밝히겠습니다."

"뭐야 너. 지금 협박하는 거냐?"

"남이 들으면 오해할 소리를 하시는군요. 협박한 건 그쪽이잖아요?"

"닥쳐. 이 새끼가."

결국 드잡이가 시작되어 나는 문을 닫고 도망쳤다.

계단 아래서 기다렸다. 5분도 채 되지 않아 'I LOVE 세타가야 채소'가 뛰쳐나와 근처에 세워두었던 경트럭을 타고 떠났다. 동시에 흥분을 가라앉히지 못한 '오쿠보'가 계단을 뛰어내려와 신호 때문에 정차한 경트럭을 향해 소리를 질렀다. 재미있는 구경거리였다. 차가 천천히 나아가는 모습을 지켜보았다.

경트럭의 모습이 사라지자 흥분이 가라앉아 그제야 제정신을 차린 셰프가 숨을 크게 내쉬고 가게로 돌아가려 할 때 말을 걸었다.

"실례지만 오쿠보 셰프이신가요?"

"뭐야, 당신?"

재빨리 사정을 설명하고 명함을 내밀었다. 시오리의 이름이 나온 순간 오쿠보의 안색이 변했다.

"내 성질 긁지 마. 대체 몇 년 전 일인지 알기나 해? 난 아무것도 몰라."

그러고는 빠른 걸음으로 계단 쪽으로 향한다. 나는 목소리를 높였다.

"누군가가 말하지 말라고 협박이라도 했나요?"

"……뭐야, 그게."

"예를 들어 야마모토 씨라든가."

셰프의 발이 멈췄다. 얼굴이 새빨개지더니 주먹을 꽉 쥐었다. '당첨'이라고 생각했다. 동시에 몸의 위험을 느꼈다. 지금 내 상태라면 가볍게 밀쳐지는 것만으로도 큰 부상을 입으리라.

"정보를 제공해주신다면 사례를 할 수 있는데요."

셰프가 눈을 반짝였다.

"사례?"

"3만 엔에 어떠신가요?"

부인이 돈줄을 쥐고 있다는 말은 정말인 듯했다. 셰프의 눈동자가 방황하며 눈 깜박임이 많아졌다.

"정말로 3만 엔을 주는 거겠지?"

"물론이죠. 20년 전 옛날이야기를 해주는 것만으로 3만 엔입니다."

'옛날'을 강조하자 셰프의 어깨에서 힘이 빠지는 것이 눈에 보였다.

"지금부터 런치 준비를 해야 해. 2시쯤에 괜찮을까?"

이의는 없다. 약속을 하고 헤어졌다.

시간이 있어서 역까지 걸어 돌아가기로 했다. 걸으며 사쿠라이에게 연락을 했다.

"데이터 잘 받았어. 이쪽은 조사에 진척이 없어서 미안하군. 딱 하나 알게 된 사실이 있는데 이시쿠라 하나는 죽었어."

"끔찍하네. 살해당했어?"

"법적으로는 아니야. 의식불명인 채 3년 7개월 동안 살다가 숨을 거뒀어. 따라서 살인미수 취급. 물론 재판이 되면 피해자가 사망했다는 사실이 판결에 큰 영향을 끼칠 테지만, 범인은 오리무중이야."

"빚쟁이가 죽인 거 아니었어?"

"물론 경찰이 샅샅이 조사했는데 그들에게는 모두 알리바이가 있었어. 게다가 이시쿠라 다쓰야가 돈을 빌린 건 친구나 지인이 대부분이었거든. 금융업 간판을 내 건 곳이 딱 한 곳 있었지만, 위험한 인간을 부려서 돈을 뱉어내게 하는 곳이 아니야. 게다가 흉기인 전기 코드에서 범인의 것으로 보이는 지문이 일부 나왔는데 일치하는 인간은 없었고."

"그래서 미해결?"

"그런 거지. 다만 담당했던 형사 말로는 아버지인 이시쿠라 다쓰야가 말이지."

"뭔데?"

"한 게 아시하라 후부키라고 주장했다나 봐."

"했다니? 범인이 아시하라 후부키라는 말?"

"그래."

흘려들을 수 없었다. 이것이 시오리의 실종과 어떤 관계가 있는지는 알 수 없지만, 이시쿠라 다쓰야를 만나서 직접 이야기를 들을 필요가 있을 것 같다.

"이건 담당 형사와 이야기를 나눈 내 감인데, 이시쿠라가 그렇게 떠벌린 건 후부키에게서 돈을 뜯어내기 위해서가 아닐까? 소동을 벌인 끝에 결국 하나의 입원비는 후부키가 냈다고 해. 이시쿠라를 통하지 않고 직접 병원에 입금한 모양인데, 그래서 이시쿠라는 자기에게 위자료를 내놓으라며 아시하라 저택으로 쳐들어갔다가 경찰 문제로 번진 적도 있다고 하고."

"경찰은 그 사건으로 후부키를 조사했어?"

"글쎄. 담당자는 조사했다고 말했는데 제대로 조사했는지 어땠는지는 수상쩍어."

"그것도 사쿠라이 씨의 감?"

"그래. 내 실수에는 관대하고 다른 사람의 실수에는 민감하거든, 나는."

사쿠라이는 두 사람의 도우미에 관해서는 조사 중이라고 말했다. 놀고 있는 것은 아닌 듯하다. 하지만 야마모토 히로키의 연락처에 대해 물으니 떫은 목소리로 대답했다.

"그게 전혀. 다만 어떤 남자인지는 알았어. 내 지인 중 전직 정치부 기자에게 물어봤더니 소마 다이몬의 비서였다더군."

"아, 그거라면……."

알고 있다고 대답하려는 것을 가로막고 사쿠라이가 말을 이었다.

"더구나 이 야마모토 히로키, 그쪽 사람들 사이에서는 소마 다이몬의 금고지기라고 불렸대."

13

"야마모토 히로키. 오랜만에 듣는 이름이군."

전직 정치부 기자 오노가 덜걱거리는 틀니로 말했다.

그 기자를 만나고 싶다고 하니 사쿠라이가 바로 연락처를 가르쳐주었다. 전화를 거니 현재 시부야에 있으니 점심이라면 같이 먹을 수 있다고 했다. 시간적으로나 거리적으로나 훌륭한 제안이었는데, 지정된 가게에 도착하고는 깜짝 놀랐다. 유명한 요정의 분점이 아닌가. 가게 앞에 런치 메뉴 같은 서민적인 간판 따위는 놓여 있지 않다.

역시나 일류 일간지의 전직 정치부 기자. 이 인터뷰, 비싸게 먹히겠군.

쓸데없는 걱정이었다. 백발을 올백으로 넘기고 폴로셔츠를 입은 오노는, 일흔 살이 넘으면 많이 못 먹는다며 웃고는 비교적 싼 도시락을 시켰다.

"현역 시절에는 아침부터 맥주에 스테이크였네. 젊었으니까. 요즘은 먹으면 바로 졸려. 빨리 이야기를 끝내도록 하지. 야마모토 히로키에 대해 알고 싶다고?"

"오노 씨는 소마 다이몬 전속이었나요?"

"전속이라는 말은 듣기 좀 그러니 담당이라고 하게."

오노가 웃었다.

"하지만 한때는 전속이나 마찬가지였지. 소마 다이몬은 세상의 평판이 좋은 인물은 아니었지만, 엄청난 에너지를 가진 사람이었어. 영감님을 전담 마크할 때에는 다른 곳까지 커버할 여력이 없을 정도였지. 게다가 영감님은 사람을 끌어들이는 매력이 있었어. 이렇게 말하는 나도 어느 순간 영감님 편을 들고 있었지. 칭찬을 잘했고, 띄워주는 것도 능했어. 아, 일부러 나를 띄워주는구나, 하고 알고 있어도 칭찬을 받아 기분 나쁜 인간은 없으니까."

오노는 점원이 가져온 차를 조금 마시고 물티슈로 입가를 닦았다.

"듣자하니 소마 다이몬은 흑막이라 불렸다더군요."

"그 말이 맞아. 영감님은 대형 은행의 상층부와 예부터 친분이 있었고, 은행 총재가 그 앞에서 무릎 꿇고 비는 모습을 본 적도 있어. 건설사 관계자도 빈번히 영감님을 찾았지. 다만 항간에 알려진 것처럼 권력이 있었는지는 좀 의문이야. 영감님은 총리가 되고 싶어 했거든. 몇 번이나 기회가 있어서 그때마다 거금을 뿌린 것 같은데 결국 되지 못했어. 어쩌다 술에 취해 속마음을 털어놓은 적이 있었어. 이놈이고 저놈이고 부탁만 하고, 돈만 받고는 모른 척한다고."

"그 돈을 관리했던 게 야마모토 히로키인가요?"

"그래. 그건 버블 경제가 시작하기 직전이었어. 당시 영감님의 돈을 관리했던 인간이 외국환관리법 위반 용의로 도쿄지검 특수부에 체포되어서 말이지. 특수부가 노린 건 당연히 영감님이었는데, 수사를 지휘했던 하세쿠라 검사가 뺑소니 사망사고를 당해 수사 자체가 공중 분해된 거야. 소마 다이몬이 악의 화신이라는 식의 소문이 나돌게 된 건 그 이후부터였지. 반년 후에 체포된 뺑소니범은 여대생이었어. 술을 마시고 차를 몰다 조깅 중이던 검사를 치고 도망쳤다는 별것 아닌 사고였지."

도시락이 나왔지만 오노는 뚜껑을 열지 않고 말을 이었다.

"하지만 체포될 때까지 반년 동안 억측이 무성했어. 정의로운 검사가 죽고 흑막이 추궁을 피하게 되었으니, 입방아 찧기 좋았거든."

"정말로 그 어떤 연관도 없었나요?"

"사고 당시 영감님은 총리가 될 기회를 얻은 참이었어. 죽인 뒤 단순한 사고로 위장할 생각이었다면 더 빨리 자수시켰겠지. 그 일 때문에 일반에 영감님의 안 좋은 이미지만 정착되어버렸으니까."

"그래서 그 후 야마모토 히로키가 소마 다이몬의 금고지기가 된 거군요?"

오노의 이야기는 재미있었지만 언제까지고 샛길로 빠지게 둘 순 없었다. 도시락에 딸려 나온 국이 식기 전에 이야기를 진척시키기로 했다.

"그래. 야마모토가 아시하라 후부키의 매니저였다는 사실은 알지?"

"네."

"영감님은 후부키 씨를 딸처럼 귀여워했어. 그렇다 보니 야마모토도 마음에 들어 했던 것 같아. 머리가 비상한 남자로, 배짱도 두둑했지. 무엇보다 영감님이나 후부키 씨에게 심취해 있었으니까. 1970년에 후부키 씨가 은퇴한 이후, 야마모토는 소마 다이몬의 사설 비서가 되었어. 그러다 영감님의 인맥이나 돈의 흐름의 일부가 아시하라 저택을 경유하게 되었지. 나도 그 세이조의 저택에 방문한 적이 있는데, 소마 씨의 가키노키자카 집에서 차로 얼마 안 걸리고, 전직 여배우의 집에 초대받은 거니 기분이 나쁠 리가 없지. 숨겨진 별채에 초대받았다는 건 영감님의 추종자들에게는 훈장이었어. 나이를 먹었어도 아름다운 전직 여배우가 한껏 차려입고 환대해주었으니까."

"후부키 씨의 숨겨진 아이에 대해서는 알고 계셨나요?"

"공공연한 비밀이었으니까. 다만 시오리는 영감님의 딸은 아닐 거야."

오노가 아무렇지도 않다는 듯이 받아 넘겼다.

"왜 그렇게 생각하시나요?"

"그게 말이지, 후부키 씨는 영감님의 타입이 아니거든. 가극단에서는 남자 역할이었으니 키가 크고 말랐잖아? 영감님이 좋아하는 타입은 트랜지스터 글래머거든. 이런 말, 자네처럼 젊은 사람은 모르겠지만."

"이른바 작고 풍만한 여성이라는 거군요."

"사모님도 그랬고, 아자부에 집을 차려주었던 2호, 그리고 영감님의 마음에 든 긴자의 여성 몇 명인가를 아는데, 모두가 그런 타입이었어."

납득이 갔지만, 그래도 남녀의 관계는 모르는 법이다.

그렇게 말하니 오노가 고개를 갸웃했다.

"그래도 시오리가 자기 자식이었다면 모르지 않았을 거야. 진짜로 감출 생각이었다면 사모님을 데리고 후부키 씨 집에 놀러가지는 않지."

스마트폰 화면으로 그 네 명이 찍힌 사진을 보여주니 오노가 고개를 끄덕였다.

"응, 이 기모노 차림의 여성이 사모님인 노부코 씨. 영감님 은퇴 후에 아들인 가즈아키를 질타, 격려하면서 어엿한 정치가로 키운 사람이야. 가즈아키의 부인은 대형 건설회사 회장의 딸로, 이 인연이 영감님의 지위를 확고한 것으로 만

들어줬는데, 귀하게 컸다 보니 남에게 고개를 숙이는 걸 싫어해서 말이지. 선거 중에도 태연하게 파리 같은 데로 쇼핑하러 가거나 하니 노부코 씨가 없었다면 가즈아키도 오래전에 정치판에서 사라졌을 거야."

"이 노부코 씨도 후부키 씨의 후원자 중 한 명이었나요?"

"오히려 노부코 씨가 가극단의 광팬이었어. 영감님이 후부키 씨의 후원회장이 된 것도 노부코 씨가 시켜서 그랬다는 말을 들었지. 영감님은 진취적인 사람이었지만 사실은 공처가였거든. 게다가 영감님이 은퇴하기 직전 해에 시오리가 행방불명되어서 숨겨진 자식 소동이 언론을 크게 달궜잖아? 그 소동을 일으킨 게 당시 소마 씨의 수석비서였던 구레바야시라는 남자인데."

아무렇지도 않게 말해서 놀랐다. 역시 이와고가 언론에 흘렸다는 말은 새빨간 거짓말이잖아.

"그런가요. 그건 대체 왜?"

"후계자 다툼이지. 원래 영감님의 지역구를 구레바야시가 물려받기로 거의 결정되어 있었어. 그런데 막판에 아들인 가즈아키를 후계자로 삼아야 한다는 목소리가 나왔거든. 구레바야시 입장에서는 참을 수 없는 일이었겠지. 그래서 이른바 보급로를 끊어버리는 작전을 펼친 거랄까."

"언론을 아시하라 후부키에게 집중시킴으로써 아시하라 저택을 경유하는 돈의 흐름을 막으려 했다, 라는 건가요?"

"정답. 구레바야시는 자신이 정보 유출자라는 사실을 들키지 않도록 일부러 시오리의 아버지 후보를 영감님 이외에도 몇 명인가를 덧붙여 언론에 흘린 것 같은데, 그 때문에 예상보다 더 크게 화제가 되어버렸어. 너무 지나쳤던 거지. 돈의 흐름이 명백해지면, 은행이나 건설사에까지 불똥이 튀고, 그렇게 되면 구레바야시의 목까지 완전히 날아가고 말아. 그래서 급한 마음에 이번에는 불을 끄려고 가짜 아버지를 방송에 출연시키는 잔재주로 사태를 단숨에 수습한 거야."

역시 숨겨진 자식 소동 이면에는 그런 의도가 있었구나. 하지만…….

"실례되는 질문인데요, 오노 씨는 그런 사정을 어떻게 알고 계시나요? 후부키 씨 자신은 그 숨겨진 자식 소동이 조작된 거라 생각하지는 않는 것 같던데."

오노 씨가 의미심장한 미소를 지었다.

"이래 봬도 현역 시절에는 나름 뛰어난 기자였거든. 정보 수집은 나를 따를 자가 없었지. 게다가 그 방송국 PD, 이 건으로 처분을 받은 후 자회사로 좌천당했는데, T텔레비전 자체가 우리 신문사와 같은 그룹사다 보니 전부터 아는 사이였어. 물어보니 가짜를 소개해준 남자가 구레바야시의 동향 후배였던 거야. 잡지사 쪽도 정보 제공자를 파보았더니 같은 남자였고. 그래서 알았지."

"오노 씨, 혹시 그 사실을 소마 다이몬에게 알렸나요?"

오노는 한쪽 뺨에 보조개를 만들고는 고개를 기울였다.

알렸구나.

"숨겨진 자식 소동이 일어났을 무렵, 시오리 씨는 이미 행방불명 상태였습니다. 그 사실에 구레바야시 비서가 관련되어 있다고 생각하시나요?"

"글쎄. 다만 후부키 씨도 영감님도 그렇게 걱정하는 듯한 느낌은 아니었어. 후부키 씨는 자신이 미혼의 몸으로 안 좋은 경험을 한 탓인지 시오리는 행복한 결혼 생활을 보냈으면 하는 집착 같은 게 있었어. 시오리는 그런 상황에 지쳐 있었다고 하고. 그래서 모녀간 싸움이 끊이지 않았지. 시오리는 다소의 돈을 갖고 있었고, 어딘가에서 자유롭게 지내고 있을 거라며 영감님도 찾는 걸 포기했었지."

어째서일까? 시오리의 실종 사건과 관련되면 아무래도 이야기를 어물거리는 듯한 느낌이 든다.

"애당초 그 시기에 소마 다이몬이 은퇴를 결정한 건 이째서인가요? 시오리 씨의 실종도 이유 중 하나인가요?"

"은퇴 이유라. 이건 시오리가 사라진 다음의 일인데, 영감님이 자꾸 여위었어. 모두가 병이 아닌가 했지. 그래서 영감님이 은퇴를 발표했을 때도 자연스럽게 받아들여졌고."

시오리의 실종과는 관계가 없는 건가. 하지만…….

"오노 씨는 이와고 가쓰히토라는 사람을 혹시 아시나요? 실종 한 달 후에 시오리 씨를 찾기 위해 후부키 씨가 고용한 탐정인데요."

"후부키 씨가 탐정을 고용했다고? 처음 듣는데?"

오노는 정말로 놀란 것 같았다.

은퇴한 인간의 자랑은 사양하고 싶지만 뒷이야기는 환영이다. 게다가 시오리에 대한 거라면 가능한 이야기를 끌어내고 싶었다. 이야기가 길어질 것 같아 "역시 먹으며 말씀하시지 않으시겠어요?"라고 말하니 오노가 고개를 끄덕이고 나무젓가락을 둘로 갈랐다.

잠시 세상 이야기를 하며 천천히 도시락을 맛보았다. 죽순밥에 생 뱅어, 머위, 바지락, 쑥 경단 등 봄맛을 담뿍 담은 도시락은 실로 맛있었지만, 틀니 때문인지 오노는 먹기 힘든 것 같았다. 이래서는 이야기를 계속 이어가기 힘들겠다고 생각했지만, 그는 도시락을 반쯤 비운 후 더 이상의 식사를 포기하고 점원에게 물을 달라고 했다.

"신장이 안 좋거든. 혈압도 높다 보니 식사는 반만 먹도록 주의하고 있어. 조금밖에 먹지 못하는 대신 맛있는 걸 먹으려 하다 보니 남겨서 미안하군."

오노가 약을 꺼내 테이블 위에 늘어놓고 하나씩 삼킨다. 현재는 기운이 없는 할아버지지만, 예전에는 정치인들 사이에서 정치적으로 움직이고, 그 사실에 희열을 느꼈을 권력지향적인 기자. 저널리스트라 할 수 없는 부류지만, 함께 약을 먹다 보니 어째서인지 친근감이 생겼다.

"오노 씨는 언제까지 기자를 계속하셨나요?"

"영감님 은퇴할 때까지. 나는 완전한 소마파로 간주되었거든. 소마파라기보다 소마 추종자였지만. 그러니까 영감님이 은퇴한 순간 필요 없다고 생각했는지 홋카이도로 좌천. 이렇게 되면 퇴직금만큼은 챙기겠다는 생각으로 그곳에서 정년까지 버텼는데……. 아, 맞다."

오노의 표정이 갑자기 굳었다.

"전근이 결정된 다음 야마모토 히로키와 술자리를 한 번 가졌거든. 1995년 가을이었던가. 시오리의 행방은 찾았냐고 물어봤어. 그랬더니 야마모토가 내 쪽을 물끄러미 바라보더니, 그 아이에 대한 건 잊는 편이 모두에게 좋다고 그러는 거야."

"'잊는 편이 좋다'고요?"

이게 대체 무슨 뜻일까?

"혼기가 찼던 시오리에게는 혼담이 여럿 있었거든. 나만 소마 다이몬과 관련된 혼담은 후부키 씨가 모조리 거절했다고 들었어."

"어째서일까요?"

"글쎄. 후부키 씨는 영감님을 존경했었어. 그러니 '다이몬 이권군단의 여제'라는 험담을 들어도 영감님을 위해 진력했지. 다만 그 세계에 있으면 싫어도 정치가의 흥망성쇠를 보게 되거든. 태평양전쟁 후 재벌 해체로 순식간에 몰락해 자존심만 남게 된 본가의 가족들을 돌이켜보면, 영감님의 연줄로 딸을 시집보내는 건 저어되지 않았을까? 혹시라도 영감님 실각 후에 이혼당하거나 괴롭힘당하거나 하는 일이 생기는 건 원치 않았을 테니."

"혹시 그 혼담 중에 시오리 씨가 마음에 들어 했는데 후부키 씨가 반대해서 틀어진 일이 있나요?"

"그런 거지."

"상대는 누구인가요?"

오노가 물끄러미 나를 보았다.

"그건 후부키 씨에게 직접 물어보게나. 아마 기억하고 있을 테니."

그 이상은 말하고 싶지 않다는 의사가 전해졌다.

갑자기 엄청난 피로감이 느껴졌다. 오노의 말대로 지금까지 내가 조사한 것들은 이와고 건만 제외하면 대부분이 후부키에게 직접 물어보면 되는 것들이었다. 이와고 탐정 건은 후부키의 완전한 착각이다. ……그렇게 생각하려다 역시 단언은 할 수 없다고 생각했다. 혹은 그 반대일지도 모른다. 후부키에게는 그 소동을 이와고의 탓으로 돌리고 싶은 이유가 있었을지도 모른다.

조후히가시 경찰서의 시부사와의 일을 떠올렸다. 숨겨진 자식 소동의 이면에 있었던 일의 진상을 알게 되면 그는 어떻게 생각할까. 그런 놈들 때문에 인생을 망쳤다며 화를 내며 상처를 받을까?

"확인차 여쭙겠는데요."

나는 마음을 다잡고 계속 물었다.

"야마모토 히로키는 시오리 씨의 일은 잊는 편이 좋다. 오노 씨에게 그렇게 말한 거죠? 그렇단 말은 야마모토 씨는 시오리 씨의 행적을 알고 있었단 말일까요?"

"그럴지도 몰라."

기분 탓인지 오노가 안절부절못하는 것 같았다. 말을 너무 많이 했다고 생각하는 것일지도 모른다. 후부키가 말해주지 않을 경우를 대비해 시오리가 마음에 들어 했던 맞선 상대에 대한 정보가 조금 더 필요했다. 나는 시오리가 로열 할리우드 호텔에서 만났던 남자의 초상화를 스마트폰 화면에 불러내 오노에게 내밀었다.

"마지막으로 여쭙겠는데, 혹시 이 사람을 아시나요?"

오노가 가슴 주머니에서 노안경을 꺼내 화면을 집중해 보았다. 그의 어깨 주변에서 긴장감이 쑥 빠져나가는 것을 알 수 있었다.

"알다마다. 왜냐면 이건 가즈아키니까."

"가즈아키라면…… 소마 다이몬의 아들?"

"그래."

그는 멋대로 내 스마트폰을 조작해, 인터넷에서 소마 가즈아키의 홈페이지를 불러내 내 쪽으로 내밀었다. 그곳에는 머리띠를 하고 선거운동 중인 듯한 남자의 사진이 실려 있었다.

눈이 작고 들창코에다 억센 머리가 사방으로 뻗은 '풋풋한' 정치가의 얼굴.

확실히 초상화 속 남자와 많이 닮았다.

14

오노 기자와 헤어진 다음, 차분히 전화를 걸 수 있는 장소를 찾았다. 이따금 나는 21세기의 도시 생활에 어울리지 않는 것이 아닌가 진지하게 생각하게 된다. 혼잡해도 아무렇지 않게 전화를 걸고, 걸어가며 스마트폰을 조작하는 것이 당연한 요즘 세상. 나는 주위가 시끄러우면 전화를 거는 것조차 쉽지 않다.

시부야 역 앞에 조용한 장소 따위는 존재하지 않았다. 별 수 없이 오쿠보 셰프가 만남 장소로 지정한 도쿄 농대 앞 패밀리 레스토랑으로 이동했다. 런치 타임은 이미 오래 전에 끝났지만 가게는 혼잡했다. 아직 시간이 있어서 공원으로 이동해 벤치에 앉아 사쿠라이가 알아봐준 '처분을 받은 T텔레비전 PD'의 연락처로 전화를 걸었다.

문제의 PD는 아시하라 후부키라는 이름을 들은 순간 태도가 바뀌었다. 하지만 오노 기자의 이름을 대니 경계심이 살짝 풀어져 그가 한 이야기를 뒷받침해주었다.

"그래, 나를 함정에 빠뜨린 건 소마 다이몬의 수석비서였던 구레바야시가 맞아. 어떻게 알았냐고? 녀석이 다이몬 군단에서 축출당해 모든 걸 잃었을 때, 접근해서 술을 마시게 하고는 전부 자백 받았거든. 그 자식, 내 얼굴도 이름도 기억 못하더군. 최근에 우에노의 홈리스들 사이에서 봤다는 말을 들었는데, 꼴좋지, 뭐."

이상의 증언에는 군데군데 금지용어가 섞여 있었다. 만에 하나 방송하기라도 한다면 "삐—", "삐—" 하면서 새끼를 키우는 중인 제비집처럼 시끄러울 것이다.

패밀리 레스토랑으로 돌아오니 방금 전의 번잡함이 거짓말처럼 한산했다. 사람을 만나기로 했으니 가장 눈에 띄는 자리로 안내해달라고 점원에게 말할 때 오쿠보 셰프가 들어왔다. 덕분에 방금 전과는 정반대로 가장 눈에 띄지 않는 자리를 요구하게 되었다. 오쿠보 셰프는 머리띠 대신 가죽 헌팅캡에 선글라스. 알로하셔츠 위에는 가죽 재킷을 걸치고, 다리를 방정맞게 떨면서 주위를 흘깃거렸다. 내가 보기에는 눈에 띄고 싶어 안달 난 것으로 보이는데…….

"아는 사람을 만나면 곤란하거든."

작게 그렇게 속삭였다. 가장 구석자리에 자리를 잡으니 오쿠보가 작은 목소리로 햄버그 정식을 주문하고 몸을 숙이며 양손을 방정맞게 비볐다.

나와 대화를 나누는 모습보다 패밀리 레스토랑의 햄버그 정식을 먹고 있는 모습을 목격당하는 편이 본인에게 더 악영향을 끼치지 않나 생각했지만 아무렴 어때. 나는 이야기를 꺼냈다.

"아시하라 시오리 씨와 사귀셨다고요?"

"그 이야기, 누구에게 들었어? 어차피 그거지? 멀쩡한 얼굴로 '우리는 옛날부터 세이조 토박이거든요, 중간에 이사 온 벼락부자 같은 게 아니에요'라며 말하는 할망구 중 한 명이겠지. 뭐, 이미 20년 전 일이니 말하는 건데 다른 데서는 비밀로 해줘. 여자는 집념이 강하거든. 마누라는 아직까지 그 일을 마음에 품고 있으니까."

오쿠보가 아무에게도 말하지 말라고 몇 번이나 못을 박다 보니, 본론으로 들어가기도 전에 햄버그 정식이 나오고 말았다.

"오쿠보 셰프님은 인기가 상당히 많았다면서요?"

나는 각도를 바꿔 공격하기로 했다. 셰프가 새끼손가락을 세워 잡은 포크를 입으로 가져가며 햄버그를 먹다가, 냅킨으로 입가를 쓱 닦고는 코웃음을 쳤다.

"그래. 세상은 나를 바람둥이니 뭐니 하는데, 여자 쪽에서 먼저 접근하는데 어쩌라고. 나도 마음이 약하다 보니 상대방이 적극적으로 들이대면 싫다고는 못한단 말이지. 게다가 여자는 처음에는 가끔 만나는 것만으로도 좋다느니 그렇게 말해놓고서는, 바로 함께 살고 싶다든가 부인과는 언제 헤어질 거냐든가 귀찮게 나온단 말이지."

"시오리 씨도 그랬나요?"

"어느 쪽이든 상관없다는 느낌이었어. 처음부터 끝까지. 접근한 건 그쪽이야. 수업이 끝나고 정리하고 있을 때 물건을 놓고 갔다면서 돌아와서는 말이지. 눈물이 글썽한 눈으로 나를 보며 안기는 거야. 확실히 말해 내 취향은 아니었지만 젊고 생기 넘치는 여자잖아? 나도 목석은 아니고. 하지만 상대는 아무리 그래도 제자였으니, 이러면 안 된다고 꾸짖으니 '그래요?' 하고 말하고는 아무렇지도 않게 돌아가더군. 그런 일이 몇 번 있다 보니 이쪽도 점차 불이 붙어서 말이지. 어쩌다 보니. 하지만 말이지, 신성한 조리실에서 그런 짓을 한 건 그게 처음이자 마지막이었어. 정말이야."

아무도 거기까지는 묻지 않았다.

"시오리 씨와 사귄 건 얼마나 지속되었나요?"

"사귀었다기보다는 몸뿐인 관계였지만 두 달 정도였나. 너무 심하게 하다가 내 목에 상처가 남아 마누라에게 들켜서 쫑났지. 가게도 교실도 집도 전부 처갓집 돈으로 한 거니까. 마누라는 자신감이 있었을 거야. 다소의 바람 정도는 상관없다는 식이었는데, 그녀의 경우에는 돈도 권력도 처갓집보다 훨씬 격이 높았으니까. 마누라가 그렇게 화를 낸 건 전에도 후에도 그녀 때뿐이었어."

"사귄 건 1992년경이었던 거죠?"

"그런가? 기억은 안 나지만 아마도."

"개인적인 이야기를 나누거나 하지는 않았나요?"

"그녀가? 글쎄. 이야기했다기보다 이건 단순히 내 생각인데……."

오쿠보는 햄버그 정식을 깨끗하게 비우고 냅킨을 접어 접시 위에 놓았다.

"그 직전에 심한 실연이라도 당한 게 아닐까 싶어. 그래서 자포자기가 되어 그런 짓을 한 게 아닐까? 경험이 풍부하다는 느낌은 아니었지만 맺힌 걸 터트리는 느낌? 중간부터는 솔직히 감당이 안 되다 보니, 마누라에게 들켰을 때는 오히려 한숨 돌렸어. 그 사실을 말하니, '아, 그래요?' 하고 바로 헤어지고, 교실도 그만두었으니."

"그래서 시오리 씨와는 그 이후에 전혀?"

"응……."

오쿠보의 눈동자가 갈피를 잃었다. 부인도 참 안됐다. 바람을 피울 거라면 절대로 들키지 않기를 바랐을 텐데. 너무나 알기 쉽다.

"그건, 그게 말이지."

오쿠보의 이마에 기름기가 번지르르했다. 야마모토의 이름을 들었을 때의 반응이 떠올랐다.

"그 건은 입 밖에 담지 말라고 야마모토 히로키에게 협박당했나요?"

오쿠보가 손수건으로 얼굴을 닦았다.

"협박당한 건 아니야. 그녀의 일은 잊는 편이 좋다며 전화로 들었을 뿐."

"그 전화, 언제인가요?"

"그게 언제냐고 해도."

"헤어진 뒤 재회하기 전인가요, 후인가요."

"후야."

역시 시오리의 실종에는 야마모토가 깊이 관여해 있었다.

나도 모르게 표정이 무서웠나 보다. 오쿠보가 슬며시 내 얼굴을 살폈다.

"착각하지 마. 나는 그럴 생각은 없었어. 우연히 둘만 있게 되어서, 그래서. 그게 마지막이고 정말로 끝이었으니까."

"언제인데요?"

"헤어지고 2, 3년 후 여름."

"그렇단 말은 1994년 7월이나 8월?"

"아마도."

"1994년은 틀림없나요?"

나도 모르게 목소리에 힘이 들어가고 말았다. 오쿠보가 깜짝 놀라 손을 비볐다.

"응, 1993년은 아니야. 그해 여름에는 이탈리아에 갔었거든. 1995년은 대지진이나 오움 진리교 사건으로 큰 소동이 났었던 해잖아? 그렇다면 역시 1994년이야. 더운 여름이었지."

"어디서 만났나요?"

말투가 험악해져 실수했다고 생각했지만, 오쿠보는 너무나도 순순히 대답했다.

"벽이 얇은 싸구려 연립에서 에어컨도 안 켜고. 하지만 창문을 열 수도 없으니 일사병으로 죽는 줄 알았어. 아, 정말로 우연이야. 지인의 집에 들렀다 역까지 돌아오는 길에 그녀와 마주친 거야. 서로 좀 놀랐지만 정신을 차렸을 무렵에는 그녀의 집에서……."

연립.

무릎이 살짝 떨렸다. 어쩌면 드디어 시오리의 행방과 관련된 유력한 단서를 잡은 것일지도 모른다.

흥분을 억누르려고 주먹을 꽉 쥐고 천천히 숨을 토해냈다. 오쿠보는 쭈뼛거리며 물을 마시고 이쪽 눈치를 살폈다. 이제야 감이 왔다. 이 남자의 '세타가야 채소'에 대한 태도는 난폭하기 그지없었고, 실제로도 거친 태도를 취하고 있다. 하지만 여성과 관련해서는 그 반대 상황을 즐기는 모양이다. 시오리와의 정사로 목에 상처가 생겼다는 것 또한 그런 것임에 틀림없다.

그런 줄 알았다면 하이힐이라도 신고 올 것을. 나는 가능한 차가운 말투로 말했다.

"연립은 어디에 있는 연립?"

"그러니까 그 고엔지의……."

"고엔지의 어디? 확실하게 말해요."

오쿠보는 울 것 같은 얼굴로 그때까지의 거친 말투와는 반대로 정중한 말투로 연립의 위치를 설명하기 시작했다.

한 시간 후, 나는 고엔지에 있었다. 그 옛날, 학생시절의 지인이 살고 있어서 이따금 자러 온 적이 있었다는 사실을 떠올렸다. 길고 떠들썩한 상점가와 돈이 없어 보이는 청년들, 아시아계 식당에 잡화점. 전체적인 분위기는 그 시절과 그다지 차이가 없다.

하지만 거리의 영고성쇠는 역시 심했다. 그 시절에 봤던 가게를 보고는 타임 슬립을 한 듯한 기분이 되는 반면, 친구와 자주 들렀던 술집은 드럭 스토어로 바뀌어 있었다. 인도의 강렬한 향신료 냄새가 떠도는 구역은 전과 다름없었지만, 내 조카뻘 되는 청년들이 가게 주인이 되어 오리지널 잡화나 케이크나 빵을 팔고 있다.

오쿠보 셰프가 간신히 떠올린 길을 천천히 거슬러 올라갔다. 20년 전이고, 잘 기억이 안 난다며 처음에는 신경질적이었지만, 차가운 어투로 질문을 날리니 그의 기억이 점점 되살아났다.

"만난 건 그때 한 번뿐이지만, 사실은 그 이후에도 지인 집에 갈 때마다 그녀가 살던 연립 앞 쪽으로 지나가거나 했습니다. 아, 하지만 재회 후 석 달 뒤에 찾아갔을 때는 더 이상 그녀는 없더군요. 다른 사람이 살고 있었습니다. 게다가 5년 정도 전이었나, 어쩌다 그 앞을 지나가다 보니 연립 자체가 철거되고 없더군요. 거짓말이 아닙니다. 2층 중앙 집이었어요. 샤워를 한 건 기억나요. 방 상태요? 거의 비어 있었어요. 있는 거라곤 이불과 노란 슈트케이스뿐이었습니다. 대들보에 옷이 걸려 있었고, 주전자가 있었던가. 냉장고는 없었는데……. 없었습니다."

오쿠보가 몸을 배배 꼬며 자기 스마트폰을 꺼내 지도 앱을 켜고, "아, 이쯤입니다. 이 단독주택 옆에 있던 연립이에요" 하고 보여주었다. 그런 의미에서는 도움이 되었지만, 오쿠보는 내 냉혹한 태도가 실로 마음에 들었는지 끝내는 내 명함을 꺼내들고 "아키라 씨라, 멋진 이름이네요. 다음에는 언제 연락을 주실 건가요?" 하고 말했다. "괜찮다면 가게에 오시지 않겠어요? 아키라 씨를 위해서 맛있는 요리를 만들겠습니다"라고도 했다.

"마음이 내키면 연락하지"라는 말과 함께 명함을 낚아챘다. 3만 엔이 든 봉투를 건네고, 전표 위에 음식 값을 올려놓고, 서둘러 패밀리 레스토랑을 빠져나왔다.

차갑게 질문하는 것만으로도 고분고분해지는 조사 상대.

고맙다고 생각해야 하나? 신발을 핥게 해주면 3만 엔도 토해냈을지 모른다. 하지만 더 이상 몸을 긴장시킨 채 강한 여성을 연기하다가는 간신히 붙으려는 갈비뼈가 다시 부러지고 말리라.

지도 앱을 확인하며 나아갔다. 다행히 목표인 옆집을 바로 찾았다. '개'라고 적힌 스티커가 다섯 장이나 붙어 있고, 집 안에서 "끄응 끄응" 하는 소리가 들렸다.

오쿠보는 시오리가 살았던 연립의 이름을 기억해내지 못했다. 연립이 있었던 장소에는 네 동짜리 분양 주택이 꽉 들어차듯 서 있었다.

외견과 오쿠보의 이야기로 추측하건대 지은 지 5년 정도일 것이다. 도쿄 23구 내, 역까지 도보 15분. 밖에서 봐도 좁아 보이는 땅콩주택이지만, 아마 4000만 엔은 족히 넘을 것이다. 다른 사람의 물건을 품평할 생각은 없지만 나라면 절대로 안 산다. 나이를 먹어 아무도 집을 세주지 않게 될 때를 대비해 언젠가는 부동산을 살 생각이지만, 이런 것을 살 정도의 모험심은 내게 없다.

그 모험가 중 한 명이 아이를 데리고 쇼핑 봉투를 손에 들고 돌아왔다. 실수로라도 차가운 말투로 되돌아가지 않게 신경을 쓰며 말을 걸었다.

"전에 여기에 있던 연립에 대해 알고 싶은데 혹시 모르시나요?"

"아, 루이 메종 그란데 말이군요?"

모험가 주부가 바로 대답했다. 예상하지 못한 답변에 당황했다.

"루이 메종……?"

"루이 메종 그란데. 엄청난 이름이죠? 친정이 이 근처라 잘 아는데요, 작은 2층짜리 연립에 그 이름은 어울리지 않는다고 어렸을 때부터 생각했어요."

왠지 오늘은 신의 가호가 나를 따라다니는 모양이다. 운이 좋다.

"그러면 혹시 그 집주인이나 관련 부동산을 모르시나요?"

"집주인은 이미 돌아가셨어요."

둘 사이의 대화에 지쳐 투정을 부리는 아이를 달래며 주부가 말했다.

"먼 곳에 살던 딸이 연립도 자택도 처분하기로 했죠. 결국 M은행이 중개를 해서 이 주택을 지어 판 거예요. 원래 연립의 부동산은 그러니까…… 오누키 부동산이었던 것 같은데. 역 앞의, 아, 마루노우치 선 쪽의 신고엔지 역 앞이에요."

정중히 감사 인사를 하고 신고엔지 쪽으로 남하했다. 오누키 부동산이라는 간판은 확실히 역 앞에 있었다. 하지만 셔터가 내려져 있었다. 먼지투성이 셔터 한복판에 "폐점했습니다 오누키 부동산"이라고 적힌 종이가 붙어 있었다. 갈색으로 변색되어 글자도 흐릿했다.

점포 주위를 둘러보았지만 달리 이렇다 할 정보를 얻을 수는 없었다. 오래전부터 있었던 1층이 점포고 2층이 주거인 건물인데, 점포 우편함 입구는 박스 테이프로 막혀 있고, 2층에 사람 기척은 없다. 게다가 어째서인지 건물이 기운 듯이 보인다.

'하무라 아키라의 운'도 이것으로 끝인가.

이미 시간은 4시 반이 지났다. 겨울에 비하면 해가 길어졌고, 오늘은 주초에 비하면 남동쪽에서 불어오는 바람이 따뜻했다. 그렇다고는 하나 이제부터 순식간에 추워질 것이다. 갑자기 피로감이 느껴졌다. 돌아가서 이불 위에 눕고 싶다.

나는 고개를 저었다. 병과 부상으로 체력을 잃었다고 해도 아직 4시. 힘들게 여기까지 도달했으니 한 걸음 더 들어가야 한다.

신고엔지 역은 오메 가도 변에 있다. 주위에 편의점과 패스트푸드점이 꽤 많았다. 적당한 편의점에 들어가 칫솔 세트를 사서 만 엔짜리 지폐를 잔돈으로 바꿨다. 이제 마늘 요리를 먹더라도 다소 안심이다.

천 엔짜리 지폐 세 장을 네 번 접어 꺼내기 쉽게 백 바깥 주머니에 넣었다. 주위를 걸으며 오래 되었을 듯한 가게를 찾아 탐문을 했다. 열 곳 이상 돌아다녔지만 오누키 부동산에 대해 자세히 알고 있는 사람은 만나지 못했다. 그중에는 "뭐, 폐점했다고? 대체 왜?" 그러면서 오히려 내게 되묻는 사람조차 있었다.

포기하려 했을 때 목욕탕을 발견했다. 카운터에는 오래된 목욕탕에 있을 법한 할머니가 앉아 있었다. 잘못 본 것은 아닌지 눈을 깜박였다. 다시 봐도 20세기 초부터 여기 앉아 있었을 것 같은 할머니였다. 무릎에 고양이가 올라가 있었지만, 세계 정복을 꾸미고 있는 것처럼 보이지는 않았다.

처음에는 나를 손님이라고 생각했는지 다소 말투가 부드러웠지만, 손님이 아니라는 사실을 알게 되자 할머니의 귀는 바로 닫혔다. 준비해두었던 천 엔짜리 지폐를 보이는 곳에 두자 할머니의 두 눈이 크게 열리며 청각도 되돌아왔다.

"오누키 부동산 사장? 그렇다면 올해 2월에 죽었어. 심장 문제라던데. 큰 눈이 내리던 날 나갔다가 거기서 쓰러져서는 그 길로 끝이었다더군. 너구리 도자기 같은 체형이었으니 아무도 놀라지는 않았어. 우리 목욕탕에도 매일 왔었거든. 그 집의 욕조가 고장 난 뒤 7년 정도는 그냥 놔두었으니."

"오누키 씨가 하신 일과 관련해 자세히 아시는 분이 없을까요?"

할머니가 헛기침을 하고 눈을 주름 속에 파묻었다. 나는 천 엔짜리 지폐를 한 장 더 꺼냈다. 다시 눈이 크게 떠지더니 지폐는 삼색털 고양이 배 아래로 사라졌다.

"그거라면 와다 씨일까. 오누키 부동산에서 50년 넘게 일했으니까. 남편이 증발해서 여자 혼자 세 아이를 키웠거든. 오누키 부동산은 와다 씨가 이끌어간 거나 마찬가지야. 너구리는 사람만 좋을 뿐이었으니. 임대인과 임차인 사이에 문제가 발생해도 안절부절못할 뿐, 전부 와다 씨가 해결했어."

"그 와다 씨와 연락을 하고 싶은데요."

할머니의 눈이 다시 주름 속에 파묻혔다. 나는 천 엔 지폐를 한 장 더 꺼냈다.

"와다 씨 주소는 몰라. 하지만 욕조가 없는 연립에 살고 있으니 매일 여기 들러. 기다리고 있으면 슬슬 나타나지 않을까? 오누키 부동산이 문을 닫았지만, 너구리 영감의 유언 덕에 퇴직금은 제대로 받았거든. 하지만 그걸 남편을 꼭 빼닮은 형편없는 아들에게 전부 빼앗겨서. 덕분에 와다 씨는 현재……."

거기서 할머니가 목소리를 낮췄다.

"밤일을 하고 있어."

"……와다 씨는 현재 몇 살인가요?"

"번화가에서 여덟 살까지 살았는데, 공습으로 도시가 불탄 다음 고엔지로 흘러들어왔다고 했으니 일흔일곱이려나. 어라, 나와 세 살밖에 차이가 안 나네."

고령화 문제가 정말 심각하다고 생각했다. 일흔일곱이 되었을 때 탐정 일이 있으면 좋을 텐데. 밤일은 나에게는 도저히 무리다.

"와다 씨가 오실 때까지 기다려도 될까요?"

"우리는 목욕탕이거든."

그렇게 말하고는 할머니의 눈이 세 번째로 사라졌다. 별 수 없이 입욕료를 지불하고, 수건과 샴푸, 린스, 세안제가 세트로 들어 있는 것도 샀다. 천 엔짜리 세 장이 사라졌다. 내 예상이 틀렸다. 이 할머니는 세계 정복을 노리고 있다.

오랜만에 들어간 목욕탕은 기분 좋았다. 아직 해가 떠 있는 동안에 하는 목욕은 특별했다. 방금 전까지 입었던 속옷을 다시 입어야 한다는 사실만 빼면 최고의 기분이었다.

내일부터는 갈아입을 옷을 백에 넣어두어야겠다. 당연한 장비인데 가지고 다니지 않았다. 잠시 탐정 일을 쉬는 동안 많이 느슨해졌다.

목욕탕 드라이기로 머리를 말리고 있으니 카운터의 할머니가…….

"어라, 와다 씨. 어서 오쇼."

큰 목소리로 말했다. '와다 씨'는 피부가 가무잡잡하고 야무져 보이는 여성이었다. 도저히 일흔일곱으로는 보이지 않는다. 하지만 물장사로도 보이지 않는다. 오히려 학교 선생님 같았다.

그녀가 목욕을 마치고 나올 때까지 마사지 의자에 동전을 넣고 기다리기로 했다. 뜨거운 물로 풀어진 근육을 한층 더

풀어주는 것은 최고의 기분이었다. 아직 시간이 이른 탓인지 다른 손님은 없었다. 나도 모르게 "으어어" 같은 이상한 목소리를 내고 말았다.

와다 씨는 10분 만에 욕탕에서 나왔다. 의자에 앉아 선풍기 바람을 쐴 때 다가가 명함을 내밀고 사정을 설명했다.

"그 20년 전에 가출한 따님은 아무래도 오누키 부동산이 관리했던 건물에 살았던 것 같습니다. 루이 메종 그란데라는 연립의 2층 가운데 집인데."

잠자코 듣던 와다 씨가 여기서 고개를 크게 끄덕였다.

"그 연립이라면 기억해. 집주인이 정년퇴직한 해에 퇴직금으로 지은 거라서. 1982년이었던가. 당시에는 독신자를 대상으로 한 집 중에 욕조가 있는 집은 적었고, 있어도 월세가 비쌌지. 루이 메종 그란데는 샤워실이 있는 물건으로, 욕조가 있는 집보다는 쌌고, 여성에게 인기가 있었어. 빈 집이 나오면 바로 새 임차인이 나타날 정도로. 1994년은 헤이세이 몇 년이었지?"

"헤이세이 6년입니다."

"그렇다면 부동산에 기록이 남아 있을지도 몰라."

"기록이 남아 있나요?"

"그대로 있어. 돌아가신 오누키 사장님께는 가족이 없었으니까. 하지만 단순한 직원인 내가 멋대로 처분할 수도 없고 해서."

"그 기록, 조사해주실 수는 없을까요? 폐를 끼치는 만큼 사례를 하겠습니다."

와다 씨가 얼굴을 찌푸렸다.

"개인정보를 돈과 바꿔 팔라는 거야?"

우와. 역시 선생님 타입이다. 나는 당황했다.

"마음에 들지 않으셨다면 죄송합니다. 다만 의뢰인께서 인생의 마지막 소망인 딸과의 재회에 도움을 주신 분들께는 제대로 답례를 하라며 소정의 금액을 제게 맡겼습니다. 받아주신다면 의뢰인도 기뻐하실 겁니다."

"당신, 말은 청산유수네."

와다 씨가 어이없다는 듯이 말했다.

"어쩔 수 없지. 여명이 얼마 남지 않은 어머니가 20년간 연락이 두절된 딸을 한 번이라도 보고 싶다는데, 사례금과는 상관없이 도울 수밖에.

오늘은 이제부터 일이 있어서 조사하는 건 내일이 되겠는데."

와다 씨가 말했다. 연락처를 교환하고 목욕탕을 나왔다.

15

기치조지로 돌아왔다. 아트레 쇼핑몰에 새로 생긴 잡화점에서 사례금을 담을 봉투를 샀다. 후지 산이 인쇄되어 있는 봉투다. 더불어 무인양품에서 여벌의 속옷과 양말과 여행용 수건, 그것들을 담을 압축 봉투를 샀다. 불필요한 쇼핑은 아니었지만 다소 과소비였다. 벽장 어딘가에 비슷한 것이 있을 것이기 때문이다.

솔직히 나도 새것을 좋아한다. 잡지에 자주 실리는 '좋은 것만 사고, 제대로 관리해서 오랫동안 소중하게 사용하자' 같은 기사에 눈이 돌아가지만, 나는 절대로 이렇게는 살 수 없다. 문득 새것이 갖고 싶어져 가격을 보고 싸면 산다. 그러니까 비싼 것을 살 돈은 없어지고, 절약도 되지 않는다.

사례용 봉투가 쌓여버렸으니, 필요 없는 것은 동거인들에게 보여주고 필요하다는 사람이 있으면 줘야지 생각하면서 버스로 센가와로 돌아왔다. 약속인 7시는 코앞이었다. 저녁밥은 미리 먹어두기로 약속했지만 저녁을 먹어두기에는 시간이 부족했다.

점심을 잘 먹었으니 저녁은 적당히 때우자는 생각에 게이오 스토어에서 냉동 파스타와 아침용 빵을 샀다. 하나밖에 없는 역 개찰구로 달려가니 머리부터 발끝까지 한껏 차려입은 마미가 기다리고 있었다. 백은 명품으로 수십 만 엔 정도, 시계는 그보다 더 비쌌다. 중견 건설회사 직원치고는 벌이가 상당히 좋은 모양이다. 마흔 넘어서까지 독신으로 일하고 있으니 경제적으로 여유가 있는 걸까. 혹은 부모가 부자인 건가. 도쿄에서 살 때 가장 돈이 드는 것은 집세니까, 본가에 살고 있는 것만으로도 상당한 이득일 것이다.

어쨌든 이런 부잣집 아가씨가 그 낡아빠진 셰어하우스를 마음에 들어 할 거라는 생각은 들지 않는다. 완전한 시간 낭비다.

그녀는 이런 내 마음을 전혀 알아차리지 못했다. 밝게 웃으며 종이봉투를 들어올렸다.

"이거 모두에게 선물. 아자부주반에서 사온 치즈케이크야. 먹고 난 다음에 칼로리가 얼마인지 들어도 먹은 사실을 후회하지는 않을 거야."

그녀가 계속 말했다.

"옛날에 센가와에 있는 학교에 다녔는데 역 앞이 많이 변했네. 당시에는 역 빌딩 같은 건 없었고, 교차로도 없었어. 벚나무 주위는 주차장이었고, 분명 저 근처에 책방이 있었는데. 하굣길에 그 책방에서《물총새 여관》시리즈 문고본을 샀거든."

셰어하우스에 도착한 그녀는 외관을 보고 미소 지었다.

"아, 이상적일지도."

"……정말로?"

어둠 속에서 보면 더욱 낡아 보이는 목조가옥이다. 경비회사 스티커만이 장소에 어울리지 않게 밝게 빛나고 있고, 그 뒤에 세워져 있는 도모에의 안채는 역시 좀 기울어 보인다.

"응. 철거하기로 한 본가도 이래. 목조가옥은 참 좋아. 중학교 때는 궁상맞아서 싫었는데, 지금은 앤티크 같은 집으로 변해서 엄청 마음에 들어. 하지만 너무 낡은 탓에 매일같이 쥐가 천장 위에서 운동회를 여는 거야. 덕분에 에어컨 배관을 갉아먹지 않나, 진드기가 늘어서 조카딸이 아토피에 걸리지 않나, 고양이는 쥐를 무서워해서 가출하지를 않나. 어쩔 수 없이 재건축하기로 했는데, 그렇게 되면 옛 느낌은 완전히 사라지니까. 하다못해 앞으로 반년이나마 이런 집에 살 수 있다면 최고야. 쥐만 안 나온다면."

"나온 적은 없는데."

"다행이다."

미리 알려둔 동거인 네 명과 집주인 도모에가 기다리고

있었다. 서로 인사를 시킨 다음 파스타를 냉동고에 넣고, 옷을 갈아입으러 방으로 돌아왔다. 만일을 대비해 도청 탐지기로 방을 체크하고, 콘센트를 눈으로 확인했다. 오늘 입수한 사진이나 그 밖의 데이터를 컴퓨터에 백업 후 사쿠라이에게도 보냈다.

이 작업에 15분 정도 걸렸다. 꽤나 오랫동안 그냥 내버려 두었다는 사실을 깨닫고 서둘러 아래층으로 내려오니, 마미는 식당 테이블에서 도모에와 루우 씨와 이야기를 나누고 있었다. 다른 동거인들은 각자 식사를 만들거나 텔레비전을 보거나 자유롭게 행동했다. 적어도 그녀는 다른 동거인들에게 경계의 대상은 아닌 모양이다.

"그런데 자기, 비싼 복장을 했는데 부모님이 부자야?"

도모에가 나이를 앞세워 툭툭 질문을 던졌다. 마미는 아무렇지도 않게…….

"아, 이건 부업으로 샀어요. 친구가 하는 가게 일을 돕고 받은 아르바이트 비를 모은 거예요. 마흔 넘은 독신이 계속 회사를 다니려면 이런 무장이 필요하거든요."

"그런가? 그건 꽤 귀찮겠네."

"그러게요. 하지만 달라지더라고요. 대놓고 여기 돈 좀 들였소, 하는 복장을 하면 적어도 얕잡아보지는 않거든요. 게다가 질린 다음에는 중고로 비싸게 팔 수 있어서 좋은 걸 사는 편이 오히려 이득이고요. 그러면 다시 중고로 다른 걸 살 수 있고."

"뭐? 이거 중고였어?"

"좋은 가게가 있거든요. 저는 단골이다 보니 좋은 물건이 들어오면 연락이 와요. 시간이 되시면 다음번에 함께 가실래요?"

"정말이야? 꼭 데려가주면 좋겠어."

도모에가 날 보고는 기분 좋게 손을 흔들었다.

"마미, 내일 이사하기로 했어."

"그렇게 빨리요? 방은 보여줬어요?"

"1층 남향 방을 쓰기로 했어. 반년뿐이라면 괜히 가구나 가전제품에 돈을 안 들이는 편이 좋잖아. 그 방은 에어컨과 침대, 붙박이장도 있어서 최소한의 것들만 갖추면 얼마든지 살 수 있으니까."

마미가 고개를 살짝 숙여 인사했다.

"하무라 씨, 고마워. 덕분에 당분간 살 곳이 정해졌네. 사실 집 해체가 3일 후로 결정되어서 정말 어쩌나 했거든. 덕분에 살았어."

모두 모여 그녀가 가져온 치즈케이크를 먹었다. 확실히 맛있었다. 루우 씨가 먹으며 이곳에서의 규칙을 설명했다. 다른 사람에게 필요 이상으로 간섭하지 않는다, 다른 사람의 물건을 멋대로 쓰지 않는다, 물론 먹지도 않는다. 공용 공간은 각자 자유롭게 써도 되지만, 서로 양보해야 하는 것은 말할 필요도 없다. 기본적으로 전기, 가스, 수도 절약. 경비 시스템의 경우에는 실수로 해제하거나 하면 용서받지 못하니 명심하라고.

마미가 진지한 얼굴로 일일이 고개를 끄덕이며 들었다.

짐은 그리 많지 않으니 지인 차로 실어올 것이고, 내일은 4시에 퇴근할 테니 이사는 6시쯤이 될 것 같다고 마미가 말했다. 그렇다면 내일은 환영회 겸 모두 모여 냄비 요리를 먹자고 도모에가 말했다. 이번 계절의 냄비 요리는 아마도 이것이 마지막이리라.

"일인당 250엔 씩 갹출. 채소는 우리 밭에서 따올 테니까."

도모에가 박수를 치는 것을 신호로 해산했다. 각자가 순식간에 자기 생활로 돌아가는 모습을 마미가 눈을 동그랗게 뜨고 바라보았다.

그녀를 배웅하러 역까지 가기로 했다. 기분 좋은 밤이었다. 덥지도 춥지도 않았다. 흙냄새와 성장하는 식물 냄새. 도쿄 하늘에도 아직 별이 보이고, 고슈 가도를 왕래하는 자동차 주행음이 강처럼 끊이지 않고 흐르고, 귀가를 서두르는 사람들의 발소리가 들려온다.

"뭔가 좀 미안하네."

마미가 불쑥 말했다.

"뭐가?"

"하무라 씨, 사실은 일이 귀찮게 되었다고 생각했지? 내가 생각해도 그래. 갑자기 너무 밀어붙인 게 아닌가 해서. 시간이 절박했던 건 사실이고, 집도 마음에 들고, 셰어하우스를 경험해보고 싶기도 했고, 왠지 다들 즐거워 보여서 나도 여기 있고 싶다는 생각이 들었어. 그래서 멋대로 이야기를 진척시켜서 폐가 되지는 않았나 해서."

"청소 당번이 한 명 늘어나는 건 오히려 고마운 일이지."

"응. 의무는 완수할게."

"잘 부탁해. 만약 네가 땡땡이를 치거나 연락이 안 되거나 문제를 일으켰을 경우에는 아마도 불평불만이 내게 쏟아질 테니까."

"알았어. 나야말로 잘 부탁해."

마미가 깍듯이 고개를 숙였지만 갑자기 웃음을 터트렸다.

"완전 남남인 여자들이 한 지붕 아래에 산다는 설정의 미스터리는 보통 제대로 된 전개가 없는데."

"이마무라 아야의 《룸메이트》라든가?"

"니이쓰 기요미의 《스파이럴 에이지》라든가. 여자 기숙사도 포함한다면 헬렌 맥클로이의 《어두운 거울 속에》라든가."

"도가와 마사코의 《거대한 환영》은?"

"무서워라. 그 이야기를 떠올렸다면 셰어하우스에 살고 싶다는 생각은 안 들었을 거야."

웃으며 역에 도착했다. 내일 보자고 인사를 나누고 개찰구를 통과하는 마미를 배웅했다. 역의 시계는 9시가 조금 안 된 시간을 가리켰다.

돌아가 밥을 먹고 약을 먹어야지. 그렇게 생각하고 발길을 돌렸을 때 '어라?' 하는 생각이 들었다. 내 왼쪽에서 빠른 걸음으로 나타난 거구의 젊은 남성. 워크부츠를 신고 고릴라 같은 체형.

어딘가에서 본 것 같다고 생각하다가 기억이 났다. 살인곰 서점에서 봤다. 빅토리안 로맨스 책장 앞에서 빅토리아 홀트를 보고 있던 금발. 그때 부자연스럽다고 생각했던 머리는 가발이었는지 현재는 짧은 흑발이다.

하지만 틀림없다. 그때와 똑같은 남자다. 같은 신발이다.

고릴라가 신주쿠 방면 계단을 내려가는 마미의 뒤를 따라간다.

스마트폰을 꺼내 재빨리 사진 한 장을 찍었다. 잘 찍혔는지는 모르겠지만 자료가 없는 것보다는 낫다.

천천히 그 자리를 벗어나며 생각했다. 그녀에게 이 사실을 알려야 할까? 하지만 단순한 우연이라면 괜한 걱정거리만 안겨주게 된다. 그래도 경고는 해야 한다. 위험에 노출될지도 모른다.

전철이 들어오는 소리가 들렸다. 전화는 좋지 않다. 문자를 보낼까? 하지만 그렇게 당당히 좁은 서점 안에 들어올 정도였으니 마미와 아는 사이는 아닐 것이다. 동업자인가? 그런 것 치고는 미행이 너무 서툴렀다. 게다가 행동 확인이라면 팀을 짜서 해야 하는 것이 철칙이다.

거기까지 생각하다 어떤 사실이 떠올랐다.

그 '사토 게이코'의 숄더백. 여자아이 같은 패스트 패션인데 백만 투박한 검은 가죽 숄더백이었다고 루우 씨도 말했었다. 같은 백을 고릴라가 왔다간 다음 날 살인곰 서점에서 봤다. 마미와 내가 대화하는 것을 신경 쓰는 듯한 슈트 차림의 여자. 나는 고양이를 좋아하는 줄로만 알았다.

그 도청기도 어쩌면 마미가 목표였던 걸까?

만약 그들이 마미를 조사 중이라 해도, 이제 막 만난 지인의 방에까지 도청기를 설치하거나 하지는 않을 것이다.

잠깐만. '사토 게이코'가 스타인벡 장에 나타난 것이 월요일. 마미가 블로그에 나에 대한 일이나 셰어하우스 이야기, 가능하면 살고 싶다고 적은 것이 그 전날인 일요일. 구체적인 이름까지는 적혀 있지 않았다고 하나, 조사하려 하면 "살인곰 서점의 그녀"가 하무라 아키라고, 셰어하우스가 스타인벡 장이라는 사실을 금방 알 수 있을 거라고 그때 나 자신도 생각했다. 요컨대 언젠가 마미가 스타인벡 장에 나타날 것이라고 예측할 수 있다.

대체 무슨 일일지?

걷다가 문득 등 뒤가 신경 쓰였다. 그 사실을 깨닫고 역 뒤쪽으로 돌아갔다. 교차로 쪽에 비해 어둡고 통행인도 거의 없다. 하지만 목격자는 제대로 있는 통로 같은 도로.

한복판까지 갔다가 돌아서자 흰 세단이 천천히 다가왔다. 그 차가 내 옆에 정차했다.

"하무라 아키라 씨죠?"

뒷자리에 앉은 남자가 창을 내리고 말했다.

"그러는 당신은 경시청 어느 부서의 누구신가요?"

내가 물었다. 남자가 차문을 열고 밖으로 나와서 말없이 경찰 배지를 내보였다. 도마 시게루. 직급은 경부(일본의 경찰 계급 중 하나. 경위와 경감 사이에 해당. 경감 쪽에 더 가깝다—옮긴이). 소속까지는 보이지 않았지만 도마가 재빨리 배지를 품속에 넣었다.

"역시나 탐정답게 눈치가 빠르시군요. 할 이야기가 있으니 타지 않으시겠어요? 잡아먹거나 하지 않으니까요. 잠깐 드라이브 겸 스타인벡 장까지 모셔다 드리죠."

뒷자리에 나란히 앉으니 운전석의 젊은 남자가 차를 천천히 발진시켰다.

도마 시게루는 중키에 보통 몸집, 그리고 살짝 배가 나왔다. 서른여덟, 아홉일까? 조후히가시 경찰서의 시부사와보다는 조금 더 멀쩡한 양복을 입고, 조금 더 멀쩡한 구두를 신고, 왼손 약지에는 반지를 꼈다. 물방울 넥타이를 하고 있는 줄 알고 자세히 쳐다보았더니 국민적 인기를 자랑하는 고양이 로봇 무늬였다. 얼굴 생김새는 평범했지만, 귀가 컬

리플라워 같았다. 배는 나왔지만 싸움을 걸고 싶은 상대는 아니었다.

"조후히가시 경찰서의 시부사와 군에게 들었습니다."

차가 고슈 가도를 나와 서쪽으로 달리기 시작하자 도마가 시선을 운전기사의 뒷머리를 향한 채 입을 열었다.

"백골 사체 사건 해결에 도움을 주셨다더군요."

"그런 싸구려 도청기로도 용케 도청이 가능했군요. 시부사와 씨 이름을 도청기 앞에서 말했는지 어땠는지 기억은 안 나지만."

도청기를 강조해 말했지만 도마는 별다른 반응을 보이지 않은 채 하품 섞인 목소리로 말했다.

"어느 조직에나 폭주하는 인간은 있습니다. 출세욕이 강하고 머리가 나쁜 부하가 있으면 팀 리더는 고생하는 법이죠."

자기보다 연상이어도 시부사와의 계급이 아래다 보니 '군'이라 부르는 주제에, 쓰는 단어만 민간 기업처럼 '팀 리더'. 엘리트라면 엘리트답게 출신학교 넥타이라도 매면 좋을 텐데, 고양이 무늬라니.

마음에 들지 않는 인간이다.

"정말로 한심한 부하로군요. 하지만 위법 행위의 책임은 상사에게도 있다고 생각하는데요."

"위법 행위라 하심은?"

"설마 법원이 우리 집의 도청을 허가하지는 않았을 텐데요? 만약 그렇다면 구라시마 마미는 테러리스트고, 수도 인구의 절반을 없애버리려는 대규모 테러라도 꾀하고 있는 건가요?"

"어라, 도청? 한심한 부하가 그런 짓을 했나요?"

"이제 와서 딴청부리는 거 그만두시죠. 증거도 있습니다. 이쪽에는 제대로 도청기가."

"이거 말씀이신가요?"

도마가 비닐봉투를 들어올려 보였다. 안에는 그 어댑터가 들어 있었다.

나는 나오려는 비명을 간신히 삼켰다.

사쿠라이는 도청기를 '전직 감식반 아저씨'에게 보여주겠다고 말했다. 전직 경찰이 옛 직장에 의리를 지켜 증거품을 유출한 걸까?

도청기의 존재를 알고 있는 것은 사쿠라이뿐이다. 동거인이나 집주인에게도 말하지 않았고 보여주지도 않았다. 말하자면 이것으로 내가 도청당했다는 사실은 존재하지 않는다고 생각할 수밖에 없다.

젠장.

"한심한 부하가 무슨 짓을 했는지는 더 이상 아무래도 상관없겠죠? 이야기를 계속해도 될까요? 의제는 두 가지 위법행위에 대해서입니다."

이를 가는 나를 곁눈질하며 도마가 어댑터를 집어넣었다.

“하나는 말이죠, 탐정업법 위반입니다. 잘 알고 계시겠지만 2007년 6월 1일에 시행된 법률이죠.”

“알고 있습니다.”

“이 법률에 따르면 신고 없이 탐정업을 하다가 행정 처분을 받을 경우에는 6개월 이하의 징역 또는 30만 엔 이하의 벌금이 부과됩니다.”

“네, 알아요.”

“명의 대여의 경우에도 마찬가지입니다.”

“명의 대여?”

“예를 들면 말이죠, 아직 도토종합리서치의 사원도 아니고, 탐정 신고도 하지 않은 인간이 신고 없이 탐정 일을 했다. 더구나 도토가 사원인 척을 시켰다. 이건 명의 대여가 아닐까요? 명의 대여로 간주되면 처분 대상이 됩니다. 아, 처분받는 건 당신이 아니라 도토종합리서치입니다만.”

“……잠깐, 당신.”

“행정 처분을 결정하는 건 공안위원회입니다. 아직 새로운 법률이다 보니 다양한 해석이 가능하겠죠. 애당초 탐정업법은 의뢰인이나 조사 대상자를 지키기 위한 법률이고, 그런 의미로는 현재 피해자는 없습니다만, 글쎄요. 스토커 사건 등으로 탐정에 대한 세상의 이목은 좋지 않죠. 명의 대여 사실을 알게 되면, 공안위원회도 엄정히 대처하겠다고 생각할지 모릅니다.”

도마가 배 위에서 손에 깍지를 꼈다.

오랜만에 엄청나게 분노가 치밀었다. 이렇게까지 진심으로 분노한 것은 몇 년 만일까.

나는 후부키의 의뢰를 공정하게 받고자 했다. 때문에 사야를 설득해서 도토종합리서치를 통하는 형식으로 했다. 무허가로 몰래 조사해서 300만 엔을 혼자 먹을 수도 있지만, 업계에서도 대형이고, 제대로 된 회사에 정규 요금을 건넸다. 그렇게 하면 대기업의 정보 네트워크를 이용할 수 있고, 내게 무슨 일이 있어도 조사를 계속해줄 것이라 생각했기 때문이다. 어디까지나 의뢰인을 지키기 위해 그렇게 했다.

그런데 위법이라고? 더구나 그 책임을 내가 아니라 도토에게 전가하겠다고?

헛소리 마.

차가 크게 덜컹거려 제정신을 차렸다. 차가 건널목을 건넜다. 고쿠료 역 앞을 지나쳐 고마에 길을 남하할 생각인 모양이다.

그 덕에 제정신을 차렸다. 여기서 화를 내봤자 좋은 일이라고는 무엇 하나 없다. 분하지만 현재 도마 쪽이 한참 리드 중이다.

"그래서 내게 무슨 일을 시키시려고?"

심호흡을 한 뒤 물었다. 도마가 이쪽을 향하고 있는 옆얼굴에만 미소를 지었다.

"이해가 빨라서 좋군요. 그럼 다른 하나의 위법 행위에 대해 설명해드리죠."

16

목요일 아침, 병원에 갔다. 수면 부족에 식욕도 없는 상태였지만 억지로 빵과 우유를 쑤셔 넣고 나온 탓인지 어째서인지 머리가 아팠다. 나루미 의사가 내 얼굴을 보자마자 고개를 갸웃거렸다. 폐 소리를 듣고, 호흡량을 체크하고, X레이를 찍고는 고개를 더욱 갸웃거렸다.

"이상하네. 제대로 좋아졌는데."

의사면 아무 때나 고개를 갸웃거리지 말라고 외치고 싶은 심정이었다. 얼마나 불길한 동작인지 알기는 하냐고.

"그런데 안색은 상당히 안 좋군요. 수면 부족이라 피곤해 보이기도 하고. 퇴원한 지 아직 1주밖에 안 지났으니 무리하지 마세요. 술이나 담배, 폭음폭식도 삼가 주시고요."

사실은 경찰을 삼가고 싶다. 그것이 건강에 가장 좋을 듯한 느낌이 든다.

약을 바꾸기로 했다. 효과가 약한 약을 1주 더 먹으라는 것이다. 절대로 중간에 투약을 중지하면 안 되고 다음 주에 꼭 다시 오라고 지난번과 같은 다짐을 받았다. 그렇게나 내가 제멋대로로 보이나? 의사 선생님의 말씀은 잘 따르는 소심한 성격인데.

인사를 하고 떠나기 전에 문득 물어보았다.

"나루미 선생님, 선생님은 혹시 아시하라 후부키 씨의 담당이신가요?"

"왜 그런 걸 묻죠?"

카르테에 무언가를 적던 의사가 빙글 이쪽으로 돌았다.

"아시하라 씨에게 부탁받은 일이 있어서요. 말기 암이라 들었는데 그녀의 상태는 그렇게 안 좋은가요?"

"맞다, 하무라 씨는 아시하라 씨와 같은 병실이셨죠. 오랫동안 큰 집에서 혼자 누워 있었으니 마지막 정도는 인기척을 느끼면서 살고 싶다는 본인의 소망으로 다인실을 잡으셨어요. 하지만 유명한 분이라 다른 입원환자 중에 알아차리고 소란을 벌이는 사람도 있고, 상태도 안 좋으셔서 그저께 개인실로 이동했습니다. 본인은 싫어했지만."

"그렇다면 정말로 얼마 안 남으신 건가요?"

"언제 돌아가셔도 이상하지 않을 상황이에요."

"머리 쪽에는 문제가 없나요?"

"판단 능력에 문제가 없느냐 하는 건가요?"

"네."

"글쎄요. 이미 온몸에 전이되었으니까요. 2주 정도 전부터 밤에 환각을 보고 몇 번이나 소동을 일으켰다고 간호사가 말했습니다. 그래도 최근에는 괜찮은 듯했는데요……. 조카분께는 슬슬 가족에게 연락하는 편이 좋을 것 같다고 어젯밤에 전했습니다."

더 마음이 무거워지는 이야기를 들어서 요 몇 년 중 가장 심하게 우울해졌다. 만신창이의 몸에 채찍질을 하며 열심히 하고 있다고는 생각하지만, 시오리를 발견하는 것은 힘들지도 모른다. 발견한다 해도 시간 안에 찾을 수 있을지는 모른다. 그보다 시오리는 아직 살아 있기는 한가? 이와고 가쓰히토는? 게다가 구라시마 마미 문제도 있다. 도토종합리서치의 행정 처분은? 그런 일이 생기기라도 하면 나는 이 업계에서 살아갈 수 없게 된다. 하지만 그렇다고…….

처리해야 할 문제가 산더미 같다. 증상이 악화된 편이 더 나았을지도 모른다. 의혹 추궁을 당하는 정치가가 입원하는 마음을 이제야 알 것 같았다.

억지로라도 기분 전환을 하려고 매점에 가서 비타민 드링크를 사서 단숨에 마셨다. 화장실에서 세수를 하고, 공들여 화장을 했다. "안색은 의사의 판단 재료 중 하나니까 의사를 만나러 갈 때는 맨 얼굴로 가거라." 돌아가신 할머니 말씀이다. 그 가르침을 충실히 따른 것뿐인데, 요즘 세상에, 그것도 의사에게 맨얼굴을 보여주는 여자는 이미 멸종되었을지도 모른다. 그렇다면 의사가 고개를 갸웃거리는 것은 나 때문이라는 것이 된다.

평소에는 하지 않는 볼터치도 한 뒤 마음을 다잡고 엘리베이터를 타고 12층으로 올라갔다. 간호사 스테이션에서 후부키의 개인실을 물어보았다. 내가 입원했던 7층과는 분위기가 사뭇 다르다. 호텔 프런트 같은 간호사 스테이션에, 간호사도 미인이다.

'가난뱅이가 여기에 무슨 용건?'이라는 눈초리로 대응했던 간호사는 내가 이름을 밝히자 안도하는 듯했다.

"아, 하무라 씨. 후부키 씨가 당신을 기다리고 계십니다. 아침부터 몇 번이나 아직 안 왔느냐고 물으셔서 곤란했거든요."

대답을 하려 했을 때 복도 안쪽에서 갑자기 누군가가 울기 시작했다. 통곡과 같은 느낌이라 나도 모르게 간호사에게 눈빛으로 물어보았지만, 그녀는 무언가를 서류에 기입하면서 어깨를 으쓱했다.

"신경 쓰지 마세요. 누구라도 울고 싶은 때가 있으니까요."

내버려두어도 괜찮을까 걱정했지만, 간호사의 말도 맞다. 나 또한 기침이 멈추지 않아 숨을 쉴 수 없었을 때에는 마음이 약해져 울고 싶었다. 물론 그 상태에서 울 수가 있었다면 말이지만. 후부키가 긴급 호출 버튼을 눌러주지 않았다면 분명 울지도 못한 채 다른 세상으로 여행을 떠났을 것이다.

그 생명의 은인은 등받이를 올린 침대에 상반신을 기댄 상태로 창밖을 보고 있었다. 이 층에서 보이는 것은 하늘뿐이다. 엷은 푸른 하늘을 바라보는 후부키의 옆얼굴은 상당히 험악하게 보였다.

인기척에 후부키가 깜짝 놀랐다. 나는 잠자코 파이프 의자에 앉았다.

"환각을 봐."

그녀가 혼잣말처럼 말했다.

"다들 그렇게 말해. 별 수 없이 '아마도 이제 갈 날이 멀지 않았나 보네' 하고 말하면 다들 안심한 듯한 표정이 되지. 아무리 죽어가고 있다 해도 그걸 입에 담을 수 있는 건 죽어가는 당사자뿐. 위선이라고 생각 안 해?"

"매너나 예의범절이 위선으로 생각될 때도 있습니다."

"그도 그렇네."

후부키가 살짝 한숨을 쉬었다.

"그래서? 하무라 씨가 조사한 사실을 알려주겠어?"

"네, 보고는 드리겠는데…… 매너나 예의범절이 필요할까요?"

"어떤 의미지?"

"당신이 원하지 않는 부분까지 조사해버렸을지도 몰라서. 그러니까……."

"시오리의 아버지에 대해서?"

후부키가 아무렇지도 않게 말했다.

"뭐, 어쩔 수 없지. 만약 내가 당신이라도 그 사실이 신경 쓰일 테니까. 전에 고용했던 탐정 때는 그런 것까지 조사를 당해 화가 났지만, 지금은 그 탐정도 당연한 일을 했을 뿐이라고 생각해. 그렇다고 언론에 유출시킬 것까지는 없었을 텐데. 아, 이 이야기는……."

"압니다. 다만 그 숨겨진 자식 이야기를 언론에 유출한 건 이와고 탐정이 아니었습니다."

나는 순서대로 설명했다. 이와고 탐정을 만나러 간 것, 그가 숨겨진 자식 소동 전부터 행방불명 상태인 것, 조사하던 중 어쩔 수 없이 소마 다이몬에 대해 알게 된 것, 소동은 구레바야시라는 수석비서가 일으켰다는 사실이 판명되었다는 것 등.

"그래? 오노 씨가 말한 거라면 틀림없겠지."

후부키가 엷은 미소를 지었다.

"그 사람은 정치인들보다 정치를 더 사랑했어. 여론조사 수치가 변한 건 자기가 쓴 칼럼의 영향이라며 자주 자랑을 했지. 자신이 뒤에서 세계를 움직이고 있다. 남자들은 그렇게 생각하는 걸 좋아해. 그런 만큼 오노 씨가 모아오는 정보의 정밀도는 높다며 소마 선생님도 높게 평가하셨어. 그렇다면 이와고 씨였던가? 그 탐정에게는 미안하게 됐네. 나는 그 탐정이 그랬던 줄로만 알고 경찰서에 항의하러 가기도 했는데."

'그 때문에 피해를 입은 건 이와고 씨가 아닙니다' 하고 말하려다 그만두었다. 본론과는 관계없는 일이다.

"그래서 당신은? 시오리가 소마 다이몬의 숨겨진 자식이라 생각해?"

"아뇨."

후부키가 날카로운 눈초리로 날 보았다.

"어머나, 어째서? 그럴지도 모르는데."

"시오리 씨는 소마 다이몬의 손녀 아닌가요?"

반쯤은 넘겨짚었다. 하지만 그렇게 생각하면 여러 상황이 단번에 이해가 된다.

다이몬과 그 아내가 아시하라 저택을 자주 찾은 것, 시오리를 엄청 예뻐했다는 것, 오쿠보 셰프와의 일을 이케다 선생에게 들켰음에도 그다지 신경 쓰지 않았던 시오리가 로열 할리우드 호텔에서 소마 가즈아키와 만났었던 사실은 안색을 바꾸며 감추려 했던 것, 가즈아키와 그 아내와의 결혼이 다이몬의 지위를 확고한 것으로 만든 것, 가즈아키의 아내는 가즈아키의 선거에 협력은커녕 찬물을 끼얹는 듯한 행위를 한 것.

후부키의 애인이자 시오리의 아버지는 소마 가즈아키였다. 그러나 그는 '정치적인 도움을 줄 수 있는 아내'와 결혼

해야만 했기 때문에 후부키는 미혼모가 되었다. 그런 후부키나 손녀가 안쓰럽고 예뻐서 소마 다이몬 부부는 여러 형태로 지원을 아끼지 않았다. 가즈아키의 아내 입장에서는 그런 것들이 마음에 들지 않았을 것이다.

후부키가 나를 노려본 채 가만히 있었다. 이대로 발작을 일으키면 어쩌지 걱정이 되었다.

"놀랍네."

이윽고 후부키가 천천히 입을 열었다.

"용케 알았어. 대다수의 사람들은 시오리를 소마 선생님의 자식이라고 생각했어. 사야를 비롯한 친척들도 모두. 우리도 굳이 주위 사람들이 그렇게 생각하도록 놔두었고. 특히 그 소동이 일어난 1994년에는. 이듬해에는 가즈아키 씨가 소마 선생님의 지역구를 물려받아 출마하기로 되어 있었으니 그 사실이 알려지면 더더욱 안 됐거든. 물론……."

"지금도 그러시겠죠. 그는 현역 정치인입니다. 외람되지만 경력으로 보건대 대단한 정치인이라고는 할 수 없겠더군요. 이 사실이 세상에 알려지면 정치 생명은 바로 끝장나겠죠."

"세상에 알려지면, 이라."

후부키가 물끄러미 나를 보았다. 나는 어깨를 으쓱했다.

"만약 제가 이 이야기를 퍼트린다 해도 증거가 없어요. 소마 가즈아키가 완강히 부정하면 어떻게 될까요? 저는 거짓말쟁이 또는 업무상 비밀을 누설한 악덕 탐정이 된 채 그대로 끝입니다."

"안심하라고 말하고 싶은 거야?"

"제가 불리해지는 듯한 짓은 하지 않는다고 말씀드리는 겁니다."

후부키가 살짝 미소 지었다.

"하무라 씨, 당신, 말을 잘한다는 이야기를 듣지 않아?"

"어제 들었습니다."

보고를 계속했다. 오쿠보 셰프와의 불륜, 시오리의 실종 후, 셰프가 그녀와 고엔지에서 재회한 사실, 그리고 연립에 대해.

자극적인 부분은 가능한 생략해서 말했다고 생각했는데, 후부키가 갑자기 몸을 떨었다. 손가락이 겉옷을 짓누르고 있다. 나도 모르게 자리에서 일어섰다.

"괜찮으세요? 간호사를 부를까요?"

긴급 호출 버튼으로 손을 뻗자 후부키가 내 손목을 세게 잡으며 방해했다. 놀랄 정도로 강한 힘이었다. 흥분해서 말이 나오지 않는 것 같지만, 확실한 거절 의사를 느낀 나는 후부키의 차가운 손에 잡힌 채 파이프 의자에 앉아 그녀가 진정되기를 기다렸다.

이윽고 후부키의 손가락에서 조금씩 힘이 빠졌다. 그녀는 무릎 위로 손을 되돌리고 크게 한숨을 내쉬고 말했다.

"그러면 그 아이, 살아 있었던 거군. 살아 있었던 거야."

"네. 적어도 실종 직후에는 살아 있었다는 게 됩니다. 오쿠보 셰프가 거짓말을 했다고는 생각되지 않으니까요. 다만 시오리 씨가 자기 이름으로 연립을 빌렸을 리가 없습니다. 인기가 있던 물건이었던 것 같고, 계약에는 호적 등본이나 주민등록증, 보증인이 필요했을 테니까요. 누군가가 그녀를 도와주었다. 아마도……."

"야마모토 히로키."

후부키가 중얼거렸다.

"그 말고는 생각할 수 없어."

"야마모토 씨와는 지금도 연락이 되시나요?"

"마지막으로 만난 건 2010년 말. 그는 오랫동안 소마 선생님의 금고지기를 맡았거든. 아마도 경제적으로 내가 고생하지 않도록 그런 거겠지. 벽을 새로 칠하거나, 내진 공사를 부탁하거나, 새로운 드레스를 보내거나, 그가 생각하는 아시하라 후부키에게 어울리는 몸차림을 하도록 손을 써주었어."

단출하고 소박한 느낌의 후부키의 방을 생각하건대 원치 않는 친절이었을지 모른다. 특히 소마 다이몬이 은퇴하여 관계자를 접대할 필요가 없어진 다음에는.

"그렇다면 2010년 이후에는 만난 적이 없으신가요?"

"문자나 전화를 주고받기는 했고, 1년에 두 번 정도 거액을 보내주었어. 다만 마지막으로 연락이 온 게 작년 11월이야. 병에 걸린 사실을 알고 몇 번이나 연락을 하려 했는데 핸드폰을 해약했는지 연락이 안 돼."

"그는 어떤 사람인가요? 앨범에 그로 보이는 사진은 없었습니다. 게다가 이와고 탐정의 보고서에도 등장하지 않더군요. 이와고 씨는 야마모토 씨의 존재를 몰랐나요?"

"어머나."

후부키가 손가락으로 이마를 긁으며 기억해내려는 듯한 동작을 보였다.

"아니, 만났어. 다만 내가 있는 곳에서. 이와고 씨가 야마모토에게 시오리에 대한 걸 이것저것 질문하고, 야마모토가 알고 있는 사실을 대답했어. 내 앞에서 있었던 이야기는 보고서에 적거나 하지 않았을 테니까."

그런 거라면 납득이 간다.

"앨범 쪽은 어째서인가요?"

"그러고 보니 그의 사진을 가지고 있었는지 어땠는지 모르겠네. 야마모토는 내게 너무 소중해서 눈에 보이지 않는 공기 같은 존재였지. 그는 야마가타 현의 빈농 출신으로, 형제 많은 집에 태어나 비참한 어린 시절을 보냈던 것 같았어. 그를 처음 만난 건 영화계에 들어간 첫날이었지. 감독이나 조감독에게 달달 들볶이며 낮은 자세로 일하는 야마모토를 봤어. 열여섯은 넘었을 텐데 어린아이로 보였지. 영양이 부족했던 탓일 거야. 왠지 불쌍해보여서 내 수행원으로 삼겠다고 강하게 요청했어."

"그래서 그는 그 사실을 은혜로 생각해서 이후 평생……?"

"그래. 지금 생각해보면 그런 짓을 하지 않는 편이 좋았을지도 몰라. 정말로 머리가 좋고 배짱도 있는 사람이었으니 그냥 놔두었더라도 자기 힘으로 정상의 위치에 올랐을 거야. 그 편이 분명 그에게는 행복했을 테지. 결혼도 할 수 있고 가정을 꾸릴 수 있었을 테니."

"평생 독신이었나요?"

"내가 아는 한은."

"그의 본적지나 가족, 있을 법한 장소 어디라도 좋으니 짐작 가는 바가 없으신가요?"

후부키가 고개를 젓고 눈을 감았다.

병실에 들어왔을 때보다도 더욱 왜소해 보였다. 그녀의 손을 살포시 이불 안으로 넣고 잠시 기다렸다.

"그러고 보니."

이윽고 후부키가 눈을 뜨고 중얼거렸다.

"야마모토는 리조트 맨션을 샀었을 거야. 자신은 방랑벽이 있다면서 호텔이나 위클리 맨션을 전전했던 야마모토가 어느 날 갑자기 부동산을 샀다고 해서 놀랐던 적이 있어."

"언제인가요?"

"20년 정도 전."

20년 전?

"시오리 씨가 사라졌을 무렵인가요?"

"어머나. 그러고 보니."

"어디인가요? 그 리조트 맨션."

"오다와라. 좀 이상했었어. 온천을 싫어하고 생선도 잘 안 먹는 당신이 왜 오다와라냐고 물었거든. 그는 아무 말도 안 했지만."

목소리가 점점 작아져서 슬슬 한계인가, 하고 생각했다. 다만 꼭 하나 확인해두고 싶은 사실이 있었다.

"1995년 고베 대지진 후, 시오리 씨에게서 엽서가 왔었죠? 그건 야마모토 씨와 당신이 조작한 게 맞죠?"

"그건 굉장했어. 시오리의 서체와 똑같았거든. 어떻게 그렇게 했는지 줄곧 궁금했었는데, 의외로 답은 간단했던 거였어……."

목소리가 끊겼다. 순간 간담이 서늘했지만, 이윽고 조용한 숨소리가 들려 가슴을 쓸어내렸다. 그녀가 깨지 않도록 살며시 문을 열고 복도로 나왔다.

다음 순간 나는 두 명의 인간 사이에 끼고 말았다. 한 명은 이즈미 사야, 다른 한 명은 질이 안 좋아 보이는 노인. 두 사람이 엄청난 형상으로 노려보고 있는 그 정중앙으로 발을 들이밀고 말았다.

허리를 굽혀 두 사람 사이를 빠져 나왔다. 노인은 내게는 눈길도 주지 않고 큰 소리로 말했다.

"어쨌든 후부키를 만나게 해줘. 내게도 유산을 남기라고 유서를 쓰게 하겠어."

"그러니까 이모님은 당신을 만나고 싶어 하지 않으신다니까요, 이시쿠라 숙부님."

사야가 달려들 듯한 표정으로 맞받아쳤다. 그렇군. 이 사람이 이시쿠라 다쓰야인가. 나는 도망치려다가 발을 멈췄다.

자세히 보니 노인이라 할 정도의 나이도 아니었다. 스포츠머리로 깎은 머리카락이 새하얗고 얼굴은 노인성 기미투성이. 입은 것도 후줄근하고 홀아비 냄새가 심해서 그렇게 생각했으나, 다리나 허리가 꼿꼿한 것이 노인치고는 꽤 젊어 보인다. 아직 60대 중반일 것이다.

이시쿠라 다쓰야는 엄청난 입 냄새를 풍기며 소리 질렀다.

"사야, 너 언제부터 후부키의 개가 된 거야."

"잊으셨나요. 후부키 이모님은 이미 10년 전에 이시쿠라와는 인연을 끊었습니다. 애당초 먼 친척이라 해도 남이나 마찬가지고, 당신에게 이모님의 재산을 물려받을 권리는 전혀 없어요. 제가 숙부님이라고 부르는 것도 단순한 예의를 차리는 것에 불과하고요. 그쪽이 그런 태도로 나온다면 더 이상 숙부님이라고 부르지도 않겠어요."

"뭐야? 여자 주제에 윗사람에게 잘난 듯이. 부모님께 뭘 배운 거야. 말본새하고는."

"그쪽이야말로 생판 남 주제에 병실에 들이닥치거나 하면 경찰에 신고하겠어요. 침대맡에서 소란을 벌이다 이모님께서 돌아가시기라도 하면 살인이니까요."

유산과 관련되기라도 하면 사야도 보통이 아니다. 이시쿠라는 완전히 압도되어 중얼거리듯 말했다.

"나는 말이지, 그 여자에게 돈을 받을 권리가 있어. 그 여자 때문에 소중한 딸이 살해당했으니까."

"그런 식으로 근거도 없는 허황된 말을 퍼트리기나 하고. 그 때문에 이모님은 경찰 조사도 받았거든요. 정말로 민폐예요."

"범인이니 조사를 받았지."

"관계가 없으니 바로 풀려나셨거든요."

"그 여자 배후에 있던 정치인이 경찰에 압력을 넣은 게 틀림없어. 그 여자가 범인이 아니라면 왜 하나의 입원비를 지불한 거지?"

"하나가 불쌍하니까 그런 거죠. 아버지인 주제에 의료비도 충당 못해, 식물인간 상태인 하나가 병원에서 쫓겨나기 직전이었잖아요."

"그때도 입원비를 직접 병원에 내버리고. 나를 통하라고 내가 몇 번이나 말했는데. 내게 줬다면 돈을 다섯 배, 아니 열 배로 불려서 하나에게 더 좋은 치료를 받게 해줄 수 있었어. 그랬다면 지금쯤 멀쩡해져서 손주 얼굴을 보여줬을지도 모른다고."

이시쿠라에게서 사야가 한 걸음도 물러서지 않는 이유를 알았다. 목소리는 크고, 말투는 거칠고, 장소도 분간 못하는 민폐덩어리지만, 불평을 털어놓고 있을 뿐이다. 본인은 자신을 높게 평가하고, 있었을지도 모르는 장밋빛 미래를 진심으로 믿고 있다.

소동이 계속되다 보니 간호사가 몇 명 달려 왔다. 사야가 간호사에게 고자세로 말했다.

"우리가 건넨 리스트에 없는 인간은 들여보내지 말라고 부탁드렸었잖아요. 내가 오지 않았다면 이 남자가 멋대로 병실로 들어가 몸이 안 좋은 이모님께 해를 끼쳤을지도 모른다고요. 보안 개념이 너무 부족한 거 아닌가요, 이 병원?"

경비원이 달려와 이시쿠라를 끌어냈다. 그 뒤를 좇았다. 그는 병원 밖으로 끌려 나가자 외톨이가 된 어린이 같은 얼굴로 현관 앞을 어슬렁거렸다. 그래도 다시 들이닥칠 근성은 없는지 이윽고 어깨를 축 늘어뜨리고 발걸음을 돌렸다.

잔돈을 손바닥 위에 올리고 한숨을 내쉬는 이시쿠라를 조후 역 앞에서 따라붙어 말을 걸었다. 아시하라 후부키 씨의 일로 말씀을 나누고 싶다고 하니 이시쿠라가 나를 보지도 않고 내뱉었다.

"그 여자는 살인자야. 그 여자가 내 딸을 목 졸라 죽인 거야. 알지? 그 여자의 영화. 영화에 나오는 교살범은 바로 그 여자야. 연기력이 뛰어나다니 웃기는 소리. 그게 본성이야."

"뭔가 근거라도 있으신가요?"

"근거? 그건 살인귀야. 영화를 보면 알잖아."

"저기, 영화는 영화일 뿐인데요."

"이봐, 아가씨."

이시쿠라가 그제야 나를 정면으로 바라보았다.

"당신, 아까 그 병실에서 나왔지? 만나보니 어때? 죽어가도 매력적이었지? 남을 홀리는 재주가 보통이 아닌 여자야. 하지만 조심하는 게 좋아. 그 여자 주위에서는 사람이 계속해서 사라져. 딸이 사라진 건 알지? 그 집에서 일하다 행방불명된 여자도 있어. 이모할머니도 대체 어디로 갔는지."

이시쿠라가 눈곱을 비벼 떼고는 손가락으로 동그랗게 뭉쳐 튕겨냈다.

"애당초 하나는 아무리 나이를 먹어도 순진하고 착한 어린애 같은 아이였어. 내가 돌아올 때까지 아무도 집에 들이지 말고 모르는 사람이 찾아와도 무시하라고 하면 그 말대로 따르는 딸이었다고. 경찰도 집에 억지로 들이닥친 흔적은 없다고 말했어. 범인은 아는 사이인 거야. 그러니까 하나는 집에 들인 거고."

그렇군. 일단 일리는 있다. 하지만…….

"그 아는 사람이 후부키 씨라는 보장은 없군요?"

"엉? 바보냐, 너. 교살마 영화에서 주역을 맡은 여자 지인이 달리 있을 리가 없잖아."

어이없다는 표정을 지었던 모양이다. 이시쿠라가 발을 동동 굴렀다.

"장미가 떨어져 있었어."

이시쿠라가 신음했다.

"의식을 잃은 하나 옆에 그 여자가 좋아하는 흰 장미가 떨어져 있었다고."

17

이시쿠라와 헤어져 처방전을 들고 약국으로 갔다. 약사가 약에 대해 설명하다가 갑자기 얼빠진 소리를 냈다.

"어라, 어떻게 된 건가요? 그 팔?"

더운 탓에 스프링코트를 벗고 이야기를 들으며 소매를 걷어 올렸는데, 그 말을 듣고 확인하니 후부키에게 붙잡혔던 오른팔에 보라색 멍이 생겼다. 손가락 모양이 그대로 남아 있었다. 좀 아프다고 생각했는데 설마 이렇게 되었을 줄은. 후부키는 힘이 장사였다.

약과 함께 붙이는 파스 샘플을 받아들고 밖으로 나와 병원 안에 있는 동안 꺼두었던 스마트폰 전원을 켰다. 사쿠라이에게 연락이 잔뜩 와 있었다. 햇빛을 피해 빌딩 뒤쪽으로 돌아갔다.

"하무라, 너 말이야."

사쿠라이가 힘없이 말했다.

"이게 대체 무슨 소리야?"

"문자에 쓴 대로야."

"명의 대여라니, 이런 케이스를 그렇게까지 엄격하게 적용하는 일은 지금까지 없었다고."

"나도 모르겠는데, 그 도청기는 없어진 거 맞지?"

"전직 감식반 아저씨가 나를 피하더군. 간신히 붙잡아서, 경찰에 협력하지 말라고는 하지 않을 테니, 먼저 상담이든 보고든 하고 나서 하라고 큰소리쳤어."

지난밤에 해방된 이후 자초지종을 문장으로 정리해서 사쿠라이에게 알렸다. 다만 도마 시게루가 제시한 교환 조건의 내용에 대해서는 알리지 않았다…….

"하무라 씨는 혹시 '패딩턴 카페'를 아시나요?"

도마의 질문에 대답할 마음이 들지 않아 잠자코 고개를 끄덕였다. 피시 앤 칩이나 로스트비프, 스테이크와 머쉬룸 파이. 이른바 영국 펍에서 나오는 요리를 메인으로 하는 체인 음식점이다. 한번 도산할 뻔했지만, 다른 기업이 인수해서 로고와 메뉴를 수정하고, 점포수를 줄이고, 가게 크기를 좁혀서 부활했다. 펍이라는 느낌을 전면에 내세워, 가게에 다트를 두고, 기네스 맥주를 팔거나, 바 카운터가 있거나. 점포에 따라서는 새벽 5시까지 영업을 하기 때문에 카페라는 이름과는 달리 편하게 이용 가능한 영국풍 선술집이라는 이미지가 있다.

3년 정도 전부터 이 체인 중 어느 가게가 이따금 밤 11시경에 '금일 대관'이라는 팻말을 달고 가게를 닫게 되었다. 표면적인 이유는 '다트 대회'라든가 '축구 관전', '집단 미팅' 등으로 충분히 있을 수 있는 일이라 아무도 의심하지 않았지만, 그 안에서 벌어지고 있는 건 불법 카지노. 많은 때에는 하룻밤 만에 3000만 엔 이상의 돈이 움직인다는 것이다.

이 정보를 입수한 경시청은 도박장이 언제 어디서 열리는지, 그 사실을 참가자에게는 어떻게 알리는지 비밀리에 1년 가까이 수사를 진행해왔다. 그 결과, 카지노를 운영하는 중심인물이나 돈의 흐름, 패딩턴 카페 측 협력자 등, 불법 카지노의 전모를 밝혀냈다.

그래서 올 2월, 불법 카지노가 열렸을 터인 패딩턴 카페 사사즈카 점을 급습했다. 하지만 그곳에서 개최되었던 것은 어째서인지 중고 물품 교환을 위한 여자 모임이었다. 즐겁게 옷을 고르던 참에 경찰이 물밀 듯 밀려들어 참가했던 마흔 명 정도의 여자들은 놀라 소란을 피웠다. 충격 탓에 우는 여자, 경찰에 따지듯 달려드는 여자, 참가비를 돌려달라며 주최자에게 따지는 여자, 그런 모습을 몰래 촬영해서 동영상 사이트에 업로드하는 여자. 도마를 비롯해 수사팀은 큰 창피를 당하게 되었다.

그 여자 모임의 주최자가…….

"구라시마 마미였습니다."

도마가 무표정한 얼굴로 말했다.

그럴 상황이 아니었지만 나도 모르게 웃을 뻔했다. 이 얄미운 경부가 히스테리 발작을 일으킨 여자들에게 둘러싸여 비지땀을 흘렸을 줄이야. 흥, 꼴좋다.

"밤 11시에 물품 교환 모임이라니, 좀처럼 보기 힘든 일인데요."

"원래는 '잠이 오지 않는 밤의 베개'라는 불면증 여성이 모이는 사이트에서 시작했다더군요. 휴일 전날인 금요일에 이번 같은 교환회나 낭독회, 영화 감상회 같은 소규모 이벤트를 자주 열곤 했습니다. 구라시마 마미는 사이트 관리자는 아니지만, 이따금 '패딩턴 카페' 점포를 이용해 그런 이벤트를 개최했다더군요. 다만 이때 이벤트 개최가 사이트에 고지된 건 당일 오후 4시 반. 우리의 강제 수사 시간이 실행부대에 통지된 건 그 30분 전이었습니다."

"요컨대 수사팀의 누군가가 그 정보를 불법 카지노 측에 흘리고, 구라시마 마미가 카지노 측의 지시를 받아 원래 카지노가 열릴 터였던 점포의 예약 노쇼를 때웠다는 건가요?"

"패딩턴 카페에서는 대관 예약은 모조리 본사에 보고하는 게 의무입니다. 이 점포에 구라시마 마미의 이름으로 예약이 들어온 게 1주 전. 당초에는 여자 모임이라는 정보도 없고, 단순한 물품 교환회였습니다. 원래라면 예약 취소라는 형태로 끝났을 텐데, 그렇게 하지 않고 굳이 다른 모임을 열었다. 그 결과, 경찰 상층부는 수사 방향이 잘못된 게 아닌가, 불법 카지노는 정말로 존재하는가 하는 의심을 하게 되었습니다."

"정말로 잘못 짚은 거 아닌가요?"

도마는 그 질문에 대답하지 않고 말을 이었다.

"우리도 그 즉시 급습 시간에 대해 알고 있는 모든 수사원을 조사했습니다. 저를 포함해서요. 하지만 휴대폰이나 그 밖의 연락기기에 카지노 관계자는 물론 수상쩍은 연락은 일절 없었습니다. 4시부터 4시 30분 사이에 서에서 나갔었던 사람도 없었고요."

알리바이 성립이라는 것인가. 정확하게는 성립하지 않은 것 같은데. 전선 본부로 삼은 일선 경찰서의 누군가에게 살짝 흘리고, 그 인간이 외부로 정보를 유출하면 될 일이다. 게다가 애당초…….

"그런 일이라면 구라시마 마미를 취조하면 될 일이잖아요? 그녀가 어떤 경위로 그 점포에 그날, 그 시간에 이벤트를 열게 되었는지 물어보면 될 텐데요."

"그녀는 자신이 이벤트를 구상했다고 진술했습니다. 좀 더 일찍 사이트에 공지할 생각이었는데 깜박 잊어서 이번에는 급하게 공지했다더군요. 패딩턴 카페는 자신도 아르바이트를 한 적이 있어서 대관 요금이 싸고, 요리가 맛있다는 걸 알고 있어서 자주 이벤트 모임 장소로 선정한다, 공지가 늦어서 취소할까 했지만, 그랬다간 위약금을 내게 될 거라 그럴 바에는 되든 안 되든 사람을 모아보고자 생각했다, 마흔 명이나 모여서 다행이었다고."

"도마 씨는 그 이야기를 안 믿으시나요?"

도마가 차가운 눈초리를 내게 향했다.

"패딩턴 카페 본사에는 구라시마 마미의 지인이 근무 중이었습니다. 우리가 체인점 측의 협력자로 보고 있는 인물이죠. 구라시마 마미는 그 지인의 부탁으로 이따금 가게에서 아르바이트를 했습니다. 아르바이트를 하는 점포는 그때그때 다르지만, 그 모든 곳이 지금까지 불법 카지노가 열린 적이 있는 점포입니다."

"우연일지도."

"그녀는 퇴근길에 몇 시간 정도 서빙을 할 뿐입니다. 아르바이트 시간은 한 달에 고작 15, 16시간 정도일 테죠. 하지만 그녀의 블로그를 보면 아르바이트로 모은 돈으로 자주 명품을 구입하더군요. 중고라고는 하나 10만 엔은 넘을 듯한 가방이나 시계 등을요."

"말로만 아르바이트 비로 샀다고 했을 뿐, 사실은 월급을 그대로 쏟아부었을지도요."

"구라시마 마미의 급료 대부분이 본가 생활비로 쓰이고

있습니다. 집의 재건축 비용은 함께 살기로 한 언니 부부가 대출을 받아서 낸다는군요. 은퇴 전에 자영업을 했던 부모는 파트 타임 아르바이트로 근근이 벌고 있지만, 제대로 납부하지 않은 탓에 국민연금은 거의 없는 거나 마찬가지입니다. 본가 재건축은 연립을 올려 그 임대 수입으로 노후 생활비를 충당하고자 고안한 결과고요. 하무라 씨는 구라시마 마미가 스타인벡 장 같은 싸고 낡은 셰어하우스로 이사 오는 이유가 뭐라고 생각했던 건가요?"

도마가 얕보듯이 말했다. 이 자식, 기회가 있으면 한 방 날려주겠어. 아니, 발치에 바나나 껍질을 던져 놔야지. 넘어져서 꼬리뼈라도 세게 부딪혀라.

"요컨대 구라시마 마미는 있을 수 없는 거액의 아르바이트 비를 받고 있다는 건가요?"

"그렇습니다. 우리는 바로 거기에 정보 누수의 열쇠가 있다고 생각합니다."

여기까지 들으니 도마가 무엇을 바라는지 확실했다. 그래도 내 스스로 말할 생각은 없다. 퉁명스럽게 물었다.

"역시 경찰이네요. 구라시마 마미에 대해 거기까지 조사하셨다면 다시 한 번 더 본인을 소환해 취조하면 어떠신가요?"

"그 여자는 만만치 않습니다."

도마가 떨떠름하게 인정했다.

"아마추어 아가씨라고 단정하고 대한 게 실수였습니다. 의

혹은 완전히 부정하고, 자세한 진술은 거부했습니다. 하지만 말이죠. 문제는 그녀가 아니에요. 유감스럽게도 우리 내부입니다. 이미 그녀의 지인은 패딩턴 카페를 그만두었어요. 사설 카지노와 밀접한 관련이 있던 인간은 감시의 눈을 빠져나가 모습을 감췄습니다. 앞으로 패딩턴 카페를 무대로 불법 카지노가 열릴 일은 없겠죠. 사건은 끝났습니다. 1년간의 수사가 수포로 돌아갔죠. 우리들이 패배한 겁니다."

정신을 차리니 차는 시나가와 길을 빠져나와 쓰쓰지가오카 역으로 북상해 고슈 가도를 거쳐 진다이 식물공원 길을 달리고 있었다.

"그래서요?"

"정보원을 밝혀내 구멍을 막지 않으면 같은 일이 반복될 겁니다. 구라시마 마미는 그 정보원으로 우리를 이끌어줄 유일한 실마리인 거죠."

"신변 조사를 했음에도 경찰 관계자와의 연결고리가 발견되지 않았던 거잖아요?"

"들키지 않도록 어떤 형태로든 접촉을 했을 겁니다. 그 물품 교환회가 우연이었다고는 생각할 수 없어요."

"패딩턴 카페의 지인이 연락을 한 건 아닐까요? 경찰 관계자가 직접 연락한 게 아니라."

"물론 그 지인에게도 감시를 붙여두었습니다. 하지만 이미 끝난 사건이라 동원할 수 있는 인력에 한계가 있어요. 그래서 하무라 씨에게는 구라시마 마미의 감시를 부탁하고 싶습니다."

내 그럴 줄 알았다.

"불법 카지노는 이제 안 열 거라면서요?"

"한탕 크게 챙겼고, 경찰의 수사도 제대로 피해갔다. 이 두 가지 성공 체험이 있는 이상 놈들은 반드시 카지노를 부활시킬 겁니다. 다른 형태로요. 그때까지 정보원을 찾아내 박살낸다. 그리고 놈들을 검거한다. 경찰은 말이죠, 국지전에서의 패배는 있어도 대국에서의 패배는 있을 수 없어요."

괜히 멋진 척을 하지만, 요컨대…….

"저보고 경찰 끄나풀이 되라는 말인가요?"

마미와는 막 알게 되었을 뿐이다. 친구라 할 정도는 아닌 단순한 지인. 그래도 스파이 같은 짓은 하고 싶지 않다.

만약 그녀가 불법 카지노와 관련이 있고, 경찰 내부에서 수사 정보를 얻어내 경찰에게 한 방 먹이는 역할을 담당했다 한들 그게 어쨌다는 말인가. 범죄임은 분명하지만 다른 사람의 고혈을 빨아낸 것도, 발칙하기 짝이 없는 악행이라 할 정도도 아니다. 경찰이 수사를 하는 것은 당연하다 해도 "이보쇼, 수라꾼 양반 이놈 좀 잡아가쇼" 할 정도의 기분은 들지 않는다.

도마가 내 속마음을 바로 알아차린 모양이다.

"세상에는 알려지지 않은 정보라 조사를 해도 검증은 할 수 없겠지만…… 불법 카지노의 중심인물 중 한 명이 지난 달 뺑소니 사고로 사망했습니다. 도박은 자신들의 영역이고, 그 영역을 침범한 아마추어들을 가만두지 않겠다고 생각하는 놈들이 벌인 짓일 겁니다. 무슨 뜻인지 알겠죠? 이런 쪽에 발을 잘못 들이밀면 끝이 좋지 않다는 뜻입니다. 구라시마 마미도 예외는 아니죠. 어떤 형태로든 죗값을 받게 하는 편이 그녀를 위한 일이 아닐까요?"

거들먹거리며 고양이 로봇 무늬 넥타이를 바로잡는다. 위법 행위로 협박하고, 다른 형태로 다시 협박한다. 이런 식의 설득이 먹힐 것이라 생각하나?

실로 분노가 치민다.

"영원히 감시하란 말이 아닙니다. 구라시마 마미와 함께 사는 동안만이라도 충분합니다. 하무라 씨도 본업이 있으시니까요. 법에 저촉될 듯한 일이지만, 저촉되는지 아닌지는 하무라 씨 하기에 달렸고요."

"잠깐, 당신."

"이미 하무라 씨는 구라시마 마미와 흉금을 터놓았습니다. 사실 여성 수사원을 그녀에게 접촉시켰습니다만, 친해지기가 쉽지 않더군요."

"이미 끝난 사건이라 만족할 만한 인재가 없다는 건가요?"

"하무라 씨에게 그녀의 감시를 부탁한 사실은 저와 이 친구밖에 모르는 일입니다."

간신히 뱉어낸 빈정거림을 도마 시게루는 아무렇지도 않게 흘려 넘겼다.

"이 친구의 이름은 군지입니다. 이번 건에서 믿을 수 있는 건 이 친구뿐이죠. 강제 수사를 실시하기로 결정된 순간부터 실행될 때까지, 제게서 한시도 떨어지지 않았으니까 완벽한 알리바이가 있다는 겁니다. 연락처를 알려드릴 테니 무슨 일이 생기면 바로 그에게 알려주세요. 뭐, 당분간은 구라시마 마미도 얌전히 있을 테지만요. 그리고 군지가 부정기적으로 하무라 씨에게 연락을 할 건데 그때는 보고를 부탁드립니다."

이미 차는 방향을 돌려 고슈 가도를 다시 달리고 있었다. 대답을 하기 전에 포도밭 앞길로 들어간다.

군지가 차를 멈추고 사이드기어를 올리고 전조등을 끈 뒤 몸을 돌려 명함을 내밀었다. 군지 쇼이치. 뒷면에는 볼펜으로 휴대폰 번호가 적혀 있었다. 번호를 스마트폰으로 촬영한 뒤 바로 돌려주었다. 가로등 불빛으로 보건대 아직 30대 초반이지만, 상당히 피곤해 보였다. 무리도 아니다. 상사가 이래서야.

"혹시나 해서 말씀드리지만 저는 탐정을 싫어합니다."

도마 시게루가 차갑게 말했다.

"그러니 제 화를 돋우시지 않으면 좋겠습니다. 평소에는 온화한 성격이지만 정의를 집행하는데 방해를 받으면 뚜껑이 열릴 때도 있거든요."

"혹시나 해서 묻겠는데."

나는 말투를 흉내 내며 물었다.

"사토 게이코라는 명함을 들고 나타난 도청 마니아인 그쪽 부하. 그녀도 저와 구라시마 마미가 친하다는 사실을 알고 있지 않나요? 그렇다면 도마 경부님이 제게 구라시마 마미의 감시를 부탁할 가능성이 높다는 사실을 알고 있을 겁니다. 그녀가 정보원일 가능성은 없겠죠? 저도 쿨한 성격이지만 뒤통수를 맞으면 뚜껑이 열릴 때도 있어서."

도마의 눈이 차갑게 빛났지만 아무 대답도 하지 않았다. 나는 차문을 세차게 닫았다.

18

"그래서 어쩔 거야? 경찰의 교환 조건을 받아들일 거야?"

사쿠라이가 호들갑을 떨었다. 나는 고개를 저어 어젯밤의 불쾌한 기억을 떨쳐냈다.

"사쿠라이 씨에게 폐를 끼치진 않을게."

"미안하군. 이럴 줄 알았다면 지난주에 하무라를 정식으로 우리 사원으로 올려두었으면 좋았을 것을."

사쿠라이는 그렇게 말하면서도 어딘가 안심한 듯했다. 혹시 내가 날뛰어서 경찰을 화나게 하면 어쩌나 걱정했을지도 모른다.

사실 도토종합리서치는 경찰이 퇴직 후에 재취업하는 대상 중에서는 대형 거래처다. 차기 사장으로 내정되어 있는 시라미네 상무도 경찰청 출신이라 들었다. 도마 경부가 공안위원회를 움직인다 하더라도 그렇게 쉽게 명의 대여나, 행정 처분 같은 이야기가 나올 거라는 생각은 들지 않는다.

그렇다 하더라도 사쿠라이의 입장이 난처해지는 것만은 틀림없다. 때문에 당분간은 도마의 말을 듣는 것 이외의 길은 없다. 도토종합리서치 같은 대형 회사와 정식 계약을 체결해두면 아무런 문제도 없다. 내가 그런 식으로 어설프게 생각했던 것이 도마에게 파고들 여지를 주고 말았다. 실수한 책임은 스스로 짊어질 수밖에 없다.

위법탐정 하무라 아키라인가. 하는 일이라고는 전과 전혀 다름없는데 말이지.

"그 이야기는 됐고."

그러자 사쿠라이가 되살아난 듯이 활기차게 말했다.

"몇 가지 알려둘 사실이 있어. 먼저 아시하라 저택에서 일했던 두 명의 가정부 말인데, 둘 다 행방불명이야."

이시쿠라의 이야기가 떠올라 등골이 서늘했지만 바로 그 생각을 머릿속에서 떨쳐냈다.

"먼저 다카다 유키코인데, 1989년 8월 10일자로 실종신고가 되었어. 신고를 한 건 그녀가 소속해 있던 가정부 파견소 '전나무'의 사장. 다카다 유키코는 사장과 같은 나가노 현지노 출신으로, 남편의 폭력을 피해 가출해서 전부터 알고 지냈던 사장에게 의지하러 온 거야. 이게 1987년 8월 일이라고 해. 이후 이곳저곳의 가정에 파견 후, 1989년 3월부터

7월말까지 아시하라 저택에서 입주 가정부를 했지."

"그 사실은 알아."

"7월말에 계약이 해지되어 다카다 유키코의 짐이 '전나무' 사무실로 배송되었어. 그 며칠 전에는 본인이 직접 전화를 걸어 8월 1일에 사무소를 방문하겠다고 했나 봐. 하지만 그 이후 모습을 보이지 않고 연락도 없었지. 그래서 걱정이 된 사장이 신고를 한 거야."

사쿠라이가 가정부 파견소의 연락처를 알려줘 메모했다.

"다른 한 명인 '이모할머니'라 불렸던 야스하라 시즈코인데, 그녀도 소마 다이몬의 지역구인 나가노 현 출신으로 남편과 아이를 연달아 잃은 뒤 상경해서 소마 다이몬 저택에서 일을 했어. 아시하라 저택이 세워진 후에는 그쪽으로 옮겼지. 그렇다는 말은 다이몬이 후부키와 그 딸을 보살펴달라고 했던 거 아닐까? 모녀의 생활을 돌봐주던 친할머니 같은 존재였을 거야. 그리고 여기서부터가 문제인데."

사쿠라이가 헛기침을 했다.

"야스하라 시즈코는 1998년 2월 3일에 사망 신고서가 제출되었어. 사인은 급성심부전. 사망진단서를 작성한 건 가사마쓰라는 의사로, 가키노키자카에 큰 병원을 갖고 있는 개업의."

"가키노키자카?"

"그래. 소마 다이몬과 한동네에 사는 골프 친구야."

기억을 떠올렸다. 1998년 가계부에 야스하라 시즈코의 장례식과 관련한 기록은 없었다. 그렇다기보다 1994년 5월부터 '이모할머니'에 대한 지불 기록이 없어졌으니 그 시점에 그만두었다고 생각했다. 그만두고 소마 저택으로 돌아간 걸까.

"그럴지도 몰라. 다만 1999년까지 일했던 소마 저택의 전직 운전기사에 따르면 야스하라 시즈코가 소마 저택으로 돌아왔다는 기억은 없다더군. 이 운전기사, 나이 탓인지 기억력이 살짝 흐릿해서 백 퍼센트 맞다고는 할 수 없지만. 오래전 일을 꽤 세세하게 이야기하는 걸 보면 틀렸을 것 같지는 않아."

사쿠라이가 말했다.

"이모할머니에게 가족은 없었어?"

"간신히 친척이라 부를 수 있는 건 남편의 조카뿐. 하지만 시즈코가 도쿄로 상경한 뒤로는 단 한 번도 만난 적 없다더군. 친척들은 남편과 아들의 죽음을 시즈코 탓으로 돌려 남편의 유산을 빼앗은 모양이야. 그래서 시즈코도 친척도 서로 만나기 싫었겠지. 남편의 조카 말로는 이름도 잊어버렸고, 돌아가셨다는 사실도 몰랐다고 해."

"요컨대 야스하라 시즈코는 죽었지만, 언제 죽었는지 어디서 죽었는지도 확실하지 않다?"

"서류상으로는 1998년에 소마 저택에서 사망한 걸로 되어 있어. 다만 좀 수상쩍어. 그렇잖아? 그래서 가사마쓰 원장에 관해 파보았지. 이 의사, 버블 때 막대한 부동산 투자를 한 얼간이 중 한 명인데, 1998년 당시, 은행이 융자를 끊어버린 탓에 자택과 유람선과 고급 외제차 두 대를 차압당했어. 병원 경영권조차 양도 직전이었나 봐. 그런데 어째서인지 그해 2월에 은행 융자가 부활했지. 그것으로 위기를 견뎌내서 병원과 원장직 모두 건재해."

"혹시 그 은행이란 게?"

오노 기자가 말했던 은행 총재가 무릎을 꿇고 빌었다는 그 은행.

"그렇다는 거지."

이 사실을 열거하면, 가사마쓰가 은행 대출을 교환 조건으로 야스하라 시즈코의 사망진단서를 위조했다고 볼 수도 있다. 증거는 없지만.

"그리고 야마모토 히로키 쪽은 조금만 더 기다려. 계속 기다리라고만 해서 미안한데, 들어오는 정보가 확실하지 않아. 호적을 들여다볼 수 없게 된 이후 사람 찾는 게 참 힘들어졌어."

"그러게."

"그래서 형제 중 한 명을 설득해서 살펴봤는데, 본적지인 야마가타에서 호적이 이동한 적이 없어. 주민등록증의 주소지는 아시하라 저택 주소 그대로고. 원래부터 형제간 왕래는 거의 없었는데, 부모님이 돌아가셨을 즈음 여러 일이 있었고, 그게 원인으로 20년 넘게 연락이 없대."

흔한 이야기다.

"다만 그 형제의 말에 의하면 스무 살 연하의 여동생이 오래전에 도쿄로 상경해서 야마모토 히로키와 함께 살았었을 거라더군. 다른 형제와는 사이가 안 좋지만 그 유코라는 여동생만은 각별히 챙겼대. 아기였을 때 야마모토가 다리에 화상을 입혀서 죄책감을 가진 모양이야. 다만 여동생은 바로 병에 걸려서 야마모토의 주선으로 어딘가의 요양원에 들어갔고, 어떤 병인지는 그 형제도 모른다고 해. 알고서 모르는 척을 하는 듯한 느낌도 들지만 말이지. 야마모토 히로키가 더 이상 여동생을 돌볼 수 없게 되면 그 요양비가 자신들에게 청구될지도 모른다고 생각하는 것 같아. 무슨 병인지만 알면 어느 요양원인지 알 수 있는데."

"후부키가 1994년경에 야마모토에게서 오다와라에 리조트 맨션을 샀다는 이야기를 들었대. 온천도 생선도 안 좋아하면서 그곳에 집을 샀다고 놀랄 정도였으니 여동생과 관련된 게 아닐까?"

"오다와라? 오케이, 알았어."

통화가 끊겼다. 시간을 확인했다. 병원 진찰과 병문안, 그 밖의 용건으로 벌써 1시가 지났다.

조후 역 근처에 있는 '남작정'에서 고로케 정식을 먹고, 방금 받은 약을 먹었다. 가정부 파견소 사무소가 있는 위치를 조사해보니 시나가와 역과 오사키 역 중간 부근이다. 사무소는 맨션 3층인 모양이다.

전철을 두 번 갈아타고 시나가와에 도착했다. 거대 터미널 역에서 동서남북을 분간하지 못해 헤매다 간신히 '전나무'가 있는 방향으로 나왔을 때에는 3시가 넘었다. 고생 끝에 여기까지 왔는데 전나무 사장의 이야기는 갈피를 잡기 힘들었다. 근무처에서 그 집 남편과 눈이 맞았다든가, 남자와 도망친 게 틀림없다고 말하기에 다카다 유키코 씨가 말인가요, 하고 재차 확인하니 다른 사람 이야기였다. 많은 여성들이 들락날락하는 탓에 혼동했던 모양이다. 시간 낭비였다. 다카다 유키코는 사라져도 아무도 걱정하지 않는 인간이었다는 사실만 알게 되었다.

나처럼.

봄이라고는 하나 내리쬐는 햇볕 탓에 더위를 느끼며 시나가와 역을 향해 걸었다. 바로 며칠 전까지는 춥다며 오들오들 떨었는데, 지금은 이마의 땀을 닦고 있다. 올해 날씨가 이상하다고 말하는 것도 벌써 몇 번째일까. 나이를 먹은 지금, 급격한 기후 변화가 생명줄과 바로 연결되어 있는 듯한 기분이 든다.

계절감이 전혀 느껴지지 않는 바닷가 주변에 있다 보니 머릿속 한구석에 처박아두었던 사실을 떠올리고 말았다. 이와고의 아들에게 연락을 해야 한다는 것. 그가 사는 바닷가의 타워 맨션이 바로 이 근처였을 것이다.

이와고 가쓰야의 맨션은 내가 걷는 동안 항상 시야 안에 들어오던 대형 타워 맨션이라는 사실을 조사로 알았다. 근처로 보여도 걸으면 10분 넘게 걸릴 것이다. 인터넷으로 검색하니 1994년 11월에 준공. 이후 이 지역의 랜드마크 중 하나가 된 모양이다.

최근, 지인의 맨션이 준공 25년을 맞이해 상하수도 보강 공사를 했다. 상하수관을 세척하고 손상된 내부를 코팅하는 공사였다. 스무 가구가 사는 3층짜리 작은 맨션인데, 그것만으로도 몇 달 동안 엄청 고생했다고 했다. 이와고 가쓰야의 거대 맨션에서 그런 작업을 하면 대체 어떻게 될까? 노후화되어 철거할 때는 어쩔 생각일까? 재건축에 반대하는 주민이 나오면 스스로 붕괴할 때까지 그냥 놔두게 될까?

그런 점들 때문에 그 맨션에 흥미가 생겼지만, 이와고 가쓰야는 평일 이 시간이라면 바쁘게 일하는 중일 것이다. 스마트폰을 백에 돌려놓으며 어째서인지 안심했다. 시오리 찾기가 점점 복잡해지고 있는 상황에, 사라진 탐정의 아들을 어르고 달랠 여유는 없다.

다만 시나가와라는 지역과 이와고 가쓰히토 때문에 또 하나 떠오른 사실이 있다. 시오리의 친구였던 야나카 유카. 사쿠라이가 가르쳐준 연락처에 따르면, 그녀는 현재 오다이바의 맨션에 살고 있다.

전화를 걸어보았다. 사정을 설명하니 얼마간 침묵했지만, 이윽고 오늘은 가족이 늦게 돌아오므로 집에 와준다면 이야기를 나눌 수 있다고 했다. 때마침 나타난 택시를 잡아타고 오다이바로 향했다.

이 인공적인 거리에 올 때마다 느끼는 것인데, 이 관동 롬층(일본 관동 지방 일대의 화산재가 쌓여 생긴 비옥한 퇴적층을 뜻하는 말—옮긴이) 위에서 자란 토착민 입장에서는, 해안지대 같은 데서 사는 사람의 마음이 이해가 되지 않는다. 그런데 이곳의 주민들은 어째서인지 행복한 듯이 살고 있다. 야나카 유카도 예외가 아니어서, 나는 창밖이 잘 보이는 거실의 소파로 안내되었다. 경치를 칭찬하지 않을 수는 없었다. 야나카 유카. 현재 이름은 에가미 유카 또한 불꽃놀이나 석양에 대해 자랑했다.

집 안을 둘러보며 현재 그녀의 상태를 파악하고자 했다. 유카는 자신의 삶에 상당히 만족한 듯하여 배려 따위는 필요 없었다. 남편은 식품 관련 대기업 과장, 딸은 고등학생, 아들은 중학생, 자신은 전업주부. 게다가 이렇게 멋진 집에 살고 있으니 부럽지 않나요? 이런 느낌이다.

창밖을 보고 있으니 더는 참을 수가 없어서 시오리에 대해 말을 꺼냈다. 유카는 잔을 테이블에 내려놓고는 무릎을 양손으로 감싸듯이 앉았다.

"사실은 줄곧 신경이 쓰였어요. 20년 전, 시오리의 어머님께 고용되었다는 탐정님께 제가 알고 있는 사실을 전부 이야기하지는 않았거든요."

"그 말씀은?"

"이 사실을 알고 있는 건 시오리를 빼면 저밖에 없지 않을까 해요. 시오리가 제게 고민을 털어놓은 거라. 하지만 그때 저는 아직 열여덟이고…… 저 또한 받아들이기 힘든 이야기라."

"무슨 일이 있었나요?"

유카가 한숨을 내쉬고 빠른 어조로 말했다.

"시오리는 강간당했어요. 열여덟 살 여름방학 때. 더구나 그 상대라는 게 시오리가 동경했던 사람이었어요. 어머님과 오래전에 함께 영화에 출연했다던 대스타."

영화에 함께 출연했다는 말을 듣고 생각이 났다. 주간지 기사에서 시오리의 아버지 후보 중 한 명으로 거론되었던 거물 배우 A. K.

"설마 안자이 교타로 말인가요?"

유카가 고개를 끄덕였다.

"너무 끔찍했어요. 시오리는 제게 그 이야기를 하면서 울었어요. 안자이 교타로는 이따금 집에 놀러올 때가 있어서 시오리와는 어렸을 때부터 아는 사이였어요. 그녀는 안자이 교타로가 아버지였다면 좋았을 텐데, 하고 줄곧 생각했다더군요. 그래서 열여덟 살 여름방학 때 자택에 초대받았을 때 어머님은 허락하지 않았는데, 비밀로 하고 거기를 찾아간 거예요. 그런 대스타가 자택에서 이상한 짓을 할 거라고는 생각하지 못했을 테니까요. 그런데 집에는 안자이밖에 없었고, 시오리가 비밀로 하고 왔다는 사실을 알게 되니…… 그런 짓을. 무구한 소녀를 강제로 덮친 거죠. 그런 다음 그 쓰레기는 시오리를 협박했어요. 절대로 아무에게도 말하지 말라고. 몇 번이나 배를 때리고, 숨을 쉴 수 없을 정도로 가슴을 압박해서 기절까지 했다더군요."

유카가 몸을 부르르 떨었다.

"이런 이야기를 들은 저 또한 어떡해야 좋을지 알 수 없었어요. 지금이었다면 어머님께 밝히라고 설득했을 거고, 의사에게 데려갔을 거예요. 경우에 따라서는 경찰에 갔을지도 몰라요. 그런데."

아직 열여덟 살이었다.

시오리의 고백 이후, 유카는 이 말을 계속 되새겼을 것이다. 아직 열여덟 살이었다, 그래서 아무것도 할 수 없었다고.

"시오리 씨는 그 사실을 유카 씨 이외에는 아무에게도?"

"아마도요. 개학 후에 옥상에서 땡땡이를 치고 있을 때 심각한 얼굴의 시오리가 나타나서는 갑자기 옥상 철책을 뛰어넘으려 했거든요. 이런 곳에서 뛰어내리면 힘들게 찾아낸 나만의 공간이 폐쇄되는 게 아닐까 걱정되어서 말렸어요.

그래서 무슨 일이 있었는지 모르지만, 나도 서클에서 알게 된 남자와 노래방에 갔었는데 그 이후의 기억이 없다고 말했어요. 그랬더니 그녀도 자신의 비밀을 털어놓은 거죠. 그때까지는 그리 친하지도 않았으니까요."

유카가 한숨을 쉬었다.

"하지만 저와 달리 시오리는 강간을 넘어 고문당한 게 아닐까 싶어요."

"고문……?"

"이렇게 된 이상 전부 털어놓겠는데, 시오리는 그 쓰레기에게 이런저런 말을 들은 모양이에요. 네 엄마는 목을 조르는 걸 좋아했는데, 너도 이렇게 해주는 게 좋지, 하면서 목을 졸랐다더군요. 너 같은 추녀에게 유혹당하다니 나도 이젠 끝장이라든가. 네 엄마도 아비 없는 자식을 낳았다든가. 피는 못 속인다든가. 담뱃불을 등에 지진다든가. 창녀는 죽으라며 다시 목을 조른다든가. 그래서 숨을 쉴 수 없게 된 시오리가 필사적으로 발버둥치다 고통 탓에 실금했는데, 그걸 보고 못생긴 얼굴이라느니, 한심하다느니, 더럽다느니 하며 비웃었다더군요."

말이 나오지 않았다. 안자이 교타로가 그런 변태 새디스트였을 줄이야.

"너무 심해서 처음에는 믿을 수 없었어요. 하지만 시오리의 등에는 담뱃불에 데인 상처가 남아 있었어요. 손이 닿지 않아서 약도 바를 수 없었다고. 그 탓에 곪아 짓물렀더군요. 흉터가 남았을 거예요. 그 뒤로, 그 쓰레기의 얼굴을 볼 때마다 구역질이 나요."

유카가 말했다.

"텔레비전에 나올 때마다 채널을 바꾸라고 외칠 정도니, 남편도 아이들도 저를 이상하게 생각할 정도예요. 드라마에 아버지 역할로 나왔는데, 유치원생이었던 아들이 꼭 보고 싶다며 떼를 쓰는 거예요. 그렇다면 엄마가 나가겠다며 지갑을 들고 가출했어요. 이후, 그 쓰레기의 모습은 집에서 보지 않기로 가족의 동의를 얻었습니다."

유카가 식은 잔으로 손을 뻗어 들어 올렸다가 마시지 않고 원래 위치로 되돌렸다. 그러면서 혼잣말처럼 말했다.

"일단 말은 해봤어요. 어른에게 상담하는 편이 좋지 않겠느냐고. 너무나 끔찍한 데다 그런 놈이 활개 치게 놔둘 수는 없잖아요. 하지만 엄마에게 이 일이 알려지면 살아갈 수 없다고 시오리가 말하니 어쩔 수 없었어요. 저도 상당히 놀랐고, 남편과 결혼할 때 각오하고 이것저것 고백했지만…… 시오리의 일은 내 일도 아닌데 지금까지 도무지 입이 떨어지지 않더군요. 그 탐정님이 오셨을 때도 그 기억이 아직 너무 끔찍해서……. 신주쿠 호텔에서 시오리가 만났던 남자에 대해서는 말했지만."

이와고가 유카를 주목한 것은 정답이었다. 경험이 풍부한 수사원이었던 이와고의 레이더망에 유카가 걸렸을 것이다. 숨기고 있던 일의 진상까지는 파악하지 못했지만.

게다가 오쿠보 셰프가 했던 말. "그 직전에 심한 실연이라도 당한 게 아닐까 싶어. 경험이 풍부하다는 느낌은 아니었지만 맺힌 걸 터트리는 느낌?" 아버지였으면 하고 사모하던 인물에게 극악무도한 짓을 당한 것은 당연히 '실연'이 아니지만, 마음이 부서질 만한 일임에는 틀림없다.

"다시 여쭙겠는데 시오리 씨의 가출이나 그 행선지에 대해 짐작이 가시는 바는 없나요?"

"시오리, 엉망진창이었으니까요. 한때는 몰래 야간업소에서 SM 여왕을 했던 적도 있어요. 남자를 때리거나 차거나 모욕을 주는 행위를 통해 마음의 밸런스를 유지했던 게 아닐까요? 하지만 한편으로는 정말로 연약해서, 무슨 일만 있으면 자신은 추악한 창녀라며 울고 또 울고. 하지만 역시 엄마에게 알려지는 건 죽어도 싫기 때문에 가족이나 지인들 사이에서는 평범하고 소심한 여자아이를 연기하고 있다고 말했어요."

"연기요?"

"여배우의 딸이니 재능이 있다고 말했어요. 어머님은 전혀 알아차리지 못하고, 그래서 혼담이 잔뜩 들어온다며 사라지기 직전에 말했어요. '이번에는 가와구치 호수에서 맞선이야. 괴로우니 맞선 따위는 보고 싶지 않아. 엄마에게도 그렇게 말했는데 화만 내며 이야기를 들으려 하지 않아'라고. 맞선 상대가 무슨 생각을 하는지 안다고도 했어요. '여배우의 사생아에 못 생긴 창녀. 하지만 돈은 많으니 참자. 다들 그렇게 생각해'라고. 안 그렇다고 말해주기는 했지만요. 아무리 말로 해봤자 통하지 않을 거라 생각했기 때문에 왠지 허무했어요."

"혹시 유카 씨, 그녀를 집에서 데리고 나간 게 당신인가요?"

유카가 어깨를 으쓱했다.

"부탁받았다면 그렇게 했을지도 몰라요. 시오리에게 집을 나가는 편이 어떻겠느냐고 말한 적이 있어요. 어머님께 나쁜 마음이 없다는 건 알아요. 사정을 몰랐으니까. 하지만 그때의 시오리에게 맞선을 강요하다니 최악이었어요. 결국 참을 수 없게 되어 가출한 게 아닐까 해요."

유카는 그렇게 말한 뒤 창밖으로 시선을 돌렸다. 아름다운 석양이 하늘을 물들이고 있었다. 그녀는 입술을 질끈 깨물고 고개를 저었다.

"아뇨, 거짓말이에요. 사실은 어딘가에서 자살한 게 아닐까 했어요. 그 편이 나을지도 모른다고 생각했거든요. 그 정도로 불쌍했어요. 시오리는."

19

세찬 바닷바람을 맞으며 걸어서 오다이바 가이힌 공원 역에 도착했다. 걸으면 조금은 기분이 나아지지 않을까 싶었지만 무거운 한숨만 나왔다.

누군가에게 분풀이를 하고 싶어졌다. 이와고 가쓰야가 생각났다. 그는 전화를 받지 않았다. 음성사서함에 메시지를 남겼다.

"어머님께 간곡히 부탁을 받았기 때문에 연락했을 뿐, 이와고 가쓰히토 씨의 행방에 대해 관심이 없으시다면 이쪽도 별로 상관없습니다."

전화를 끊고 나서 후회했다. 이와고 가쓰야 역시 그리 간단히 포기한 것은 아니리라. 아버지가 없어진 다음에도 집에 자주 찾아와서 자료를 가지고 갔다고 미에코가 말했다. 20년. 엄청난 사실을 간신히 밝힐 수 있게 될 정도의 시간.

만나고 싶은 사람을 그리 쉽게 만날 수 있는 것이 아니라고 깨닫게 될 정도의 시간.

다시 한 번 더 음성사서함에 말투가 무례했다고 사과했다. 그리고 만에 하나 이와고 가쓰히토 씨의 행방에 대해 다시 한 번 찾고자 하는 마음이 있다면 연락을 달라, 폐가 될 듯 하니 더 이상 이쪽에서는 연락하지 않겠다고 첨언했다.

유리카모메를 타고 시오도메 역에서 내렸다. 전철로 갈아타려고 걸어갈 때 전화가 왔다. 이와고 가쓰야의 연락이라 생각해 각오를 굳혔지만, 오누키 부동산의 와다 씨였다.

"찾았어, 서류."

와다 씨의 목소리가 밝았다.

"1994년의 루이 메종 그란데 202호실이지? 어쩔까? 지금 전화로 말해?"

"서류를 직접 확인하고 싶으니 찾아봬도 괜찮을까요?"

와다 씨는 6시에는 가게 문을 열어야 한다고 했다. 지금이 5시 약간 넘은 시각. 환승 시간도 생각해야 하니 고엔지까지 얼마나 걸릴지 알 수가 없다.

결국 가게를 방문하기로 했다. 전화로 가게 위치에 대한 설명을 듣고 지하철을 탔다. 캄캄한 창밖을 바라보고 있으니 어젯밤 도마와의 만남 때 끓어오른 분노와는 또 다른 종류의 검은 감정이 끓어올랐다. 아무런 죄도 없는 열여덟 소녀의 인격을 폄하하고 부정하며 기뻐하는 녀석 따위는 지옥에 떨어져서 영원히 고통받아야 할 것이다.

갑자기 기침 발작이 찾아왔다. 내 살의에 내가 짓눌리고 말았다.

와다 씨가 일하는 가게는 '스낵 나쓰코'라고 했다. 와다 씨의 이름인가 했더니 가게 마담의 이름으로, 와다 씨는 입원 중인 마담의 대타라고 했다.

술을 좋아하는 편이 아니다 보니 스낵바를 찾는 일은 좀처럼 없다. 카운터, 호접란, 박스 테이블, 노래방 기계, 짙은 핑크색 바닥매트, 동그란 의자에 앉아 칵테일을 만드는 아가씨와 같은 형사 드라마의 세트장 같은 가게를 상상했던 나는 보라색 플라스틱 문을 열고는 깜짝 놀랐다.

고풍스러운 나무 카운터 앞에 여섯 자리. 딱 그것뿐. 와다 씨는 카운터 안에서 어묵이 들어 있는 냄비를 살피는 중이었다.

다행히 아무도 없었다. 인사를 하고 자리에 앉았다.

"이런 가게도 스낵이라고 하는군요."

와다 씨가 미소를 지었다.

"다들 그러더라. 하지만 다를 것도 없을 거야. 카운터 안쪽에 접객하는 여자가 있는 음식점이라는 게 스낵이니까. 아마도?"

맛 좀 보라며 뜨거운 김이 나는 어묵을 건네주었다. 녹을 듯 흐물흐물한 다시마가 맛있었다. 와다 씨의 인덕 때문인지 앉은 지 5분 만에 마음의 안정을 찾았다. 돌아가신 할머니의 부엌 같은 냄새에 휩싸였다. 간장과 술과 탄 떡, 산화된 기름, 세제 향기가 섞여 있다.

이대로 이 가게에서 느긋하게 있고 싶었다. 술에 취하는 것도 좋겠다고 생각했다. 셰어하우스에 돌아가서 걱정없는 사람들에게 맞추는 것은 사양하고 싶다. 마미의 얼굴도 보고 싶지 않다.

물을 탄 소주를 주문하려다 제정신을 차렸다.

"죄송해요, 우롱차 주세요. 그리고 어묵도 좀. 계란과 대롱어묵 그리고 무 주세요."

"억지로 주문 안 해도 돼."

"아뇨, 꼭."

"그래? 그렇다면 이걸 보면서 기다려."

와다 씨가 문제의 서류를 내밀었다. 1994년 8월 5일자 계약서. 무이 메종 그란데 202호.

계약자, 야마모토 히로키.

한숨이 나왔다.

이것으로 확실해졌다. 역시 야마모토 히로키가 시오리의 실종에 밀접하게 관여되어 있다.

다만 어째서인지 아직 개운치 않은 점이 있다.

유카 덕분에 시오리가 가출한 동기에 대해서는 잘 알게 되었다. 그야 도망치고 싶을 만도 하다. 어머니에게서도, 현재의 자신에게서도. 자신이 아시하라 시오리라는 것을 알고 있는 사람이 없는 어딘가 먼 곳으로 가고 싶었을 것이다. 당연하다.

하지만 야마모토는 왜 이런 식으로 그녀를 지원한 걸까. 시오리의 고백을 듣고, 어딘가 가고 싶다는 말에 집을 대신 빌려주었다 해도, 그 일을 후부키에게 굳이 숨길 필요가 있었을까? 당초에는 그렇다 하더라도 후부키가 탐정을 고용하겠다고 말을 꺼낸 시점에 사정을 설명하고 시오리는 잠시 가만 놔두도록 설득하는 편이 맞지 않나? 후부키를 설득하는 것이 힘들다면 손녀를 귀여워했던 소마 다이몬 부부를 통해 대신 알리는 방법도 있었다.

게다가 지금까지 조사한 것들을 종합해 보건대, 사실을 알게 된 야마모토가 안자이 교타로를 가만히 놔두는 것도 이해가 되지 않는다.

"왜 그래? 예상이 빗나갔어? 표정이 심각하네."

와다 씨가 우롱차 잔을 내 앞에 두며 말했다.

"여기에 계약자와는 별도로 거주자라고 적혀 있는데요, 이 야마모토 유코라는 사람에 대해 기억하시나요?"

와다 씨가 노안경을 꺼내 계약서를 확인했다.

"계약자의 여동생이지? 기억 안 나. 문제가 없으면 계약 시와 퇴거 시에 잠깐 볼 뿐이니까. ……아, 잠깐만. 2년 계약인데 3개월도 채우지 않고 나갔네. 해약일은 1994년 10월

25일. 보증금을 포기하면서까지 왜 이렇게 빨리."

와다 씨가 관자놀이에 손가락을 대고 반대쪽 벽에 늘어서 있는 물품 목록을 노려보았다.

"맞아, 사건이 있었어."

"사건? 루이 메종 그란데에서요?"

"근처 공터에서. 젊은 아가씨가 시신으로 발견되었지. 이쪽 지역은 학생이 많고, 젊은 혈기 탓인지 치한이니 변태니 하는 사건이 옛날부터 많았지만, 유동 인구도 많다 보니 흉악한 사건은 좀처럼 없었거든. 그래서 오빠분이 와서는 혼자 사는 여동생이 걱정되어 이사하겠다는 거야. 계약을 해약할 때 나타난 것도 오빠였어. 그러고 보니 여동생과는 처음 계약 때밖에 만나지 못했던 것 같아."

"그 사건 말인데요, 해결되었나요?"

"아니."

와다 씨가 단호하게 말했다.

"이즈음 부모가 와서 집을 해약하고 시골로 함께 돌아간 아가씨가 그 밖에도 몇 명인가 있었거든. 공실이 생겨서 화가 난 집주인이 빨리 범인을 잡으라고 경찰서로 들이닥치기도 했어. 당연히 우리 사장님도 사건을 엄청 신경 썼고. 사장님 지시로 수사본부에 영양 드링크를 사가지고 간 적도 있어. 그런데 범인이 잡히기는커녕 피해자의 신원조차 밝혀지지 않은 채 해산되었으니."

와다 씨가 큰 한숨을 내쉬며 어묵이 든 그릇을 건네주었다. 받아드는 손이 떨렸다. 또 사건. 또 젊은 여자가 사라진 사건.

진정하려고 했다. 숨을 고르며 계란을 젓가락으로 들어올렸다. 간신히 들어올려 그 계란을 입으로 베어 물려는 순간, 다시 서류를 보던 그녀가 "어라" 하고 큰소리를 냈다. 계란이 국그릇으로 떨어져 국물이 사방으로 튀었다. 하지만 다음 와다 씨의 말에 그런 것을 신경 쓸 때가 아니었다.

"봐봐. 이 남매를 찾아서 탐정이 왔었어."

"탐정이요?"

"응, 바로 여기."

와다 씨가 가리킨 서류 아래 구석에 '1994.10.16 D'라고 연필로 적힌 표시가 있었다.

"D라는 건 탐정을 뜻해. 사장님은 이따금 자랑삼아 영어를 썼거든. 탐정은 디텍티브라고 하는데 말이지, 하면서. 이건 사장님이 쓴 거야."

"1994년 10월 16일에 야마모토 남매에 대한 일을 물으러 탐정이 왔었다는 거군요."

"그렇기는 한데."

내 목소리도 어느새 커진 모양이다. 와다 씨가 몸을 움츠렸다.

"와다 씨도 만나셨나요?"

“나는 다른 손님을 응대하느라 직접 이야기를 나눈 건 사장님이야.”

“하지만 얼굴을 보셨군요.”

스마트폰을 꺼냈다. 미에코가 찬장 위에 올려두었던 “우리 남편”과 찍은 사진을 불러와 와다 씨에게 보여주었다.

“본 적이 있는 듯한 느낌도 들기는 하는데.”

와다 씨가 고개를 갸웃거렸다.

“으음, 미안해. 20년 전의 일이라 얼굴까지는 좀.”

무리도 아니다. 나는 스마트폰을 집어넣었다.

“오누키 부동산에는 D가 자주 오거나 했나요?”

“응, 이런저런 탐정이 사람을 찾아서 1년에 두세 번은 왔었어. 최근에는 개인정보 유출과 관련해서 문제가 많기 때문에 쉽게 가르쳐주지 않지만, 옛날에는 그런 거 별로 신경 안 썼거든. 부모나 형제가 가출한 사람을 찾아서 직접 올 때도 있었어. 지방에서 사랑의 도피를 한 아들이나 딸을 찾으러 온 아버지가 사투리로 찾게 되면 잘 부탁한다고 말씀하시는 거야. 사장님은 그러면 완전 동정하게 되어서 함께 울거나 하셨고.”

그리운 듯한 표정을 지었다. 그러더니 “아, 맞다” 하고 말했다.

“그 탐정분, 이바라키 사람이었을 거야. 사장님은 군마 출신인데 어머님이 이바라키 현 가사마 출신이라 사무소에 가사마 도자기를 진열해 놓았거든. 그랬더니 탐정이 자기 부부 모두 가사마 출신이라며 그 이야기를 한참 했었어."

미에코는 내게 가사마 도자기에 차를 담아 내어주었다. 확인은 해봐야 하겠지만 아마 틀림없을 것이다. 그 탐정이란 바로 이와고 가쓰히토다.

"그렇다면 사장님께서는 야마모토 남매의 일도 탐정에게 알려줬나요?"

"아마도. 왜냐면 찾던 게 친엄마잖아? 숨길 이유가 없지."

후부키가 이와고와 계약을 해지한 것이 10월 6일 전후. 하지만 집념이 강한 전직 형사는 그 후에도 열심히 조사를 계속했다. 혹은 계약이 해지될 때 야마모토 히로키에 대해 의심을 품고 그를 조사했을 수도 있다. 그리고 결국 도달한 것이다. 아시하라 시오리에게.

……어라?

그런 다음 어떻게 된 거지? 이와고는 후부키에게 시오리가 어디 있는지 알렸나? 후부키에게서 그런 기색은 느껴지지 않았다. 그렇다고 하면 이와고가 알리지 않았다? 혹은 알릴 수 없었다? 혹은 후부키가 알면서 모르는 척을 했다? 왜?

이와고 가쓰히토는 10월 16일에 부동산에 도달했다.

이와고 가쓰히토는 10월 20일에 집을 나선 뒤 행방불명.

야마모토 히로키는 10월 25일에 연립을 해약했다.

어쩌면…….

"어서오세요."

와다 씨의 목소리에 제정신을 차렸다. 남성 손님 두 명이 친한 듯이 와다 씨에게 인사를 하며 가게 안으로 들어왔다. 나는 급히 어묵을 먹고, 우롱차를 목으로 흘려 넘겼다. 계산을 하고 와다 씨에게 사례금을 건넸다.

"여러모로 감사했습니다. 정말로 큰 도움이 됐어요."

"도움이 됐다니 다행이네. 어머님 생전에 딸을 만나게 해줄 수 있을 것 같아?"

대답할 수 없었다. 나는 말없이 고개 숙여 인사를 하고 스낵 나쓰코에서 허둥지둥 도망쳤다.

8시까지 여는 요도바시 카메라 뒤쪽의 기치조지 도서관으로 이동했다. 1994년 기사 축소판을 꺼냈다. 고엔지의 주택가 공터에 여성의 타살 시신. 이 뉴스는 10월 22일 석간 사회면 구석에 실려 있었다. 세 신문을 비교했는데 내용은 대동소이했다.

시신 발견은 21일 밤 11시 반 넘어서. 여성은 핑크색 트레이닝복에 데님 스커트, 끈 없는 스니커즈. 가방과 기타 등등에 신원을 알 수 있는 것은 없었다. 경부에 끈에 의한 것으로 보이는 압박흔이 있으며, 얼굴을 심하게 구타당했다. 시신 발견보다 조금 이른 시간에 여성의 비명을 들은 사람이 있다. 고엔지를 포함하는 스기나미-나카노 지역에서는 전부터 여성이 정체를 알 수 없는 젊은 남성에게 얼굴을 구타당하거나 추행을 당하는 사건이 이따금 발생해, 수사본부에서는 동일범일 가능성이 높다고 보고 있다 등등.

철이 되어 있는 축소판을 덮는 소리가 컸는지 도서관 직원이 쏘아보기에 똑같이 노려봐주었다. 지금 그럴 때가 아니거든.

사인은 교살.

이시쿠라 하나와 마찬가지.

사라진 아시하라 시오리, 사라진 탐정, 사라진 도우미, 사라진 이모할머니.

이시쿠라 다쓰야가 말했다.

후부키 주위에서는 사람이 계속 사라진다고.

도서관을 나와서 스마트폰 전원을 켜자 연락이 주룩 들어와 있었다. 스타인벡 장 관련이다. 구라시마 마미의 이사 완료. 곧 환영의 냄비 파티를 연다고.

늦을 것 같으니 먼저 시작하라고 연락하려 할 때 스마트폰이 울렸다. 화면을 보고 짜증이 확 치밀었다. 시부사와였다. 경찰에게 이별을 말하는 방법은 21세기가 된 현재에도 아직 발견되지 않았다.

"이번에는 선배 아들에게 연락이 왔는데."

시부사와 쪽도 나 못지않게 짜증이 난 모양이다.

"너에게 전화가 왔었다고 하더군. 꽤나 흥분한 모양인데 뭐라고 말한 거야?"

어머나.

"그저께 이와고 씨의 부인에게서 전화가 왔었거든요. 나보고 아들을 설득해달라고."

"왜 이제 와서."

미에코와의 전화 내용에 대해 설명했다. 게다가 대체 어떻게 된 부모자식간일까. 제대로 만나서 서로 이야기하면 될 텐데, 두 사람 모두 다른 사람을, 그것도 전화를 경유해서 각자 자신의 의사를 표명하려 한다.

시부사와가 콧김을 내뿜었다.

"아들에게서 이쪽으로 민원이 들어왔단 이야기는 설득이 안 됐다는 거겠지. 참 나. 그런 거라면 아들에게는 내가 잘 말해둘 테니 앞으로는 신경 좀 써. 너무 이상한 짓을 해서 일을 늘리지 말아줬음 좋겠군."

"그건 이와고 씨의 아들의 민원 처리 이야기인가요? 아니면 고구마 경부가 아니라, 도마 경부에게 무슨 말이라도 들은 건가요?"

"둘 다. 너 말이야, 어쩌다 그 경부에게 찍힌 거야?"

"듣지 않는 편이 좋을 텐데."

"그래? 그럼 됐어."

전화를 끊을 것 같아 황급히 물어보았다.

"그런데 이와고 씨는 이바라키 현 가사마 출신인가요?"

"엉? 맞아. 처음 알게 되었을 무렵, 렌지 너, 다음번에 가사마 도자기를 가져다주마, 하고 말했거든. 당숙이 도자기 공방을 하고 있다고 했었어. 퇴직하면 여름에는 밭을 일구고, 겨울에는 흙을 반죽하는 그런 삶을 보내고 싶댔지. 그 친척은 선배가 퇴직하기 전에 돌아가셨는데, 후계자가 없어서 빈집이 될 것 같다고도. 정말로 그곳에 부부가 살고 싶은데 오래된 집이라 상하수도 쪽을 손보지 않으면 살 수 없다며, 돈이 든다고 한탄했었어."

이 형사, 의외로 말이 많다. 친구가 없는지도 모른다.

"미안, 하나만 더 가르쳐줬음 해요. 20년 전, 숨겨진 자식 소동 때 세이조 경찰서로 항의하러 온 건 아시하라 후부키 본인이었나요?"

"본인이었어. 때문에 소동만 더 커졌지. 그때 일을 떠올리니 기분만 더러워지는군. 그게 어쨌는데?"

시부사와가 이상하다는 듯이 물었다.

뭐라고 말해야 좋을까. 나는 심호흡을 했다.

"어쩌면 이와고 씨에게 무슨 일이 있었는지 알 수 있을지도 몰라요."

"뭐라고?"

"게다가 여러 건의 미해결 사건도 해결될지도 모르고."

시부사와가 전화기 건너편에서 실소를 터트렸다.

"이봐, 여탐정. 허풍도 작작 떨어야지. 대체 뭔 소리야?"

"믿을 수 없겠지만 한번 도박을 해볼 생각 없어요? 빗나간다 해도 시부사와 씨에게 손해는 전혀 없을 거예요. 아, 아니었구나 정도로 끝. 다만 만에 하나 맞아 떨어지면 오랫동안의 원한을 단번에 풀 수 있을 텐데."

전화기 너머에서 침묵이 계속되었다. 잠시 후 시부사와가 말했다.

"이봐, 경찰이 뭐든 탐정에게 알려줄 거라 생각하면 엄청난 착각이야. 그 점은 착각하지 마."

거부하지 않는 거라고 판단하고 다음 이야기를 했다.

"1994년 10월 21일에 발생한 고엔지의 여성 교살사건 기억해요?"

"여성 교살……. 아, 피해자의 신원조차 밝혀내지 못해 미궁에 빠진 그 사건. 그게 어쨌는데?"

"그 사체가 아시하라 시오리였는지 아니었는지 알아봐주지 않겠어요?"

시부사와가 일부러 한숨을 쉬어 보였다.

"그럴 리가 없잖아. 아시하라 시오리의 실종신고가 이루어진 건 그해 8월이었어. 10월 21일 사건의 피해자라면 당시 수사본부가 확인하지 않았을 리가 없어."

"알아요. 하지만 실종신고의 기록이 올바른지 아닌지까지는 확인하지 않았잖아요?"

"뭐? 친어머니가 딸의 실종신고에 거짓을 적을 리가…….

게다가 사진도."

"고엔지 사건의 사체, 안면을 구타당했다고 하더군요. 사진은 별 도움이 안 됐을 거예요."

"그런 건가. 아니, 하지만, 아무리 그래도……."

"아시하라 후부키가 시오리의 실종신고를 한 건 실종 후 한 달이나 지난 다음이었어요. 친한 사람들 이야기로는 후부키는 시오리의 맞선 건으로 딸과 사이가 안 좋았더군요. 시오리는 어머니의 전직 매니저 도움으로 집을 나왔어요. 그 매니저는 시오리가 아니라 후부키에게 헌신했던 인물이었고요."

"무슨 말이 하고 싶은데?"

후부키에게 잡혔던 손목이 무겁게 아팠다.

나는 마음을 굳히고 말했다.

"아시하라 후부키가 딸의 목을 졸라 죽였다."

동공이 크게 열린 채 딸의 목을 조르는 후부키…….

"아마도 시오리가 사라진 1994년 7월 25일에. 하지만 시오리는 운 좋게 죽지 않은 거죠. 그래서 집을 나와 어머니 곁에서 도망쳤고, 매니저도 그 일을 도운 거예요. 시오리를 위해서가 아니라 소중한 아시하라 후부키를 살인범으로 만들지 않기 위해서."

후부키는 자신이 시오리를 죽였고, 야마모토가 시신을 처리했다고 믿었다. 한편 시오리를 사랑했던 조부모가 있었다.

그들이 두 눈을 뜨고 지켜보고 있으니 늦게라도 실종신고를 할 수밖에 없었다. 하지만 만에 하나 시신이 발견되었을 때를 생각하면 실종신고서에 거짓말을 기재할 필요가 있었다. 그렇지 않으면 신원이 밝혀지고, 잘못하면 살인까지. 나아가 딸의 부친에 대해서도 모든 사실이 밝혀질지 모른다.

시부사와가 이를 가는 소리가 들려서 나는 스마트폰을 귀에서 뗐다.

"그러면 뭐야. 아시하라 후부키가 서에 항의하러 온 것도 자신의 범죄를 속이기 위해서였다는 거야?"

"아니, 아직 그렇다고 정해진 건."

"알았어."

시부사와가 말했다.

"네 도박에 참가하지, 여탐정. 듣고 보니 실종신고서 기록이 확실한지 아닌지 아무도 확인하려 들지 못했을 거야. 하지만 지난번 백골사건 역시 만약 고하마 게이조가 아내의 실종신고서를 냈다면 거짓말 백 가지 정도는 적었을 테니까."

"혹시나 해서 다시 한 번 더 말하겠는데요, 그런 가능성도 있을 수 있다는 단계일 뿐, 아시하라 후부키가 살인범이라고 결정된 건 아녜요."

"그건 나도 알아. 하지만 커다란 의문점이 생기는군. 딸이 고엔지에 숨어 있었다고 쳐. 아시하라 후부키는 그 사실을 어떻게 알았지?"

나는 이와고 가쓰히토가 계약이 해지된 후에도 시오리를 찾아 부동산에 도달한 것 같다고 설명했다.

"이와고 씨가 후부키에게 보고를 했고, 이후 행방불명. 또한 그 직후, 연립 근처 공터에 여자의 교살사체. 며칠 후, 야마모토 히로키가 연립을 해약. 대강의 흐름은 이래요."

"그렇다면 반드시 그 피해자의 신원부터 밝혀내야겠군."

시부사와의 콧김이 거세졌다.

"좋아, 맡겨둬. 옛날 자료를 확인해보지."

"당분간은 들키지 않게 해주세요. 이 일로 시부사와 씨가 상부에 찍혀서 좌천이라도 당하면 제 꿈자리가 사나워지니까."

"이봐, 부추길 거면 부추기고, 찬물을 끼얹을 거면 찬물을 끼얹든가 둘 중 하나만 해. 그래서? 아시하라 시오리에게 확실한 신체적 특징은 있어?"

등에 담뱃불로 지진 상처가 남아 있을 거라고 설명하고 통화를 마쳤다.

20

스타인벡 장으로 돌아왔을 때에는 9시가 가까웠다. 테이블 위에 냄비와 스무 개 이상의 캔 맥주와 소주 한 병이 비어 있었다. 거실에서는 한껏 흥이 오른 여자들이 바닥이나 소파에 앉아 더 마시고 있었고, 술을 못 마시는 두 명이 식탁에서 딸기에 연유를 뿌리는 중이었다. 마미는 도모에에게 찰싹 달라붙어서 사이좋게 대화중이었다.

술 냄새 기득한 "어서 와"와 "늦었잖아"란 인사말을 들으며 방으로 돌아와 편한 옷으로 갈아입었다. 2층 세면실에서 클렌징을 하고, 다시 스스로에게 기합을 넣으며 1층으로 내려갔다. 집에 돌아올 때마다 기합을 넣어야 할 날들이 반년이나 계속될 것을 생각하니 아찔했다.

테이블에 식기가 정리되어 있고, 작은 냄비에서 뜨거운 김이 모락모락 솟아났다. 술을 못 마시는 루우 씨가 정리해준 모양이다. 감사한 마음으로 먹기 시작하니 부엌 쪽에서 돌아온 술주정뱅이 한 명이 기둣이 와서는 건너편 의자에 앉았다. 순간 누구인지 몰랐다.

"안경, 쓰는구나."

"응. 근시가 엄청 심해. 평소에는 콘택트렌즈지만."

"눈썹, 완전히 없네?"

"응."

마미가 맨얼굴을 손으로 문대더니 깔깔 웃었다.

"어렸을 때 얇게 만들기 위해 엄청 뽑았거든. 그랬더니 이렇게 됐어. 그 이야기로 웬 아저씨와 의기투합했던 적이 있어. 그 아저씨도 젊었을 적에 머리카락이 가늘어져서 큰맘 먹고 밀어버렸다고. 깎으면 털이 두꺼워진다고 그러잖아? 하지만 그 탓에 지금은 돌이킬 수 없는 사태가. 옆머리밖에 안 남아서, 그걸 빗어 넘기면 바코드 머리가 된다며. 아, 이거 가사가 될지도. 어때? 돌이킬 수 없는 바~코~드."

그렇군. 마미는 젊게 보여도 틀림없이 마흔은 넘겼다.

마미는 한참 웃은 다음, 양팔을 테이블 위에 올리고 자신을 감싸듯 팔짱을 낀 뒤 그 위에 턱을 올렸다.

"하지만 덕분에 그 아저씨와 친해져서 좋은 아르바이트를 소개받았었는데. 그 아르바이트도 이젠 다 틀렸어."

무심코 젓가락이 멈췄다. 탐정의 피가 끓어올랐다. 지금이다. 캐물어내자.

"저기 말이지."

……아니, 그만두자. 고구마 경부를 위해 그렇게까지 할 필요는 없다. 내 몸을 지키기 위해서다. 알게 된 정보는 넘겨주겠지만, 적극적으로 조사하거나 하지는 않을 것이다. 그것이 위법탐정의 알량한 자존심이다.

"그 아저씨는 패딩턴 카페의 인사 담당자인데."

마미가 멋대로 말하기 시작했다. 그러고 보니 이 녀석은 처음에도 그랬다는 생각이 났다. 사라진 약혼자. 이름이 뭐였더라. 구라모토 슈사쿠였던가? 고양이를 좋아하는 사기꾼. 그로부터 아직 1주도 지나지 않았다.

"하무라는 패딩턴 카페라고 알아? 가본 적 있어? 피시 앤 칩스가 맛있는데."

"그, 그래?"

"좋은 아르바이트였어. 홀 서빙을 했었지만 그뿐만이 아니야. 훨씬 짭짤한 아르바이트. 알고 싶어? 하무라, 알고 싶지?"

"아니…… 별로."

"거짓말. 알고 싶으면서."

나는 알고 싶지 않아요. 정말로.

"비밀인데, 전화가 걸려와. 그래서는 오거나 오지 않거나? 우후후후."

마미가 술에 취해 몸을 비틀며 말하다 다음 순간 테이블 위에 엎드려 고른 숨소리를 내기 시작했다. 나는 어이가 없어서 식사를 계속했다. 루우 씨가 말했다.

"저 사람, 잘 마시더라. 무슨 일 있었어?"

루우 씨의 미간에 옅은 주름이 생겼다. 좋지 않은 징조다. 내가 없는 동안 마미가 무슨 짓이라도 저지른 걸까.

"그게…… 최근에 실연당했나 봐."

"술도 별로 안 마신 듯 싶은데, 왜 이렇게 성가시게 매달리나 했어. 그래서였나. 술이 깨면 말해둬. 술 못 마시는 사람에게 억지로 권하지 말라고."

"미안."

'왜 내가' 하고 생각하면서도 일단 사과부터 했다. 인간관계는 불합리함 속에 성립되어 있다. 범죄에 가담했을지도 모르는 지인을 위해 고개를 숙여야만 하는 일도 있다. 살인범일지도 모르는 인간이 목숨을 구해줄 때도 있다.

식사가 끝나고 정리가 끝나도 마미는 눈을 뜨지 않았다. 입에서 흘러나온 침이 테이블 위에 고였다. 별 수 없이 두들겨 깨워 마미의 방으로 데려갔다. 갈비뼈가 아직 완전히 낫지 않은 탓에 안을 수가 없었기에 꽤나 거칠게 대했지만, 그녀의 방문을 연 나는 그 자리에 멈춰 서고 말았다.

침대 정리도 하지 않았고, 창에 커튼도 없다. 골판지 박스가 다섯 개 정도 방 중앙에 쌓여 있었다. 그런 것은 일단 제쳐두더라도 가방이나 손가방과 같은 귀중품이 들어 있을지도 모르는 것까지 바닥에 아무렇게나 놓여 있다. 이대로 자는 건가 생각했지만 본인은 전혀 신경 쓰는 기색도 없이 짐을 발로 쳐내며 침대까지 도달해 안경을 쓴 채 눕고는 코를 골기 시작했다.

이것은 좀 심하다.

방에서 살며시 빠져나오려고 미닫이문을 닫은 순간 "으으" 하는 소리가 났다. 마미가 침대에 앉아서 멍한 얼굴로 주위를 둘러보고 있었다.

"아, 깜박했다. 이거 정리했어야 했는데."

"일단 내일 갈아입을 옷과 침구 정도만 꺼내면 어때? 잘자."

"잠깐 하무라. 설마 안 도와줄 생각이야?"

"설마 돕게 할 생각이야? 벌써 11시가 넘었거든."

"좀 더 일찍 돌아왔으면 됐잖아. 내가 오늘 이사 온다는 걸 알고 있었으니."

"왜 내가 네 짐 정리를 도와야 하는 건데? 그런 약속은 하지 않았고, 지금은 일 때문에 바쁘거든."

"하지만 보통은 이런 때 도와주는 법이잖아."

마미가 부루퉁하게 말했다. 마흔 넘어서 애들처럼 투정이라니.

"어른이니 자기 짐은 스스로 정리해. 퇴원한 지 얼마 안 된 지인에게 부탁 말고."

"그럼 이불만이라도 꺼내줘."

어쩔 수 없이 이불꾸러미에서 이불을 꺼내 침대 위로 던졌다. 순면에 커버는 실크. 꽃무늬의 엄청나게 화려한 이불이었다.

"뭔데? 마흔 넘은 독신녀가 신혼 이불을 덮고 자면 이상해?"

마미가 달려들 듯이 말했다.

"아, 이거 신혼 이불이었구나."

"그래, 혼수로 가져갈 예정이었지. 원래라면 지금쯤 그와 함께 고가네이의 맨션에서 살고 있었을 테니. 고양이 두 마리와 함께. 이 아이들의 이름은 뭐라 지을까? 당신이 좋아하는 이름으로 지어. 그럼 모스와 루이스는? 캐슬과 베켓? 아예, 일본풍으로 점과 선?"

"그건 아니지."

"그런 식으로 알콩달콩하고 있었을 거라고. 그러니 본가에서 쫓겨나도 상관없었어. 이런 식의 낙오자나 모이는 셰어하우스에서 매정한 꼴을 당해도 되지 않았다고."

마미가 엉엉 울더니, 5초 후에는 다시 침대에 누워 코를 골았다.

신혼 이불을 덮어주었다. 다섯 개의 골판지 박스 중 하나를 침대 머리맡으로 밀고 가, 바닥에 떨어진 스카프를 덮어 사이드테이블 식으로 만들고는, 벗어둔 안경이나 바닥에 떨어진 콘택트렌즈 케이스나 손가방 등을 정리해서 올려두었다. 커튼 대신 시트를 펼쳐 커튼레일에 걸었다.

출구로 나가려다 아무렇게나 놓인 골판지 박스에 새끼발가락을 부딪혔다. 엄청나게 무거운 박스였다. 박스 위에 '목공 도구'라고 적혀 있었다. 새끼발가락을 잡고 고통에 몸부림치며 이런 위험물은 제일 먼저 벽장에라도 넣어두라며 속으로 욕을 했다. 그동안에도 마미의 코코는 소리가 방 안에 울렸다.

왠지 좀 이상하다고 생각했다.

이쪽에서는 사기꾼에게 속아 넘어갈 뻔한 순진하고 착각이 심하고 덜렁대고 제멋대로인 여자가 저쪽에서는 경찰을 손바닥 위에서 가지고 논다? 그런 일이 가능하기는 할까?

새끼발가락의 통증이 잦아들어서 나는 골판지 박스를 손으로 짚은 채 일어서려 했다. 박스는 박스테이프로 붙여 놨을 뿐이다. 문득 호기심이 생겼다. 대체 그녀는 어떤 물건을 반년밖에 살지 않을 이곳으로 가져왔을까.

……아니, 그만두자. 그래서는 진짜 스파이가 되고 만다.

방을 나와 2층으로 올라가려는 순간 전화가 울렸다. 상대의 이름을 보고 단숨에 심박 수가 치솟았다. 이와고 가쓰야였다.

"조후히가시 경찰서의 시부사와 형사에게 당신에 대해 물어봤는데."

이와고 가쓰야가 새된 목소리로 말했다. 장소를 옮길 테니 기다려달라고 부탁했는데 못 들은 척을 할 건가 보다. 일방적으로 말을 쏟아냈다.

"하고 싶은 말이 있으면 직접 전화를 걸어 말하라더군. 아는 사이다 보니 적당히 말해달라고 부탁했는데 도움이 안 되지 뭐야. 일단 우리 어머니가 무슨 말을 했는지 모르겠지만, 생판 남인 주제에 아버지 사건을 파고드는 건 그만둬줬음 하는데. 이쪽은 이제 잊고 싶거든. 아버지가 사라진 지 20년이야. 이제 와서 찾아서 어쩔 건데?"

"이와고 씨를 찾을 마음은 없습니다."

신발을 아무렇게나 걸쳐 신고 밖으로 뛰쳐나와 포도밭 한복판 근처까지 와서야 간신히 대답할 수 있었다.

"내 목적은 이와고 씨가 아니라 실종 직전에 이와고 씨가 찾았던 여성 쪽이니까요. 다만 어머님께는 그 여성을 찾는 김에 이와고 씨의 일도 신경 좀 써줬으면 한다고 부탁받았을 뿐이라."

"그건 들었는데, 그런 부탁은 무시해달라고 지금 이렇게 전화를 하는 거잖아. 어머니는 시골 출신의 바보 같은 여자야. 20년이나 전에 사라진 아버지가 돌아올 거라고 지금도 믿어 의심치 않아. 아버지의 퇴직금이니 저금이니 전부 어머니가 갖고 있으니, 그 돈으로 이제 좀 그런 낡고 더러운 집에서 나와 좋은 요양원에라도 들어가줬음 하는데 말이지. 그 집에서 당신이 없어지면 아버지가 돌아왔을 때 곤란할 거라며 말을 듣지를 않아. 이러다 어머니가 혼자 죽고, 미이라라도 된 상태로 발견되기라도 하면 비난받는 건 아들인 나라고."

아무리 그래도 자기 어머니에게 말이 너무 심한 거 아니냐는 말이 목구멍까지 튀어나온 것을 간신히 삼켰다. 남의 집안 문제를 비판한들 그 누구에게도 도움이 되지 않는다. 관계자 전원이 안 좋은 경험만 할 뿐이다.

"알겠습니다. 가쓰야 씨는 일류 기업에서 근무하며 일도 많이 바쁘실 텐데 부모님 일까지 신경 써야 하다니 힘드시겠군요."

나는 동정하는 투로 말했다. 그런 반응이 돌아올 거라고는 생각하지 못했는지 가쓰야가 당황한 듯이 대답했다.

"그건, 뭐."

"나 같은 인간은 엘리트 세상과는 인연이 없지만, 가쓰야 씨는 타워 맨션에 살고 계신다면서요? 역시 신분이 높은 사람은 다르세요."

"아니, 별 거 아닙니다. 벌써 20년이나 살고 있고."

"하지만 역시 굉장해요. 게다가 대기업 일도 정말 힘드시겠죠?"

"어떤 일이나 힘든 건 마찬가지인데요. 저는 차장으로 승진한 참이라 신경 써야 할 게 한두 가지가 아니지만요."

"어머나, 차장님이셨나요. 굉장하세요. 어머님께서도 정말 기뻐하시겠어요."

"어머니에게 승진 이야기 같은 건 안 했습니다. 해봤자 입으로 축하하기만 할 뿐이니까요. 손자가 대학에 진학한다고 보고했을 때조차 아들에게 만 엔짜리 한 장만 줬을 뿐. 그런 생활이다 보니 들어가는 돈도 거의 없을 텐데. 요즘 세상은 조부모가 손자의 학비를 내는 건 면세다 보니, 입학금이나 등록금 정도는 내줘도 벌은 받지 않을 텐데 말이죠."

엘리트라고 띄워주자마자 거칠었던 말투가 정중해졌다. 체면을 아는 사람은 정말 훌륭하다.

"역시 어머님은 이와고 씨가 돌아올 거라고 믿고 계신 거군요?"

"20년이나 지났으니 돌아가셨다고 생각하는 게 맞겠죠."

가쓰야가 자신에게 말하듯이 말했다.

"더 빨리 사망 처리를 했었어야 해요. 법률상 죽은 걸로 하면 어머니 역시 포기할 수 있었을지도 몰라요. 아버지는 꼭 돌아오신다 같은 노망드신 말씀을 하시는 걸 그냥 둔 게 문제였어요."

"가쓰야 씨가 그런 힘든 결정을 하신 것도 모르고 오래전 이와고 씨의 일을 꺼내 죄송했습니다. 다만 어머님 말씀으로는 이와고 씨의 옛날 자료 같은 걸 가쓰야 씨고 갖고 있다고 하셔서요. 어쩌면 우리가 찾는 여성의 행방과 관련된 실마리가 있지는 않을까 해서 연락드렸습니다."

대답은 없었다. 배터리가 다 닳았는 줄 알았지만, 가쓰야의 전화 너머로도 자동차 주행음이 들렸다. 그도 전화를 걸기 힘든 집에 살고 있는 건가, 하고 생각했다니 다소 동정심이 생겼다. 타워 맨션 18층에서 밖으로 나오려면 스타인벡 장보다 더 힘들었을 것이다.

"아버지 자료 말이군요. 미안하지만 전부 버렸습니다."

잠시 후 가쓰야가 마음에도 없는 사죄를 했다.

"전부 말인가요?"

"네. 어머니와 달리 저는 앞으로 나아갈 필요가 있었습니다. 자식을 키우는 입장이었으니까요. 아버지 일은 잊기로 했습니다. 그래서 버렸습니다."

"하지만 내용물은 읽으셨겠죠? 아버지의 행선지에 대한 힌트를 찾고자."

나는 물러서지 않았다.

"그 안에 고엔지와 관련한 기록이 있었는지 없었는지 기억하시나요?"

"고엔지?"

가쓰야가 앵무새처럼 반복했다.

"글쎄요. 아버지 수첩은 물론 읽었습니다. 아시하라 후부키의 딸 건과 관련해서는 꽤나 많은 사람을 만났던 것 같더군요. 고엔지 이야기가 나왔어도 이상할 건 없지만, 기억은 안 나네요.

이젠 됐죠?"

그 한마디와 함께 전화는 끊겼다.

정신을 차리니 주위는 캄캄했다. 포도밭 옆길의 가로등이 고장 난 모양이다. 신발을 질질 끌며 스타인벡 장으로 돌아왔다. 가쓰야에게 고엔지의 연립 이야기를 하지 않은 것이 잘한 일일까? "이와고 씨에게 무슨 일이 있었는지 알 수 있을지도 몰라요." 시부사와에게 그렇게 말했으니 아들에게도 알려야 했을지도 모른다.

아직 확실한 것은 아니다. 그렇게 생각을 다잡았다. 이와고 모자 사이의 골은 여느 가정에서 볼 수 있는 불화인 것 같다. 자식은 부모의 돈도 자기 돈이라고 생각하고, 당연히 자식과 그 손주를 위해 써야 한다고 생각한다. 부모의 돈에 기대지 않고 자기 힘으로 자식을 키워낸 부모는 자식의 그런 생각에 놀라고 상처 입는다. 흔한 이야기다.

하지만 이 경우, 이와고의 실종이 그 골을 더 복잡하고 성가신 것으로 만들었다. 그런 상황에 20년 전의 진상을 알게 될지도 모른다고 폭탄을 던지면 무슨 일이 벌어질까? 골이 덮이면 좋지만, 반대로 더 깊어질 수도 있다.

오늘은 실로 한숨을 많이 쉬는 날이다. 그렇게 생각하면서 셰어하우스로 돌아와 현관 자물쇠를 채웠다. 2층 계단으로 향하려던 순간, 마미의 방문이 살며시 닫히는 것이 보였다.

오늘 하루 동안의 조사 결과를 정리하고, 스마트폰의 새 데이터를 컴퓨터에 백업한 뒤 이불 속으로 파고들었다. 토끼 상야등을 콘센트에 꽂으려다 뇌리에 번쩍이는 것이 있었다. 식은땀과 함께 정말 다행이라고 생각했다. 코를 골고 있다는 것만으로 자고 있다고 판단해 박스를 멋대로 열고 내용물을 살피지 않아서.

'잠이 오지 않는 밤의 베개'. 마미는 불면증이었다.

21

다음 날 아침, 샤워를 하고 내 방으로 돌아왔다. 젖은 파스를 떼어내니 손 모양 멍이 보랏빛으로 부어 있었다. 어렸을 적 읽었던 호러 만화가 떠올랐다. 이식된 손이 주인공의 목을 멋대로 조르는 이야기나 사람 얼굴처럼 생긴 상처 이야기……. 파스를 새로 붙였다. 아프다든가 움직이는데 지장이 있다는 정도는 아니지만 볼 때마다 오싹했다.

스마트폰을 충전기에서 떼어내는 것과 동시에 살인곰 서점의 도야마에게 연락이 왔다.

"하무라 씨, 내일은 토요일인데요."

헉 소리가 나올 뻔했다. 완전히 잊었는데 토요일에는 서점 당번을 맡기로 약속해버렸다. 이 바쁠 때. 사건이 해결 국면을 맞이하려 할 이때에.

"네, 그러니까…… 토요일 말이죠?"

"마시마에게서 또 연락이 와서요. 장소는 고쿠분지인데, 이게 우연히도 아소 후카의 저택이지 뭐예요. 반년 전에 돌아가신 후카 선생님 아버님의 유품 정리예요. 미스터리가 꽤나 있다고 하니 기대되지 않나요? 내일 오후 3시 약속이라, 그 15분 전에 니시고쿠분지 역 남쪽 교차로에 집합입니다. 마시마의 트럭을 함께 타고 가기로 했어요."

"잊으셨을지도 모르겠지만 저는 갈비뼈에 금이 간 상태인데요? 아직 무거운 건 못 들어요."

솔직히 말하자면 갈비뼈는 이제 별로 아프지 않다. 다만 그 사실을 도야마에게 알려줄 생각은 없다. 도야마 점장과 관련되기만 하면 내 갈비뼈는 영원히 낫지 않을 것이다.

"후카 선생님을 만날 수 있는데요? 그래서 저도 갈 거고, 도바시도 온다고 해요. 이야기를 들어보면 어때요?"

"그 말씀은?"

"그러니까 아시하라 후부키 말이에요. 장미 시리즈 봤잖아요? 설마 아직도 안 봤나요?"

"〈백장미의 여자〉는 봤는데요."

"후카 선생님의 유리 공예, 엄청나지 않았나요?"

아침이라 뇌가 아직 각성하지 않은 모양이다. 이야기를 반도 따라갈 수 없었다. 하지만 후부키와 친분이 있는 인물을 소개해주겠다는 것은 어렴풋이 알 것 같았다. 내 입장만 주장하려던 나는 얼굴이 벌게졌다.

"아시하라 후부키와 관련된 일이라 저한테도 연락을 주신 거군요?"

"하무라 씨가 장미 시리즈의 대단함이라든가 유리 공예가로서의 아소 후카의 예술성을 이해할 거라 생각하지 않지만, 일단 연락 정도는 해둘까 싶어서요. 구슬이 서 말이라도 꿰어야 보배라고 하니까요."

"……신경 써주셔서 감사합니다. 하지만 셋 모두 출타를 하면 서점은 어떻게 하나요?"

"우리 사이트에 제대로 공지를 했는데 안 봤나요?"

"죄송해요. 바빠서."

"도바시 지인의 아들이 토요일 당번을 맡아주기로 했어요. 대신 일요일은 부탁해요."

'어쩌면 일요일도 힘들지도'라는 말을 하기 전에 통화가 끊겼다.

머리를 말리는 사이 컴퓨터를 켜고 체크했다. 도야마의 블로그에 새로운 아르바이트생 이야기가 올라와 있었다. 거기에 아시하라 후부키 이야기도 있었다. 내가 질문한 덕에 이것저것 생각이 난 모양이다. 장미 시리즈의 블루레이 박스를 서점에 입하할 수 없는지 판매처에 문의했다고 적혀 있었다. 재고가 얼마 없어 거절당한 모양이다.

다시 한 번 후부키에 대해 인터넷으로 검색을 하다가 열렬한 팬이 만든 사이트를 찾아냈다. 읽다 보니 아소 후카에 대한 항목도 있었다. 가극단 시절의 후부키가 비를 피하기 위해 우연히 후카의 개인전을 연 화랑에 들어가, 그곳에서 작품에 감명을 받아 친분을 쌓게 되었다. 후카의 조각을 히지카타 류 감독에게 소개했고, 감독이 그 조각상에서 〈백장미의 여자〉의 영감을 얻었다고도 했다.

〈백장미의 여자〉 팸플릿을 복사한 사진이 게재되어 있었다. 역시 그랬다. '다니가와 조경'의 수국을 뽑고 설치한 '요상한 조각'은 영화에 쓰인 소품과 동일했다.

영화에도 등장한 유리 오브제를 정원에 세 개나 놔두었을 줄이야. 아소 후카가 후부키와 친분이 있었다는 말은 에누리 없는 사실인 듯하다. 예술가라고 이슬만 먹고 살아갈 수는 없겠지만, 후부키가 싫다면 작품을 세 개나 양도하지는 않았을 것이다.

다른 미술 페이지로 넘어가니, 아소 후카의 유리 오브제 가격이 나와 있었다. 20센티미터 크기의 유리판 중앙에 금색이나 빨간색, 녹색이 미묘하게 섞인 십자가가 갇혀 있다. 〈묘표〉라는 이 작품의 모티프는 아시하라 저택의 정원에 있었던 것과 닮았다. 이 사이즈에 가격은 230만 엔. 더구나 판매 완료. 크다고 더 비싼 것은 아니겠지만, 정원의 오브제는 대체 얼마나 할까.

배가 고파져서 컴퓨터를 끄자마자 사쿠라이에게 연락이 왔다. 그가 승리한 듯한 목소리로 말했다.

"찾았어."

"야마모토 히로키?"

"오다와라의 리조트 맨션 말인데, 주소를 알아냈어."

메모를 하고 사쿠라이를 칭찬하며 서둘러 옷을 갈아입었다. 베이지색 트렌치코트에 엷은 회색 니트 조끼, 감색 바지. 전신 거울로 체크했다. 좋아. 이 계절에는 차량 하나에 세 명 정도는 같은 복장을 한 여성이 있다.

현관에서 신발을 신을 때 우당탕 발소리가 들리며 부엌 쪽에서 마미가 뛰쳐나왔다. 조간을 움켜쥔 그녀의 안색은 심각해보였다.

"아, 하무라. 잠깐 상담하고 싶은 게 있어. 사실은 어젯밤에 말하고 싶었는데 너를 믿을 수 있을지 어떨지 불안해서. 사실은 난 경찰에게 어떤 일로 의심받고 있어. 생트집이 장난이 아닌데, 아르바이트 비가 너무 비싸니 그럴 수도 있겠다 싶어서."

설마 여기서 그 이야기를 시작할 생각인가.

"미안한데 급한 일로 나가야 하거든. 돌아와서 들으면 안 될까?"

"어디 가는데?"

"오다와라."

"그래?"

마미가 창백해진 입술을 깨물었다.

"응, 그럼 괜찮아. 돌아오면 할게. 맞다. 오다와라에 엄청난 노포 빵집이 있어. 단팥빵이 유명해. 올 때 사와."

"일하러 가는 거라니까."

"그럼 시간이 있으면."

스타인벡 장을 뛰쳐나왔다. 역까지 발걸음을 서두르며 마미와 알게 된 사실을 진심으로 후회했다. 적어도 셰어하우스로 이사 오는 것만큼은 거절했어야 했다. 그렇게 하면 최소한 고구마 경부 건은 없었으리라. 마미를 짜증난다고 생각하지 않아도 되었으리라.

신주쿠 역에서 9시 27분에 출발하는 열차에 몸을 실었다. 금요일 아침, 본격적인 행락 시즌 도래로 열차는 거의 만석이었다. 내 자리는 통로 쪽이었는데, 내 옆자리와 앞 두 자리가 같은 일행으로, "괜찮죠?" 하며 반강제로 앞좌석을 이쪽으로 돌렸다. 아줌마들의 시끄러운 수다에 휘말리고 말았다. 그것까지는 참을 수 있었지만 그녀들에게서 풍겨 나오는 좀약 냄새는 참을 수 없었다. 나는 전생에 벌레였을지 모른다. 옷을 좀 먹게 되는 것과 방충제 둘 중 하나를 고르라면 옷이 좀 먹는 편을 선택하겠다.

열차 안에서 아침을 먹을 생각이었지만 냄새에 패배하고 말았다. 기분 전환을 할 생각으로 마미 건을 떠올려 보았다. 생각해보면 그녀가 경찰과 관련된 일을 내게 상담할 생각이 든 것은 그리 나쁜 일이 아니다. 당당히 본인에게 사실 확인을 할 수 있다. 게다가 알고 있는 사실을 경찰에 말하라고 설득하고, 그대로 도마 경부에게 넘기면 된다. 몰래 감시하는 짓을 더 이상 하지 않아도 된다.

다만 하나 마음에 걸리는 사실이 있다. 구라모토 슈사쿠 건이다. 이 사기꾼은 왜 마미라는 '봉'을 중간에 포기한 걸까. 마미가 맨션 구입을 부모와 상담하겠다고 한 탓에 싸움을 벌이기는 했지만, 그녀는 바로 후회를 해서 사과 전화를 했다고 했다. 내가 사기꾼이라면 이때 단숨에 계약 건을 진행시킬 것이다. 하지만 실제로는 그 이후 연락이 없다. 덕분에 마미는 맨션 대출금을 떠안지 않아도 되게 되었다.

구라모토는 그녀가 경찰의 감시망 안에 있다는 사실을 알아차렸나? 그래서 손을 뗀 걸까? 그렇다면 그 사실을 어떻게 알아차렸을까?

어쩌면 이 일도 경찰 내부의 정보 유출 건과 관련이 있을지 모른다.

오다와라에는 10시 45분 정각에 도착했다. 내리자마자 바로 역 빌딩 옆에 있는 카페로 뛰어들었다. 피자토스트를 아구아구 씹고 아이스커피를 목으로 넘기고 약을 삼켰다.

그제야 제정신이 들어 백에서 자료를 꺼내 검토하려 했을 때 있어서는 안 될 것을 발견하고 말았다. 어제 오전 중에 병원에서 후부키에게 건넬 예정이었던 아시하라 저택의 열쇠. 완전히 깜박했었다.

서둘러 사야에게 연락했다. 화낼 줄 알았는데 의외로 사야는 기분이 좋았다. 열쇠에 대한 것도 신경 쓰지 않아도 된다고 했다.

"도중에 이모님께서 잠드시고, 이시쿠라 숙부는 소란을 피웠으니 하무라 씨가 깜박한 것도 무리는 아니죠. 오실 수 있을 때 병원으로 가지고 와주세요."

"후부키 씨의 상태는 어떤가요?"

"어제, 하무라 씨가 보고하러 와주셨잖아요? 그 뒤로는 계속 안정된 상태예요. 정신도 온전하신 것 같고, 유언장을 작성하시겠다고 하셔서 오늘 오후에 공증인을 불렀습니다."

"그렇다면 역시 돌봐주고 계시는 사야 씨에게 유산을 남기시겠다고?"

"저보고 고맙게 생각하고 있다고 말씀하셨어요."

사야는 기쁨을 감추지 않았다.

"그런 말씀을 하신 건 처음이에요. 최근, 이모님은 확실히 이상하셨어요. 환각을 봤다며 소란을 피우거나, 다인실로 옮기고 싶다고 투정을 부리거나, 시오리의 옛날 옷을 입고 오라고 하시지 않나, 시오리의 일로 탐정을 고용하겠다고 하시지 않나. 아, 죄송해요. 하무라 씨에게 뭐라고 하는 건 아니에요. 퇴원 직전에 그런 이상한 부탁을 했는데 오히려 받아주셔서 감사할 따름입니다. 덕분에 이모님이 안정을 되찾아 앞으로의 일을 생각하게 된 것 같으니."

"고생이 보답 받아 다행이네요."

살짝 빈정거림을 담았지만 사야는 알아차리지 못했다.

"정말 그래요. 물론 이모님이 남기시는 물건의 정리는 보통 일이 아니니, 앞으로가 더 힘들지도 모르지만요. 믿을 만한 유품 정리인을 찾아야 할 것 같아요. 어딘가에 믿을 만한 업자 없을까요? 혹시 모르실까요?"

마시마의 회사 '하트풀 리유즈'를 추천할 절호의 기회였지만 말이 나오지 않았다. 후부키는 아직 죽지 않았다. 내 상상이 옳다면 지금 죽으면 곤란하다. 게다가 매너나 예의범절까지는 아니어도 아직 살아 있는 인간의 유품 정리를 걱정해도 좋은 것은 본인뿐이다.

신나 떠들어대는 사야가 불쾌하다는 생각은 들지 않았다. 오히려 걱정이 되었다. 후부키는 질녀를 바보 취급하고 있다. 모든 재산을 사야에게 남기고 끝. 이렇게 원만하게 수습되면 다행이다만……. 떡 줄 사람은 꿈도 안 꾸는데 김칫국부터 마셨다가 예상과 다르게 끝나면, 지금까지 "하무라 씨 덕분"이었던 것이 "너 때문에"가 될지도 모른다. 게다가 교살마 아시하라 후부키가 증명되기라도 한다면……. 살인마의 조카로 언론에 노출될 사야가 기뻐할 일은 없다. 그 결과, 그녀가 나를 어떻게 생각할지. 개인 영업자인 위법탐정으로서는 도마 경부 때보다 더한 위기를 맞이할 것이 틀림없다.

지금은 거기까지 고민할 여유는 없다. 먼저 야마모토부터 만나야 한다.

그의 리조트 맨션이 위치한 곳은 오다와라 역에서 한참 들어간 곳에 있었다. 열차 안에서 좀벌레처럼 구제될 것 같으면서도 역 앞 렌트카 회사를 모조리 체크했는데, 역시 행락 시즌이라 비어 있는 차량은 한 대도 없었다.

버스 노선을 체크하려 했지만, 그쪽 지리를 전혀 모르기 때문에 버스로 가는 것은 무모할 것이다. 시간과 노력을 줄이기 위해 택시를 타기로 했다. 역 2층에서 오다와라 성을 쓱 쳐다본 후 1층으로 내려가 역 앞 택시 정류장에서 검은 택시에 올라탔다. 야마모토의 맨션이 있는 '그린힐 리조트 오다와라'로 가달라고 말했다. 고희와 미수 사이로 보이는 운전사는 운전석에서 빙글 이쪽을 돌아 나를 빤히 관찰한 다음 차를 발진시켰다.

"손님, 실례인데 그린힐 리조트에 아는 사람이라도 사나?"

치기 어묵 데마파크를 지나갈 즈음 그때까지 잠자코 있던 운전사가 말을 꺼냈다.

"네? 왜 그런 걸 물으시죠?"

"거기, 지금 문제가 많거든. 8층 건물인데 반년 전에 엘리베이터가 고장이 난 거야. 그래서 엘리베이터가 필요한 위층 사람들은 모든 집이 돈을 내서 고쳐야 한다고 했고, 필요 없는 아래층 사람들은 자신과는 관계가 없으니 돈을 내지 않겠다고 했어. 한참을 싸웠는데 결말이 안 나서, 더는 살 수 없게 된 위층 사람들이 계속 이사 나가는 중이야."

"그건 정말 보통 일이 아니네요."

메모를 보았다. 야마모토의 집은 802호. 아무리 생각해도 최상층이다.

"내 친척이 이삿짐센터에서 일하는데 힘들어 죽겠다더군. 8층에서 냉장고를 이고 계단으로 내려와야 하니까. 그렇게 되고 보니 아래층 인간이 나쁘다는 생각이 들어. 이대로 엘리베이터를 고치지 않으면 통째로 고스트타운이 되고 말잖아. 그렇게 되면 자신들이 사는 집의 자산 가치도 없어질 텐데 말이지. 욕심을 너무 부렸어."

"관리회사는 없나요?"

"있어도 주민들이 합의하지 않았으니 관리회사가 멋대로 엘리베이터를 고칠 수는 없잖아. 역시 틀렸어. 버블 때 계획된 리조트 맨션이라는 건 사는 인간이 소중히 가꾸며 살겠다는 마음이 전혀 없어. 관리회사에게 맡겨두면 자신들은 편히 지낼 수 있다고 생각하는 거야. 최근에 다시 버블 때처럼 부동산 투자니 자산 운용이니 하며 한몫 벌려는 인간, 또 그런 사람을 등쳐먹으려는 인간이 많은데 그 결말을 보란 말이지. 편하게 돈을 벌겠다든가, 귀찮은 일은 누군가가 해줄 거라 생각하는 건 바보야."

말하는 동안 차는 산 쪽을 올라 이윽고 장소에 어울리지 않는 맨션이 보였다. 상상대로라고 할까? 예전에는 흰색이었을 벽. 베란다 난간은 장식처럼 어지럽게 휘어 있었다. 아마도 원래는 녹색이었을 것이다. 옥상과 기타 일부 부분이 파란 기와지붕으로 되어 있다. 지중해 리조트와 성을 건축업자의 센스로 합친 듯한 모양새다.

돈을 지불하고 택시 명함을 받아 내렸다. 다시 올려다보니 고스트 맨션까지는 아니지만 활기가 부족한 듯한 인상을 받았다. 리조트 맨션이다 보니 평소에 거주하는 세대가 적을 테지만, 커튼이 없는 창이나 에어컨 실외기가 보이지 않는 베란다가 몇 채나 눈에 띄었다.

구입했을 때는 수천 만을 호가했을 텐데, 현재 팔려고 하면 아마도 이삼백만 엔? 엘리베이터가 고장 난 채라면 백만 엔에도 사려는 사람이 안 나타날 수도 있다. 살짝 마음이 동했다. 그 가격이라면 나도 살 수 있다.

아니, 사서 어쩌려고.

현관은 무의미하게 넓고, 그 부분만 벽돌 같은 타일이었다. 말라버린 화분이 놓여 있고, 자동문 위에 '고장'이라 적힌 종이가 붙어 있다. 그 때문에 자동문은 열린 채였다. 주민들이 내려고 하지 않은 것은 엘리베이터 수리 비용뿐만은 아닌 듯했다.

약해진 사냥감을 발견한 하이에나들이 몰려든 증거로, 우편함 주위에 대량의 전단지가 뿌려져 있었다. 모든 우편함이 전단지로 흘러넘쳤다. 지팡이를 짚고 배낭을 멘 할머니가 바닥에 떨어진 전단지를 밟으며 우편함으로 다가와 오른쪽 위부터 순서대로 정중하고 느긋하게 손에 든 전단지를 넣기 시작했다.

802호 우편함을 보았다. 이름은 적혀 있지 않았다. 야마모토가 이름을 적어두었을 거라고는 생각하지 않았지만, 이렇게 되면 어쩔 수 없이 8층까지 등산을 해야만 한다.

걷는 것이 일이라고는 해도 8층은 힘들었다. 도중에 담배 냄새를 느끼고 6층 복도를 엿보았다. 택배기사 복장의 청년이 아무도 없는 복도에 웅크려 앉아 담배를 피웠다. 아마도 이 층에는 현재 아무도 없다는 사실을 알고 있는 것이다. 실로 이 맨션은 슬럼화 되는 중이었다.

8층에 도착해 802호 초인종을 눌렀다. 초인종을 눌렀지만 아무런 소리도 나지 않았다. 노크를 했다.

"실례합니다."

이럴 때는 목청껏 외치라고 배웠다. 오지랖 넓은 시끄럽고 뻔뻔한 아줌마가 되었다는 마음으로 목소리를 내라고. 가르침대로 뻔뻔하게 큰소리로 말했다.

"야마모토 씨, 안 계세요? 야마모……."

문을 활짝 열고 집 안쪽을 들여다본 나는 숨을 삼켰다. 복도 끝, 다소 열린 문 너머 바닥 위로 누운 다리가 보였다.

22

"후부키 선생님의 심부름으로 오셨나요?"

야마모토 히로키는 혀가 잘 돌아가지 않는 듯했다. 그럼에도 정좌를 하고 허리를 곧게 뻗었다. 방금 전까지 부엌 바닥에 쓰러져 침을 흘리던 주정뱅이로는 보이지 않았다.

하지만 여기까지 이르기가 쉽지 않았다. 달래고 얼러 물을 마시게 한 뒤, 샤워를 하라고 했다. 냉장고에는 바싹 바른 어묵이 한 장. 그 밖에는 아무것도 없어 계단을 뛰어 내려가 근처 편의점에서 커피와 숙취 해소 음료를 사서 다시 8층으로 돌아와 야마모토를 만났다. 그는 내 말대로 샤워를 하고 커피를 마셨다. 거의 한 시간 가까이 걸려 인간으로 돌아왔다는 느낌이었다.

그렇게 된 다음에는 대체 넌 누구냐며 당연한 의문을 입에 담았다. 그제야 아시하라 후부키의 이름을 입에 올릴 수 있었다. 그 이름을 들은 순간 야마모토의 스위치가 들어가 갑자기 바닥에 정좌. 이렇게 효과가 좋을 줄 알았다면 처음부터 후부키의 이름을 연호할 것을 하면서 후회했다.

"작년 11월부터 연락이 되지 않는다며 많이 걱정하셨습니다."

나는 '걱정'이라는 단어를 강조했다. 아무리 문이 잠겨 있지 않았다고 하나, 그리고 다리만 바닥에 보였다고 하나, 멋대로 남의 집에 들이닥친 것이다. 이 상황에서는 후부키에게 책임을 전가하는 것이 최상책이라고 여겨졌다.

"그런가요? 후부키 선생님이. 이거 정말 폐를 끼쳤습니다."

"폐라고 할 정도는 아니지만 이곳을 찾는 데 고생을 좀 했습니다."

"용케 여기를 알아내셨군요."

야마모토가 내 명함에 눈길을 주었다.

"야마모토 씨가 오다와라에 맨션을 사셨다는 사실을 후부키 씨가 기억해냈거든요."

상대가 바닥에 정좌를 했는데, 내가 의자에 앉을 수도 없어 마찬가지로 정좌를 한 탓에 정강이가 아팠다. 대화를 끌어나가며 살며시 실내를 돌아보았다.

평범한 크기의 거실이었다. 하지만 창이 넓었다. 현관으로 들어와 오른쪽에 작은 싱크대와 냉장고. 복도 북쪽에 반쯤 열린 문이 있었다. 그곳이 아마도 침실. 방 하나에 거실과 부엌이 딸린 집인 것 같다.

거실 가장 넓은 벽에는 젊었을 적 아시하라 후부키의 대형 사진 액자가 걸려 있었다. 흑백사진인데, 아마도 흰 장미로 보이는 꽃을 얼굴 앞에 들고 요염한 미소를 짓고 있다.

액자 앞에는 낡은 소파가 하나. 담배꽁초가 가득한 재떨이. 재떨이가 놓여 있는 낮은 테이블. 주위에는 술병이 여기저기 굴러다니고 있다. 아무렇게나 벗어던진 옷. 여성 것도 있다. 테이블 위에는 장미다발. 그리고 돈다발이 아무렇게나 놓여 있다.

인테리어라 부를 수 있는 것은 그 정도뿐이다. 나는 어이가 없었다. 여기에 권총만 있으면 영화에 나오는 암살자의 방 그 자체다.

"이런 말씀을 드려 죄송하지만 지금까지 어디에 계셨나요?"

"뭐, 여기저기. 할 일이 많아서요."

"문자에 답장 정도는 하셨으면 좋았을 텐데."

"선생님께서 제게 연락을? 그 연락처는 쓸 수 없게 되었다고 말씀드렸습니다만."

"그랬었군요. 그렇다면 더 이상 후부키 씨를 만나실 생각이 없으셨던 건가요?"

"돈에 관한 일이라면 앞으로도 송금이 되도록 제대로 처리를 해두었는데."

"돈에 대한 게 아니에요. 연락을 끊을 생각이셨나요?"

"그건……."

그가 말끝을 흐리며 나를 물끄러미 바라보았다. 60대 중반이고, 술에 찌든 생활을 보내고 있는 거라면 더 초라해도 이상할 것은 없는데, 피부는 흰 데다 곱다. 들었던 대로 몸집은 작지만 부드러운 미남이라는 인상을 준다. 하지만 눈빛은 확실히 보통이 아니다. 이 눈빛으로 아이 이야기를 꺼내기라도 했다가는 협박으로밖에 안 들릴 것이다.

어떤 식으로 어떤 이야기부터 꺼낼까. 아시하라 후부키는 교살마인가요? 이런 질문은 죽어도 할 수 없다. 고엔지에서 발견된 시신은 시오리 씨인가요? 이것도 물을 수 없다.

고민하는 동안에도 술 냄새를 풍기며 제대로 정좌한 야마모토를 보고 마음을 굳혔다. 반응을 보며 정보를 가능한 끌어내야 한다.

"그럼 야마모토 씨는 후부키 씨가 병환 중인 사실을 아시나요?"

야마모토가 진심으로 놀란 모양이었다.

"병환? 선생님이요?"

"자세한 것까지는 모르지만 말기 암이라더군요."

"말기 암이라니……. 그렇게 안 좋으신가요?"

"의사 말로는 앞으로 남은 시간이 얼마 없다고 했습니다."

야마모토가 눈을 크게 뜬 채 미동도 하지 않았다.

엄청난 충격을 주고 말았다는 사실에 실수했다고 생각했지만 이미 엎질러진 물이다. 하지만 달리 뭐라 말할 수 있을까. 뭐라 말하든 사실은 변하지 않고, 완곡하게 표현하는 편이 상냥하다는 생각도 들지 않는다.

그래도 무슨 말이라도 해야 한다고 생각한 순간 스마트폰이 울렸다. 시부사와였다. 야마모토에게 양해를 구하고 일어나며 받았다. 짧은 정좌로도 혈액 순환이 안 좋아졌는지 발이 저려 움직임이 둔해졌다.

"이봐, 여탐정."

시부사와가 기분 나쁜 투로 불쑥 말했다.

"고엔지의 사체는 등에 화상 흔적 따위는 없더군."

"네?"

나는 서둘러 복도로 나왔다. 흘끗 보니 야마모토는 아직 부엌에 정좌한 채 오른손으로 근처에 있는 술병을 집어 들고 입으로 가져가는 중이었다. 나는 손으로 입가를 가리고 목소리를 낮췄다.

"그럼 그 사체는 아시하라 시오리가 아니었나요?"

"그렇겠지. 등에 담뱃불을 지졌다는 이야기가 거짓말이 아니라면."

"틀림없겠죠?"

"아는 검시관에게 부탁해서 해부소견서나 사체검안서를

확인했어. 최근에는 옛날 서류를 스캔해서 불러올 수 있는 덕에 20년 전 자료도 모니터로 바로 확인할 수 있거든. 내가 이 두 눈으로 똑똑히 확인했어. 틀림없어. 사체 다리에 어렸을 적 생긴 듯한 오래된 화상 상처는 남아 있었지만 등에 담뱃불 흔적은 없었어. 도박은 실패했어."

"잠깐만요."

나는 숨을 삼켰다.

"다리에 오래된 화상 상처……?"

"그래. 그게 왜?"

나는 거실에 있는 야마모토를 바라보았다. 마침 그의 삼백안이 나를 향해 있었다.

사쿠라이가 했던 말이 떠올랐다. 야마모토의 형제에게 얻은 정보. 스무 살 연하의 야마모토의 여동생이 히로키를 의지해 도쿄로 상경했다. 다른 형제와는 인연을 끊고 살았는데 여동생만은 각별히 챙겼다고. 아기였을 때 야마모토가 다리에 상처를 입혀서 죄책감을 가졌던 모양이라고.

고엔지의 시신이 야마모토 유코?

그렇다면 요양원에 들어가 있는 야마모토의 여동생이라는 것은…….

야마모토가 비틀거리며 일어섰다. 시부사와에게 그 소리가 들렸을 리도 없을 텐데 그가 초조한 듯이 말했다.

"이봐, 여탐정. 무슨 일이야?"

"죄송해요. 나중에 다시 연락할게요."

전화를 끊고 야마모토와 마주보았다. 헤쳐 나온 수라장의 수가 보통이 아니라는 사실이 다시금 전해진다. 이렇게 되면 선제공격을 할 수밖에 없다. 야마모토가 입을 열려고 한 순간 큰소리로 말했다.

"아시하라 후부키 씨가 돌아가시기 전에 따님을 만나고 싶어하십니다."

야마모토의 발이 멈췄다.

"뭐……?"

"후부키 씨 부탁으로 시오리 씨의 행방을 추적했습니다. 1994년 실종 직후부터 10월 후반까지 시오리 씨는 고엔지의 연립에 살았습니다. 그 연립의 계약 당사자는 당신이었죠. 당신은 시오리 씨를 여동생으로 위장해서 살게 했습니다."

야마모토가 다시 입을 다물었다.

"후부키 씨에게는 그 사실을 보고했습니다."

나는 공격을 멈추지 않았다.

"'그 아이, 살아있었던 거군. 살아 있었던 거야' 하면서 후부키 씨가 기뻐하셨습니다."

"기뻐했다고?"

야마모토가 성큼성큼 걸어와서 내 손목을 붙잡았다. 후부키에게 잡혔던 오른손목.

"정말이야? 선생님이 정말로 기뻐하셨어?"

"정말입니다."

손을 뿌리쳤다. 정확하게는 충격을 받았을 뿐, 기뻐했는지 어땠는지는 모른다.

"야마모토 씨, 시오리 씨는 지금 어디에 계신가요? 돌아가시기 전에 한 번만이라도 따님을 만나고 싶다는 후부키 씨에게 시오리 씨를 만나게 해주실 수 없나요?"

야마모토가 몸을 부르르 떨었다.

"아니, 하지만, 그런 짓을 했다간……."

"시오리 씨가 후부키 씨를 만나기 싫어하시나요?"

"그건……."

야마모토가 작은 목소리로 "절대 안 돼" 하고 말했다. 문득 어떤 사실이 뇌리에 번득였다. 어쩌면 내 상상은 '피해자'를 제외하고는 옳았을지도 모른다.

"20년 전, 시오리 씨가 후부키 씨에게 살해당할 뻔했군요? 그래서 당신은 시오리 씨를 죽은 걸로 하고 도망치게 했습니다. 그런 게 아닌가요?"

"선생님이 그렇게 말씀하셨나?"

야마모토가 달려들 듯 말했다. 그 사실로 정답이라는 것을 알았다. 생각했던 대로였다. 고엔지의 여성 건은 틀렸지만, 그 피해자가 야마모토의 여동생이었다고 하면, 당초 경찰이 예상했던 대로 범인은 그 지역에 출몰했던 묻지 마 살인범이었음이 틀림없다. 아마도 야마모토 유코는 오빠의 부탁으로 이따금 시오리의 상태를 보러 그 고엔지의 연립에 들렀을 것이다. 그러다 불행하게도 범죄에 휘말려 살해되고 말았다.

하지만 야마모토는 여동생과 연락이 되지 않았음에도 경찰에 신고하지 않았다. 여동생이 사건에 휘말려 살해당했다는 사실을 알았음에도 말이다.

이유는 두 가지. 여동생의 신변을 조사하다, 시오리의 일까지 드러나서는 곤란하기 때문에. 다른 하나는 이대로 사체의 신원을 밝혀내지 못하면 여동생의 신분을 시오리가 이용할 수 있기 때문이다. 유코와 시오리는 나이대가 거의 같다. 친오빠가 시오리를 유코라고 하면 의심할 사람은 없을 것이다.

"야마모토 씨, 후부키 씨는 제 의뢰인입니다. 의뢰인이 불리해질 일은 절대로 하지 않습니다. 어떤 사실을 알게 되더라도 제 입 밖으로 나가는 일은 없을 겁니다."

'범죄 행위 이외에는.' 속으로 그렇게 첨언했다. 입 밖으로 나가지 않더라도 이메일로 누군가에게 알릴지도.

어쨌든 지금은 야마모토를 설득하는 것이 급선무다.

"20년 전에 무슨 일이 있었든 후부키 씨의 목숨은 그리 길지 않습니다. 시오리 씨를 만나고 싶다는 후부키 씨의 마음을, 하다못해 시오리 씨 본인에게 전해주실 수 없을까요? 그런 다음 본인이 결코 만나고 싶지 않다면 그 뜻을 후부키 씨에게 전하겠습니다."

말하다 중요한 사실을 깨달았다. '야마모토 유코'는 요양원에 있다.

"시오리 씨는 현재 요양원에 들어가 계시죠?"

"그래, 내 여동생으로."

"병은 어떤……?"

"그 아이의 일은 잊는 편이 좋다고 생각했어."

야마모토가 머리칼을 헝클어뜨리며 말했다.

"그 편이 모두를 위해서 좋을 거라고. 이럴 수가. 나도 잊어버렸으면 좋았을 텐데."

"혹시 시오리 씨의 병이 그 정도로 안 좋은가요?"

"최근 몇 년 동안에는 일시 퇴원할 수 있을 정도로는 회복했어."

야마모토가 방 안을 서성거리며 마음이 딴 데 가있는 듯이 대답했다.

"놀러가고 싶다기에 디즈니랜드나 고텐바의 쇼핑몰에 데려가기도 했지. 완전히 좋아진 것처럼 보였어. 그렇다면 정식으로 퇴원할 수 있을지도 모른다고 의사도 말했고. 작년 11월 정도까지는."

작년 11월. 야마모토가 후부키와 연락을 끊었을 무렵.

방 안에 어지럽게 놓여 있던 여성의 옷.

"현재는 다시 병환이 악화되었나요?"

"몰라."

야마모토가 고개를 숙였다.

"최근, 병원에는 가지 않았고, 그쪽에서도 연락이 없어. 무슨 일이 있으면 연락해달라고 부탁했지만. 나는 여기서 계속 술만 마셨지. 그러다 술에 취해……."

그런 거였나.

나는 흐트러져 있는 여성의 옷가지를 보았다.

야마모토는 퇴원한 시오리와 일선을 넘어버리고 말았다. 아무리 합의한 일이었다고 하나, 후부키를 선생님이라며 지금도 숭배하는 야마모토 입장에서는 결코 넘어서는 안 되는 선이었다. 때문에 후부키의 얼굴을 볼 수가 없고, 연락을 할 수도 없었다.

"시오리 씨는 마음의 병을 앓고 계시는군요?"

"잊어야 했는데. 그 아이에 대한 건 머릿속에서 지워버렸어야 했는데."

야마모토가 소파에 주저앉았다. 나는 그 옆에 꿇어앉고 그의 팔에 손을 올렸다.

"만약 야마모토 씨가 시오리 씨를 만나고 싶지 않다면, 그녀가 입원해 있는 장소를 알려주실 수는 없을까요? 그리고 병원에 연락해서 하무라 아키라라는 사람이 시오리 씨를…… 야마모토 유코 씨를 만나러 갈 거라 전해주세요. 오빠로서 저와의 면회를 허락한다고. 제가 후부키 씨의 일을 전하겠습니다. 시오리 씨가 만나겠다고 하면 후부키 씨가 계신 곳으로 모시고 가겠습니다. 물론 담당 의사에게도 사정을 설명하겠습니다."

야마모토는 예리하게 숨을 들이마신 후 고개를 들었다. 그의 눈에는 후부키의 사진이 비칠 것이다. 나도 다시 사진을 보았다. 액자 테두리의 아크릴제 투명 부분에는 수많은 상처가 있었다. 야마모토는 거처를 옮길 때마다 이 액자를 계속 가지고 다닌 걸까?

"성 마리아 정신의학 · 의존증 치료병원 오다와라 요양원."

야마모토는 시선을 후부키의 사진 쪽을 향한 채 불쑥 말했다.

"여기서 차로 5분 정도 거리에 있네. 바다가 보이고 온천욕도 할 수 있지."

나는 서둘러 그 집에서 나왔다.

23

성 마리아 병원은 야마모토의 말대로 산 위의 멋진 장소에 있었다. 울타리는 낮고, 손질이 잘 된 잔디가 완만하게 펼쳐져 있고, 문도 지금은 개방된 채였다. 건물로 진입하는 중간에 어린 예수를 품에 안은 성모 마리아 상이 있었다. 문 옆에 관리소가 있고, 경비원이 담소 중이었다. 정문에 병원이라고 적혀 있지 않으면 여대로 착각할 듯한 외관이었다.

관리소에서 찾아온 이유와 이름을 밝히자, 카드 기재를 요구했다. 적는 도중에 전화를 걸던 경비원이 갑자기 심각한 얼굴로 수화기를 내려놓았다.

"하무라 아키라 씨죠? 담당인 시노노메 선생님이 바로 만나시겠답니다. 서둘러주세요."

"시노노메 선생님은 그렇게 바쁘신 분인가요?"

"그런 일이 아닌 것 같습니다."

경비원이 입술을 삐죽였다.

거역해도 좋을 일이 아닌 듯해서 잰걸음으로 문 안으로 달려 들어갔다. 중앙에 있는 건물 현관으로 들어가니 마침 안내 데스크 쪽으로 백의를 입은 남성 의사가 달려오던 참이었다. 그가 나를 보고는 안경다리를 고쳐 올렸다.

"하무라 아키라 씨?"

"네. 시노노메 선생님?"

"대체 무슨 일인가요?"

의사가 입을 열자마자 질타했다.

"방금 야마모토 히로키 씨에게서 전화를 받았습니다. 유코 씨가 오빠분과 함께 있지 않다더군요. 무슨 일인가요?"

이게 무슨 소리지?

"시오…… 야마모토 유코 씨는 여기 입원해 계시는 게 아니었나요?"

의사가 눈을 껌벅거렸다.

"3주 전에 일시 퇴원했습니다. 시골에 있는 형제의 건강이 안 좋아서 병문안 가겠다며. 그 뒤로 연락이 없기에 걱정했는데, 오빠분 핸드폰으로 전화를 걸어도 연락이 안 돼서."

술에 취해 전화가 온 줄도 몰랐던 걸까.

그러고 보니 그 방에 핸드폰은 보이지 않았다. 침실 쪽에 있었을지도 모르지만. 야마모토의 연락처를 제대로 물어보지 않았다는 사실을 알아차리고 나도 모르게 혀를 차고 말왔다.

"퇴원할 때의 상황을 가르쳐주세요."

"상황?"

"누군가가 데리러 왔나요? 아니면 혼자서?"

"혼자였습니다. 유코 씨는 이제 일시 퇴원도 익숙한 참이라서요. 입원한 지 20년이나 되었고, 상태가 호전될 때마다 퇴원을 반복했으니까요. 짐은 거의 챙기지 않았고 택시를 불러 혼자 나갔습니다. 오빠분 맨션은 여기서 코앞이고."

의사가 변명투로 말했다. 나는 이런 병원이나 병, 환자에 대해서 잘 알지 못한다. 어쩌면 치료법도 대처법도 다양할 것이다. 게다가 완치 후 퇴원이 아니라 일시 퇴원인데, 환자가 혼자 나간다는 것은 이상하게 생각되었다.

"퇴원할 때 입원비 등을 지불하지 않나요? 그건 어떻게 했나요?"

"아뇨, 유코 씨의 경우에는 장기 입원이다 보니 1년에 네 번, 정기적으로 입금이 됩니다. 게다가 일시 퇴원이고, 짐도 병실에 남아 있고."

"현재는 건강한 건가요?"

"3주 전에는 퇴원을 허가할 수 있을 정도로 안정을 찾았습니다. 제 전문분야 쪽은 말이죠. 내장 질환 쪽도 그쪽 담당 의사에 따르면 약만 제대로 먹으면 문제없다고 했고요. 하지만 마지막 진료 후 3주가 지난 터라, 현재 상태에 책임은

질 수 없습니다. 정말 곤란하다고요. 이런 짓을 하시면."

"그건 제가 할 말인데요."

나는 최대한 냉정하게 말했다.

"지금까지 하신 말씀으로는 보호자인 야마모토 씨의 동의 없이 그녀의 말만 듣고 혼자 퇴원시킨 걸로 들립니다. 그렇게 되면 그녀의 안전은 이 병원 책임이 될 텐데요?"

"아니, 그건 그러니까……."

"그녀의 오빠인 야마모토 씨는 여동생의 목숨을 지키기 위해 결코 적지 않은 비용을 부담하시는 걸 텐데요."

나는 시노노메 의사와 안내 데스크로 뛰어나온 사무직원으로 보이는 사람들을 쏘아보았다. 그들 뇌리에 '재판'이라는 두 글자가 떠오르기 충분한 시간이다.

"앞으로 야마모토 씨가 어떻게 하시느냐는 둘째 치고, 지금은 그녀의 행방을 찾는 게 최우선이겠군요. 무사히 발견하게 되면 그것으로 모든 일이 원만히 처리될 테니까요. 일단 그녀의 병실을 보여주세요. 짐은 남아 있다고 했죠? 그리고 그녀를 잘 알고 있는 사람과 대화를 나누고 싶은데요. 담당 간호사라든가 친하게 지냈던 다른 환자라든가. 부탁할 수 있을까요?"

"바로 알아보겠습니다."

직원이 무대 뒤로 퇴장하고, 시노노메 의사가 발걸음을 옮겼다. 병실로 안내할 모양이다. 그 뒤를 따랐다.

처음에 생각했던 것보다 훨씬 큰 병원이었다. 현관을 들어와 오른쪽이 의료 행위를 하는 장소인 듯 그쪽에서는 소독약 냄새가 흘러나왔다. 현재 우리가 걷는 중앙 건물과 그 안쪽은 표시를 보건대 입원 시설인 듯하다. 건물 자체는 오래되었지만 깨끗하게 관리되고 있었고, 곳곳에 황매화나 마가렛 꽃 같은 밝은 꽃이 심어져 있다. 큼직한 남향 창이 있고, 밖에는 잔디밭과 나무숲 사이로 봄 바다가 보인다. 자원봉사인지 작업 요법의 일종인지, 잡초 제거나 정원 청소를 하는 사람의 모습이 산발적으로 눈에 띄었다.

걸으며 의사에게 물었다.

"그런데 그녀의 병은 뭔가요?"

"처음에는 망상, 환각, 착란을 일으켜 난동을 부린다며 오빠가 데려왔습니다. 약물과 알코올을 남용했던 것 같은데, 금지 약물은 아니었는지 약물 검사에는 검출되지 않았습니다. 다만 알코올 의존증이라 입원 직후에 금단증상이 나타났죠. 섭식장애도 있어 자주 구토를 하는 탓에 소화기 손상도 있었고요. 아직 젊었음에도 당시부터 간수치도 안 좋았고, 이런저런 병증이 안정되기까지 7년이 걸렸습니다."

"현재도 간이 안 좋은가요?"

"네, 당뇨도 있습니다."

"선생님은 카운슬링도 담당하셨나요? 그녀가 무엇에 고통스러워했는지 들으셨나요?"

"어머니와 불화가 심했던 것 같더군요."

시노노메 의사는 안절부절못하며 막다른 곳의 문을 카드키로 열었다. 그 앞은 지금까지와는 달리 새로 지은 건물로 보였다. 바닥에는 카펫이 깔려 있고, 개인실로 보이는 문들이 죽 늘어서 있다. 마치 호텔 같다.

"이 시간에는 환자들이 자립 그룹에 참가할 때라 이곳에는 아무도 없을 겁니다."

"마음대로 들어갈 수 있나요?"

"담당의사와 병실 사감의 허가가 필요합니다. 건물 안에서의 이동은 어느 정도는 자유롭습니다. 물론 남성 환자는 여성 환자의 개인실에 갈 수 없지만요. 그 반대도 엄격하게 제한되어 있고요. 치료의 일환으로 온천에도 들어갑니다만, 그 또한 남녀는 엄격하게 구분해 놓았죠."

"감옥은 아니지만 멋대로 놔두는 것도 아니군요."

빈정거릴 의도는 없었지만 시노노메 의사가 거만한 몸짓으로 안경다리를 고쳐 올렸다. 자세히 보니 안경다리에 셀로판테이프로 응급처치가 되어 있었다.

"인간은 유혹에 약한 생물이니까요. 게다가 물론 더 중증인 환자는 24시간 감시 하에 놓아둡니다. 본인을 위해서."

마치 내가 환자를 맡기러 온 고객인 듯한 말투였다. 시설 설명과 안내에 익숙한 모양이다.

"실례지만 선생님은 언제부터 그녀를 담당하셨나요?"

"2년 전부터입니다."

"그 전에는 다른 선생님이 담당이셨나요?"

"여성 의사가 담당이었습니다. 하지만 그녀는 그만두었습니다."

"무슨 이유라도?"

"뭐, 여러 일이 있어서요."

의사의 안색이 한층 더 안 좋아 보이는 것은 기분 탓일까.

"그건 그렇고 20년이나 입원이라는 건 너무 긴 것처럼 느껴지는데요."

"유코 씨의 경우, 좋아졌다 나빠졌다의 반복이라서요."

의사가 안쪽 계단을 두 층 더 올라갔다. 4층 문은 비밀번호와 카드키로 열 수 있게 되어 있었다. 그곳은 여성 전용 병실인 듯했다. 계단을 올라온 만큼 복도 창밖으로 바다가 확실히 보였고, 주위가 보다 밝아졌다. 내려다보니 사람들이 열심히 잡초를 뽑고 있었다. 화단에는 팬지나 아네모네, 작약이 활짝 펴 있었다. 상미가 외부 도로와의 경계를 나누듯 피어 있었다. 오다와라는 도쿄보다 따뜻한 모양이다. 4월 중순인데 벌써 장미가 꽃망울을 틔웠다.

"여기가 유코 씨의 방입니다."

의사가 4002호 문을 열었다.

작은 방이었다. 침대와 텔레비전, 컴퓨터가 놓여 있는 책상. 1인용 소파에 작은 냉장고, 문이 없는 옷장. 비즈니스호텔 같았는데, 오래 지낸 만큼 침대에는 꽃무늬 커버를 씌웠고, 옷장에는 옷이 가득 찼으며, 바닥 위에 만화책이나 여성지가 쌓여 있었다. 잡지는 모두 10대 후반 여자를 대상으로 한 패션지로, 옷장의 옷 취향과도 부합되었다. 아시하라 저택의 방과 마찬가지로 시오리는 지금까지도 귀여운 소녀풍을 좋아하는 모양이다.

"이런 건 어디서 사나요?"

"동행인을 붙여서 시내에 쇼핑하러 갈 때도 있습니다. 일시 퇴원했을 때 산 것도 있겠죠. 하지만 태반은 온라인 쇼핑일 겁니다."

"그건 허용되나요?"

"입원 환자 중에는 쇼핑 의존증도 있다 보니 물론 그런 사람에게는 허가되지 않습니다. 대담하게도 술을 구입한 환자가 나온 적이 있어서 이후 짐은 직원이 보는 앞에서 개봉해 내용물을 확인한 다음 인도하고 있습니다."

컴퓨터를 켰다. 비밀번호는 설정되어 있지 않았다. 즐겨찾기의 대부분은 쇼핑 사이트였지만, 한 가지 신경 쓰이는 사이트가 있었다. 열어 보고는 깜빡 놀랐다. 갑자기 〈백장미의 여자〉 시절의 아시하라 후부키가 화면에 크게 떴기 때문이다. 후부키의 열렬한 팬사이트였다.

내 검색 능력이 부족했는지 이런 사이트는 처음 본다는 생각에 화면을 스크롤했는데, 내용이 상당히 전문적이었다.

출연한 모든 영화의 소개나 감상은 물론, 거의 알려지지 않은 조연이나 단역에 대해서도 조사되어 있고, 스태프의 뒷이야기도 있었다. 아소 후카와의 교류 비화나 안자이 교타로가 후부키에게 구애했다가 차였다는 에피소드까지 소개되어 있었다. 매니저인 야마모토 히로키에 대해서도 사진이나 경력 등이 실려 있었고, 언제 촬영했는지 어렸을 적의 시오리 사진까지 있었다.

사이트 마지막에는 최신 정보로 후부키가 조후 역 근처 병원에 입원한 것 같다는 사실도 적혀 있었다. 이 정보가 올라온 것이 4주 정도 전이었다.

"아, 이 야마모토 히로키 씨가 오빠분을 말하는 거군요."

시노노메 의사가 어깨너머로 화면을 바라보고는 말했다.

"그렇구나. 오빠가 아시하라 후부키의 매니저였구나. 그건 몰랐네요. 그래서 그랬나."

"그래서라니요?"

"유코 씨는 자신이 아시하라 후부키의 딸이라는 망상을 품고 있었어요. 이 사실을 부정하면 심하게 난동을 부리기도 했습니다. 그런데 이상하게도 유코 씨는 아시하라 후부키의 팬은 또 아니에요. 오히려 자신은 아시하라 후부키의 딸이고, 심한 꼴을 당했다며 호소하는 거예요. 그래서 아시하라 후부키의 딸로 대해주면, 경우에 따라서는 폭력적이 되기도 해서……."

'그거 망상 아닌데.'

내심 그렇게 생각하는 동시에 시노노메 의사에게는 미안한 마음도 들었다. 아까부터 시오리의 병증 설명이 어금니에 무언가가 낀 듯 확실하지 않다고 생각했다. 이 의사, 과연 괜찮을까 생각했지만, 애당초 시오리가 신분을 위장했던 것이다. 가장 중요한 정보가 전달되지 않았으니 의학적 판단에 문제가 생기는 것은 어쩔 수 없다.

"그 밖에 아시하라 후부키에 대해 그녀가 뭐라고 말하지는 않았나요?"

"교살마라고 말했어요. 그 여자는 남의 목을 조른다고."

나는 의사가 알아차리지 못하도록 침을 꿀꺽 삼켰다.

"선생님은 그에 대해 어떻게 생각하시나요?"

"처음에는 정말로 겁을 먹은 듯이 보여 설마 했습니다. 일단 저는 영화를 안 봐서요. 나중에 사쿠마라는 병실 사감에게 아시하라 후부키가 출연한 영화 이야기를 듣고, 거기서 연상된 망상이라는 사실을 알게 되었습니다만, 한때는 완전 믿을 뻔했어요. 아시하라 후부키라는 건 그녀 자신과 그 모친을 상징하는 게 아닐까 생각하기도 했습니다."

"상징이요?"

"교살마가 나오는 그 영화, 〈백장미의 여자〉라고 하나 본데요. 사실은 매년 초여름에 장미가 필 무렵이 되면 유코 씨의 상태가 안 좋아진다는 사실을 전의 전 담당의가 알아차렸어요."

"장미라면 이곳에 많이 심어져 있더군요."

"순결을 의미하는 흰 장미는 성모 마리아의 상징입니다. 때문에 성 마리아 병원은 흰 장미가 많아요. 하지만 유코 씨에게 흰 장미는 아시하라 후부키의 상징이자, 불화가 있는 어머니의 상징일 테죠. 대부분의 환자는 추운 계절에 우울증을 앓거나 상태가 안 좋아지는 일이 많지만, 유코 씨는 겨울에는 얌전하다가 초여름에 장미가 피면 망상이 나오거나 착란 상태를 일으키거나 합니다."

"착란요?"

"앉아서 흰 장미를 쥐어뜯을 때가 있다고 해요."

무언가가 마음에 걸렸다. 그것이 무엇인지 알 수 없는 채 질문을 계속했다.

"아시하라 후부키가 모친의 상징이라는 건 알겠는데, 자신의 상징이라는 건 무슨 말씀인가요?"

"요컨대 유코 씨 내면에는 피해자와 가해자가 동시에 존재해요. 어머니에게 학대당해 괴로워하는 피해자로서의 야마모토 유코와 누군가에게 폭력을 휘두르며 괴롭히는 가해자……라고 할까, 지배자로서의 야마모토 유코, 쌍방이 존재합니다. 피해자인 자신을 잊어버린 나머지 지배자로서 행동할 때도 있거니와 피해자인 자신을 떠올려 자해 행위를 할 때도 있었습니다. 지배자 측에 섰을 때 그녀는 자신을 아시하라 후부키라고 주장했어요."

의사가 어째서인지 뺨을 붉혔다.

다음 질문을 찾기 위해 잠시 대화를 멈췄을 때 복도가 시끄러웠다. 누군가의 고함소리가 들리고, 그것을 달래는 직원들의 목소리가 들렸다. 나와 의사는 서둘러 복도로 나왔다.

야마모토가 누구라 할 것 없이 덤벼들었다. 의사의 모습을 보자 야마모토가 다가와 그의 멱살을 잡았다.

"이봐. 어디야. 그 아이는 어디 갔어!"

이런 식의 폭력적인 환자도 자주 있었을지 모른다. 아무도 그리 놀란 기색이 없다. 의사의 안경다리가 셀로판테이프로 보수되어 있는 것 또한 그런 일일 것이다. 하지만 이대로 야마모토가 술 냄새를 풍기며 난동을 부리다 진정제라도 투여되면 곤란하다.

"야마모토 씨, 진정하세요. 여기는 병원입니다."

그렇게 말하며 야마모토에게 다가가 빠르게 속삭였다.

"당신이 소동을 부리면 후부키 선생님의 명예에도 손상이 갈 지 몰라요."

그 순간 야마모토가 얌전해졌다. 아시하라 후부키의 위력이 놀라울 지경이다.

"이제부터 그녀가 친하게 지냈던 분들에게 사정을 들을 거니까요. 모두 함께 힘을 합쳐 그녀를 찾죠. 그때까지 어딘가에서 병원 측의 설명을 들어주세요. 담당의 선생님도 병증에 대해 말씀하실 게 있으실 거예요. 그렇죠, 시노노메 선생님?"

의사가 옷 정리를 하고는 아무 일도 없었던 듯이 고개를 끄덕였다.

"먼저 정보를 조합해보죠. 유코 씨의 안부를 확인할 수 있도록. 하무라 씨의 말씀대로 지금은 대화가 중요합니다."

모두가 우르르 나가고 나와 초로의 여성만이 남았다. 그녀는 병실 사감인 사쿠마라고 이름을 밝혔다. 회색 하이넥 블라우스와 검은색 긴 스커트를 입었다. 목에는 커다란 나무 십자가. 머리수건만 없을 뿐 수녀 그 자체로 보인다. 어렸을 적 다녔던 유치원이 가톨릭계였던 탓인지 나는 수녀님에게 약하다. 하물며 사쿠마는 당시 원장 선생님을 꼭 닮았다. 무릎에 달라붙어 울지 않도록 조심해야겠다.

그럴 걱정은 없었다. 사쿠마는 20년 전부터 '야마모토 유코'를 알고 있지만, 개인적인 정보는 무엇 하나 발설하지 않았다.

"아시하라 후부키의 영화는 알아요. 심야 재방송으로 봤거든요. 그래서 시노노메 선생님께 말씀드렸죠. 유코 씨는 아시하라 후부키에게 집착하는 것 이외에는 패션과 드라마밖에 흥미가 없는 여성이었어요. 패션 이야기는 자주 했지만 무슨 말을 하는지는 이해가 잘 안 되더군요. 드라마의 호불호가 심해, 모두가 모이는 거실에서 이런 거 보고 싶지 않다며 갑자기 텔레비전 콘센트를 잡아 뺀 적도 있고요.

아니, 그냥 제멋대로인 거예요. 실제 나이는 마흔이 넘었어도 본인은 열여덟 살 그대로였으니까요. 평소에는 얌전히 말을 잘 들어 다루기 쉬웠어요. 가정교육은 나쁘지 않은 것 같아요.

이 정도면 될까요? 일이 있어서요."

정보다운 정보는 제로. "하무라 아키라 씨인가요?" 하고 구두 확인만 한 다음, 환자의 병증을 줄줄이 말하거나 병실까지 쉽게 안내해주기에 손쉬운 병원이라고 생각했지만, 병실 사감을 맡은 만큼 상당히 진중했다.

"당신은 그녀를 걱정하지 않는 것 같군요?"

사쿠마가 문 앞에서 빙글 이쪽으로 몸을 돌렸다.

"저라면 야마모토 씨 걱정은 하지 않아요."

"그녀의 전 담당의가 그만둔 이유를 가르쳐주실 수 있을까요?"

사쿠마가 오른손을 목으로 가져갔다.

"대답할 수 있는 입장이 아닙니다."

"유코 씨와 관련이 있기 때문에 대답 못하시는 건가요?"

"대답할 수 없습니다."

"부정은 안 하시는군요."

사쿠마의 입술에 살짝 미소가 떠올랐다. 그녀는 더 이상 아무 말도 하지 않고 병실에서 나갔다.

혼자가 되었기에 철저하게 병실을 조사했다. 옷장의 옷을 한 벌 한 벌 확인했다. 흰 네글리제풍 드레스가 몇 벌이나 있어 마음이 아팠다. 어느 것이나 상당히 큰 사이즈다. 헐렁헐렁한 옷을 입고 거울 앞에 서서 자신은 어른인 척을 하는 순진무구한 소녀인 채라고 되뇌었던 걸까?

책상 서랍을 꺼내 뒤집어보았다. 매트리스 밑, 잡지 속, 텔레비전 아래까지 확인했다.

이것이 마지막이라는 생각에 책상 아랫면을 살펴보았다. 아무것도 없는 줄 알았지만 자세히 살펴보니 주위와 색이 다른 부분이 있었다. 힘을 주어 움직여 보았다. 서랍 뒤쪽에 골판지 종이가 끼워져 있었다. 얼핏 보면 책상 일부처럼 보이게 깨끗하게 꽂혀 있다.

그것을 꺼내니 본체와 골판지 종이 사이에서 보존용 비닐이 나왔다. 대량의 약이 들어 있었다.

책상을 원래대로 돌리고 침대에 앉아 생각해보았다. 무언가가 마음에 걸린다. ……그것이 무엇인지는 아직 모르겠다.

시오리는 어머니에게 살해당할 뻔했다. 그 전에도 심한 성적 폭행과 고문을 당해 마음이 부서진 시오리를 야마모토가 보호해서, 일단은 고엔지의 연립에. 그런 다음 이곳에 입원시켰다. 망상, 환각, 착란……. 간신히 호전된 것이 입원한 지 7년 후. 하지만 그 후에도 장미가 피는 시절에 증상이 악화되어 주저앉아 흰 장미를 손으로 계속해서 잡아 뜯은 적이 있었다…….

잠깐?

입원한 지 7년. 즉 실종된 지 7년 후. 이시쿠라 다쓰야가 '해삼'을 고용해 시오리의 사망을 후부키에게 인정시키려 했던 무렵. 그리고 이시쿠라 하나가 습격당했고 주변에 흰 장미가 떨어져 있었다…….

설마.

"저기."

퍼뜩 놀라 고개를 드니 젊은 간호사가 문 틈 사이로 얼굴을 내밀었다.

"하무라 씨죠? 당신과 이야기를 나누라고 하던데요. 유코 씨 일로."

간호사의 시선이 내가 들고 있는 비닐봉투에 못 박혔다.

"어쩐담. 그거 유코 씨 약인데, 어디 있었나요?"

"이거 무슨 약인가요."

"향정신성 약이에요. 매일 안 먹으면 큰일 나는데. 계속 먹기 싫어하긴 했지만."

울 것 같은 얼굴이 되었다. 약을 먹기 싫어하는 환자가 이런 식으로 약을 숨기는 일은 자주 있다. 다만 야마모토 유코에 대해서는 그렇게까지 경계하지 않았을 것이다. 병원 측은 그녀에게 완전히 속은 걸까.

"여기 환자는 증상이 안정되면 일시 퇴원 가능한 거죠?"

단도직입적으로 물었다. 간호사가 병실 안으로 들어와 고개를 끄덕였다. 가슴에 '도리이'라는 명찰을 달았다.

"그래요. 유코 씨의 오빠는 이 병원의 전 원장과 친했던 것 같아요. 뭐라더라, 유명한 정치인의 비서였잖아요, 오빠분. 그 정치인 소개라며 여동생을 여기로 데려왔어요."

젊은 간호사는 사쿠마의 구멍을 메우려는 듯이 거침없이 말했다.

"그렇군요."

어쩌면 소마 다이몬도 시오리의 상태나 경위를 야마모토에게 들었을지 모른다. 소마 다이몬이 병이 걸린 것이 아닐까 생각될 정도로 급격하게 야위었다는 오노 기자의 이야기가 떠올랐다.

"안정 상태일 때는 좋은 사람이에요, 유코 씨는. 자기 옷을 아낌없이 남에게 주거나 잡지를 빌려주기도 했고. 남성 문제는 있었지만요. 사감님이 그녀에게는 차갑지 않던가요? 지금까지 그녀 때문에 남성 환자 간에 큰 싸움이 벌어지거나, 감시의 눈을 피해 그녀 방으로 남성 환자가 오거나 한 적이 있었거든요. 이런 거 풍기문란이라고 하던가요? 때문에 사감님은 유코 씨를 빨리 내쫓고 싶어 했어요. 그런 일만 없었다면 아마 더 빨리 퇴원할 수 있었을 거예요."

"그녀는 퇴원하고 싶어 했나요?"

도리이 간호사가 의심스럽다는 표정을 지었다.

"으음, 다시 생각해보니 글쎄요. 굳이 어느 쪽이냐면 하고 싶지 않았을지도 모르겠네요. 이따금 일시 퇴원할 수 있다면 그걸로 족하다는 느낌일까요. 여기 있는 편이 안전해. 마음이 내킬 때만이라도 밖에 나갈 수 있다면 충분하다고 말한 적이 있어요. 저는 아직 경험이 적어서 그럴지도 모르는데, 병인지 고집인지 구분이 안 갈 때도 있었어요."

"드라마가 마음에 안 들어서 전원 콘센트를 뽑았다던데?"

"아."

도리이 간호사가 피식 웃었다.

"그녀는 그 인간은 싫어하거든요. 그 있잖아요, 거물 배우라면서 잘난 듯이 떠들어대는 기분 나쁜 느낌의 할아버지. 그 인간이 나오면 예능 프로든 드라마든 반드시 텔레비전을 끄더라고요. 한 번은 화면을 발로 찬 적도 있어요. 이따금 정말 위험했어요."

"그래서 지난번 의사에게도 그런 짓을?"

아무렇지도 않게 떠보니 젊은 간호사가 바로 낚였다.

"그러게요. 목을 청진기로 졸라서 죽이려고 하다니. 뭐가 방아쇠가 되었는지는 아무도 모르지만요. 이사카 선생님은 미인인데, 입이 좀 험하기도 했거든요. 유코 씨의 역린을 건드린 게 아닐까요? 너는 더러운 창녀라며 갑자기 달려들어서 그 자리에 있던 간호사도 말릴 틈이 없었다고 해요. 간신히 떼어냈을 때는 질식의 영향으로 눈에 출혈이 심해 실명 직전까지……. 낫는 데 3개월이나 걸렸다고……. 꺅."

내가 침대에서 벌떡 일어난 탓에 도리이 간호사가 놀란 듯이 뒷걸음질 쳤다.

망상, 환각, 착란……. 그런가, 그런 거였나.

나는 엄청난 착각을 하고 말았다. 사쿠마 사감이 했던 말의 의미가 이제야 이해가 되었다.

"저라면 야마모토 씨 걱정은 하지 않아요."

걱정해야 할 것은 그녀가 아니라…….

24

도리이를 재촉해 회의실로 갔다. “방에서 발견했습니다” 하며 의사 앞에 색색의 약이 가득한 비닐봉투를 내밀고 야마모토에게 말했다.

“가죠. 후부키 씨에게. 그녀도 아마 거기 있을 겁니다.”

야마모토는 후부키의 이름을 듣자마자 반사적으로 직립 부동이 되었지만, 동시에 영문을 알 수 없다는 듯이 말했다.

“왜 그리 생각하지? 그 아이가 후부키 선생님에게 갈 리가 없어. 그 아이는 선생님을 두려워했으니까.”

살해당할 뻔했으니.

“확실히 지금까지는 그랬을지도 몰라요.”

하지만 이미 20년이다. 두려움은 분노로 변하기도 한다. 그리고 분노가 서서히 그 세력을 더 키우기도 한다.

말기 암에 의한 환각을 본다고 의사도 후부키 본인도 말했다.

어떤 환각인지는 묻지 않았지만, 만약 그것이 죽였을 터인 딸의 환각이라면 어떨까?

후부키는 처음에 딸의 출현을 의사의 말대로 병에 의한 환각이라고 생각했다. 무서워 혼자서는 있을 수 없어 억지를 부려 다인실로 옮겼다. 하지만 그러던 중 도저히 환각이라고는 생각할 수 없게 되었을 것이다.

처음 만났을 때 사야는 시오리의 낡은 옷을 입고 있었다. 오늘 사야와의 전화 통화에 따르면 후부키의 명령으로 그렇게 한 것이다. 그것은 일종의 테스트가 아니었을까. 사야가 딸로 분장해 자신에게 유리한 유언장을 쓰게 하려는 것일지도 모른다. 거기에 생각이 미쳐 시험해본 것이다. 사야가 딸로 보이는지 아닌지.

사야가 한 짓이 아니라는 사실을 알게 된 후부키는 탐정을 고용해서 딸의 생사에 대해 조사해보겠다는 생각을 했다. 개인영업에, 더구나 휴업 중인 다루기 쉬운 탐정이 같은 병실에 있었다. 사정이 사정인 만큼, 제대로 된 대형 조사회사에 의뢰를 할 수는 없었다. 개인이라면 사실이 발각되어도 입을 막는 일은 불가능하지 않다. 물론 20년 전 이와고 탐정 건도 있고, 이번에는 야마모토도 없다. 그래도 부상 중인 여탐정이라면 잘 이용할 수 있을 것이라 생각했다. 그래서 나를 고용했다. 죽기 전에 딸을 만나고 싶다. 실종된 딸을 찾아달라며 눈물로 호소했다.

결국 탐정은 실종 후에도 딸이 살아 있다는 사실을 밝혀냈다. 그래서 후부키는 환각이라고 생각했던 것이 사실은 환각이 아니라는 사실을 깨달았다. 때문에 오늘 갑자기 변호사를 부른 것이다.

요컨대 현재 시오리는 후부키의 주변에 있다. 그 팬사이트에서 후부키의 입원 사실을 알고, 구실을 만들어 병원에서 빠져나왔다. 그 이후 3주. 어떻게 살고 있는지는 알 수 없지만, 남자를 조종하는 데 탁월하다는 간호사의 이야기가 사실이라면, 무일푼이라도 사바 세상을 살아가는 것은 그리 어려운 일이 아니리라.

"자세한 사정은 열차 안에서 설명 드릴게요. 서두르지 않으면 후부키 씨가 위험할지도 몰라요."

시계를 확인했다. 2시가 넘었다. 시노노메 의사가 약이 든 비닐봉투를 든 채 멍하니 있는 것을 무시하고 달렸다. 야마모토가 뒤따라왔다. 다행히 문 앞에 택시가 정차해 손님이 내리던 참이었다. 야마모토가 앞 승객을 잡아끌듯 내리게 하고는 차에 올랐다. 만 엔짜리 지폐를 바지 주머니에서 꺼내 빨리 출발하라며 운전사에게 소리쳤다. 자칫하면 내가 택시에 올라타지 못할 뻔했다.

'결국 마미가 말했던 빵집에 들를 여유는 없었네.'

머리 한구석으로 생각하며 오다와라 역에 내렸다. 택시로 조후까지 가는 방법도 생각했지만 차 안에서 도메이 고속도로가 사고로 정체가 심하다는 뉴스를 듣고 포기했다. 금요일 한낮이라, 일반 도로도 어디서 막힐지 알 수 없다. 열차를 갈아타고 노보리토나 고마에 근처에서 택시를 타고 가는 편이 빠를 것이다.

2시 35분에 출발하는 로맨스카를 잡아탈 수 있었다. 금요일 2시, 신주쿠 행은 아침에 비해 한산했다. 갈색의 차량 안으로 뛰어드는 것과 동시에 열차가 움직였다.

로맨스카라는 이름의 유래는 커플이 사이좋게 나란히 앉을 수 있는 좌석을 준비했기 때문이란 말을 들은 적이 있다. 때문에 2인석 사이에 칸막이 같은 것이 없다. 야마모토와 나란히 앉아 있으니 좀처럼 진정이 되지 않았다. 그에게 미안하다고 하고 자리에서 일어서 열차 연결 통로에서 사야에게 연락했다. 아침과는 전혀 달리 침울한 목소리의 사야가 받았다.

"저기, 후부키 씨의 용태는 어떠신가요?"

안 좋은 예감을 느끼며 물어보았다.

"그다지요. 아까 변호사가 돌아갔어요. 본인은 지쳐 자고 싶다며 저까지 병실에서 쫓아내더군요."

"유언장을 작성한 거군요?"

"유언장은 전부터 존재했다더군요. 오늘은 거기에 보충 작업만 했을 뿐. 이모님 말씀으로는 제게도 돌봐준 만큼은 제대로 남기겠다고."

"그거 다행이네요."

"네? 무슨 말씀이죠? 돌봐준 만큼이라니 그게 뭔가요. 이모님 친척은 저뿐이에요. 시오리는 더 이상 없고, 저보다 가까운 인간도 없으니 전부 제게 남겨야 하지 않나요? 다른 누군가에게 남길 생각이었다면 유언장 따위 작성하게 하는 게 아니었어. 그렇게 하면 유일한 유산 상속인은 나 혼자였을지도 모르는데."

딸인 시오리의 생사가 불확실한 이상 그런 일은 없을 거라고 생각했지만, 흥분한 사야에게는 들리지 않을 것이다. 나는 동정해보기로 했다.

"그건 너무 심하네요. 사야 씨는 후부키 씨를 성심성의껏 돌봤는데 말이죠."

"그렇죠? 계획했던 일이 전부 틀어졌어요. 유산이 들어오면 참아왔던 시시한 결혼 생활을 계속할 필요도 없고, 이혼해도 아이들에게 충분한 지원을 할 수 있어요. 세이조의 집을 팔면 도심에 멋진 맨션을 살 수 있고. 그런데 그 집은 그 모습 그대로 시오리에게 남긴다는 거예요. 믿을 수 없어."

"집을 시오리 씨에게……."

"시오리 따윈 이미 어딘가에서 뒈졌을 텐데. 그런데 집은 시오리 거라니. 그렇게 하면 그 아소 후카라는 예술가의 오브제도 선생님이 돌려달라고 말하기 전까지는 그대로 놔둘 수 있다나 뭐라나. 그런 이상한 물건이 뭐가 좋다고. 자칭 예술가라는 족속이 하는 짓은 영문을 알 수가 없어. 일단 난 더 이상 이모님과 관계되고 싶지는 않아요. 장례식도 하지 않을 거고. 유골은 그 집 정원에 뿌려버리겠어. 내일이라도 그 집 열쇠, 내게 가져다줘요."

"잠깐만요. 화가 나시는 것도 지당한데요, 저는 지금 부슈 종합병원으로 향하는 중입니다. 하다못해 제가 도착할 때까지 후부키 씨 곁에 있어주시면 안 될까요?"

"싫거든요."

"긴급 사태입니다. 자세한 말씀은 드릴 수 없지만. ……사야 씨?"

전화가 끊겼다. 나는 혀를 찼다.

병원 대표번호로 전화를 걸었지만, 오래 대기한 끝에 간신히 연결된 통화에서 "아시하라 후부키 씨 일로"라고 말한 순간, 다음 이야기를 듣지도 않고 상대방이 전화를 끊었다. 입원 환자 중에 후부키 씨를 알아차리고 떠들어대는 사람도 있다고 나루미 의사가 말했었다. 팬사이트에 올라온 정보도 있고, 어제 아침의 이시쿠라가 벌인 소동 건도 있다. 병원 측이 가드를 단단히 하고 있는 것일지도 모른다. 그렇다면 다행인데.

안심이 안 되어, 이번에는 나루미 선생에게 전화를 걸었다. 하무라 아키라라고 이름을 밝힌 순간.

"아, 저기…… 잠깐만요."

바로 나루미 의사를 바꿔주었다. 백골에 박치기를 한 환자는 나 말고는 없는지 병원 관계자의 기억에 남은 것이 아닐까 싶다.

담당 의사에게 아시하라 후부키를 해치려는 인물이 있어 경비를 강화해주었으면 한다고 말했다. 의사는 자세한 사정을 듣고 싶어 했지만, 로맨스카 차량 안이라서 자세한 이야기는 나중에 하겠다고 하니 일단 동의해주었다. 이렇게나 못을 박아두었으니 후부키는 당분간 안전할 것이다.

자리로 돌아왔다. 야아모토가 진정이 되지 않는 듯 창밖의 단자와 산을 멍하니 바라보고 있었다.

"누구에게 연락했지?"

"후부키 씨의 조카인 이즈미 사야 씨. 그리고 후부키 씨의 병원 담당의사에게 후부키 씨를 신경 써달라고 부탁했습니다."

"선생님은 어느 병원에 입원하셨지?"

"조후 역 앞의……."

"부슈 종합병원인가."

"아는 곳인가요?"

"그 병원의 신축 개발 용지 매수 건으로 좀."

음모 사관론자를 바보 취급한 것은 경솔한 일이었나 보다. 흑막이랄까, 권력의 화신 같은 인간은 실제로 존재하고, 이곳저곳에 얼굴을 내밀고는 좋지 않은 일에 손을 대 돈을 벌고 있을지도 모른다.

"그래서? 자세한 이야기는 열차 안에서 한다고 하지 않았나?"

나는 이야기했다. 야마모토는 잠자코 들었지만, 남아 있던 술기운도 다 깼을 것이다. 내용을 이해하게 되자 안색이 안 좋아졌다.

"그럼 그 아이가 후부키 선생님 근처에 잠복해서 선생님을 살펴보고 있다고? 그리고 선생님을 해칠 거라고?"

"어디까지나 제 상상이지만, 완전히 빗나간 상상은 아닐 거예요."

"하지만 왜 그 아이가."

"성 마리아 병원에서 들었습니다. 시오리 씨는 2년 전에 담당했던 여성 의사의 목을 졸라 하마터면 죽일 뻔했다더군요."

야마모토는 대답하지 않았다. 나는 계속 말했다.

"실종된 지 7년 후, 시오리 씨는 병환이 안정되어 일시 퇴원했습니다. 그 무렵 이시쿠라 하나가 누군가에게 목이 졸려 의식불명인 채 발견되었고, 3년 7개월 후 사망했습니다. 도우미인 유키 씨, 야스하라 시즈코 씨 두 사람 모두 행방불명이죠. 게다가 당신 여동생……. 고엔지의 시오리 씨가 살았던 연립 근처에서 교살 사체로 발견되었습니다."

야마모토가 몸을 부르르 떨었다.

"저는 모두 아시하라 후부키 씨가 한 짓이 아닐까 의심했습니다. 이시쿠라 다쓰야가 그렇게 주장했고, 시오리 씨가 20년간이나 숨어 지낼 필요가 어디 있었는지, 그 이유가 후부키 씨에게 살해당할 뻔한 거라 생각하면 앞뒤가 맞아떨어집니다. 게다가 그 〈백장미의 여자〉. 그때 후부키 씨의 연기는 정말로 굉장했어요. 연기라고는 생각되지 않을 정도로."

야마모토의 입꼬리가 살짝 위를 향했다. 웃었다는 것을 알았다.

"하지만 생각해보면 범인으로 어울리는 건 시오리 씨 쪽이었습니다. 그녀와 관계가 있던 남성에게 이야기를 들었는데 그녀는 남성의 목도 졸랐습니다. 게다가……."

안자이 교타로 이야기를 꺼내야 할지 고민했다. 그만두기로 했다. 야마모토가 알고 있으면 말하지 않아도 알 것이고, 모른다면 그것으로 족하다. 20년간, 카운슬링 때도 숨겨온 시오리의 비밀을 입에 담을 필요는 없을 것이다.

"아마도 계기는 '이모할머니'의 죽음이었을 겁니다. 후부키 씨는 딸이 이모할머니를 목 졸라 죽였다는 사실을 알아차렸습니다. 이모할머니는 후부키 씨 모녀에게 소중한 존재였을 테죠. 병원 입원비라든가 여러 모로 신경을 썼다는 점이 가계부를 통해서도 알 수 있었습니다. 가족이나 마찬가지인 이모할머니가 살해당해 후부키 씨는 분노했던 게 아닐까요? 그리고 아마도 가정부인 유키 씨를 죽인 것도 시오리 씨라는 사실을 알게 되었습니다."

"선생님은 몰랐어."

야마모토가 작은 목소리로 말했다.

"임시 고용했던 가정부가 파견소로 돌아오지 않았다는 사실을 들었어도 신경 쓰지 않았어. 다만 시즈코 씨는 달랐지. 선생님은 시즈코 씨를 친어머니처럼 여겼으니까. 파리 여행에서 돌아온 뒤 시즈코 씨가 없어졌다는 사실을 알아차렸어. 속여 넘기려 했지만 그러지 못했지. 결국 그 아이는 참지 못한 거야."

역시 가정부인 다카다 유키코, 그리고 '이모할머니'도 살해당한 것이다.

"그래서 후부키 씨는 친딸이 괴물이라는 사실을 깨달았군요. 그리고 실종 당일, 분노 끝에 자택에서 딸의 목을 졸랐습니다. 완전히 죽였다고 생각했겠죠. 당신이 뒤처리를 하게 되었습니다. 시오리 씨는 맞선을 위해 가와구치 호수로 갈 예정이었습니다. 때문에 시오리 씨가 외출하기 전에 후부키 씨는 한 발 먼저 집을 나갔다는 것으로 해두었죠. 실제로 당신이 시오리 씨의 '시신을 처리'하는 동안 집을 나갔을 거고요. 시오리 씨가 가와구치 호수에 나타나지 않자, 맞선을 내팽개쳤다고 화를 내는 연기를 한 거고."

"선생님은 다정한 분이야. 아무리 화가 났어도 친딸을 목

졸라 죽이는 건 무리였어. 그 아이는 그 사실을 도저히 이해하지 못했지."

우리 곁을 이동 매점 카트가 스쳐 지나갔다. 커피 향이 코를 간질인 순간, 마른 침을 삼켰다. 야마모토도 마찬가지였는지 커피 두 잔을 주문했다. 설탕과 우유를 듬뿍 넣고 둘이서 마셨다.

"그래서 당신은 시오리 씨를 데리고 나간 거군요. 그 집에서."

"데려나갔어. 산속으로. 아무도 모르는 장소에 버리고, 모두 그 아이를 잊는다. 그렇게 했으면 좋았을 것을."

그렇게 했다면 야마모토 유코는 살해당하지 않았을 것이다. 하지만 야마모토는 제정신을 차린 시오리를 죽일 수 없었다. 왜냐, 후부키 선생님의 딸이니까.

"왜 고엔지의 연립에? 시오리 씨가 위험하다는 생각은 안 했나요? 이미 그 단계에서 두 명이나 죽였는데."

"근처에 있던 인간뿐이었어. 그들이 그 아이의 화를 돋우었기 때문에 그렇게 된 거야. 유코도 그랬고."

"여동생?"

"돈을 전달시켰을 뿐이야. 건넨 뒤 현관 앞에서 바로 돌아오라고 했는데, 여동생은 그 아이에게 쓸 데 없는 말을 했어. 오빠와는 무슨 관계냐, 오빠를 속여 이용하는 거 아니냐. 그런 바보 같은 말만 하지 않았더라면……."

그래서 친동생의 사체를 근처 공터에 버린 건가. 묻지 마 범행으로 보이게 하려고.

"탐정을 죽인 건 누구인가요. 시오리 씨인가요, 아니면 당신?"

"탐정?"

야마모토는 영문을 모르겠다는 표정을 지었다.

"기억하시겠죠? 이와고 가쓰히토라는 탐정입니다. 이와고 탐정은 당신을 의심해서 미행했습니다. 그리고 고엔지의 연립까지 도달했다는 사실도 알고 있습니다. 그는 그 직후에 실종되었습니다."

"아, 그 탐정. 그 남자에게는 입막음 비용을 지불했어."

야마모토가 아무렇지 않게 말했다.

"돈을?"

"전직 경찰이었으니 한때는 난폭한 방법도 생각했지만, 그 인간은 의외로 머리가 잘 돌아갔어. 그 아이를 병원에 입원시키려고 준비 중이다. 알코올이나 약물 문제를 안고 있다는 사실을 후부키 선생님이 알게 하고 싶지 않다고 말했지. 처음에는 믿지 않았지만 병원 측과 입원 이야기를 하는 통화를 들려주었더니 납득하더군. 그래서 수중에 있던 600만 엔을 건넸어."

"이와고 씨가 그걸 받았나요?"

"더 이상 경찰이 아니니 뇌물도 아니고, 법적인 문제는 전혀 없다고 설명했어. 살인 건을 알아차렸다면 확실히 돈을 받지 않았을 테지만, 그 탐정은 거기까지는 몰랐으니까. 신경 썼던 건 약 쪽이었는데, 그 아이도 마약에 손을 댈 정도로 바보는 아니었고, 기껏 손을 댄 건 수면제 정도. 의사에게 처방을 받은 건 아니었지만 그렇게 흠이 될 정도는 아니었지. 게다가 바로 입원시킬 거라고 했으니까."

야마모토는 날카로운 삼백안으로 나를 바라보았다.

"댁도 같은 정도로 만족하겠지? 말해두겠는데 후부키 선생님의 명예를 실추시키는 일은 절대로 용서하지 않아. 여기까지 말한 건 댁이 의뢰인을 불리하게 만드는 짓은 하지 않겠다, 무슨 사실을 알게 되더라도 발설하지 않겠다고 맹세했기 때문이야. 알겠어? 살인의 증거는 무엇 하나 없어. 만약 그 아이가 누군가에게 후부키 선생님이 자기 목을 졸랐다고 말하거나 했으면 내가 이 손으로 목 졸라 죽이겠어. 당신도."

'아뇨, 맹세 안 했는데요.'

이 말을 입 밖으로 낼 수는 없다. 의뢰인의 이익을 지키겠다고는 했으나 일에는 한도라는 것이 있다. 현재 야마모토가 인정한 것만으로도 적어도 세 건의 살인이다.

"그 아이는 야마모토 유코다."

그가 말했다.

"이만큼이나 댁이 밝혀냈으니, 이제 와서 살인을 부인할 수 없다는 건 나도 알아. 하지만 후부키 선생님의 딸이 살인이라니, 그런 일은 절대로 있어서는 안 돼. 고엔지에서 살해당한 게 후부키 선생님의 딸이고, 차례차례 사람을 죽인 건 내 여동생이다. 그걸로 밀어 붙이겠어."

"아무리 그래도 그건 무리예요. 본인이 자기를 아시하라 시오리라고 밝혔잖아요."

"망상이야."

야마모토가 자신만만하게 말했다.

"야마모토 유코는, 내 여동생은 얼마간 아시하라 저택에서 입주 가정부를 했다는 것으로 하겠어. 그래서 자신이 후부키의 딸이라는 망상을 품게 되었고, 그걸 부정당해 가정부와 '이모할머니'를 죽이고 고엔지의 아파트를 찾은 시오리 아가씨를 죽였다. 그렇게 가겠어. 성 마리아 병원도 협력시키겠어. 당신도 협력해."

아니, 불가능하다니까. 이시쿠라 다쓰야는 어쩔 건데? 이번 일이 공공연해지면 하나가 누구에게 살해당했는지 싫더라도 알게 된다. 마지막의 마지막에 유산을 시오리에게 빼앗겼다고 생각하는 사야도 사촌동생의 생존 사실을 알게 될 것이다. 시오리가 살인범이 되는 편이 상속에 다소 유리하게 작용할 거라 생각할지도 모른다. 경찰이 아시하라 저택을 조사해 그 가계부를 보면 야마모토 유코가 입주 가정부를 한 적이 없다는 사실도 바로 들킬 것이다.

포기하라고 어떻게 설득을 해야 좋을지 고민할 때 전화가 울렸다. 군지 쇼이치. 도마 경부 옆에 바짝 달라붙어 있었다는 피곤해 보이던 부하다.

하필이면 이런 때에. 하지만 이 녀석의 연락을 무시하면 어떤 일이 벌어질지 알 수 없다. 받지 않을 수 없었다.

야마모토에게 미안하다고 말하고 대답도 듣지 않고 서둘러 화장실로 갔다. 군지가 따분하다는 듯이 말했다.

"경부님 명령이라 연락했는데요, 뭔가 특별한 일 있나요?"

도마와 만난 것이 그저께 심야. 그로부터 아직 하루 반밖에 안 지났다는 것을 생각하니 눈물이 나올 것 같았다. 이렇게 계속해서 협박을 당해야 하다니 대체 내가 무슨 짓을 했다고.

"별로요. 구라시마 마미는 어젯밤 우리 셰어하우스로 이사를 했습니다. 오늘 아침 나올 때 경찰과 트러블이 있다고 밝히더군요."

"그래서요?"

"바빠서 돌아오면 듣겠다고 말하고 나왔어요. 그럼 이만."

"잠깐."

스피커폰으로 했었는지, 도마 경부의 목소리로 바뀌었다. 정말로 부하를 믿지 않는 모양이다. 부하가 맘에 안 든다고 매주 부하의 목을 쳐버리던 오래전 독불장군이 떠올랐다.

"약속이 다르군요. 구라시마 마미 쪽에서 이야기를 털어놓을 마음이 들었는데 왜 듣지 않는 거죠? 힘들게 물고기를 어망 쪽으로 몰았는데 그걸 수포로 돌리지 말았음 하는군요. 의욕이 없으신가요?"

있을 리가 없지.

"일하면서 반년 동안 감시하라고 말씀하신 건 그쪽인데요. 게다가 제 본업 쪽을 우선시하는 것 역시 이미 동의하신 일이고요. 그런데 말이죠, 그녀, 상당히 흐리터분하고 제멋대로인 인간이더군요."

"그래서 어쨌다는 건가요?"

"그녀가 의심받은 최대 이유는, '잠이 오지 않는 밤의 베개'에서 주최한 교환 이벤트가 사이트에 공지된 게 강제 수사 실행 시간을 내부에 공유한 30분 후였기 때문 아닌가요? 그래서 내부 누설자가 그녀에게 연락해서 서둘러 이벤트 공지를 올리게 한 거라고. 하지만 반대의 경우도 생각할 수 있지 않나요?"

"그 말씀인즉슨?"

"먼저 그녀에게 이벤트 장소를 빌리게 하고 사이트에 공지를 하는 겁니다. 그래서 이벤트를 실행시키는 건데, 그중 몇 번인가는 그녀에게 이벤트를 취소하게 하고 카지노를 연다."

"같은 일이잖습니까."

"달라요. 이 방법에는 수사 정보를 알게 된 다음 그 누구에게도 연락할 필요가 없다는 이점이 있습니다. 연락이 없을 경우, 구라시마 마미는 그대로 평범한 이벤트를 열면 되죠. 마미의 취소 공지가 없으면 카지노는 없다. 취소 공지가 나오면 그게 사설 카지노가 열린다는 게 된다. 말하자면 그쪽의 정보 누수는 참가한 경찰에게 강제 수사 일시를 알린 다음에 일어나는 게 아니에요. 그 왜 그녀도 말했잖아요. 막판 취소가 아닌 막판 공지라고."

"말하자면?"

"그게 해답입니다. 오늘은 강제 수사가 없을 것 같으니 카지노를 여는 거죠. 그래서 구라시마 마미에게 연회장은 이쪽으로 넘기라며 막판에 부탁을 하죠. 억지로 취소하게 된 사죄로 마미에게 보상금을 지불하고."

도마 경부는 아무 말이 없었다. 어떠냐. 나는 들뜬 마음에 쓸 데 없는 말을 덧붙이고 말았다.

"그래서 그 알리바이에는 아무 의미도 없습니다. 강제 수사 정보를 제시한 다음 실행하기까지 도마 경부님에게 찰싹 달라붙어 있어도 얼마든지 정보를 흘릴 수 있거든요."

……어라?

그렇다는 말은.

전화 너머가 고요해졌다. 하지만 다음 순간 노성과 비명이 동시에 터지나 했더니 전화가 끊겼다. 잠시 기다려 보았지만 아무런 반응이 없었다.

아무렴 어때. 경찰 내부에 무슨 일이 일어나든 내 알 바 아니다.

통화를 끊고 자리로 돌아가고자 뒤로 돌았다. 위험하게도 야마모토와 부딪힐 뻔했다. 그가 나를 향해 묘하게 표정 없는 목소리로 말했다.

"강제 수사? 경부? 전화 상대는 경찰인가?"

"그게, 저."

'다른 건으로'라고 말할 틈도 없었다. 야마모토의 팔이 내 목을 휘감았다.

25

멀리서 누군가가 큰소리로 외쳤다. 그 소리가 시끄럽고 불쾌해 눈을 떴다.

뭔가 흰 것이 눈앞에 보였다. 동시에 엄청난 냄새에 숨이 콱 막혀 고개를 들고 소리가 나는 쪽을 돌아보았다. 상대가 갑자기 숨을 삼키며 비명인지 무슨 말인지 알 수 없는 소리를 질렀다.

온몸이 아팠다. 다리나 엉덩이가 차가웠다. 주위를 둘러보았다. 기침이 심하게 나왔다.

나는 젖은 스테인리스 바닥에 앉아, 공중에 떠 있는 듯이 설치된 변기를 품에 안은 상태였다. 좁은 공간에 밀어 넣어진 상태였는데, 머리가 쿵쿵 울렸다. 일어서려 변기에 손을 올리니 흰 플라스틱 변좌에 피가 뚝뚝 떨어졌다.

비명의 주인이 “히익” 하고 숨을 삼켰다.

“살아 있어요? 당신, 살아 있어?”

목소리가 나오지 않았다. 간신히 힘을 내 일어서 문과 여성에게 부딪힐 뻔하면서 밖으로 나왔다. 정면의 세면대 커튼을 손으로 잡으며 간신히 자세를 바로 세우기는 했지만, 거울에 비친 내 모습에 놀랐다. 안면이 창백하고, 얼굴 반쪽 아래가 피투성이였다. 옛날 〈배트맨〉 영화에 나왔던 잭 니콜슨을 연상시키는 풍모로 변모해 있었다.

살며시 코에 손을 갖다 대었다. 엄청 아프고 부었지만 부러지지는 않았다. 안심했다. 머리를 맞아 코피가 나온 것이 아니라, 단순히 코를 부딪힌 모양이다. 야마모토에게 무슨 짓을 당했는지는 기억나지 않지만 아마도 미주신경을 압박 당했을 것이다. 이것은 이것대로 끔찍한 짓이지만 정수리를 쪼개려 하지 않아 다행이다.

“괘, 괜찮아? 차장을 부를까?”

여성이 뒤에서 쭈뼛거리며 물었다. 그 손이 가늘게 떨렸다. 그도 그럴 것이 열차 화장실 문을 열었더니 여자가 피투성이인 채 쓰러져 있는 모습을 목격하는 일은 좀처럼 없을 테니까.

목 안쪽으로 피가 왈칵 떨어지는 불쾌한 감촉을 헛기침을 해서 떨쳐낸 나는 고개를 끄덕인 후 말했다.

“괜찮아요. 죄송합니다. 단순한 코피예요. 미끄러져 넘어질 때 부딪힌 것 같네요.”

"정말로? 누군가에게 당한 거 아니고?"

나는 억지로 웃으며 고개를 저었다.

"니시무라 교타로의 서스펜스 소설도 아니고 괜찮아요. 죄송해요, 덜렁이라서. 놀라게 했군요."

"그래? 그럼 다행이고."

"이거 당신 거지?"

여성이 화장실 바닥에 떨어진 백을 주워주고는 문을 닫았다. 나는 얼굴을 씻고 티슈로 닦았다. 어렸을 적에는 자주 코피를 흘렸지만, 어른이 되고 나서는 오랜만이었다. 물로 코를 차게 하는 것은 실로 기분 좋았다. 반복해서 피를 씻었다. 티슈를 다 쓴 다음에는 백에서 손수건을 꺼냈다. 그즈음에는 코피도 멈췄다.

"푹슈우. 덜컹" 하는 소리가 들렸다. 열차가 흔들렸다. '출발하는구나' 하고 생각했다. 정신이 번쩍 들었다. 화장실에 있을 때는 알아차리지 못했지만 열차는 전혀 흔들림이 없었다. 요컨대 어느 역에 정차해 있었다.

아차.

문으로 달려갔다. 열차는 천천히 발차하는 참이었다. 혼아쓰기라는 역명이 천천히 뒤쪽으로 흘러간다. 그 아래를 야마모토가 잰걸음으로 지나갔다. 문을 주먹으로 쳤을 때는 야마모토뿐만 아니라 홈도 멀리 저편으로 떠나버렸다.

아, 젠장.

나는 서둘러 백이 있는 곳으로 돌아갔다. 마침 그 여성이 화장실에서 나와 나를 보고는 손가락으로 바닥을 가리켰다.

"혹시 저것도 당신 거 아니야?"

그 말에 바닥을 내려다보니 케이스가 벗겨진 스마트폰이 액정이 바닥을 향한 채 떨어져 있었다. 주워드니 액정이 산산조각 나 있었다. 집요하게 밟아댔든가 혹은 바닥에 몇 번이고 집어던졌든가. 적어도 현시점에서 스마트폰은 무용지물이다.

젠장. 빌어먹을. 그 자식.

야마모토가 어떻게 시오리와 후부키를 구할 생각인지는 모른다. 확실한 것은 그 행위에 나나 경찰을 개입시킬 생각은 털끝만치도 없다는 것뿐.

어쩌면 이번에야말로 시오리를 데려가 죽일 생각일지도 모른다. 시오리의 시신만 발견되지 않게 처리하면 그것은 자기 여동생인 유코였다고 주장할 수 있다. 고엔지의 사제? 무슨 말씀인가요? 여탐정이 아시하라 시오리라고 말했다고요? 그 탐정, 열차 화장실에서 코피를 흘렸다던데, 정치인의 비서였던 저보다 그런 한심한 여자가 하는 말을 믿나요?

상황이 실로 좋지 않다.

여성이 차량으로 돌아간 뒤 내 모습을 거울로 재차 확인했다. 코트 밑자락은 화장실 바닥의 물로 더러워졌고, 가슴에는 핏자국. 하지만 코트만 벗으면 바지는 감색이라 더러운 부분은 눈에 잘 띄지 않는다. 손으로 만져 냄새를 맡아보았는데 다소 암모니아 냄새가 나기는 했지만 이 정도라면 어떻게든 된다.

코트를 벗어 쓰레기통에 던져 넣었다. 작년 봄에 산 싸구려지만 최근 즐겨 입었던 만큼 아쉬웠다. 하지만 다시 입을 마음은 들지 않았다.

전에 끔찍한 냄새가 몸에 밴 경험을 한 뒤, 반드시 냄새 제거 스프레이를 들고 다니게 되었다. 스프레이를 바지와 백, 신발에 뿌렸다. 검은색과 회색 줄무늬 숄을 꺼내 목에 두르고 화장을 고치니, 코 주위가 퉁퉁 붓기는 했지만 고개를 들고 다닐 정도는 되었다.

백 안을 확인하니, 지갑도, 아이패드를 포함한 다른 탐정 도구도 모두 무사했다. 그 밖에 만 엔짜리 지폐 다섯 장이 꽂혀 있었다. 스마트폰을 부순 데 대한 변상인가? 야마모토는 의외로 고지식한 인간일지도 모른다. 혹은 내가 후부키 선생님의 대리인이라 함부로 대할 수 없었던 걸까?

스마트폰을 사용할 수 없게 된 것은 뼈아팠다. 지금이야말로 시부사와에게 연락을 해야 할 때인데……. 그의 연락처를 아이패드에 넣어두었다면 좋았을 것을. 사서 가지고는 있으나, 현재 이 녀석의 용도는 따분한 잠복 때 시간 때우기용에 불과하다.

그러고 보니 전에 이 녀석으로 사쿠라이에게 메일을 보낸 적이 있었다.

좌석으로 돌아가 현재 상황을 서둘러 문장으로 입력했다. 조후히가시 경찰서의 시부사와에게 연락을 해서 부슈 종합병원으로 가달라고 전해달라고 했다. 이 절박함이 문장으로 잘 표현되었기를. 더불어 사쿠라이가 외출하지 않고 컴퓨터 앞에 앉아 있기를.

문제는 야마모토가 어디까지 진심일까 하는 것이다. 결국 그는 나조차도 죽이지 못했다. 죽이지 않더라도 2, 3주간 입원시킬 정도의 부상을 입혀두는 편이 유리했음에도 그조차도 하지 못했다. 의외로 그는 남에게 폭력을 휘두르지 못하는 사람일지도 모른다.

그렇게 생각하니 다소 진정이 되었다. 그래도 낙관적인 마음은 들지 않았다. 열차의 속도가 엄청 느리게 느껴져, 짜증을 내며 꼰 다리의 위치를 바꿨을 때 방송이 나왔다. 열차는 예정 시간대로 주행 중, 15시 20분에 마치다 역에 도착.

어라.

야마모토가 혼아쓰기에서 내린 탓에 이 열차도 다음은 종점인 신주쿠까지 정차하지 않는 줄로만 알았다. 오히려 다행이었다. 운이 좋으면 야마모토보다 한 발 먼저 부슈 종합병원에 도착할 수 있다.

마치다에서 뒤이어 온 급행열차에 몸을 싣고 완행으로 한 번 갈아탔다. 고마에에 도착하자마자 역 안을 전력 질주해 택시를 잡았다. 다행히 조후까지 정체다운 정체는 없었다. 그래도 도착할 때까지의 시간이 영원처럼 길게 느껴졌다.

택시가 병원 택시 정류장으로 미끄러져 들어갔을 때 운전사가 중얼거렸다.

"뭐야, 저거. 위험하게."

입구 바로 앞에 오토바이가 쓰러져 있었다. 옆으로 쓰러진 오토바이는 자동문을 반쯤 넘어 탄 모습으로 자동문을 가로막아, 문이 열렸다 닫혔다 반복 중이었다. 경비원의 모습은 보이지 않고, 안으로 들어갈 수 없게 된 사람들이 그 모습을 멍하니 보고 있다.

이윽고 간호사로 보이는 젊은 남자가 와서 솜씨 좋게 오토바이를 문에서 치웠다. 그 때문에 막혀 있던 노인이나 다리가 안 좋은 사람들이 문 밖으로 천천히 나오는 것을 안절부절못하며 기다린 끝에, 간신히 엘리베이터 홀로 달려가 엘리베이터 안으로 뛰어들었다.

12층에 도착해 문이 열렸다. 뛰어나가려던 나는 발을 멈췄다. 그곳에는 내 눈을 의심할 광경이 펼쳐져 있었다.

간호사 스테이션 정면 공간에 야마모토가 있었고, 소화기를 분사 중이었다. 그 일대는 뿌려진 소화제 탓에 핑크빛으로 물들어 있고, 경비원들이 미끄러지며 야마모토를 붙잡기 위해 안간힘을 쏟았다.

간호사 스테이션 구석에는 겁을 먹은 간호사들이 모여 있고, 나루미 의사가 복도 벽에 달라붙어 있었고, 병실에서 나온 환자로 보이는 노인은 신이 나 주먹을 들어 올렸다. 나는 어안이 벙벙해 그 자리에 멈춰 선 채, '그러고 보니 옛날에 진흙 프로레슬링이라는 게 있었는데' 하고 딴 생각을 했다.

이윽고 야마모토가 포위망에서 한 걸음 빠져나왔다. 그대로 안쪽으로 나아간다. 넘어지고 미끄러지면서도 경비원들이 그 뒤를 쫓는다. 나도 마음을 다잡고 그 뒤를 따랐다. 나루미 의사와 몇 명의 간호사가 그 대열에 합류했다.

소화제 탓에 바닥이 엄청 미끄러웠다. 더불어 복도 여기저기에 소화제에 젖은 만 엔짜리 지폐가 찰싹 붙어 있었다. 아마 야마모토는 혼아쓰기에 내려 바로 눈에 띈 누군가에게 돈으로 오토바이를 사거나 강탈해서 여기까지 최대 속도로 달려왔을 것이다. 그러다 보니 일을 저지르고 말았다. 침착히 사정을 설명하면 후부키의 병실로 안내해주었을 텐데, 초조한 마음에 경비원에게 지폐를 들이대며 쓸데없는 협박까지 입에 담은 결과, 이런 꼴이 되었음이 틀림없다.

시오리를 막기 위한 방어 라인이 야마모토에게 적용되다니. 바퀴벌레 끈끈이에 쥐가 걸렸다는 이야기를 들은 적이 있는데, 완전히 그 반대 상황이다.

이시쿠라와 사야가 싸웠던 후부키의 VIP 병실 앞에서 야마모토가 자빠졌다. 경비원이 야마모토 위에 올라타 제압에 성공했다고 생각한 다음 순간, 경비원들이 튕겨져 나갔다.

나와 의사와 간호사는 허우적대며 튕겨져 나온 경비원들을 간신히 피했다. 경비원이 간호사의 발을 쳐서 간호사가 바닥에 엉덩방아를 찧었고, 나와 의사가 황급히 끌어 일으키려다 반대로 두 사람 모두 바닥에 넘어지고 말았다.

"선생님, 선선선선선생님, 후부키 선생님!"

야마모토가 이제는 큰소리로 외쳤다. 그리고 후부키의 병실 문손잡이를 잡고 옆으로 당겼다.

후부키는 침대에 누워 있었다. 부드러운 이불 속에서 작게 말라버린 듯이 보였다. 이렇게 큰 소동이 벌어졌음에도 아무 반응도 없이 마른 팔이 힘없이 침대 밑으로 축 늘어졌다.

야마모토가 다가가려는 것을 경비원 세 명이 간신히 막았다. 나는 그들 옆을 빠져나가 후부키에게 달려갔다. 아마추어의 눈에도 이상사태라는 것을 알 수 있었다.

"누가 좀 빨리 와주세요."

부르는 것보다 빨리 의사가 달려왔다. 나는 뒤로 물러나 자리를 비켜주었다. 의사와 간호사가 신속히 처치를 시작했다. 기자재가 운반되었고, 순식간에 인간과 기계가 후부키를 감쌌다.

그사이 야마모토는 완강히 병실 손잡이에 달라붙어 있었다. 소화제에 온몸이 젖은 경비원 여러 명이 숨을 헐떡이며 달라붙어 떼어내려 하는데도 그는 꿈쩍도 하지 않았다. 이쪽을 도와야 하나 생각한 순간 야마모토가 절규했다.

"선생님, 돌아가시면 안 됩니다. 선생님, 저를 두고 가시면 안 됩니다."

그 순간의 야마모토의 얼굴을 나는 평생 잊지 못할 것이다. 기분 나쁜 삼백안을 가진 잘생긴 노인이 마치 부모에게 버림받은 아이처럼 보였다.

경비원이 몇 명 더 달려와서 이번에는 야마모토의 모습이 경비원들에 완전히 파묻혀버렸다. 그렇게 되니 그도 포기한 것 같다. 차분한 어투로 "놓아주게"라는 말이 들리고, 이윽고 경비원 무리가 천천히 이동을 시작했다. 안에서 모습을 보인 야마모토는 의료진들에게 둘러싸여 모습이 보이지 않게 된 후부키에게 고개를 깊숙이 숙이고는 양팔을 붙들린 채 병실에서 나갔다.

야마모토와 경비원의 모습이 보이지 않게 되자 12층 복도에는 안도와 흥분이 교차했다. 신이 나서 구경하던 노인은 간병인으로 보이는 여성에게 혼나며 병실로 돌아갔다. 문틈으로 엿보던 문병객이 촬영한 영상을 서로에게 보여주었다. 나는 냉정히 대처 중인 프로 집단 속에서 어찌해야 좋을지 모른 채 서성거렸다. 이윽고 소화제의 바다를 횡단하려다 얼굴을 아는 간호사에게 혼났다.

"곧 청소부가 올 테니 그때까지 가만히 계세요. 안 그러면 여기저기가 더러워지니까요."

"이미 늦었는데요."

이미 엄청난 인원이 이 안을 왕래하고 말았다. 사후 약방문이나 마찬가지다. 복도도 병실도 간호사 스테이션 속조차 핑크빛 발자국으로 반짝반짝 빛났다. 야마모토가 타려 하는 엘리베이터 문이 열리니 그 안의 바닥에도 있었다. 여기 있는 모두가 민달팽이처럼 흔적을 남겼다.

"누군가가 나갔나요?"

"네?"

간호사는 영문을 모르겠다는 얼굴이다.

"아니, 엘리베이터 안에 발자국이."

내가 말하는 찰나에 경비원과 야마모토가 엘리베이터 안으로 들어가 발자국도 사라졌다.

"나가준다면 감사하죠. 오늘은 방문객이 너무 많아서요."

간호사가 크게 한숨을 내쉬었다.

"변호사에 조카에 팬에 저 난폭한 사람까지. 말씀드리겠는데 하무라 씨, 여기 입원해 있는 건 후부키 씨뿐만이 아니라고요. 그렇게 함부로 행동하시면 다른 환자분들께 폐가 돼요. ……그런데 그 얼굴, 어떻게 된 거예요?"

나는 황급히 손을 코로 가져갔다.

"눈에 많이 띄나요?"

간호사가 큰소리로 "일단 냉찜질을 하죠" 하며 아이스팩을 건네주었다. 그러는 동안에 청소부가 와서 여기저기에 뿌려진 소화제 제거를 시작했다.

잠시 후 지친 표정의 나루미 의사가 간호사에게 지시를 하며 간호사 스테이션에 나타났다. 그가 내게 고개를 끄덕여보였다.

"간신히 되살렸습니다."

"살았나요?"

"일단 돌아오기는 했습니다."

"그렇군요. 왜 그런 일이?"

나루미 의사가 어리둥절해했다.

"왜 그러냐고 하셔도……. 전에도 말씀드렸다시피 언제 무슨 일이 일어나도 이상하지 않은 상황이에요. 하무라 씨가 연락을 주셔서 천만다행이었어요. 덕분에 경계를 강화할 수 있었으니까요. 그런 난폭한 남자가 병실 안으로 들어갔다면 다시 그 조카에게 한소리 들었을 테니까요. 이미 언론 쪽에서 몇 건인가 문의가 있었고, 팬이라는 환자가 몇 명이나 서성거렸고. ……저분, 그렇게 유명한 여배우인가요?"

"네, 뭐. 저기 선생님, 그럼 후부키 씨가 그렇게 된 건 누군가에 의한 충격이나 그런 게 아니라 자연스럽게 일어난 거죠?"

"하무라 씨도 걱정이 참 많네요."

내 걱정을 나루미 의사가 일소했다.

"자기 걱정부터 하면 어때요? 얼굴이 엄청난데요. 잠깐 볼게요."

"넘어져 부딪혔어요."

나는 당황해 대답했다. 의사가 코를 꼼꼼히 살펴보았다.

"뭐, 부러진 건 아닌 것 같아 다행인데, 머리 부상도 있고 최근에도 또 다쳤으니 일단 CT를 찍어볼까요?"

"아니, 그게, 괜찮을 것 같은데……."

"머리 부상이 얼마나 무서운 건데요."

나루미 의사가 협박하듯 앞으로 나와 나는 한 걸음 뒤로 물러나 뒤로 돌았다. 그 순간이었다. 간호사 스테이션 쪽으로 기세 좋게 돌아오던 젊은 간호사가 소화제에 발이 미끄러진 것은. "꺅" 하며 이쪽으로 훅 미끄러졌다. 피할 틈도 없었다. 나는 간호사의 박치기를 가슴으로 받는 형태가 되어 뒤엉켜 엉덩방아를 찧었다. 심장이 불규칙적으로 뛰며, 순간 사신이 저세상으로 훅 잡아당기는 듯한 감각을 느꼈다.

의식을 잃었다.

26

내 숨소리에 정신을 차렸다. 천장이 눈부셨다. 온몸이 엄청난 속도로 어딘가로 운반되는 듯한 느낌이 들었다. 자고 싶었다. 천천히 쉬고 싶었다. 돌아오고 싶지 않았다. 나는 다시 의식의 밑바닥으로 빠져들었다.

누군가에게 감사 인사를 들은 듯한, 동시에 고함을 치는 듯한 그런 목소리를 들었다 싶었는데 누가 가볍게 손등을 쳤다.

"이제 괜찮습니다. 하무라 씨, 일어나세요."

"그냥 더 자게 놔두죠."

누군가가 말했다.

"무리를 시켰으니 쉬게 놔두는 게."

그 목소리가 후부키의 것처럼 들려 수영장 바닥에서 수면으로 부상하듯 단숨에 각성했다.

"아, 돌아왔다."

나루미 의사가 말했다. 마스크를 했지만, 이마에 혹이 나 있는 것이 보였다. 나는 눈을 깜박이며 주위를 둘러보았다. 처치실인 듯했다. 갈라진 목소리로 물었다.

"선생님, 무슨 일이 있었던 건가요?"

"면목 없습니다. 간호사가 발이 미끄러져 당신 가슴에 부딪혔어요. 그래서 심장진탕이 일어났습니다. 기절한 건 몇 분 정도고 이제 문제는 없습니다. 하지만 얼마간 안정을 취할 필요가 있고, 역시 머리가 걱정되니 하룻밤 입원하세요. 전에 입원했을 때의 연락처, 하무라 씨의 주인집이었던가요? 연락해둘 테니."

코 위에 아이스팩이 놓여 있었다. 가슴이 저릿하고, 온몸이 무거웠다. 내 공격은 하나도 적중시키지 못한 채 8라운드를 싸운 끝에 펀치 한 방에 패배한 권투선수 같은 기분이었다.

문득 보니, 시야 구석에 눈이 빨갛게 충혈된 간호사 한 명이 풀이 죽어 있었다. 내게 박치기를 한 덜렁이일 것이다. 그만큼 주위가 미끄러웠는데 나도 주의를 기울이지 않은 잘못이 있다. 그녀를 비난할 마음은 없다.

그렇다기보다 이는 하무라 아키라 불행의 새로운 변주곡이 아닐까. 그렇다면 책임은 내 수호신에게 있다. 만약 그런 것이 존재한다면.

"경찰이 아까 그 남자 건으로 이야기를 듣고 싶다는데요. 나중에 병실로 찾아가겠다는데 괜찮을까요?"

"네, 괜찮습니다."

환자복으로 갈아입은 후 검사도 받았다. 스트레처카를 사양하고 병실로 걸어갔다. 전과 마찬가지로 4인실이었는데 이번에는 다른 세 개의 침대 모두 환자로 차 있었다. 아이스팩 때문에 안면이 마비된 느낌이다. 동시에 사고도 마비되었다.

침대 위쪽을 올려달라고 한 다음, 저녁을 걸신들린 듯 먹었다. 식후에 처방받은 약을 먹고 약 효과가 나타나기를 기다리니 시부사와가 왔다. 전에도 데려왔었던 젊은 형사 마시오 분고도 함께였다.

시부사와가 무뚝뚝한 얼굴로 "얼굴 한번 끔찍하네" 하고 말했다.

"대체 무슨 일이 어떻게 돌아가고 있는 건지 제대로 설명해, 바보 탐정. 나중에 연락하겠다고 해놓고서 만난 적도 없는 탐정사의 인간에게 전언을 부탁하다니, 대체 무슨 생각이야."

마시오가 깜짝 놀란 듯이 시부사와의 얼굴을 바라보았다.

'당신이야말로 늦었잖아.'

속으로 욕을 하고는 백에서 엉망진창이 된 스마트폰을 꺼내 보여주었다. 시부사와의 뚱한 얼굴이 단숨에 풀어지더니 크게 웃었다.

"또냐."

"이거 엄청 심하네요. 대체 어떡하면 이렇게 되나요?"

젊은 형사는 진심으로 동정하는 듯했다. 고개를 저으면 여기저기가 아픈 탓에 나는 손가락을 세워 좌우로 까닥이고는, 로맨스카 화장실에 감금당한 전말을 설명했다. 시부사와의 얼굴 근육이 두 번 정도 꿈틀거렸다.

질문을 받아 사정을 다시 설명했다. 마시오 형사는 아무것도 모르니 순서대로 얼추 말했다.

아시하라 후부키가 딸인 시오리를 찾아달라고 부탁한 것, 여기저기 찾아 돌아다닌 결과, 시오리가 실종 후에 아까 난동을 부렸던 야마모토 히로키에게 보호되어 고엔지의 연립에 살았다는 사실을 알게 되었다는 것, 야마모토를 찾아가 물어보니, 야마모토의 여동생 이름으로 오다와라의 요양원에 들어가 있었다는 사실을 알게 되었다는 것, 그런데 최근 야마모토에게도 알리지 않고 일시 퇴원을 해서 행방을 감추었다는 것, 제반 사정을 통해 시오리가 어머니 근처에 잠복해 있을 가능성을 떠올렸다는 것.

마시오가 눈을 동그랗게 뜨고 메모를 하며 이따금 질문을 던졌다. 몇 가지 사실은 주의 깊게 피해서 대답했다. 예를 들어, 시오리의 친아버지가 소마 다이몬의 아들이라는 사실과 시오리의 마음이 부서진 원인, 그리고 이와고 탐정 건.

이와고에 대해 이야기하게 되면 20년 전의 시부사와에 대해서도 설명할 필요가 생기는데, 본인 앞에서 그 이야기를 하기 좀 그랬다. 또한 그렇게 되면 이와고에게 입막음 비용으로 600만 엔을 지불했다고 야마모토가 주장한 사실도 말해야만 한다. 무엇 하나 감출 생각은 없었지만, 야마모토의 이야기가 사실인지 아닌지도 알 수 없고, 일단 본질과는 관계가 없다. 나중에 시부사와에게만 알려줄 생각이다.

내 상냥한 배려를 알아차렸는지 시부사와는 이와고 건을 생략했어도 아무 말도 하지 않았다. 야마모토 때문에 여동생이 어렸을 적에 다리에 심한 화상을 입었다고 말하니 시부사와의 한쪽 눈썹이 치켜 올라갔다.

"오늘은 두 번이나 쓰러졌다고 하니 봐주도록 하지."

진술이 끝난 후 시부사와가 말했다.

"퇴원하면 서로 와서 다시 한 번 더 말해줘. 조서를 작성해야 해."

"야마모토 히로키는 어쩌고 있나요?"

"이 병원에서의 난동은 기물파손이잖아. 혼아쓰기에서 오토바이 강탈 신고도 들어왔으니 그쪽은 절도라는 게 되는데, 아무 말도 안 해. 너는 어쩔 거야? 피해 신고를 할 거야?"

그럴 생각이었다면 로맨스카 안에서 이미 했을 것이다.

"후부키 씨가 목숨을 건진 사실을 그에게 전했나요?"

"아니."

그럼 아직 모르겠군.

야마모토가 어떻게 움직일지 도무지 예상이 가지 않았다. 인맥도 뒷배도 돈도 있는 남자다. 병원을 개축할 때의 용지 매수 이야기가 사실이라면 병원에서의 난동은 없었던 일이 될 것이고, 오토바이 피해자도 거금을 받고 입을 다물 것이 틀림없다. 요컨대 야마모토는 바로 자유의 몸이 된다.

그렇다면 나를 원망할 가능성도 있다. 경찰과 전화 통화를 한 것만으로 화장실에 감금했을 정도다. 이미 배신자의 낙인이 찍혔으리라.

"딸 건은 일단 제쳐두더라도, 오늘 소동을 언론이 냄새를 맡고 병원 앞에서 중계가 시작됐어. 왕년의 미인 여배우의 병실에 팬이 들이닥쳐 난동을 부렸다며."

"팬이 아니라 전 매니저인데요."

"그 이야기, 병원 측에 했어? 전 매니저라면 가족이나 마찬가지잖아. 병원도 잠자코 들여보내줬을지도 모르는데."

그 말이 맞다. 그러고 보니 나는 그때 야마모토가 어떤 인물인지 아무에게도 설명하지 않았다. 설명했다면 소동은 더 빨리 진정되었을 가능성이 있다. 하긴 그 난동을 모두가 목격한 이상, 그 누구라 할지라도 상태가 심각한 환자의 면회를 허락했을 거라는 생각은 안 들지만 말이다.

만약 병원이 야마모토 측에 서게 되면 이번 일을 내 탓으로 돌릴지도 모른다. 내가 가족이나 마찬가지인 인간을 막아달라고 부탁한 탓에 병원이 과잉반응을 해서 이 소동이 벌어졌다는 식으로. 간호사의 실수를 비난할 마음은 없었지만, 자기들에게 실수가 있을수록 고압적으로 상대의 실수부터 지적하는 인간이나 조직이 적지 않다.

하아. 제대로 조사를 하고 정신도 바짝 차리고 있다고 생각했는데 모든 일이 뜻대로 풀리지 않는다.

크게 한숨을 쉬었다. 병원이 나를 비난한다 해도 그때는 그때 일이다. 벌써부터 걱정한들 아무 소용이 없다.

"그래서? 아시하라 시오리는 어디 있는데?"

시부사와의 말에 나는 어깨를 으쓱했다.

"내 감이 틀리지 않았다면 어머니 근처에 있을 거예요. 시부사와 씨 쪽에서도 조사해주실 수 없을까요?"

"실종사건에 할애할 시간은 없어."

"그럼 야마모토에게 물어봐주세요. 그는 내게 시오리가 세 여성의 죽음과 관련되어 있다고 고백했으니까요."

"증거가 없잖아. 미안하지만 네 증언만으로는 어쩔 도리가 없어."

"스마트폰이 부서졌으니."

오래 전부터 관계자와의 대화를 녹음하는 습관을 가졌다. 야마모토가 그 사실을 알아차렸을 것 같지는 않으나, 결과적으로 증거가 사라졌다. 경찰이 야마모토를 신문할 때 이 사실을 다시 고백해주면 경찰을 이용해 시오리를 밖으로 끌어낼 수 있을지 모르는데.

원래라면 탐정이 의뢰 내용을, 설령 경찰이라 해도 누설하는 것은 칭찬받을 일이 아니다. 조사는 아직 끝나지 않았고, 의뢰인은 살아 있다. 하지만 후부키의 심정지를 목격했을 때의 공포가 머릿속에서 사라지지 않는다. 딸에게 살해당한 것이 아닐까 생각했기 때문이다.

어쨌든 시오리를 찾아내야만 한다. 그런 다음 그녀를 설득해 후부키를 한 번이라도 만나게 하자. 그러기 위해서라면 경찰조차 이용할 생각이다. 별로 상관없지 않나? 경찰도 나를 이용 중이니까.

이쪽 생각을 읽었는지 아닌지 시부사와가 무뚝뚝한 얼굴로 코를 흥 울렸다. 부러웠다. 나는 지금 코를 울리는 것이 불가능하다.

"관할서의 일개 형사에게 큰 기대는 마. 그런데 시오리가 입원했던 병원은 어디고, 담당의는 누구라고?"

내가 그 사실을 가르쳐줄 때 커튼 너머에서 누군가가 달려오는 기척이 느껴졌다. 숨을 헐떡였다. 시부사와가 침대 주위에 쳐져 있던 커튼을 걷었다. 마미가 나를 보고 긴 숨을 내쉬었다.

"뭐야. 살아 있잖아."

이것 참 정중한 인사일세. 나뿐만 아니라 형사 두 명의 차가운 시선에 마미가 당황한 듯이 손을 내저었다.

"아니, 도모에 씨 앞으로 병원에서 전화가 왔는데, 하무라의 심장이 멈췄다고 했다는 거야. 그래서 지금 난리도 아니라고. 얼마나 놀랐는데."

마미가 형사를 밀쳐내고 파이프 의자에 앉았다. 두 형사는 어쩔 수 없다는 듯이 "그럼 내일 또" 하고 나갔다. 나는 그녀를 보았다. 마미는 흥미진진한 듯한 기색이었다.

"지금 그 사람들 형사? 무슨 사건이 있었던 것 같은데? 하무라도 휘말렸어?"

"오다와라의 빵집은 들를 여유가 없었어."

"그런 거 신경 안 써도 돼. 무슨 일이 있었는지 모르지만 얼굴이 엄청나. 코 위가 부어서 〈스타트렉〉에 나오는 클링온인 같아. 그립다, 클링온. 그래서 뭐야? 살인사건?"

"그러고 보니 너도 경찰에 의심을 받고 있다느니 그랬지?"

맞받아치자 마미가 묘한 표정으로 자세를 곧추세웠다.

"응. 원래는 술집에서 알게 된 아저씨와 의기투합한 일이 시작인데."

그 바코드 머리는 역시 '패딩턴 카페' 본사에 근무하는 인간이었다. 마미가 불면증 탓에 인터넷 사이트에서 이벤트를 주최한다고 하니 먼저 심야 아르바이트 이야기를 꺼냈다는 것이다. 잠이 안 오면 그 시간에 돈을 버는 것이 어떠냐는 것인데, 마미 입장에서는 그것도 그리 나쁘지 않기에 받아들였다.

몇 번인가 홀 서빙 아르바이트를 한 이후, 이벤트를 개최할 때 부디 패딩턴 카페를 이용해달라는 부탁을 받았다. 그래서 한 번 이용했는데 참가자들의 평판도 나쁘지 않아 그 다음에도 몇 번인가 이용했다.

그러자 그 다음에는 이벤트 개최 직전에 오늘은 취소해줄 수 없겠냐며 애원했다. 사실은 그 시간에 더블 부킹이 되었고, 갑작스럽지만 취소해주면 위로금을 지불하겠다. 혹은 장소를, 예를 들면 메이다이마에 점에서 사사즈카 점으로 바꿔줄 수 없느냐 하는 식이었다.

여러모로 신세를 지기도 했고 이벤트는 어차피 대단한 준비가 필요한 것도 아니어서 흔쾌히 승낙했다. 그랬더니…….

"나중에 위로금조로 건네준 돈이 30만 엔이었어."

"30만? ……계좌 이체?"

"현금으로 턱. 깜짝 놀랐어. 하지만 바코드 왈, 회사 규정이래. 규정이라면 안 받을 수도 없잖아. 게다가 운이 좋다고도 생각했고."

마미가 목소리를 낮추고 말했다.

"내가 근무하는 회사, 사무직 월급은 쥐꼬리만 하거든. 게다가 우리 부모님, 국민연금을 제대로 납부하지를 않았어. 때문에 거의 내 월급만으로 세 명이 생활할 수밖에 없었지. 그건 좋은데 엄마는 씀씀이도 헤프고 집안일도 잘 못해서, 할인하는 채소를 냉장고 가득 채워 넣고는 썩혀서 버리고.

아버지는 담배와 술을 끊지 못하고. 그런 데다 카페에 가는 것도 삶의 낙이라며 한 달에 5, 6만 엔은 아무렇지도 않게 쓰는 거야."

그녀가 한숨을 내쉬었다.

"덕분에 매일 부모님과 싸우기만 했어. 부모님은 결혼해서 분가한 언니에게 불평만 늘어놓고. 그러면 언니는 부모님 잘 모시라며 잔소리를 하고. 완전히 나만 악당 취급이야. 본가 재건축에 형부가 돈을 대기로 해서, 부모님은 언니네만 떠받들고. 정말 화가 나."

도마 경부와 그 얼간이 부하들도 정보 수집을 게을리 하지는 않은 듯했다. 상황은 들은 대로였다.

"어쨌든 그 탓에 내게는 자유롭게 쓸 돈이 전혀 없었거든. 이벤트를 개최한 것도 내가 직접 주최하면 참가비를 안 내도 되고, 부모님과 얼굴을 마주칠 필요도 없으니까 했던 거야. 그런 때 30만 엔의 거금을 받았으니 정말로 감사한 일이었지."

"그 바코드 씨는 네가 돈이 궁한 걸 알고 있었어?"

"응, 말했으니까. 그 아저씨는 남의 이야기를 끌어내는 게 능숙했어."

"그 위로금이 발생한 게 한 번뿐이 아니었던 거지?"

"전부 다섯 번, 아니 일곱 번이었나. 바코드 씨는 아르바이트 비라고 생각하면 된다고 했고."

"이상하다는 생각은 안 들었어?"

마미가 분한 듯한 표정을 지었다.

"너 말야, 나를 바보라고 생각해? 그야 생각했지. 그렇게 자주 더블 부킹이라니 이상하잖아. 하지만 상관없다고도 생각했어. 나는 30만 엔을 받을 수 있고, 그 일로 피해를 입는 사람도 없으니까. 사이트 이용자에게서는 변경 건으로 불평을 받기는 했지만, 받은 위로금 일부를 다음 회비에 플러스를 해서 다들 싸게 모일 수 있게 했더니 아무도 불평하지 않더라. 하지만 거금이라는 건 사실이라 걱정은 좀 됐어. 불법 카지노 관련으로 의심하고 있을 거라고는 꿈에도 생각 못했지만."

그녀가 계속 말했다.

"경찰이 들이닥쳤을 때는 그냥 놀란 정도가 아니었지. 뭐? 불법 카지노? 뭔 뚱딴지같은 소리를 하고 있어. 그렇게 생각했어. 그런데 경찰은 빨리 자백하라며, 누구에게 정보를 입수했냐며, 잘난 듯이 고압적으로 구는 거야. 영문을 모르겠다고 말했는데 시치미 떼지 말라며 전부 알고 있다며. 완전히 열 받아서 이놈들에게는 한마디도 안 하겠다고 결심했지."

"그래서 위로금 이야기도 안 했구나."

나는 멍하니 대답했다. 약 효과가 돌기 시작한 데다 마미의 이야기는 장황했다. 그 사실은 알고 있으니 넘어가도 된다고 말하고 싶었다.

"안 했어. 그 사실을 말했다간, '취소된 정도로 그런 대금을 받을 리가 없잖아' 하며 자기들 멋대로 생각할 것 같고. 나쁜 짓은 무엇 하나 안 했는데 범죄자 취급을 받거나 돈을 돌려줘야 한다니 아무리 생각해도 이상하잖아."

그런 문제가 아니라고 생각했지만 잘 설명할 수 있을 것 같지 않았다. 나는 쏟아지는 졸음을 참으며 "흐음" 하고 맞장구를 쳤다.

"그래서 경찰도 일단은 물러났는데, 의혹이 풀린 게 아니니 진정이 안 되더라고. 하지만 바코드는 핸드폰 번호를 바꾼 데다, 패딩턴 카페 본사로 전화를 걸었더니 회사를 그만두었다는 거야. 역시 경찰에 알고 있는 사실을 전부 말하는 게 좋을까 걱정되더라고. 하무라는 탐정이고 경찰에 아는 사람도 있는 것 같으니 상담하고 싶었는데 그랬더니 오늘 조간에……."

마미가 잘라낸 신문기사를 건넸다. 눈이 잘 떠지지 않아 읽기 힘들었다. 하지만 기사 제목이 의미하는 사실은 명백했다. 패팅턴 카페의 경영 모체인 주식회사 '푸드 & 리크리에이션즈'가 배임 혐의로 전 인사부장을 고발했다는 내용의 기사였다.

"이 전 인사부장이라는 게 바코드?"

"응."

나는 잘 돌아가지 않는 머리로 도마 경부가 전화로 말했었던 사실을 떠올렸다.

"힘들게 물고기를 어망 쪽으로 몰았는데 그걸 수포로 돌리지 말았음 하는군요."

이런 거였나. 불법 카지노 건으로는 체포할 수 있을 것 같지 않아서 회사의 상층부를 설득해 전 인사부장을 고발케 했다. 이거라면 바코드를 체포할 수 있고, 용도를 알 수 없는 돈에 대해 신문을 해, 최종적으로는 불법 카지노로 이야기를 끌고 갈 수 있다. 역시 천하의 경시청. 성격이 나쁜 고구마를 괜히 경부 자리까지 출세시킨 것은 아닌 모양이다.

"나, 위험한 거지?"

마미가 안절부절못하며 내 안색을 살폈다. 위로할 기운은 남아 있지 않았다.

"응, 안 좋아."

"어쩌면 좋아? 돈, 돌려줘야 하나?"

"그런 걱정보다 일당이라고 오해받는 편이 훨씬 안 좋아. 빨리 경찰에 가는 편이 좋을 것 같은데. 뭣하면 아는 변호사를 소개해줄 테니 상담을 받아보는 게 어때?"

"하지만 변호사도 공짜가 아니잖아. 난 월급날까지 돈 없는걸."

"200만이나 받았는데 저금 안 했어?"

"반은 했는데, 하지도 않은 일로 왜 내가 돈을 내야 하는 건데."

마미가 완강히 거부했다. 점점 부아가 치밀었다. 이런 상황에, 입원할 정도의 부상을 입은 사람에게 왜 이렇게 성가신 일을 가지고 온 걸까, 이 여자는.

'충고를 들을 마음이 없다면 빨리 돌아가.'

이런 식으로 말하면 일만 더 커질 것이다. 나는 남은 힘을 짜냈다.

"그렇다면 변호사 협회에서 하는 무료 법률 상담소에 가는 건 어때? 이 상황에 아무것도 하지 않으면 진짜로 의심받을 거야. 그 바코드가 구라시마 마미는 아무것도 모른 채 이용당했을 뿐입니다, 하고 말해주면 좋은데, 그녀도 불법 카지노 일원이었습니다. 이렇게 진술하면 어쩔 건데?"

"너무해. 왜 그런 거짓말을 하는 건데?"

"경찰은 네가 불법 카지노 일당이라고 생각하는 거잖아? 조사받다 보면 자신도 모르게 상대가 원하는 대답을 하게 되는 법이니까."

"그런 거 이상하잖아."

마미가 흥분했다. 그래, 이상하지. 그래서? 마흔 넘게 살아와 놓고선 이 세상이 이상한 것도 아직 몰랐던 거야?

"난 잘못한 거 없어. 부탁을 받았고, 그 대가를 받았을 뿐. 그 대가가 잘못된 건지 어떤지 나하고는 관계없어. 받은 돈 역시 내게는 거금이지만, 대기업 입장에서는 별로 큰돈도 아니잖아? 그걸로 호강한 것도 아니라고. 부모에게 비밀로 저금하고, 중고 명품을 사고, 신간 책을 사고. 작지만 정말로 행복했어."

마미가 황홀한 얼굴로 말했다. 그야 행복하겠지. 이벤트가 한창일 때 경찰이 들이닥치기 전까지는.

"어떻게 알아?"

나는 퍼뜩 정신을 차렸다. 어느 틈엔가 깜박 졸았던 모양이다. 눈을 뜨니 마미가 나를 빤히 바라보고 있었다. 온몸에서 핏기가 가셨다. 우와. 저질렀다. 속으로 생각하던 것을 입 밖으로 내뱉고 말았다.

"뭐를?"

"이벤트 중에 경찰이 들이닥친 거. 어떻게 알아? 난 말 안 했는데."

"들었으니까."

"누구에게?"

'취한 너에게'라고 말할까 생각했지만 그만두기로 했다. 거짓말을 하는 것은 좋아하지만, 여기서 하는 것은 아니다. 절대로.

"경찰에게. 너에 대한 걸로 질문을 받았어."

마미의 얼굴이 창백해졌다. 이윽고 굳은 얼굴로 날 바라보고 말했다.

"그런데 그 사실을 나에게는 숨긴 거야?"

"그래."

"……믿을 수 없어."

마미가 파이프 의자를 박차고 일어섰다.

"너, 경찰 끄나풀이었구나. 그래서 날 감시했던 거야."

"저기 말이야."

"아, 역시 그렇구나. 하무라는 탐정이니까. 역시 진짜 탐정은 소설 속 탐정과 달리 스토커를 위해 일하거나, 협박 소재를 모으거나, 돈을 위해서라면 아무렇지도 않게 더러운 짓을 하는 거구나. 자기 셰어하우스로 유인해 감시하고, 경찰이 죄 없는 인간에게 누명을 씌우는 걸 돕는 거였어."

참는 것도 한계가 있다. 나는 침대에서 몸을 일으켜 소리 질렀다.

"작작 좀 해. 애당초 우리 집에는 네가 들이닥친 거잖아. 만약 경찰 이야기가 진짜라고 생각했다면, 너를 범죄자일지도 모른다며 스타인벡 장의 모두에게 말하고 쫓아냈을 거야. 감시했다고? 내가 그 정도로 한가했는지 어땠는지 그 머리로 생각해보면 어때?"

문 앞에서 헛기침 소리가 크게 났다. 간호사가 "조용히 해주시겠어요?" 하고 말했다. 마미가 입술을 깨물고는 간호사를 밀치듯이 밖으로 나갔다.

나는 고생 끝에 침대에서 내려와 같은 방의 환자들에게 시끄럽게 해서 죄송하다고 말하고 커튼을 치고 침대를 원래

형태로 눕혔다. 누워서 오른팔을 눈 위에 올리고 잠이 들 때
까지 조금 울었다.

형태로 눕혔다. 누워서 오른팔을 눈 위에 올리고 잠이 들 때
까지 조금 울었다.

27

그날 밤에는 고열이 났다. 다음 날도, 그 다음 날도 열은 떨어지지 않았다. 월요일에 간신히 열이 떨어졌지만, 덕분에 며칠이나 입원하게 되었다.

피로가 쌓인 탓이다. 이따금 악몽을 꾸었다. 토요일에는 같은 병실 사람들에게 문병객이 왔지만 내게는 아무도 오지 않았다. 화를 내며 다시 들이닥칠 거라 생각했던 마미는 그 뒤로 모습을 보이지 않았다. 토요일에 아소 후카에게 가기로 했던 약속과 일요일 서점 당번을 내팽개쳤음에도 도야마에게서 연락은 없었다. 아니, 연락할 수가 없었을 것이다. 스마트폰은 부서졌고, 입원했다. 충분한 변명거리가 아닌가. 나는 고열에 마음껏 신음했다.

월요일이 되어 루우 씨가 찾아왔다. 갈아입을 옷가지나 그 밖에 필요한 것들을 가지고 와주었는데, 입을 열자 꺼낸 말은 사죄의 말이었다.

“늦게 와서 미안해. 도모에 씨가 화가 단단히 났거든.”

“화가 났다니, 설마.”

“그녀.”

루우 씨가 얼굴을 찌푸렸다.

“무슨 일이 있었는지 모르지만, 도모에 씨에게 네 험담을 하고 있어. 더불어 회사도 쉬고 줄곧 집에서 도모에 씨에게 착 달라붙어서는. 도모에 씨도 이제는 완전히 그녀 편이니 조심하는 게 좋아.”

“그게 무슨 말이야?”

루우 씨가 주위를 둘러본 후 작은 목소리로 말했다.

“명품 중고를 파는 가게에 도모에 씨를 데려가겠다고 전에 약속했잖아? 얼마 전에 그 일로 둘이 외출한 것까지는 좋은데, 도모에 씨가 사가지고 온 가방을 봤더니 그거 짝퉁이더라고.”

“거짓말. ……아, 미안. 거짓말일 리가 없지.”

“나, 이래 봬도 가방에 대해서는 잘 알잖아. 전문가니까.”

루우 씨는 내 실언을 신경 쓰지도 않고 말했다.

“도모에 씨가 비밀이라며 알려줬는데. 그 가게, 프런트가 있는 롯폰기의 고층 맨션에 위치해 있는데, 예약을 하고, 비밀번호를 말하고, 얼굴을 체크하는 과정을 거쳐야 안으로 들어갈 수 있대. 들어가면 신분증을 제시하고 서류에 사인까지 해야 그제야 카탈로그를 보여준다는 거야. 물건을 고르면 점원이 어딘가로 전화를 하고, 얼마 뒤 벨이 울리고 물건이 도착한다는데, 수상하지?"

"응, 엄청나게."

"그런데 도모에 씨도 그런 거에 의외로 약하거든. 장소는 롯폰기에다, 비싼 맨션. 선택받은 인간만 받는 엄청난 대우를 받았다며 기뻐하는 거야. 그 앞에 대고 그거 짝퉁이라고 말할 수 없잖아. 그런데 그게 계속 마음에 걸려."

"마미가 갖고 있던 가방은? 그것도 짝퉁이야?"

"손에 들고 확인해본 건 아니라. 진품으로 보이긴 했는데, 최근에는 짝퉁도 워낙 정교해서 프로 세관원의 눈도 속일 정도라고 하니까."

지금까지 마미의 소행으로 보건대, 그 중고 명품점도 손님을 데려오면 사례금을 받는 시스템이라 해도 이상할 것은 없다. 그리고 문제가 발생하면 가짜인 줄 몰랐다며 피해자인 척을 할 것이다.

현기증이 일었다. 루우 씨가 미안하다는 듯이 말했다.

"이미 알아차렸을 거라 생각하는데, 그녀, 너를 쫓아내려 해. 내게도 그런 식으로 말했고."

"그런 식으로 말했다니? 나를 쫓아내는 일을 도와달라고 말하기라도 했어?"

"그랬어. 탐정이라 뒤에서 몰래 모두를 감시하고 있다거

나. 자기 방의 짐을 조사하려고 했다든가. 하무라가 정말 거슬렸나 봐. 물론 나는 귀도 안 기울였어. 불면증이라며 밤에 경비 시스템을 해제한 채 밖에 나가려는 인간 쪽이 더 위험하다고 말해줬지."

루우 씨가 돌아간 다음, 마음을 추스를 시간도 주지 않고 가장 만나고 싶지 않은 인간이 찾아왔다. 도마 시게루는 아무렇지도 않게 파이프 의자에 앉아 나를 내려다보았다. 오늘의 넥타이 무늬도 검은 물방울무늬인가 했더니, 전 세계적인 인기 애니메이션에 등장하는 빈 집에 사는 숯 괴물이었다.

"당신은 대체 뭘 하고 계신가요? 스마트폰이 부서진 것 같은데 연락이 안 되어 곤란했습니다."

곤란한 것은 내 쪽인데.

"그쪽이야말로 군지라고 했던가요? 바로 옆에 있던 부하의 부정도 모르셨나요?"

잠시 뜸을 들인 다음 도마가 말했다.

"구라시마 마미가 출두했습니다."

"네?"

"시미즈와의 관계라든가, 자신이 알고 있는 사실을 전부 말하겠다며. 변호사를 동반하고 토요일에 찾아왔습니다. 변호사 건은 하무라 씨의 조언이라는 것 같은데 왜 일이 그렇게 됐죠? 구라시마 마미 건은 살며시 감시하기로 약속했다고 생각하는데."

"시미즈가 패딩턴 카페의 전 인사부장인가요?"

"그렇습니다. 구라시마 마미는 시미즈에게 부탁받았다는 취소 건을 설명했죠. 그걸로 꽤나 벌었던 모양이더군요. 더구나 그 사실을 조금도 부끄러워하지 않아요. 돈을 돌려줄 생각은 없다고 확실히 주장하더군요."

"그래서? 도마 씨는 그녀의 변명을 믿나요?"

"처음부터 그렇게 설명했다면 믿었을지도 모르죠. 다만 그러지 않았으니 아직 감시는 해제할 생각이 없습니다."

"지금 상황을 알기는 해요? 구라시마 마미에게 내 일이 들켰다고요. 조만간 스타인벡 장에서도 나갈 텐데요."

"글쎄요, 과연 그럴까요?"

부하의 폭주와 배신 탓에 본인이 이렇게 직접 나설 수밖에 없는 상황에서도 포기하지 않다니. 역시 엘리트인 척하는 녀석은 신경도 두텁다.

나는 이를 갈다가 마음에 걸리는 지점을 떠올렸다.

"그러고 보니 구라시마 마미가 당신 감시 아래에 놓였을 때 마침 데이트 사기에 걸릴 뻔한 적이 있었죠? 그 남자, 구라모토 슈사쿠였던가요? 왜 설계 도중에 마미 앞에서 모습을 감춘 건가요? 혹시 당신네들이 보낸 사람인가요?"

도마 경부는 말이 없었다.

"데이트 사기요? 그런 보고는 못 들었는데요."

"네? 도마 경부님은 몰랐나요?"

"듣지 못했습니다."

"내통자가 그 정보를 묵살한 게 아닐까요? 그보다 구라모토 슈사쿠에게도 마미에게 경찰 감시가 붙어 있다는 사실을 알린 거 아니고요?"

도마 경부가 헛기침을 했다.

"글쎄요. 그럴지도 모르지만 대세에 영향은 없을 겁니다. 하무라 씨는 퇴원하면 탐정으로서 구라시마 마미의 감시를 계속해주세요. 당신은 우수한 탐정인 것 같으니."

그 말, 놀리는 것처럼 들리거든.

"우수? 댁 부하가 경찰 내부의 정보 누수 포인트라는 사실을 간파했기 때문인가요? 지금쯤 감찰관에게 신문당하고 있겠죠?"

"그게 무슨 말씀이실까요?"

도마 경부가 못 들은 척을 했다. 나는 화가 났다.

"설마 하는데, 내부의 불상사를 은닉할 생각은 아니겠죠?"

"그럴 생각은 없습니다. 안타깝게도 성실한 경찰이 불상사를 일으키는 일은 종종 있으니까요. 게다가 경찰 같은 조직에서는, 남자라면 음주, 도박, 사치는 당연지사로 여기는 구시대적 사상이 빙하기의 바퀴벌레처럼 끈질긴 생명력을 유지 중이거든요."

이 자식, 술을 못하는 게 분명해.

"하지만 시대는 변했습니다. 무슨 일이 있을 경우 섣불리 은닉했다간 상처만 더 키우게 되죠. 뭐, 그 지점은 당신이 걱정할 바는 아니지만요."

도마 경부가 일어서서 내 얼굴을 똑바로 바라보았다.

"당신이 그녀를 똑바로 감시하지 않으면 스타인벡 장을 나가게 되는 건 구라시마 마미가 아니라 당신이 될지도 몰라요."

화요일 아침, 퇴원 허가가 떨어졌을 때는 나보다 오히려 의사가 안심한 듯이 보였다.

"하무라 씨가 잘못한 건 아닌데요."

의사가 작은 목소리로 말했다.

"그 난동을 부린 남자. 후부키 씨와는 각별한 사이였다더군요. 우리 전 원장님과도 아는 사이라 우리 쪽에서는 고소를 취하하기로 했습니다. 각별한 사이든 뭐든 간에 아무런 설명도 없이 소화기를 써서 경비원을 쫓아내려 하다니, 아무리 생각해도 그 남자가 나쁜데, 지금 원장은 데릴사위라 전 원장님 앞에서는 꼼짝도 못하거든요. 후부키 씨에게 주의해달라던 인물은 왜 후부키 씨와 그가 각별한 사이라고 전하지 않았냐며, 하무라 씨에게 책임을 전가하려 하고 있어요."

요컨대 여기 오래 있어서 좋을 것 없다고 충고해주는 것 같다.

정중히 감사 인사를 한 뒤, 후부키의 몸 상태를 물었다. 그저께 의식을 되찾았지만 아무 말도 하지 않는 모양이다.

"얼마간은 면회 사절입니다. 조카분께 연락했는데 앞으로 모든 일은 후부키 씨의 변호사와 상담하라더군요. 변호사는 변호사대로 돌아가시면 그때 연락 달라며 쌀쌀 맞고. 그래서 병원 관계자 이외에는 그 누구도 만날 수 없습니다. 언론도 팬도 하무라 씨도."

그 말이 사실이라면 당분간은 안심이다. 혹시나 해서 시오리의 사진을 의사나 간호사에게 보여줄까 생각했다. 20년 전 사진이지만, 옛 모습을 어느 정도는 간직하고 있을 것이다. 이 여성을 주의하라고 말해두는 편이 좋다. 면회를 허락해도 반드시 누군가가 옆에 있어야 한다고.

하지만 스마트폰이 부서졌다는 사실이 떠올랐다.

실망했다. 사진을 프린트하거나 아이패드에도 옮겨놨어야 했다. 편리한 것일수록 뭐든 한곳에 저장하다 보니 이런 때 오히려 도움이 되지 않는다.

골똘히 생각했다. 현재 이 상황에서 시오리를 찾아내려면 후부키 옆에서 진을 치는 것이 가장 좋은 방법이다. 그 밖에는 아무런 실마리도 없기 때문이다. 하지만 병원에 오래 있을 수 없고, 면회도 안 된다면 어쩔 도리가 없다.

일단 퇴원한 다음 다시 오자.

퇴원 준비를 했다. 마미와 마주할 용기도 없는 채 택시로 스타인벡 장으로 돌아왔다. 루우 씨가 퇴원을 축하해주었다. 마미는 이미 나갔다고 한다. 한숨 돌렸다.

샤워를 하고 옷을 갈아입었다. 방으로 돌아와 창문을 열었다. 이사 온 지 2년이 넘다 보니 방도 창에서 바라보는 경치에도 몸과 마음 모두 익숙하다. 안도하며 안채 정원을 내려다보았다. 외출했다던 마미가 살짝 기운 안채 툇마루에 앉아 도모에와 즐겁게 이야기를 나누고 있었다.

두 사람이 알아차리지 못하도록 살며시 몸을 돌렸다.

나는 자포자기했다. 좋은 일 아닌가. 집주인과 세입자가 친해지는 것은. 세입자가 다른 세입자를 감시하는 것보다는 훨씬 건강한 일이다.

화장을 할 마음도 들지 않아 민낯 그대로 휴대전화회사 직영점으로 향했다. 번호표를 뽑고 내 차례가 찾아와 자리에 앉으니 응대한 것은 '히라마쓰'라는 명찰을 찬 여자였다. 나를 기억하는지 모르겠지만, 부서진 스마트폰을 보여주니 눈을 동그랗게 떴다.

"하무라 님, 정말 죄송하지만, 하무라 님께서는 지난번에 가입하신 보험을 사용하셨기 때문에 이번에는 기기 할인 혜택을 받으실 수가 없습니다. 수리라는 형태가 되는데, 상태가 이러면 한 달 넘게 걸리지 않을까 합니다. ……게다가 수리가 가능한지 알아보는 데에도 시간이 걸리게 되는데…….”

히라마쓰가 실로 송구하다는 듯한 목소리로 말했다.

“가능하면 새 기기를 구매하시는 편이 좋지 않을까 합니다. 현재 사용 중인 기종보다 새 기종이 어제 발매되었거든요. 이쪽을 추천합니다만.”

“현재 제가 사용하고 싶은 건 무제한 데이터도, 새 기능도 아니고, 진흙탕에 한 시간 넘게 빠져 있든, 분노에 미친 폭력남이 아무리 짓밟든 멀쩡한 기종인데요.”

그렇게 말하니 그녀가 더 송구하다는 목소리로 말했다.

“마음은 잘 알겠으나 절대 부서지지 않는 기종이라는 건……. 고객님께서 사용에 주의를 해주실 수밖에…….”

히라마쓰는 이런 목소리를 어떻게 습득한 걸까. 자신을 한없이 낮추면서도 한 걸음도 물러나지 않고 상대를 KO시킨다. 완벽한 매뉴얼 대응에 완패한 나는 새 스마트폰을 사서 돌아왔다.

컴퓨터에 백업해둔 데이터를 스마트폰에 옮기려 했는데 어째서인지 잘 되지 않아 악전고투했다. 이런 것들을 손쉽게 해결하는 능력을 나는 진심으로 존경한다. 간신히 작업이 끝나 오다와라 이후의 일들을 보고서로 정리했다. 끔찍한 며칠간이었다. 완성된 보고서를 읽고 극심한 피로감을 느낄 때 연락이 왔다. 시부사와였다.

“오늘 퇴원했다며? 이쪽으로 와서 조서 작성에 협력해.”

"좀 쉬면 안 될까요?"

"바보 자식. 4박 5일이나 입원했잖아. 그만큼 쉴 수 있으면 소원이 없겠다."

시계를 확인했다. 저녁 6시 반이 넘었다.

"저녁밥을 사준다면."

시부사와가 코웃음을 쳤다.

"좋아. 용돈으로 라멘 쏠게."

옷을 갈아입었다. 발열 후유증으로 온몸에 힘이 없다. 추워질지도 모르니 플리스 재킷을 챙기기로 했다. 큰 가방에 담아 천천히 계단을 내려가니 거실에서 마미와 도모에가 소파에 나란히 앉아 텔레비전을 시청 중이었다. 나를 본 마미가 얼굴을 찌푸리고는 도모에에게 뭐라고 속삭였다.

"여러모로 폐를 끼쳤습니다."

도모에에게 말했다. 그녀는 굳은 얼굴로 아주 조금 고개를 까닥였다. 마미가 외출 준비를 하는 나를 보고 코끝으로 비웃었다.

"날 감시하는 건 그만두고 밖에 나가는 거야?"

"잠시 나갔다 오겠습니다."

나는 마미를 무시하고 도모에에게 말했다.

"나간다고? 어디 가는데? 그런 거 집주인에게 제대로 보고해야 하지 않나? 그렇게 자주 입원해서 엄청 폐를 끼친 주제에 말이지. 하무라는 자신은 문제없다는 얼굴로 날 바보 취급했으면서 자기도 완전 제멋대로잖아."

마미가 나를 물고 늘어지는 동안 도모에는 애매한 미소를 지은 채 아무 말도 하지 않았다. 루우 씨 말처럼 마미가 완전히 마음에 든 모양이다. 절망적인 기분이 되었다. 기득권을 지키려는 것은 공무원이나 정치인뿐만이 아니다. 나 역시 내 자리를 지키고 싶었다.

"어디 가냐고? 경찰서에 가는데 무슨 문제라도 있어?"

마미의 얼굴이 창백해졌다.

"나 말이지, 경찰에 출두했거든. 내 사정도 제대로 설명했고, 경찰도 이해해줬어. 더 이상 너에게 감시당할 이유는 없다고."

"아, 그래? 그럼 왜 그렇게 얼굴이 창백해진 건데? 그 외에 아무런 범죄에도 가담하지 않았다면 신경 쓸 필요 없잖아."

"너 같은 조폭 탐정은 모를 테지만, 어떤 형태로든 경찰과 관련된다는 건 그때까지 열심히 일해 온 평범한 사람에게는 마이너스거든. 너 때문에 일을 잃을지도 모르는데. 정말 짜증나게."

"그게 왜 내 탓이지? 자기 탓이잖아. 잘 알지도 못하는 남자의 이상한 아르바이트 이야기에 눈이 돌아가서 이런 꼴이 된 거잖아."

"아, 짜증나게. 너와 한 지붕 아래에 살고 있다니 최악이야. 더 이상 돌아오지 마."

"네가 나가지 그래?"

도모에가 나를 보고 차갑게 말했다.

"하무라 씨, 마미는 나쁜 아이가 아니야. 마미의 기분도 조금은 이해해주면 어떨까? 소중한 친구에게 배신당한 거잖아. 경찰보다 가까운 인간 쪽이 더 소중한 법인데, 그걸 모른다면 하무라 씨가 나가야겠지."

마미가 승리한 듯한 표정을 지었다. 그것을 본 순간, 모든 것이 귀찮아졌다. 스스로도 놀랄 정도로 냉정하게 오카베 도모에에게 말했다.

"알겠습니다. 규약대로 한 달 이내에 나가도록 하죠. 다만 이 말만은 해둘게요. 저는 그녀를 소개하기는 했지만, 앞으로 일절 그녀가 하는 일에 책임을 지지는 않겠습니다. 여기에 이 여자를 머물게 한 건 당신이지 제가 아닙니다. 그리고."

나는 마미를 노려보았다.

"여기 있는 동안은 네게서 눈을 떼지 않겠어. 내가 없어도 경찰에 이별을 말하지는 못할 거야. 오늘밤, 내가 없는 동안 곰곰이 생각해보도록 해."

마미의 불안한 표정에 가슴에 얹힌 것이 살짝 내려가는 기분이었다. 하지만 그것도 한순간이다. 마미가 피해자인양 구는 모습에 화는 났지만, 그녀가 '소중한 친구'에게 배신당한 것 또한 사실이다. 아무리 협박당했다 하더라도 경찰에 협력해서 그녀를 감시했다. 그뿐만 아니라 끔찍하게도 경찰을 등에 업고 그녀를 협박하고 말았다.

게다가 오카베 도모에. 그녀는 항상 내게 친절했다. 아무리 나가라 했다 하더라도 그렇게까지 말할 필요는 없었다.

후회가 물밀듯이 몰려왔다.

그날 밤 나는 여러 번 후회하게 된다.

28

고슈 가도에 인접한 조후히가시 경찰서 건물은 요소요소에 녹색이 섞여 있어 위압감을 주기보다 친절하고 편안한 느낌을 준다. 바퀴벌레나 파리 덫이 보기에는 깜찍한 모양을 하고 있다는 사실을 생각하며 안으로 들어갔다.

시부사와는 취조실 하나를 비워두고 나를 기다렸다. 그가 내 진술을 솜씨 좋게 문장으로 바꿔갔다. 시부사와도 많이 지쳐보였다. 온몸에서 땀과 아드레날린과 피로 물질과 홀아비 냄새가 섞인 냄새가 풍겼다.

“이와고 선배의 일, 분고 앞에서 잠자코 있어줘 고마워.”

작업이 일단락되자 시부사와가 말했다.

“옛날 문제를 어중간하게 다시 들쑤셔봤자 좋은 일이라곤 없으니까. 야마모토에게서 선배의 행방에 대해 뭔가 밝혀낼 수 있으면 좋겠는데.”

"그 일 말인데요."

나는 야마모토가 당시 이와고에게 600만 엔을 건넸다는 사실을 전했다. 시부사와가 불쾌한 듯이 얼굴을 찌푸렸다.

"뭐야, 그거. 거짓말이나 하고. 이와고 선배가 그런 거 받을 리가 없잖아."

"받으면 안 될 이유가 있나요? 뇌물도 아니고, 중대 범죄에 대한 입막음도 아니고. 물론 시오리가 살인자라는 사실을 알았다면 이와고 씨도 그런 돈을 받기 전에 경찰에 알렸겠죠. 제대로 시오리를 찾아냈으니, 성공 보수 같은 거라고 생각한 거 아닐까요?"

"이봐, 이와고 선배의 의뢰인은 후부키였거든."

"하지만 의뢰했을 때나 보고받을 때에도 야마모토가 입회했었다고 후부키가 말했습니다. 게다가 그때까지의 비용 역시 후부키가 자기 손으로 건넸을 거란 생각은 들지 않아요. 야마모토가 지불했을 겁니다."

"그래서?"

"요컨대 이와고 씨 입장에서는 야마모토도 의뢰인 같은 거였다는 거죠. 딸이 약을 하고 있다는 사실과 마음의 병을 앓고 있다는 사실을 알게 되면 부모가 상처 입는다. 입원시켜 치료를 받게 할 테니 호전될 때까지 잠자코 있어주면 안 되겠냐고 설득하면 어떻게 될까요? 그래도 완강히 거절할까요? 시부사와 씨라면 어쨌을 것 같아요?"

"나라면 기쁘게 받겠지. 경찰을 그만둔 다음이라면. 하지만 이와고 선배가 그런 짓을……. 게다가 백 번 양보해서 받았다고 치자. 그 돈은 어쨌는데? 설마 600만 엔을 들고 도망쳤다는 건 아니겠지? 돈 이야기는 야마모토가 자기 죄를 덜기 위한 거짓말이 분명해."

"경찰 상대라면 모를까 내게 그런 거짓말을 할 정도라면 애당초 시오리의 범죄 또한 인정하지 않았을 거예요. 증거는 무엇 하나 없고, 이 이야기가 나온 시점까지는 야마모토는 내가 자신과 함께 후부키를 지키는 자라고 멋대로 착각했었으니까."

반박할 말이 없는 시부사와가 입을 다물었다. 이와고 건은 시부사와의 아픈 과거를 건드리는 것이니 무리도 아니다.

"대체 야마모토의 정체가 뭐야? 후부키의 전 매니저가 단순한 탐정에게 600만 엔이라는 거금을 낼 수가 있나."

"여기서만 하는 이야기인데, 야마모토는 소마 다이몬의 사설 비서로, 신뢰가 두터워 금고지기를 맡았던 것 같아요."

야마모토나 후부키가 뒤에서 소마의 정치 활동을 지원했던 일, 소마의 금맥이 이 두 사람을 경유했다는 사실을 이야기했다. 시오리의 아버지가 소마의 아들 가즈아키라는 사실도 함께. 시부사와가 혀를 찼다.

"너 말이야, 또 귀찮은 이야기를 가지고 왔군. 소마 다이몬의 아들도 정치인이잖아. 이러다 큰 말썽이 일어나는 거 아니야? 네 이야기가 사실이라면, 소마 가즈아키의 딸은 연쇄 살인범이라는 게 돼. 아무리 자식이 성인이 되면 부모에게 책임이 없다고 하나, 이건 마약을 하는 수준의 이야기가 아니라고."

"내 잘못도 아닌걸요. 갑자기 정치인이 끼어드는 것보다 미리 사정을 알고 있는 편이 낫지 않나요? 게다가 소마 가즈아키는 지금까지 자기가 후부키와 사귀었다는 사실, 그 사이에 딸이 있다는 사실을 계속해서 숨겨 왔어요. 이제 와서 내가 아버지입네 하고 나올 일은 없어요. 들키면 정치 생명이 끝이니까."

"꼭 끝났음 좋겠군."

시부사와가 볼펜을 빙글 돌리며 말했다.

"거물 정치인의 방탕한 아들이 피임도 하지 않고 여배우와 불장난을 벌인 게 모든 일의 원흉이잖아. 그런 주제에 아직도 지위에 연연하다니 어이가 없어."

일리가 있다. 그 때문에 많은 사람이 다쳤다. 하지만 결과가 이렇게 되리라고 처음부터 알고 있는 인간은 없다. 가즈아키 역시 알 수 있을 리 없었다.

"하지만 왠지 안타깝군."

시부사와가 떨어뜨린 볼펜을 주우며 말했다.

"나는 그 여자가 싫지만, 임신해서 여배우도 그만두게 되고, 결국 딸을 제 손으로 죽이게 된 거잖아. 아시하라 후부키는 불쌍해. 그에 비해 정치인의 바보 아들놈은 그 뒤에 숨어 아무런 책임도 지지 않다니. 부아가 치미는걸."

"시부사와 씨, 언론에 흘려 가즈아키를 박살내려거나 그런 생각을 하는 건 아니죠? 하시는 건 시부사와 씨 맘이지만 제 이름은 꺼내지 마세요."

"그런 짓을 할까 보냐. 난 윗대가리들을 전혀 안 믿지만, 그래도 언론보다는 나아. 오늘 아침 뉴스 봤어? 웬 얼간이가 '돌아가신 아시하라 후부키 씨는'이라고 지껄이더군. 뭐, 가즈아키의 일은 아무래도 상관없는데. ……아, 여기 여기."

시부사와가 배달통을 든 배달원을 부르더니 랩을 씌운 라멘 두 그릇을 받아 돌아왔다. 정말로 라멘을 주문했던 건가.

뜨거운 열기로 이미 면이 푹 퍼진 그냥 그런 라멘이 이상하게 맛있었다. 시부사와가 먹으며 말했다.

"야마모토 말인데, 아마도 곧 풀려날 거야."

"풀려나다뇨?"

"어제 검찰로 신병을 넘겼는데, 오토바이 주인과 합의를 했나 봐. 이쪽은 아시하라 시오리의 살인 건을 끌어내려고 끈질기게 들이대 봤는데 그와 관련해서는 아무 말도 안 하더군. 이와고 선배를 위해서도 시오리를 찾아내서 이야기를 듣고 싶은데."

"시오리를 찾고 싶은 건 저도 마찬가지인데, 확실히 말해 막다른 길이에요. 어머니가 입원한 부슈 종합병원 주위에 잠복하는 것 외에 그녀에게 도달할 방법이 생각나지 않네요."

"후부키는 아직도 집중치료실에 있나?"

"아뇨, 1인실에 있어요. 병원 측도 그녀를 어떻게 다뤄야 할지 문제시하기 시작한 것 같아요. 지금까지 가족의 대표로서 병원 측과 조율하던 조카가 갑자기 손을 뗐으니까요."

"경비는 괜찮겠지?"

"아마도."

"어쩐지 불안하군."

"병원에게도 미움받았거든요, 저. 원래라면 1인실에 잠복하고 싶었는데."

라멘을 다 먹고 돌아갈 생각이었지만 마음이 변했다. 아직 10시고, 전철도 있다. 혼잡한 게이오 선을 타고 조후 역에서 내렸다.

이 시간, 병원 현관은 이미 닫혔고, 등도 꺼져 있었다. 뒤로 돌아갔다. 야간 출입구 옆에 경비원이 앉아 있는 모습이 밝은 등에 비춰 잘 보였다.

거의 같은 나이대로 보이는 경비원은 내 이야기를 들으려고도 하지 않았다.

"아시하라 후부키 씨 관련해서는 무슨 이유가 있든 어떤 말도 하지 말고 듣지 말라는 게 우리 방침입니다."

철저한 대처였지만, 위험을 알리는 정보조차 셧아웃시키

는 것은 타조가 사막에 머리를 박고 있는 것과 마찬가지다. 나는 신분증 대신 운전면허증과 도토종합리서치의 명함을 제시하고, 끝내는 부슈 종합병원 진료카드까지 보여주었지만 경비원은 완강히 시선을 돌린 채였다. 시오리의 20년 전 사진을 스마트폰으로 보여주었는데 눈길조차 주지 않았다. 끝내는 빨리 사라지지 않으면 경찰을 부르겠다고까지 했다.

'불러보시지.'

이렇게 생각했지만 결국 그 자리를 떠나기로 했다. 내 이야기를 듣지 않은 만큼, 무슨 일이 일어난다 해도 저 경비원은 아무것도 느끼지 못할 거라는 생각이 들었다. 그는 그의 직무를 지시대로 따르고 있을 뿐이다.

조금 떨어진 장소에 딱 좋은 벤치가 있었다. 야간 출입구를 살필 수 있는데, 초목 덕에 길에서는 이쪽이 잘 보이지 않는다. 앉아서 플리스를 입고 잠시 잠복했다.

도쿄 교외의 밤은 비교적 밝고 사람도 많다. 이따금 의사나 사무원으로 보이는 사람들이 출입구로 나와서 담배를 피우며 핸드폰이나 스마트폰을 만지작거리다 다시 들어갔다. 택시가 멈추고 아이를 업고 병원으로 달려 들어가는 사람도 있었다. 구급차도 왔다. 척척 환자를 날랐던 구급차가 한 시간도 채 되지 않아 다른 환자를 실어오는 것을 보았다. 밤인데 쉴 새 없이 일하는 사람들.

나는 대체 여기서 뭘 하고 있는 걸까.

그렇게 생각한 순간 연락이 왔다. 도마 경부였다. 내가 외출해 있는 것을 알고 밉살스런 말을 입에 담았다.

"왜 구라시마 마미를 감시하지 않는 거죠? 할 마음이 없나요? 명의 대여 건은 아직 해결되지 않았다는 사실을 잊지 마시죠."

"내일부터 제대로 감시할 겁니다. 눈을 떼지 않고. 약속하죠."

"그럼 오늘밤 그녀는 노마크인가요?"

"그게 무슨 문제라도 있나요? 이 틈에 그녀가 불법 카지노 관계자와 연락을 취할 거라고 생각하나요? 그럴 리가 없잖아요. 설령 그랬다 하더라도 내용을 듣는 건 어차피 무리예요. 아니면 그 도청기, 돌려주실래요?"

"전혀 모르시는군요."

도마 경부가 차갑게 내뱉었다.

"현재 당신의 역할은 구라시마 마미에게 압박감을 주는 겁니다. 이미 당신의 감시를 알아차렸으니 아예 대놓고 감시해줬으면 했는데 말이죠."

"압박감이라면 이미 잔뜩 느끼고 있을 텐데요."

나는 도모에가 집에서 나가라고 했다는 사실과 그 후의 싸움에 대해 설명했다. 도마 경부가 잠시 침묵했다.

"그런 거라면 하무라 씨, 오늘은 그대로 집에 들어가지 마세요. 하룻밤 정도 묵게 해줄 친구 정도는 있겠죠? 감시의 눈이 사라졌을 때 구라시마 마미의 반응이 보고 싶거든요."

"그게 무슨 말인가요?"

"그런 말입니다."

통화가 끊겼다.

하룻밤 정도 묵게 해줄 친구. 공교롭게도 내게 그런 것은 없다. 이런 시간이라도 묵을 수 있는 비즈니스호텔 리스트라면 갖고 있지만 말이다. 그쪽이 더 편하다.

시간을 확인했다. 이미 새벽 1시에 가까웠다. 그다지 춥지 않다는 마음에 퇴원하자마자 다시 무리하고 말았다.

생각해보니 여기서 잠복을 해도 시오리가 나타날 가능성은 적다. 내가 그녀라면 오히려 낮 시간을 노릴 것이다. 아무리 경비가 엄중하다 해도 빈틈은 어디에나 있다. 야마모토처럼 누가 보더라도 수상쩍은 인물이라면 모를까, 멀쩡한 복장을 갖추고 꽃다발을 품에 안은 여성이라면 방위 라인을 돌파할 수 있다. 간호사 스테이션 역시 바쁠 때는 문병객을 체크하지 못할 때도 있을 것이다.

내일이다. 오늘은 이만 자자. 그리고 내일, 시오리의 사진을 프린트해서 의사나 간호사에게 보여주고, 경비에 신경을 써달라고 하자.

방침이 정해지자 갑자기 졸음이 쏟아졌다. 역 앞에서 택시를 잡았다. 비즈니스호텔 이름을 말하려던 순간 마음이 바뀌었다. 도마 경부는 집을 하룻밤 비우라고 명령했다. 하지만 생각해보니 그의 명령을 따를 이유가 없다. 명의 대여 건이 해결되지 않았다고 하지만, 애당초 그것은 해결이 되어야 할 문제였나? 도마가 나를 이용하기 위해 만들어낸 문제에 불과하다.

꺼져, 고구마 경부. 하무라 아키라에게 명령하지 마. 나는 돌아가서 내 이불 속에서 자겠어.

반쯤 졸았기 때문에 운전사가 곧 도착한다며 깨웠을 때 아무 생각 없이 차를 세워버려 스타인벡 장까지 꽤 먼 거리를 걷게 되었다.

고슈 가도 쪽에서 들어가는 도모에의 안채와 스타인벡 장. 포도밭으로 연결되는 길의 가로등은 아직도 고쳐지지 않은 채였다. 전에는 하나만 고장이 났는데 오늘은 두 개나 고장이 났다. 덕분에 주위는 캄캄했다. 만약 전에 말했던 노출증 변태가 나타난다 해도 아무것도 보이지 않아 실망하고 말 것이다.

콧노래를 부르며 길을 나아갔다. 이윽고 어둠에 눈이 익숙해지자 여기저기에 불법주차된 차량이 눈에 띄었다. 차도 사람의 통행도 적으니 밤 동안 세워두게 되었는지도 모른다. 주차비를 낼 수 없다면 차 따위 소유하지 말라는 생각을 하며 발걸음을 재촉했을 때 문득 사람의 모습이 눈에 들어왔다. 확실히 보이지는 않지만 사람으로 보이는 그것은 스타인벡 장의 부엌문에서 달려 나와 안채 뜰로 이어지는 통로를 나아갔다. 그 다음 대문이 살짝 열렸다. 그러자 그 문 앞에 있던 다른 사람이 그 틈을 통해 도모에의 정원으로 빨려들 듯 사라졌다.

이런 심야에 뭐지?

발소리를 죽인 채 다가갔다. 평소라면 경비 중임을 나타내는 빨간 불빛이 경비가 해제된 증거인 녹색으로 변해 있다. 정원의 시스템도 스타인벡 장의 시스템도 마찬가지였다.

백을 울타리 구석에 내려놓고, 커다란 회중전등을 꺼내들었다. 그 옛날, 잡지 통판을 통해 구매한, 위기상황에서는 경찰봉 대용으로 쓸 수 있는 물건이다. 그것을 꽉 쥐고 그들을 뒤쫓았다.

고슈 가도 변의 키 큰 가로등 불빛이 도모에의 정원을 비췄다. 안채 오른쪽에 사람 형체 두 개가 보였다. 무언가를 문지르는 듯한 "쓱싹쓱싹" 하는 소리가 들렸다. 다음에 "달각달각" 금속이 맞부딪히는 소리가 나더니 이윽고 "슈욱슈욱" 하는 들은 적이 있는 소리가 들렸다.

뭐였더라, 이 소리. 들은 적이 있는데…….

나는 몸을 낮추고 접근했다. 사람 하나가 회중전등으로 다른 사람의 손가를 비췄다. 그 손가에 있는 것을 보고 무슨 소리인지 깨달았다. 그것은 유압잭 소리였다. 나는 눈을 크게 떴다. 유압잭은 안채 아래쪽을 향해 있었다. 사람이 있는 힘껏 유압기를 누를 때마다 안채가 기운다.

끼기긱, 가옥 전체가 비명을 질렀다. 안채가 무너진다……!

내 목에서 엄청난 비명이 터져 나오는 것을 느끼며 회중전등을 붙잡고 정원을 달렸다. 갑자기 비명이 들려 놀랐는지 두 사람은 그대로 꼼짝도 하지 않았다. 그대로 달려 나가려 했을 때 발이 무언가를 밟으며 휘청거렸다. 나는 양팔을 크게 벌리고 균형을 잡으려다 넘어졌다.

오른손의 회중전등이 무언가 둔탁한 충격을 전달했다. 동시에 단발마의 비명과 함께 무거운 것이 쓰러지는 소리가 들렸다. 누군가가 새된 비명을 질렀다. 앞으로 고꾸라진 나는 네 발로 기며 무엇을 밟았는지 발쪽을 살펴보았다. 그곳에는 목공 도구가 어지럽게 놓여 있었다.

넘어진 충격으로 회중전등에 불이 들어 왔다. 불빛 안에 나무 톱밥과 톱과 나무를 벨 때 박아 넣는 쐐기 같은 것이 보였다. 안채 아래쪽에 박힌 유압잭이 집을 다소 들어 올린 것이 확실히 보였다.

나는 몸을 돌려 허리로 땅을 쓸며 집에서 떨어졌다. 내 회중전등을 머리에 정통으로 맞았는지 남자 한 명이 흰자위를 드러내놓고 지면에 쓰러져 있었다. 그 옆에 마미가 무릎을 꿇고 비명을 지르며 남자를 흔들었다.

"슈사쿠. 정신 차려, 슈사쿠. 죽으면 안 돼."

슈사쿠? 어디서 들었는데? 분명 마미를 속여 맨션을 구입하게 하려던 상대의 이름……? 어라, 이게 무슨…….

멍하니 있으니 마미가 귀신같은 형상으로 근처에 있던 톱을 손에 들었다. 그녀는 알 수 없는 고함을 지르며 나를 향해 톱을 휘둘렀다.

나는 필사적으로 일어나 아픈 오른쪽 다리를 질질 끌며 안채 덧창을 향해 몸을 날렸다. 덧창에 부딪히는 엄청난 소리가 나고 안채가 덜컹 흔들렸다. 우직. 어디서 불길한 소리가 들렸다.

나는 덧창을 등에 지고 섰다. 마미의 얼굴이 회중전등 불빛 속에 떠올랐다. 마미가 휘두른 톱을 오른쪽으로 쳐냈다. 톱이 날아가며 신기한 소리를 연주했다.

마미가 고함을 지르며 이번에는 주먹을 휘둘렀다. 간신히 피했다. 마미는 온몸으로 덧창에 부딪혔다. 덧창이 벗겨져 땅 위로 떨어졌다. 간신히 피했지만 다리가 걸려 넘어졌다. 마미가 발차기를 해서 머리를 감싼 채 기었다.

다음 순간 다시, 이번에는 우지직, 하며 더 불길한 소리가 들렸다. 안채가 흔들렸다. 위험하다고 생각했다. 이 집, 진짜로 무너진다…….

나는 마미의 발차기를 어깨로 받으며 있는 힘껏 정원 중앙으로 몸을 낮춘 채 달렸다. 상당한 거리를 달렸다고 생각했지만, 몸 상태가 안 좋은 탓인지 그리 멀지 않은 곳으로 굴렀을 뿐이었다. 문득 돌아보니 이번에는 덧창을 등에 지고 있는 것은 마미 쪽이었다. 그녀가 땅에 떨어진 목공 도구

중 무언가를 손에 들고 넘어진 나를 향해 다가왔다…….

틀렸어. 이젠 정말 끝이야.

다음 순간 굉음과 함께 흙먼지가 일었다. 안채가 기울더니 기와가 눈사태처럼 와르르 쏟아졌다. 마미의 모습이 사라지고, 떨어지며 깨진 기와가 여기저기로 튀며 얼굴이나 다리를 덮쳤다. 나는 소리도 내지 못한 채 마지막 힘을 쥐어짜내 기어서 안채에서 멀어졌다.

29

몇 시간 후, 나는 부슈 종합병원 응급실에 있었다. 이번에는 백골에 박치기를 하지 않았고, 무너진 집에도 깔리지 않았다. 하지만 엄청난 먼지를 흡입하고 눈은 상처투성이라 시야가 흐릿하다. 목공 도구를 밟고 넘어진 탓에 오른 발목을 심하게 접질리고 떨어지는 기와로부터 머리를 지키기 위해 감싼 왼손 약손가락과 새끼손가락이 부러졌다. 귀가 찢어져 심한 출혈도 있었다.

신 같은 의료진에게 치료를 받은 뒤, 대기실 벤치에 망연자실한 채 앉아 있었다. 구라시마 마미, 그리고 그녀가 '슈사쿠'라 불렀던 남자는 기와더미에 깔려 둘 다 집중치료실에 있다.

돌아가도 될 테지만 택시를 탈 생각만으로도 구역질이 날 것 같았다. 나는 그저 벤치에 앉아 있었다. 기다리고 있었을지도 모른다. 누군가 이 소동을 깔끔하게 설명해줄 인간을.

내 바로 옆 벤치에 본 적이 있는 워크부츠를 신은 짧은 머리의 젊은 남자가 앉아 있었다. 이윽고 그는 무언가를 알아차리고 일어섰다. 도마 경부가 잰걸음으로 와서 무언가 지시를 내리자 워크부츠는 그대로 자리에서 떠났다.

"그러니까 오늘밤은 어디 다른 곳에 묵으라고 했잖습니까."

도마가 어째서인지 득의양양하게 말했는데 나는 따지고 들 기력도 없었다. 내가 원하는 것은 해답뿐. 도마가 헛기침을 했다.

"구라시마 마미는 불법 카지노에 관여한 것뿐만이 아닙니다. 그 밖에도 몇몇 범죄에 가담했죠. 가짜 명품 판매에 데이트 사기, 노인을 노린 악질 사기 등입니다."

가짜 명품 판매는 알겠는데 데이트 사기? 그녀는 그 피해자 쪽 아니었나?

"구라모토 슈사쿠라는 남자는 그녀를 속인 상대가 아니라, 구라시마 마미의 파트너 중 한 명입니다. 아무래도 하무라 씨를 속이기 위해 자신이 데이트 사기의 피해자인 척을 한 거겠죠. 구라시마 마미는 탁월한 이야기꾼으로, 탐정을 자기 편으로 끌어들이려면 범죄 이야기를 꺼내는 게 좋다고 생각한 게 아닐까요?"

그러고 보니 그녀가 말했던 구라모토 슈사쿠와 연락이 안 된다는 이야기는 묘하게 알기 쉽고 명쾌했다. 하지만…….

"왜 저를 끌어들이려 한 거죠?"

"물론 스타인벡 장에 잠입하기 위해서죠."

"아니, 왜 스타인벡 장에?"

"목적은 오카베 도모에 씨의 토지입니다. 그곳은 노른자 땅이거든요. 간선도로 변이니 건축 기준은 엄격하지만, 스타인벡 장이나 포도밭까지 합치면 면적이 상당하죠. 코앞이 센가와다 보니 인기가 있는 곳이고, 그 땅이 매물로 나오기를 바라는 개발업자나 건설업자가 많아요. 하지만 그런 업자가 전에 함부로 군 탓에 도모에 씨는 땅을 팔지 않겠다며 완강히 버텼습니다. 외부인이 멋대로 들어오지 못하게 경비회사와도 계약했죠. 말하자면 도모에 씨에게 의심받지 않고 그녀에게 접근해 마음대로 그 장소를 출입할 수 있으려면, 스타인벡 장에 세입자로 들어가는 게 가장 좋은 방법이었습니다. 하지만 아무나 그곳에 살 수 있는 게 아니었죠."

맞다. 도모에는 기본적으로 지인 또는 지인의 지인만 세입자로 들인다. 게다가 멋대로 정원을 측량한 것이 경비회사와 계약하는 계기가 되었다.

"그래서 내게 접근을?"

"다른 세입자도 조사했겠지만, 선택받은 건 하무라 씨였습니다. 그것도 다 구라시마 마미가 미스터리 팬이라서겠죠. 이름이 뭐였죠? 당신이 일하는 기치조지의 미스터리 서점."

"살인곰 서점 말인가요?"

"그래요. 그녀를 감시했을 때 그 서점에도 두 번이나 발걸음을 옮겼습니다. 그곳에 사냥감 후보가 있었으니까. 그리고 선택했죠."

"그래서 내가 그 거짓말에 넘어가서 그녀를 스타인벡 장으로 끌어들였다?"

마미의 블로그는 막 시작한 참이었다. 남을 속이기 위해 사이트를 만든다는 것은 흔한 수법이라며 내가 말했던 사실이 떠올라 얼굴이 시뻘게졌다. 알고 있으면서 걸리다니 이렇게 멍청할 줄이야.

"우리 프로파일러가 말했어요. 구라시마 마미는 전형적인 사이코패스라고. 거짓말이 능숙하고 양심이 없고 남에 대한 동정심이 없는 자기중심적인 인물. 이런 인간은 남을 자신이 이용하기 위한 존재로 생각하고, 이용하기 위해서라면 얼마든지 매력적인 척을 할 수도 있죠. 그 결과, 상대를 조종할 수 있고요."

입원 중 약 때문에 의식이 몽롱하던 내게 자기 이야기만 계속 늘어놓던 마미를 떠올렸다. 그때 그녀 또한 나를 의심하고 있었을지도 모른다. 패딩턴 카페의 전 인사부장이 고발당해 자신의 안위가 불안해졌다. 혹시라도 경찰의 감시가 있다고 하면 탐정이자 자신과 가까운 하무라 아키라를 경유하지는 않을까. 그렇게 생각해서 약해진 나를 떠본 것일지도 모른다.

“혹시 불면증이라는 것도 거짓말인가요?”

“단순한 야행성이겠죠. 그녀는 아예 없는 거짓말은 하지 않습니다. 최근까지 건축회사 경리로 일했어요. ‘잠이 오지 않는 밤의 베개’라는 사이트를 만들어 운영했던 건 사실이지만, 거기 모인 사람들에게 가짜 수면 상품이나 수면유도제를 팔아서 문제를 일으키기도 했죠.”

“그래서 그녀는 아까 뭘 하려 했던 건가요?”

“집을 부수려 했습니다. 도모에 씨의 집은 오랜 농가입니다. 지은 지 70년이라고는 하나 튼튼하게 지어졌죠. 하지만 세월에는 이기지 못해 다소 기울었습니다. 거기에 살짝 힘을 가하면 살기에는 불안한 상태로 만들 수 있지 않았을까요?”

기둥을 베고, 그 사이에 유압잭을 넣어 집 전체를 기울어뜨리면.

“집에 살 수 없게 되었을 때, 친해진 구라시마 마미가 자기가 일하는 건축회사를 소개해주겠다고 하면 도모에 씨는 어떻게 할까요? 자신이 아는 사람만 믿는 게 도모에 씨의 장점이자 단점이기도 합니다. 정신을 차렸을 무렵에는 구라시마 마미의 손바닥 위에서 놀아나 맨션 건축 계약서에 사인을 한 다음이라는 일도 신기할 것은 없죠.”

그제야 생각이 났다.

"그, 그래서 도모에 씨는 무사한가요?"

"스타인벡 장에서 술에 취해 쓰러져 있더군요. 당신이 없어서 구라시마 마미가 연회를 열었습니다. 다들 술에 잔뜩 취하게 만든 다음, 감시자가 없는 틈에 파트너를 불러 파괴 공작을 시작한 거죠."

외출할 때 나는 외박할 마음이 없었다. 하지만 플리스가 들어가는 커다란 가방을 들고 있었고, "오늘 밤, 내가 없는 동안 곰곰이 생각해보도록 해"라는 식으로 말했으니 마미는 내가 안 돌아올 거라 생각했음이 틀림없다. 더구나 내가 경찰의 위세를 빌려 그녀를 협박했으니 기회는 오늘뿐이라고 생각했을지도 모른다.

'그런 거였구나.'

납득이 가려다 어떤 사실이 떠올랐다.

"잠깐만요. 도마 씨가 구라시마 마미를 감시했던 건 불법 카지노 정보누설 건도 있었지만, 그게 메인이 아니라 사실은 노인을 대상으로 한 사기 건이었던가요? 말하자면 처음부터 우리 집주인이 목표라는 사실을 알고서?"

"그녀는 전에도 같은 짓을 저질렀으니까요. 세입자로 들어간 다음 집주인을 완전히 속여 자신에게 전 재산을 남기도록 유언장을 쓰게 했습니다. 그 직후, 집주인이 일산화탄소 중독으로 사망했죠. 그 사망사건이 구라시마 마미나 그 동료의 짓인지 아닌지는 아직 모르지만요."

그러고 보니 미쓰우라가 처음에 병문안을 왔을 때 그런 이야기를 했었다.

"*하무라도 오카베 할머니에게 열심히 애교라도 떨어서 예쁨받으면 어때? 그 땅을 상속받으면 평생 놀고먹을 수 있어.*"

대체 왜 그 사실을 내게 숨겼는지 물으려 했을 때 도마가 먼 곳을 보고 누군가에게 신호를 보냈다. 달려온 남자를 알아차리고 깜짝 놀랐다. 군지 쇼이치. 도마의 부하로, 피로에 찌든 운전기사. 왜 이 남자가 여기에?

도마가 내 표정을 읽고는 씨익 웃었다.

"맞다. 경찰의 수사 정보를 유출한 건 군지가 아닙니다. 착각하신 듯해서 말씀해드립니다."

"네? 아니, 하지만……."

"당신 말대로 이벤트 취소 지시는 경찰 내부에서 정보가 유출된 게 맞습니다. 하지만 그 방법을 쓸 수 있는 건 군이 군지뿐만이 아닙니다. 내 옆에 달라붙어 있던 인간도 범인이 될 수 있다고는 하나 그게 범인의 절대 조건은 아니거든요."

그러고 보니 그 말도 맞다. 하지만 그 뒤 대화에서 도마는……. 어라, 군지가 내통자라는 사실은 한마디도 하지 않았다. 그렇게 느껴지게 하는 식의 대화를 했을 뿐이다.

이 자식은 역시 마음에 들지 않는다. 남을 이용하려는 점에서는 구라시마 마미와 동격이 아닌가.

"어쨌든 수고 많으셨습니다."

도마가 일어서서 나를 내려다보았다.

"하무라 씨에게는 여러모로 감사드립니다. 좀처럼 냉정하게 대처하지 못하는 점은 곤란하지만, 감정적이 되어 구라시마 마미에게 감시 건을 흘리거나, 오카베 도모에에게 쫓겨날 뻔까지 하고. 구라시마 마미를 체포할 수 있게 된 건 단순한 행운에 불과합니다. 실패했다면 체포는 도모에 씨가 전 재산을 빼앗긴 다음이 되었을 테죠. 당신은 제 부하들을 얕본 듯한데, 확실히 말해 당신의 탐정으로서의 자질이 의심스럽군요."

그럼 묻겠는데 그들이 집을 파괴할 동안 너희들은 어디서 뭘 했는데? 빼도 박도 못하는 현장을 목격한 것이 누구라고 생각하는데?

그렇게 말하고 싶은 마음도 굴뚝같았지만 너무 피곤해서 더 이상 목소리가 나오지 않았다.

입을 다문 내게 도마가 말했다.

"그래도 민간인에게는 민간인만이 할 수 있는 일도 있으니까요. 언젠가 또 잘 부탁드리겠습니다. 그럼 이만."

떠나가는 뒷모습을 노려보고 있자니 녹초가 된 시부사와가 와서 내 옆에 털썩 앉았다.

"나이는 먹고 싶지 않아. 얼굴이 엄청나네."

시부사와가 말했다.

"혹시 이번에 스마트폰은 무사해?"

"아마도."

나는 백을 뒤졌다. 울타리 구석에 놓아둔 백을 이송될 때 구급대원에게 부탁해서 같이 가져왔다. 살펴보니 이번에는 스마트폰이 무사했다. 그 대신 오랫동안 애용했던 회중전등이 박살났다. 스마트폰이 부서졌을 때는 화가 났지만, 회중전등이 기왓장에 직격을 당해 부서지는 것을 보았을 때는 너무 슬펐다.

"시부사와 씨, 안 잤군요?"

"자려 했는데 이 소동이니. 너야말로 집에 안 가?"

돌아가고 싶었지만 몸이 움직이지 않았다. 몸 전체가 흐물흐물해서 힘이 들어가지 않는다. 새벽녘에 병원의 어슴푸레한 대합실 벤치에 앉아 있으니 고래에게 먹히기를 기다리는 심해생물이 된 기분이 들었다.

이런 시간에도 응급실을 찾는 사람이 있다. 취객인지 위험한 약물이라도 했는지 이상한 소리를 지르며 펄쩍 뛰거나 눕는 젊은이. 갈 곳이 없어 온 것처럼 보이는 왜소한 노인. 머리에 천을 대고 누르고 있는 라이더 슈트 복장의 남자. 한 시간 정도 전에는 엄청 뚱뚱한 여자가 천천히 병원 안을 배회하는 모습을 보았다. 엄청나게 울어대는 아기와 피곤한 얼굴의 모친도 보았다. 검사실로 이송되는 많은 사람들을 보았다.

깊은 바닷속에서 만나게 되는 상대는 먹이 아니면 적. 여기서 자는 것은 위험하다. 그 사실을 알고 있어도 움직일 수가 없다…….

다음 순간, 경보음이 세차게 울려 깜짝 놀라 각성했다. 놀란 것은 나뿐만이 아닌 듯 시부사와가 벤치에서 미끄러져 떨어졌다. 그 또한 반쯤 졸았던 모양이다.

목발을 짚고 일어섰다. 의료진도 놀라서 몇 명인가 처치실에서 뛰쳐나왔다. 마스크를 내리고, 고무장갑을 벗으며 수화기를 들고 어디론가 전화를 거는 간호사가 있었다.

"화재? 몇 층에서 화재?"

수화기에 대고 외치는 것이 들렸다.

"죄송합니다만 상황이 확실해질 때까지 움직일 수 있는 사람은 주차장으로 대피해주세요."

누군가가 그렇게 말하며 반강제적으로 나를 비상구 쪽으로 쫓아냈다. 보니 시부사와의 모습이 없다. 휴대폰을 들고 이미 출구 쪽으로 달려 나간 지 오래다.

어쩔 수 없지. 나가자.

아드레날린의 마지막 한 방울이 온몸에 퍼졌는지 갑자기 움직일 수 있게 되었다. 요구조자의 수를 늘릴 수는 없으니 오른손으로 목발을 짚으며 다친 발로 밖으로 나왔다. 주차장은 멀었다. 부러진 왼손가락에 다시 통증이 느껴졌다. 그래서 마음이 꺾였다. 아까 잠복했던 벤치면 충분하다고.

벤치에 도착해 앉았다. 시계를 보니 4시 반이 넘었다. 이런 시간에 일어나야 하는 환자들이 안됐다. 쓸 데 없이 일이 늘어난 의료진들은 더 안됐다. 하필이면 왜 이런 시간에 화재? 낡은 건물이라 누전이 발생한 것이라면 모를까, 아직 충분히 새 건물이고 당연히 기준도 갖췄을 터인 건물에서.

그 건물에서 사람들이 속속 빠져나왔다. 아까 그 경비원은 어떡해야 좋을지 모르겠는 듯 주차장 쪽으로 유도등을 마구 흔들었다.

확실히 새벽녘 이 시간은 추웠다. 추위에 떨며 플리스 주머니로 손을 찔러 넣었다. 언제 것인지 알 수 없는 흑사탕이 나왔다. 쇼크 상태를 완화시키기 위해 단 것이 필요했다. 이것을 먹을까, 자판기까지 걸어가서 캔 커피를 살까.

사탕을 핥으며 몸을 잔뜩 움츠리고 있을 때 갑자기 사람의 흐름이 멈췄다. 누군가가 큰 목소리로 뭐라 지시를 내리는 듯하지만 여기서는 들리지 않는다. 잠자코 지켜보니 금세 사람 흐름이 반대가 되더니 병원으로 빨려들기 시작했다. 팔을 치켜들고 큰소리로 불평을 하는 노인이 있어서 어디선가 본 적이 있다 싶었는데 12층에서 목격했던 노인이었다. 경비원과 야마모토의 소화제 레슬링을 즐거운 듯이 구경했었다.

"뭣 때문에 비싼 돈을 내고 1인실에 입원했는지 모르는 거야! 간호사는 어디론가 가버리고, 알아서 혼자 피난했다고. 노망이 안 들어서 다행이군. 니들 덕은 아니고."

노인이 한마디 말할 때마다 주위에서 웃음이 터졌다. 너무나 엉뚱해서 긴장의 끈이 풀렸다. 나도 그것을 멍하니 바라보다 퍼뜩 정신이 들었다.

"*간호사는 어디론가 가버리고.*"

화재 경보가 울렸기 때문에 간호사 스테이션이 비었다면 누구나 후부키의 1인실에 들어갈 수 있다.

설마 이 소동은.

나는 목발을 짚고 서둘러 병원 안으로 돌아가는 줄에 끼어들었다. 아직 익숙지 않아 목발을 잘 짚을 수가 없다 보니, 주변 사람들도 신경을 써서 공간을 내주었다. 필사적으로 앞으로 나아가며 시부사와를 찾았다. 그의 모습은 보이지 않았다. 스마트폰을 꺼내려 했지만 조작하기 전에 환자 무리에 휘말려 그대로 엘리베이터에 탑승하고 말았다.

괜찮아. 나는 필사적으로 내게 말했다. 경비원도 있고 간호사도 있어. 누군가가 후부키를 피난시키려 했을 거야. 괜찮아.

엘리베이터는 각층에 멈췄다. 그때마다 사람이 우르르 내렸다 다시 타고, 엘리베이터가 다시 움직였다 다시 멈춘다. 노인 환자가 많은 데다 새벽이라 사람들의 움직임이 수월하지 않았다. 간신히 12층에 도착했을 때에는 초조함 때문에 사탕으로 섭취한 당질은 이미 소화된 듯한 기분이었다.

12층은 고요했다. 간호사 스테이션에 사람의 모습은 보이지 않았다. 며칠 전, 소화제 프로레슬링 링으로 변했던 로비는 고요했다.

아니.

무슨 소리가 들렸다.

나는 목발을 짚고 후부키의 병실을 향했다. 병실에서 불빛이 새어나왔다. 문이 조금 열려 있다.

후부키의 병실 문으로 달려가 있는 힘껏 열었다. 그리고 그 자리에 멈춰 서고 말았다.

침대 라이트가 미세하게 병실을 비췄다. 침대 위에 후부키가 위를 보고 누워 있었다. 얇은 나뭇가지 같은 팔이 힘없이 축 늘어졌으며, 얼굴은 검었고 혀가 나와 있었다. 후부키 위에는 한 시간 정도 전에도 본 적 있는 엄청 뚱뚱한 여자가 올라타 양손으로 후부키의 목을 잡고 체중을 실어 조르고 있었다. 병실 전체에 땀과 공포와 배설물 냄새가 가득해, 마치 파리 집단처럼 날 덮쳤다.

뚱뚱한 여자는 엄청난 살을 흔들고, 침을 흘리며, 끊임없이 뭐라 중얼거렸다. 그것은 불길하고 불결한 주문처럼 반복되었다.

"창녀, 너는 더러운 창녀야……."

큰소리로 도움을 요청하며 벽을 손으로 짚어 형광등을 켰다. 천장 등이 순식간에 불을 밝혀 바닥에 쓰러져 있는 간호사의 모습을 비췄다. 뚱뚱한 여자가 입가에서 침을 흘리며 내 쪽을 물끄러미 노려보았다. 그러는 동안에도 그녀의 손가락은 후부키의 목에 박혀 있었다.

크고 살이 가득한 그 얼굴 깊은 곳에 사진으로만 보았던 시오리의 모습이 담겨 있었다.

"시오리 씨."

나는 외쳤다. 그녀의 몸이 움찔 떨었다.

"그만두세요, 시오리 씨. 그만두라니까요."

"창녀……."

뚱뚱한 여자가 중얼거리며 내게 흥미를 잃은 듯이 후부키의 얼굴을 들여다보았다.

"너는 더러운 창녀야……."

복도를 보았다. 도움은 오지 않는다. 어쩔 수 없다. 나는 목발로 뚱뚱한 여자를 때리고 그 틈에 침대맡에 있는 비상버튼을 눌렀다. 목발로 엄청나게 때렸다. 하지만 여자가 성가시다는 듯이 오른팔로 가볍게 쳐내자 나는 목발과 함께 튕겨나가 간호사 위로 쓰러졌다. 간호사는 꿈쩍도 하지 않았다.

아, 젠장.

나는 바닥에 쓰러진 간호사를 넘어 여자 등에 달라붙었다.

"그만둬. 그만두라니까."

여자가 엄청난 신음소리를 질렀다. 그 소리는 진동이 되어 내 몸에 그대로 전달되었다. 뒷머리가 찌릿할 정도로 무서웠다. 오른발은 염좌, 왼손은 손가락 두 개가 골절. 만신창이인 몸으로 반달가슴곰에게 맨손으로 대항하다니 나는 바보인 걸까. 힘을 줄였다가는 백 퍼센트 살해당한다. 갈비뼈와 폐에 대한 것은 머릿속에서 애써 지우며, 온 힘을 담아 뒤에서 시오리의 팔을 붙잡고 후부키에게서 떼어내려 했다.

시오리와 밀착된 부분이 뜨겁고 축축해서 실로 불쾌했다. 몇 번인가 그만둬, 그만두라니까, 하고 반복했지만 외칠 때마다 튕겨져 나갈 것 같아 끝내는 말없이 시오리의 통나무 같은 팔을 잡아당겼다.

"우와아."

누군가가 병실 입구에서 외쳤다. 많은 사람들의 기척이 느껴지더니 원군이 우르르 밀려들어 왔다. 그 때문에 마음이 느슨해졌다. 코와 갈비뼈와 폐와 다리와 손가락이 생각났다.

다음 순간, 나는 공중제비를 돌며 침대 아래로 굴러 떨어졌다. 정신이 아득해지고, 등을 세게 부딪혀 숨을 쉴 수가 없었다. 그래도 등으로 바닥을 기며 침대 주위에서 반복되는 수라장에서 멀어지려 노력했다. 힐끔 보니 복도에서 그 노인이 "그거야, 가라!" 하고 외쳤다.

나는 병실 벽에 기대어 똑똑히 목격했다. 주사를 맞은 시오리가 끌려 나가고, 의료기기와 의료진이 남아 후부키의 상태를 확인하는 것을. 의사가 중얼거렸다.

"틀렸어. 목뼈가 완전히 부러졌어."

30

마미와 그 파트너인 구라모토는 목숨을 건졌다. 마미는 변함없이 "난 아무 잘못 없어"라고 주장하는 모양이다. 심야에 도모에의 집을 부수려한 일에 대해서도…….

"그 낡아빠진 집, 어차피 지진이 오면 무너질 거잖아. 그 전에 살고 있는 할머니가 안전한 곳에 있을 때 부수는 편이 친절한 거 아닌가."

마치 도모에의 목숨을 구하기 위해 그런 짓을 했다는 식으로 주장하고 있다고 한다.

"좋은 걸 사서 남에게 권하는 게 뭐가 나빠? 물건이 좋은지 나쁜지 내가 어떻게 알아? 그건 사는 사람이 자기 눈으로 확인해야지. 부탁받아 한 일로 거금을 받은 게 뭐가 문제야? 범죄인지 아닌지도 몰랐고. 집주인이 내게 재산을 남긴 건 집주인 맘이잖아. 남이 참견할 일이 아니라고."

뻔뻔하다고도 할 수 있는 마미에 비해 파트너는 싱거울 정도였다. 노인을 속여 고가 물품 매매 계약서에 사인을 하게 했다든가, 유언장을 작성하게 했다든가, 마미와 함께 그런 행위를 반복했다고 여죄를 낱낱이 고백했다. 그 수는 모두 수십 건. 다만 그 일산화탄소 중독사에 관해서는 자신들이 한 짓이 아니라고 주장하는 모양이다.

가택 수색을 통해 구라모토의 집에서 버티와 지브스라는 이름의 굶주려 죽어가던 고양이 두 마리가 보호되었다는 사실을 나중에 전해 들었다.

그 소동에서도 눈을 뜨지 않았던 도모에는 다음 날 아침, 숙취가 가득한 상태로 일어나 지은 지 70년이 된 자택이 반파된 모습을 목격하고 넋이 나갔다.

"멋대로 톱질을 한 것도 그렇고, 그 아이는 반성할 때까지 교도소에서 못 나오게 해줘. 그건 그렇고 이거 대체 어째야 한담."

결국 오카베는 스타인벡 장의 빈 방으로 이주. 앞으로의 일을 차분히 생각해보겠다고 했다. 어쩌면 살 수 없게 된 안채를 부수고 맨션을 올릴지도 모른다. 그 경우, 셰어하우스가 소멸할 가능성도 있는데, 당분간은 괜찮을 것이다. 그 뒤 도모에는 내게 "청소 당번이 줄면 곤란해"라고 했고, 나는 "알았습니다"라고 대답했다. 이후 우리 사이에 퇴거나 마미 이야기가 입에 오른 적은 없다.

만신창이인 나는 집에 있을 때는 스타인벡 장의 거실 소파를 점거한 채 줄곧 텔레비전 뉴스 방송을 시청했다. 컬트적 인기를 자랑하는 왕년의 미녀 여배우가 말기 암으로 입원 중에 광팬에 의해 교살당했다. 당연하게도 세상은 이 사건에 열광했고, 보도는 날이 갈수록 과격해졌다. 사건 3일 후에 범인은 광팬이 아니라 20년 전부터 행방불명이었던 후부키의 친딸이라는 사실이 공표되었고, 그동안 그녀가 입원해 있었다는 사실이나 입원 시에 신분을 위장했었다는 사실이 속속 보도되었다.

남들과 똑같다고 여겨지기는 싫었지만 나도 이 뉴스에서 시선을 뗄 수 없었다. 텔레비전을 통해 이 사건을 보고 있으면 생생했던 감정이나 충격이 완화되고 정화되는 듯한 신비한 기분이 든다. 울부짖고 싶을 정도의 공포나, 알 수 없는 불안감과 초조함, 그것들이 체로 걸러져 정리되어 간다. '뉴스 쇼'라는 매체가 사람들에게 전달할 수 있는 범위로 사건을 축소시켜준 덕에 나는 미치지 않고 버텨낼 수 있었다.

다음 월요일에는 후부키의 먼 친척에 해당되는 이시쿠라 하나 사건으로 다시 떠들썩해졌다. 흉기로 쓰인 코드에서 나온 지문이 시오리의 것과 일치했다는 정보가 흘러나왔다. 이시쿠라 다쓰야가 화면에 등장해, 시오리는 교살마인 어머니의 피를 물려받아 범행을 저질렀다, 나는 전부터 시오리에게 딸이 살해당했다고 말했는데 경찰이 무시했다며 득의

양양한 얼굴로 말했다. 말하는 내용이 바뀌었다는 사실을 본인도 깨닫지 못할 것이다.

또한 그 다음 날, 시오리가 병원 두 곳에 입원할 때, 두 병원 모두 전직 매니저의 여동생이라는 신분을 사용했다는 사실이 보도되었다. 시오리에게 자신이 다니던 부슈 종합병원을 소개해준 남성이 목소리와 이름을 변조해 출연했다. 병원에서 돌아가는 길에 상대방이 먼저 말을 걸었다. 야마모토 유코라고 자신을 밝혔다. 친해졌더니 당뇨가 있고 간도 안 좋다기에 병원을 소개했다. 내과에 몇 주 동안 입원했었다. 퇴원하면 결혼하려고 생각했다…….

그 방송을 보고 문득 떠올랐다. 백골에 박치기를 해서 입원했을 때 병원 안을 돌아다니며 견학했던 나는 고령의 남자와 농탕치는 뚱뚱한 여자를 목격한 적이 있다.

'그게 아시하라 시오리였나.'

뉴스를 보는 시간 이외에는 허탈감에 사로잡혔다.

마미의 체포와 시오리의 살인. 하룻밤사이에 대사건이 연달아 일어나 회로가 어디선가 끊어진 모양이다.

기계적으로 아침에 일어나 도모에의 집 정리를 돕고, 도야마에게 지난 일요일에 연락을 못한 사실을 사과하고 사정을 설명했다. 다음 일요일에는 살인곰 서점에 가서 지팡이 선배인 도야마에게 목발 사용법과 좋은 목발을 고르는 법에 대해 강의를 들었다. 지난 토요일에 있었을 아소 후카 저택의 유품 정리는 본인의 희망으로 연기되었다고 한다.

아소 후카는 후부키가 병원에서 죽을 뻔했던 뉴스를 듣고 갑자기 유품 정리는 고인에게 미안하다는 생각을 하게 되었다고 한다. 나는 이야기를 듣고 내가 가지 못했으니 연기가 되어 "다행이네요" 하고 말했지만, 그 말을 들은 도야마가 심하게 화를 냈다. 그는 저택의 장서를 기대했던 모양이다. "이게 연기가 되어 기뻐할 일인가요?" 하면서.

월요일에는 도토종합리서치로 가서 사쿠라이와 경비를 정산했다. 도토 측에 건넨 돈 중, 실제로 의뢰를 받아 움직인 1주 동안의 조사 비용과 경비를 제하고 남은 돈을 현금으로 받았다. 거기서 내 보수와 경비를 빼니, 맡아둔 300만 엔의 반 정도가 남았다.

계산하던 사쿠라이가 불평을 늘어놓았다.

"의뢰인은 죽었고, 주요 상속인은 상속에서 배제. 상대는 부자에다 하무라는 몸 바쳐 일했잖아? 남은 건 전부 받아도 돼. 아시하라 후부키는 부족하면 더 내겠다고 했다면서? 남은 돈을 돌려준들 고마워 할 사람은 아무도 없다고."

"정직하게 처리하지 않으면 결국 귀찮은 일이 벌어질 거야."

"그 경찰이 또 협박이라도 했어?"

"그런 건 아닌데."

그 뒤로 도마에게서 연락은 없다. 기회가 있으면 언제든 이용하겠다는 취지의 선언을 했으니 완전히 손을 떼었다고는 볼 수 없다.

두 달 후 1일부터 내가 도토에 정식으로 입사하는 건에 대해, 사쿠라이는 정산이 끝나고 돌아갈 때까지 한마디도 언급하지 않았다. 그 대신 이렇게 말했다.

"우리 회사 이름이 들어간 명함 말인데, 남은 건 일단 돌려줄 수 없을까?"

"……뭐?"

"아니, 하무라가 그 명함을 악용할 거란 생각은 안 하는데, 아까 너도 말한 것처럼 정직하게 처리하지 않으면 결국 귀찮은 일이 벌어지게 될 거잖아. 안 그래?"

도마 경부가 입에 담은 '명의 대여'의 충격은 내가 생각했던 것 이상으로 사쿠라이에게 크게 다가왔던 모양이다. 나는 하고 싶은 말을 모조리 삼키고, 내 눈을 마주보려 하지 않는 사쿠라이의 뒤통수에 대고 말했다.

"가능한 빨리 우편으로 보낼게."

외벽이 통유리로 되어 있는 도토종합리서치 빌딩을 나와 돌아보니, 신주쿠의 거리 풍경이 유리 안에 담겨 있다. 도심에서만 볼 수 있는 복잡한 풍경. 정연하고 아름다워 사람을 현혹시킨다.

나는 내 눈에 직접 보이는 단순한 경치가 좋다.

후부키의 유언장을 작성한 사이토 변호사의 사무소는 오차노미즈 뒷골목의 상업 빌딩 5층에 있었다. 1930년대에 벽돌로 지은 건물은 운치가 있었다.

'이런 빌딩에 탐정사무소를 둘 수 있다면.'

사이토 변호사가 부러웠다. 그것도 빌딩에 엘리베이터가 없다는 사실을 알기 전까지만. 어떤 일을 하든 쉽게 불행이 찾아오는 인간에게는 엘리베이터가 필수다. 3층 근처에서 온몸에 힘이 빠지고 숨이 차 돌아가고 싶어졌다.

사이토 변호사의 사무소는 오랜 건물 특유의 냄새가 나고, 제대로 닫히지 않은 창에서 먼지 섞인 바람이 들어왔다. 빌딩과 비슷한 연배의 소파에 앉으니 역시 빌딩과 비슷한 연배의 사무원이 엄청 느린 걸음으로 차를 가지고 왔다. 그 모습이 멀리 복도 끝 급탕실에서부터 줄곧 보여서 무사히 도착할지 어떨지 신경이 쓰였다.

사정을 설명하고 저택의 열쇠와 잔금, 보고서 등의 서류를 내미니, 사이토 변호사가 관자놀이를 벅벅 긁었다.

"알겠습니다. 아시하라 저택은 따님인 시오리 씨 앞으로 남겼으니 현재 상황으로는 이즈미 사야 씨에게 건네는 것보다 제가 맡아두는 편이 가장 낫겠군요."

"선생님이 시오리 씨의 대리인이 되시는 건가요?"

"앞으로 그렇게 될 가능성은 있습니다만, 현재는 아닙니다. 저는 어디까지나 돌아가신 아시하라 후부키 씨의 대리인입니다."

변호사는 사무실 구석에 있던 금고를 열고 내가 건넨 것을 안에 집어넣었다. 철컹, 하는 소리와 함께 금고가 닫혔다.

그 순간, 내 일은 완전히 끝났다.

지하철을 타고 신주쿠교엔으로 나와서 햄버거를 사서 신주쿠교엔 벤치에 앉아 먹었다. 마음이 허전했다.

나는 무엇을 실수한 걸까. 탐정으로서 오랜만의 일. 비정규 의뢰였지만 성실하게 임했다. 제대로 조사를 하고, 많은 사람을 만나고, 길을 제대로 따라가고, 경비도 정확히 신고하고, 정규 요금만을 받았다. 의뢰대로 딸의 안부를 확인했다. 그 어디에도 잘못된 지점은 없다.

정말로 그럴까……?

후부키의 병실에서 본 광경이 잊히지 않는다. 엄청나게 살찐 시오리가 후부키의 목을 조르던 모습. 후부키는 마지막 순간에 딸의 얼굴을 확인했다. 자신을 증오하고 원망하는 살기로 가득한 딸의 얼굴을.

그리고 죽었다.

내 오른팔에는 후부키가 잡았던 멍이 아직도 희미하게 남아 있다. 자신의 명줄인 것처럼 꽉 잡았던 그 감촉도.

나루미 선생님이나 간호사들에게 후부키를 노리고 있는 것은 그 딸이라고 왜 확실히 전하지 않았을까. 스마트폰이 부서져 사진을 보여줄 수 없었다고 해도, 딸이 '야마모토 유코'의 의료보험증을 사용했다면 그 단계에서 시오리가 병원 안에 있다는 것이 밝혀졌을지도 모른다.

그 사실을 전하지 않은 것은 내 판단 실수다. 시오리라는 여성의 불행한 사정을 알았기 때문에, 그녀가 후부키의 딸이라든가 정신질환이 있다든가 하는 사실을 가급적 숨기려 했다. 그녀가 끔찍한 짓을 저질렀다는 사실을 인지했음에도 감싸려 했다.

나는 20년 가까이 '하세가와 탐정사무소'와 계약해, 프리랜서 탐정으로 일했다. 경험도 쌓았다. 돈도 벌었다. 그래서 자만했다.

5개월이나 탐정 일을 휴업한 것은 그 자만심 탓이다. 나 정도의 탐정이라면 이만큼 쉬었어도 바로 복귀할 수 있다, 탐정 일을 얼마든지 해낼 수 있다고 믿어 의심치 않았다. 나라면 설령 20년 전 사건이라 해도 얼마든지 조사할 수 있다고. 후부키가 300만 엔을 건넸을 때도 나는 그만한 가치가 있는 탐정이라고 자만했다. 그리고 어느 틈엔가 조사 대상인 시오리를 동정해, 돌이킬 수 없는 결과를 초래했다.

냉정했었어야 했음에도. 조사 대상과 거리를 두었어야 했음에도.

도마 경부의 말이 떠올랐다.

"좀처럼 냉정하게 대처하지 못하는 점은 곤란하지만."

감정적이 되어 마미에게 감시 이야기를 했다가 도모에에

게 쫓겨날 뻔했다. 마미를 체포할 수 있었던 것은 실로 단순한 행운에 지나지 않는다.

"확실히 말해 당신의 탐정으로서의 자질이 의심스럽군요."

후부키의 마지막 모습. 검게 변한 얼굴, 마른가지처럼 힘없이 늘어진 팔, 튀어나온 혀…….

그 일은 내가 초래했다.

때문에 도토종합리서치 쪽에서 인연을 끊는 것도 당연하다. 그렇게 된 이상 더 이상 탐정 일은 불가능할 텐데, 그 또한 내가 받아야 할 벌이다.

반쯤 먹은 햄버거와 감자튀김을 종이봉투에 돌려 넣었다. 가게로 돌아가서 쓰레기통에 버릴까 싶었다. 음식을 함부로 다루는 것은 좋아하지 않지만, 이게 대체 어디가 먹을 거란 말인가? 공장에서 만들어지는 공업제품을, 점포에서 해동해서 굽거나 튀겼을 뿐이다. 이딴 거.

벤치에서 일어서려 했을 때 전화벨이 울렸다. 화면을 보고 숨을 삼켰다.

"하무라 씨, 아시하라 후부키의 딸, 살아 있었더라고."

미에코의 첫마디였다.

"지금 뉴스에서 하고 있는데 후부키를 죽인 게 20년 전에 행방불명된 딸이라고, 본인이 그렇게 진술했다던데? 경찰이 신중히 조사를 진행 중이라 해서 시부사와 씨에게 전화를 했는데 왠지 바쁜 듯해서 말이지. 아직 말씀드리기 힘들다고."

"네, 아시하라 후부키 씨의 따님은 아무래도 살아 있었던 것 같아요. 적어도 가출 후 고엔지의 연립에서 살았었던 사실을 이와고 씨가 밝혀냈습니다. 그게 이번 조사로 판명되었습니다."

미에코가 기쁜 듯이 말했다.

"뭐, 우리 남편이? 역시 우리 남편, 제대로 조사했었구나. 그래서?"

"……네?"

"그러니까 우리 남편 말이야. 하무라 씨, 남편의 행방도 조사해준 거지? 남편은 어디로 간 거야?"

미에코의 천진난만한 질문을 받고 위액이 역류하는 것이 느껴졌다.

'당신은 내 의뢰인이 아니고, 나는 당신의 탐정이 아닙니다.'

아니, 나는 더 이상 누구의 탐정도 아니다.

"아드님인 가쓰야 씨와 전화로 이야기를 했습니다. 가쓰야 씨는 이와고 씨의 일은 포기했으니 일절 신경 쓰지 말라더군요. 이와고 씨가 가지고 있었던 자료도 가쓰야 씨가 전부 처분했다고 했습니다. 죄송하지만 더 이상 제가 할 수 있는 일은 없습니다."

"하지만 우리 남편은 아직 못 찾았는데."

미에코가 상처 입은 듯이 투정을 부렸다.

"네, 압니다."

'진정해. 소리 지르지 마.'

나 자신을 타일렀다.

"하지만 아시하라 후부키 씨께 의뢰받은 따님을 찾는 일은 끝났습니다. 당신이 딸을 찾는 겸 이와고 씨의 행방도 신경 써달라고 했습니다만, 따님을 찾는 일이 끝난 이상 이와고 씨만을 찾을 수는 없습니다. 여러모로 신경을 써주셨는데 도움이 되지 못해 정말 죄송합니다."

"아시하라 후부키의 딸은 찾아도 우리 남편은 못 찾는 거야? 없어진 건 우리 남편도 마찬가지인데. 나 역시 아시하라 후부키처럼 죽기 전에 우리 남편을 만나고 싶은데."

"마음은 알겠는데."

"찾아줘요, 하무라 씨. 당신, 탐정이잖아. 부탁이니, 우리 남편 좀 찾아줘."

"저는."

더 이상 탐정이 아니라고 소리를 지르고 싶었다. 근처 잔디에 모여 있던 아주머니들이 힐끔 이쪽을 쳐다보았다. 필사적으로 숨을 고르고 목소리를 낮췄다.

"알려드려야 할 일인지 아닌지는 모르겠으나, 이와고 씨는 아시하라 후부키 씨의 따님이 어디 있는지 알아냈음에도 그 사실을 의뢰인인 아시하라 후부키 씨에게 비밀로 했을 가능성이 큽니다. 약물이나 알코올 중독 문제를 안고 있던 따님은 입원이 결정되어 있었죠. 전 매니저가 그 사실을 아시하라 후부키 씨에게는 잠자코 있어달라고 부탁을 했고, 그 대가로 600만 엔을 받았습니다. ……사실인지 아닌지는 알 수 없지만, 전 매니저는 그렇게 말했습니다."

"600만? 우리 남편이?"

미에코의 거친 숨소리가 귀를 때렸다. 이 대화를 빨리 끝내고 싶었다.

"그런 일이 있었어도 이와고 씨를 찾고 싶다면 정규 탐정사에 의뢰하시는 것을 추천드립니다. 그 탐정사에서 연락이 오면 제가 갖고 있는 자료를 그쪽에 건네도록 하죠. 그럼 실례하겠습니다."

통화를 끊었다. 위에 구멍이 다섯 개 정도 난 것처럼 아프고 기분이 나빴다. 토하고 싶은 기분이었다. 잠시 벤치에 앉아 고개를 숙이고 안정을 취했다. 몇 번인가 헛구역질이 났다. 호흡이 안정될 때까지 30분 가까이 걸렸다.

햇볕이 따갑고 더웠다. 여기에 이러고 있어봤자 나 자신에게서 도망칠 수는 없다.

간신히 안정을 되찾아 벤치에서 일어섰다. 문득 손에 쥔 종이봉투가 신경 쓰였다. 버리려 했던 공업제품. 하지만 이것도 누군가의 손을 거쳐 탄생한 음식이다. 사람의 따스한 손길은 느껴지지 않더라도 나보다 훨씬 멀쩡한 누군가가 만든 음식이다.

다시 벤치에 앉아 버릴 생각으로 동그랗게 뭉친 햄버거를 끝까지 먹었다.

31

그 주 금요일에 경찰이 아시하라 저택을 가택 수색한다는 뉴스가 보도되었다. 시오리가 가정부와 '이모할머니'를 살해한 사실, 그리고 야마모토와 함께 그 시신을 정원에 묻었다는 사실을 자백했다는 것이다.

헬리콥터에서 찍은 생중계 영상이 이곳저곳의 뉴스에서 흘러나오고, 동시에 우리 집 상공 또한 헬리콥터 소리로 시끄러웠다. 경찰은 정원을 파헤치고 있는지 정원에 파란 시트가 쳐져 있는 영상이 흘러나왔다.

이쯤 되니 나도 보도에 염증을 느끼기 시작했다. 파란 시트를 바라보고 있어봤자 아무런 의미도 없다.

텔레비전을 끄려고 한 순간, 뼈가 발견되었다며 리포터가 흥분해서 마이크에 외쳤다. 나도 모르게 자리에 앉아 후속 보도를 기다렸으나 몇 종류의 동물 뼈였다는 정정 보도가 나왔다. 일단 텔레비전을 끄고 방으로 돌아왔다. 창을 열고 밖을 내다보니 기울어진 안채를 정리하던 업자들이 도모에와 웃으며 대화를 나누는 중이었다.

이불에 누워 천장을 올려다보았다. 이제 그만 인생 전부를 재검토해야 할 때가 되었을지도 모른다. 새 일을 찾고, 새 집을 찾고, 새 인간관계를 구축한다.

그런 식으로 모든 것을 바꾸는 것이 행복했던 시기도 있었다. 여러 것들과 인연을 끊고 속 시원하게 생각했던 시절이 있었다. 젊었고, 체력에도 기력에도 자신감이 있었다. 새로운 것에 순응하는 힘도 있었다.

지금은 생각하는 것만으로 한숨만 나온다. 탐정 이외에 내가 무슨 일을 할 수 있을까. 여기를 나가면, 다음에 큰 부상을 입었을 때 누가 병원에 와주고 누가 보증인이 되어줄까.

후우.

올려다본 천장 구석에 거미가 거미줄을 쳤다. 깜짝 놀라 일어났다. 그러고 보니 최근 제대로 청소를 하지 않았다. 오른발 염좌는 이제 상당히 좋아졌고, 왼손 깁스도 이틀 전에 풀었는데 말이다. 방은 여기저기 어질러져 있었고, 구석에는 먼지도 쌓여 있었다. 이런 곳에서 생활하는데 머리가 제대로 돌아갈 리가 없다.

서둘러 정리를 시작했다. 책장의 책을 고서점에 팔 책과 보관할 책으로 나누었다. 책을 담아둘 것이 없을까 둘러보다가 책상 밑 종이봉투를 발견했다. 안을 확인했다가 혀를 찼다. 완전히 잊고 있었다. 미에코가 억지로 떠넘긴 이와고의 개인 물품이 든 문갑이었다.

열어서 안을 확인했다. 낡은 사진이나 엽서, 연하장, 명함이나 메모 등, 1994년보다도 훨씬 이전 것으로 보인다. 이와고의 현역시절 것으로 판단한 내 예상은 틀리지 않았다.

그래서 거절했는데.

더 이상 미에코와 만나고 싶지는 않았다. 하지만 안 돌려줄 수도 없다. 가쓰야가 이와고의 자료를 전부 버렸다는 이야기가 사실이라면, 이것은 얼마 안 되는 남편의 유품 중 하나일 것이다.

어쩔 수 없다. 택배로 보내자.

'일단은 조사했습니다'라는 식으로 보이기 위해 내용물을 전부 꺼내 정리했다. 엽서, 명함이나 메모, 연하장 등 종류별로 구분했다. 엽서의 대부분은 감사 인사와 근황 보고다. 쓱쓱 넘기다 보니 이와고가 체포한 범인의 가족을 뒷바라지하거나, 재취업에 힘을 써주거나, 아이의 학교 보증인을 서주었다는 사실을 알 수 있었다. 그 엽서 옆에 이와고의 것으로 보이는 글씨로, 그 후의 소식 같은 것이 적혀 있거나 했다. 다시 범죄를 저질러 교도소로 돌아갔거나, 성실하게 일하며 결혼도 했다는 식으로.

정신을 차렸을 무렵에는 푹 빠져 읽고 있었다. '이와고 씨는 엄청난 사람이었구나' 하고 생각했다. 미에코가 지금껏 남편을 소중히 생각하는 것도 무리는 아니다. 한편 "자기도 좋아서 가난한 형사의 아들로 태어난 거 아니"라고 내뱉은 가쓰야의 마음도 이해가 되었다. 이렇게 많은 사람들을 뒷바라지 한 것이다. 바빠서 집에 돌아올 수 없었다는 것 이외에도 경제적으로도 가족에 상당한 무리를 시켰으리라.

종류별로 정리해 새 고무 밴드로 정중히 묶어 문갑에 집어넣었다. 마지막으로 연하장을 정리할 때 갑자기 고무 밴드가 끊어졌다. 운이 없을 때는 끝까지 운이 없다. 고무줄에 맞은 손가락을 입에 물고 흐트러진 연하장을 다시 모았다.

무언가가 눈에 들어왔다.

우체국에서 판매하는 뻔한 인사말과 화려한 매화 그림이 새겨진 흔한 연하장이다. 1993년 연하장으로, 보낸 사람은 이바라키 현 가사마 시의 '아오야마 건설'. "올해도 잘 부탁드립니다"라는 말 이외에 다른 말은 없다.

하지만 그곳에 메모가 있었다. 이미 친숙해진 이와고의 친필이다. "계약금 500만, 수수료 10%"라고 적혀 있다.

미에코의 이야기가 떠올랐다. 퇴직하면 고향인 이바라키에 밭이 딸린 작은 집을 사서 둘이서 느긋하게 보내자고 말했었다고.

시부사와에게서도 비슷한 이야기를 들었다. 당숙이 가사마에 살았는데 돌아가셔서 그 집이 빈 집이 될 것 같다고.

정말로 그곳에 부부가 살고 싶은데 낡은 집이라 돈을 상당히 들이지 않으면 살 수 없다고.

나는 연하장에 적힌 번호로 전화를 걸었다. 전화 연결이 안 될 거라 생각했는데, "아오야마 건설입니다" 하며 여성이 받았다. 하지만 20년 전 연하장에 대해 자세히 알 만한 사람은 없다고 했다.

"작년에 사장님의 할아버지가 돌아가셔서요."

전화를 받은 여성이 안타깝다는 듯이 발했다.

"사장님의 부친도 오래 전에 돌아가셨고, 현재 사장님은 서른셋이에요. 그러니 20년 전의 일에 대해 알고 있는 사람은 없을 거예요."

"연하장을 받은 사람은 이와고라는 사람이에요. 이와고 가쓰히토. 들은 적 없으신가요?"

"죄송하네요."

전화가 끊겼다. 무리도 아니다. 갑자기 이런 문의를 한 것 치고는 제대로 응대해준 편이다.

빈 쿠키 캔에 색종이를 붙여 만든 문갑 뚜껑을 닫았다. 미에코가 만들었을 것이다. 이와고는 이 상자를 소중히 대했었구나, 하는 생각도 들었다.

가사마에는 어떻게 가야 하지?

그 전에 미에코를 만나 당숙이 살았던 집주소를 물어봐야 하는데.

종이봉투에 문갑을 넣고 그것을 탐정 도구와 함께 다소 큰 가방에 넣고 계단을 내려갔다. 일을 하나 끝낸 듯한 도모에가 거실 소파에 앉아 텔레비전을 시청 중이었다. 중계는 드디어 클라이맥스를 향해가는 듯 헬리콥터 소리가 시끄러웠다. 엔진 소리에 지지 않으려는 듯 중계를 하는 아나운서의 목소리에도 힘이 들어갔다.

"사체가 나왔대."

도모에가 나를 알아차리고 그렇게 말했다.

"정원에 놓아둔 조각 아래에서 백골이 된 시신이 나왔대. 이번에는 개나 고양이가 아니라 사람이래. 봐봐, 저기."

화면에는 사람들이 무언가를 감싸 나르는 모습이 찍혔다. 아마도 시신일 것이다. 직접 보고 놀랐던 아소 후카의 조각이 파란 시트 밖에 쓰러져 있는 것도 보였다.

문득 시오리의 방에서 발견했던 스크랩북이 떠올랐다. 자신이 촬영한 듯한 개나 고양이 사진. '도우미 유키 씨'와 '이모할머니' 사진.

설마 자신이 죽인 것들의 스크랩…….

"정말 무섭지 않아? 여배우의 딸로 때어나 사람을 몇 명이나 죽이다니. 왜 그런 짓을 벌였을까?"

"여러 일이 있었거든요."

내가 말했다. 안자이 교타로 이야기는 아직 누구에게도 말하지 않았다. 언젠가는 말해야 하겠지만, 본인이 감추고 있는데 전해 듣기만 한 내가 누군가에게 말해도 되나 하는 망설임이 있다.

"여러 일이 있다고 죽이면 쓰나. 더군다나 친엄마를."

도모에가 혼잣말처럼 말했다. 그도 그렇다. 그 말이 맞다.

하지만.

반박하려던 순간, 화면이 헬리콥터 중계에서 아시하라 저택 정면 화면으로 바뀌었다. 리포터가 심각한 얼굴로 백골 사체 발견에 대해 중계를 했다. 그 등 뒤로는 폴리스라인이 쳐져 있고, 그곳에 모인 구경꾼들이 보인다. 손을 흔들며 존재를 어필하는 젊은이나, 스마트폰이나 휴대폰을 들이댄 구경꾼들이 경찰들의 제지를 뚫어낼 것처럼 밀려들었다.

그 안에 혼자만 멍하니 서 있는 사람이 있었다. 어두운 얼굴로 카메라와는 반대 쪽, 아시하라 저택 입구 쪽을 빤히 바라보고 있다.

나는 스타인벡 장을 뛰쳐나갔다.

세이조가쿠엔마에 역으로 가는 버스가 목적지에 도착했을 때, 텔레비전 화면에서 본 것과 같은 화면이 펼쳐져 있는 것에 놀라기보다는 어이가 없었다. 교통정리를 하는 경찰을 피해 인파로 돌입했다. 간신히 맨 앞까지 나아가 어깨에 손을 올렸다.

이쪽을 돌아본 미에코의 뺨은 젖어 있었다.

"하무라 씨, 역시 우리 남편은 저기 없는 건가?"

미에코가 흐느껴 울었다.

“저기 잠들어 있었다면 그래도 다행이었을 텐데.”

“걱정 마세요. 일단 여기를 빠져나가죠.”

괜히 언론의 눈에 띄면 곤란하다. 나는 미에코의 어깨를 감싼 채 인파에서 데리고 나왔다. 마침 도착한 버스에 미에코를 밀어 넣고 세이조가쿠엔마에 역을 향했다. 비교적 한산한 카페로 들어갔다. 그동안 미에코의 눈물은 멈추지 않았다.

낡은 카페였다. 비닐 소파, 신문, 잡지. 카운터에서 보이는 장소에 텔레비전이 놓여 있었고, 뉴스가 틀어져 있었다. 담배를 문 마스터와 카운터의 단골, 게다가 웨이트리스까지 텔레비전에 못 박혀 있었다. 화면에는 여전히 아시하라 저택의 정면 화면이 흘러나오는 중이었다.

아이스커피 두 잔을 주문했다. 커피가 나오고, 주위에 사람이 없어질 때까지 그대로 기다렸다. 미에코는 작은 백에서 다림질을 한 손수건을 꺼내 눈물로 엉망이 된 얼굴을 닦았다. 마지막으로 코를 잡고 킁, 하고 푼 뒤 얼굴을 들었다.

“계속 무서웠어.”

미에코가 작은 목소리로 말했다.

“혹시나 했어. 그럴 리가 없다고 생각했는데. 아무리 그래도 그런 끔찍한 짓을 할 리가 없다고. 하지만 하무라 씨가 우리 남편이 600만 엔을 받았다고 한 말에 알아버렸어. 역시 그런 거였다고. 하지만 오늘 아시하라 후부키의 집 정원에서 뼈가 나왔다고 하니 혹시 거기에 우리 남편도 있지 않을까 그렇게 생각했는데."

미에코의 목소리는 컸다. 나는 몸을 앞으로 내밀고 목소리를 낮췄다.

"이와고 씨의 시신이 그 정원에 묻혀 있는 게 아닐까 생각하셨군요."

"그런 걸 바라지는 않았어. 살아 있기를, 건강하게 있기를 바랐어. 함께 가사마로 돌아가 거기서 살고 싶었어. 하지만 역시 그건 바라지 않기로 했어. 나 역시 20년간 돌아오지 않았으니 남편은 더 이상 살아 있지 않을 거라는 생각을 하기는 했어. 하지만 죽은 거라면 왜 죽었는가 하는 문제가 생기잖아. 때문에 하다못해 사람을 대량으로 죽였다는 아시하라 후부키의 딸이 한 짓이라면 좋겠다고 생각했어."

미에코의 눈에서 새로운 눈물이 쏟아져 나왔다. 영문을 알 수 없어서 미에코에게 물었다.

"그럼 당신은 무슨 일을 두려워하시는 건가요?"

미에코가 눈물 젖은 눈을 어딘가 먼 곳을 향한 채 중얼거렸다.

"가쓰야……."

'가쓰야 씨가, 왜'라고 말하려다 숨을 삼키고 말았다. 흩어져 있던 여러 정보가 갑자기 하나로 정리되었다.

이와고가 사라지기 전날, 가쓰야가 집에 와서 맨션 계약금으로 퇴직금을 달라고 부모를 압박했다. 저금은 부족하고 월급은 줄었지만, 대기업에 근무하는 인간에게 어울리는 곳에 살고 싶다며. 그리고 이와고에게 집에서 쫓겨났다.

하지만 실제로 그는 1994년 11월에 준공한 타워 맨션에 산다. 살게 된 지 20년이 된다고 본인도 말했다. 즉, 신축으로 샀다. 그 돈은 어디서 나왔을까? 미에코는 남편 퇴직금에는 손을 대지 않았다고 했다. 많은 사람들을 뒷바라지했던 이 집안에 그리 큰돈이 있을 거라는 생각도 들지 않는다.

요컨대 가쓰야가 산 타워 맨션의 계약금이 어디서 나왔는지 출처를 알 수가 없다.

야마모토의 말대로 이와고가 600만 엔을 받았다고 치자. 아마 그는 가사마에 있는 당숙의 빈 집을 리모델링해서 거기서 여생을 보내려 한 것이 아닐까? 시부사와의 말에 의하면 이와고는 여름에는 밭을 일구고, 겨울에는 도자기를 만드는 생활을 보내고 싶어 했다고 했다. 그래서 전부터 알고 지내던 '아오야마 건설'에 리모델링 상담을 했다. 그 연하장 메모가 그때의 것이 아니었을까?

아무리 그래도 피를 나눈 친아들의 일이다. 그 600만 엔에 대한 이야기를 아들에게는 하지 않았을까? 이 돈으로 집을 고치고 가사마로 내려갈 것이다. 그 뒤에는 퇴직금과 연금으로 살아가겠다고. 너희들에게 경제적인 부담을 주지 않을 테니 너희도 자신들의 일만 생각하고 자신들이 하고 싶은 대로 살라고.

하지만 가쓰야 입장에서는 부모의 은거 생활보다 자신들의 생활 쪽이 중요했다. 1994년 10월 20일, 이와고는 받은 600만 엔을 들고 가사마로 향했고, 가쓰야가 뒤를 쫓았다. 그리고…….

가쓰야는 아버지가 행방불명된 뒤 아버지의 서류를 이것저것 가지고 나갔다. 그것은 아버지의 행방을 조사하기 위해서가 아니라, 행방을 찾을 단서를 없애기 위해서가 아니었을까? 때문에 아버지의 서류를 전부 버린 것이다. 아이를 키우고, 앞으로 나아가기 위해……. 그것도 이유 중 하나였을 것이다.

이와고는 수첩과 함께 사라졌을 터였다. 그런데 가쓰야는 "*아버지 수첩은 물론 읽었습니다. 아시하라 후부키의 딸 건과 관련해서는 꽤나 많은 사람을 만났던 것 같더군요.*" 하고 말했다. 그 수첩은 퇴직 기념으로 아마도 시부사와가 이와고에게 선물한 빨간 수첩이었을 것이다. 이와고가 수첩을 사용한 것은 탐정 일을 할 때뿐이었다. 수첩을 읽었다는 것은 실종 시점 이후에 이와고를 만났다는 것이 된다.

게다가 아버지의 상장을 치운 일. 지진 이후라고 미에코가 말했다. 그래서 동일본 대지진이라고 생각했는데, 시부사와가 이와고의 실종을 알게 된 뒤 얼마 후 집에 갔을 때 미에코는 아무것도 없는 벽에 머리를 찧고 있었다고 했다. 그렇다면 시기적으로 고베 대지진 직후가 아니었을까?

물론 그 지진으로 일본 전체가 충격을 받았으니 떨어져 부서지기 쉬운 것을 정리한 집이 많았는데, 이 경우에 지진은 단순한 구실에 불과했으리라. 사실은 볼 때마다 양심의 가책이 느껴져 정리했을 것이다.

"우리 남편, 역시 찾아주고 싶어."

문득 정신을 차리니 미에코가 뉴스를 물끄러미 바라보며 그렇게 중얼거렸다.

"제대로 묻어주고 싶어."

32

한 달 후, 이와고 가쓰히토의 시신이 이바라키 현 가사마 시의 빈집 마당에서 발견되었다.

가쓰야는 어머니와 시부사와의 쏟아지는 질문에, 맨션 계약금이 어디서 났는지 제대로 설명하지 못한 채 횡설수설했다. 시부사와의 말에 따르면, 증거가 없다며 완강히 버티는 가쓰야에게, 어머니가 그런 건 필요 없다며 매일같이 달라붙어 남편이 어디 있는지 말하라고 반복했다고 한다.

가쓰야의 마음이 꺾일 때까지 그리 오랜 시간은 걸리지 않았다.

가쓰야 또한 처음부터 아버지를 죽일 생각은 아니었던 모양이다. 하지만 아버지가 데리고 간 그곳에서, 가쓰야 왈 "냄새 나고 낡은" 빈 집에서, 이 집을 리모델링할 생각이라며 600만 엔을 보여주니 화가 치밀어 올랐으리라. 돈을 빼앗으려다 싸움이 벌어지고, 아버지는 쓰러지며 머리를 잘못 부딪혔다. 가쓰야는 아버지를 파묻고 20년간 어떻게든 잊으려 했다.

그래도 역시 잊을 수 없었는지 모든 사실을 고백하고 유골이 발견되자 가쓰야는 아이처럼 울며, 그날 밤은 깊고 조용히 잠들었다. 편안한 잠은 요 20년간 처음이었다며 나중에 시부사와에게 고백했다고 한다.

사건은 신문 귀퉁이에 작게 실렸다. 그런데 이날 사회면을 장식한 것은 안자이 교타로가 칼에 찔렸다는 뉴스였다.

보도에 따르면, 범인인 남자는 영화 스튜디오에서 드라마 촬영을 끝낸 안자이를 기다리다 말을 걸었다. 매니저의 증언에 의하면 두 사람은 아는 사이였는지 안자이가 "여어, 오랜만이군" 하고 말했다고 한다. 그래서 둘만 놔두고 차에 짐을 싣고 돌아보았을 때에는 주위가 피투성이에, 남자가 식칼 같은 것을 손에 들고 쓰러진 안자이의 몸에 올라타 있었다고 했다.

근처에 있던 경비원이 이변을 깨닫고 남자가 다시 한 번 더 찌르기 전에 식칼을 빼앗아 신병을 구속하려 했으나, 남자는 그들의 손에서 빠져나와 찻길로 뛰어들었다. 그리고 달려온 트럭에 치어 10미터 정도 날아갔다. 아마도 즉사였을 것이다.

안자이는 내장까지 이르는 심한 상처를 입고 의식불명의

한편 아소 후카의 유품 정리 건은 계속 연기 상태라 도야마 점장을 계속 애태우는 중이다. 도야마는 만약 내용물이 엄청나다면 그것만 갖고도 이벤트를 열 수 있을지 모른다며 기대에 잔뜩 부풀어 있다. 물론 그 장서를 활용한 이벤트를 개최하는 것은 먼 훗날의 일이 될 것이다. 살인곰 서점에서는 '도서 미스터리 페어'가 끝나고, 다음은 하드보일드 작가 쓰노다 고다이 선생님을 비롯한 도바시의 지인 작가들의 사인회라는 이벤트가 이어질 예정이라, '뼈 미스터리 페어'가 열리는 것은 5월말 즈음이다.

'페어 코너'에는 먼저 도야마가 어디서인가 빌려온 플라스틱 골격 표본을 천장에 연결해 매달았다. 그 아래에 표지가 두개골이나 뼈 그림으로 되어 있는 책을 잘 보이도록 진열했다. 예를 들어, 애거서 크리스티 작《죽음의 사냥개》나《헤라클레스의 모험》의 톰 애덤스의 일러스트. 카터 딕슨 작《시계 속 해골》의 요리미쓰 다카시의 일러스트. 존 딕슨 카 작《해골성》의 마쓰다 마사히사의 일러스트 등등.

물론 뼈가 나오는 미스터리도 열심히 모았다. 제프리 디버의《본 컬렉터》, 이언 랜킨《셋 인 다크니스》, 짐 켈리《문 터널》, P. D. 제임스의《피부밑 두개골》……. 전부터 거론했었던 뼈 미스터리를 모으니 꽤나 임팩트 있는 코너가 되었다.

덕분에 손님이 들이닥쳐 여유분이 부족해졌다. 내일이라도 다시 고서점의 100엔 균일가 책장을 돌아다니며 이벤트

중태. 경비원과 매니저도 가벼운 부상을 입었다.

자초지종을 CCTV가 포착했다. 텔레비전에 흘러나오는 그 영상을 나도 보았다. 선명하다고는 할 수 없었지만, 습격한 남자가 누구인지는 확인이 가능했다.

역시 야마모토는 알고 있었다. 그가 언제, 어느 시점에 안자이의 '고문'에 대해 알게 되었는지는 모른다. 어쩌면 작년 11월경, 시오리가 일시 퇴원해 야마모토와 일선을 넘어버렸을 때 그에게만은 말했을지도 모른다. 혹은 야마모토가 무언가를 알아차렸을 수도 있다. 그는 후부키가 거두어들이기 전까지 영화사에서 일했었다. 그래서 안자이의 변태적인 취향을 알 기회가 있었고, 시오리의 등에 있는 화상 상처를 보고 깨달았다. ……그런 것일지도 모른다.

어쨌든 야마모토가 죽어버린 이상 진상은 영원히 어둠
이다.

어둠 속이라고 하니, 시오리는 결국 세 건의 살인, 살
수, 사체유기 등의 죄로 기소되었다. 고엔지의 사건에
서는 아무 말도 하지 않았는지, 아니면 잊어버렸는지
지 사건은 아직 언론에 보도되지 않았다. 야마모토
버린 이상, 내가 그에게 들었다는 사실만으로는 고
건이 시오리와 관련이 있다는 증거는 되지 않는
토의 형제도 아무래도 몸을 사리는 모양인지 고엔
불명 사체 건은 아직도 미제로 남아 있다.

에 쓸 만한 책을 물색해 오라고 도야마가 엄명을 내렸다.

"교통비는 드릴 수 없으니 자전거로 부탁드려요. 할 일 없잖아요? 하무라 씨."

폐점 후 2층 살롱에서 단골이 가져온 수제 마들렌을 먹으며 한숨 돌릴 때 도야마가 말했다. 단골인 가가야가 눈을 동그랗게 떴다.

"어라? 하무라 씨, 탐정 쪽은 개점 휴업중인가요?"

"뭐, 그렇지."

명함 반납 후에 사쿠라이에게 연락이 왔었다. 어금니에 뭐라도 낀 듯한 말투로 "하무라가 일을 하고 싶다면 소개 못 해줄 것도 없는데"라고 말했다. 예를 들어, 개인으로 탐정사를 차린 후 자신들과 제휴 형식을 취하자는 것이다. 사쿠라이는 사쿠라이 나름대로 몸을 사린 것을 미안하게 생각하는 것이리라.

"생각 좀 해볼게" 하고 거절했다.

탐정 일에 미련이 없는 것은 아니다. 이와고 가쓰히토 건으로 나도 모르게 이바라키까지 날아가려 했을 그때 깨달았다. 나는 역시 탐정 일을 좋아한다고. 체력은 떨어지고, 냉정하지 못한 글러먹은 탐정이지만 그래도 일하고 싶다. 하지만 열심히 일한들 기뻐할 사람은 없다.

"그래서 말했잖아요. 밖에 탐정사 간판을 내걸자고요. 미스터리 전문서점 2층에 사무소를 꾸린 여탐정. 재미있지 않나요?"

도야마가 무책임하게 내뱉었다. 그런 부끄러운 짓을.

"저기 말이죠, 모르시는 것 같은데 2007년에 탐정업법이 시행되어, 탐정사 간판을 내걸려면 공안위원회에 신고를 해야 해요. 신고 없이 탐정 일을 하면 말이죠……."

'경찰에게 약점을 잡혀 함부로 이용당한다고요.'

기분이 안 좋은 내게 도야마가 아무렇지도 않게 말했다.

"어라? 신고했는데요, 우리."

"뭐를요?"

"우리, 서점뿐만 아니라 탐정업도 할 수 있어요."

"……네?"

"그러니까 경찰서를 경유해 공안위원회에 탐정업 신고를 했어요. 거기 액자를 보세요."

2층 살롱 벽에는 미스터리 작가의 사진이나 친필 원고, 사인 등 정체를 알 수 없는 액자가 잔뜩 걸려 있다. 도야마가 그중 하나를 가리켰다. 그것을 보고 정신이 아득해졌다.

그곳에는 '탐정업 신고 증명서'라고 적혀 있었다. 오른쪽 위에 제30888934호라는 숫자. "아래 탐정업에 대해서는 2013년 12월 18일자로 탐정업 업무 적정화에 관한 법률 제4조 제2항의 규정에 따라 신고서를 제출한 사실을 증명한다"고 적혀 있고, 상호, 명칭 혹은 성명란에는 '백곰 탐정사'. 마지막에 도쿄 도 공안위원회의 날인이 쾅 찍혀 있었다.

"뭐, 뭔가요, 이거. 언제 신청했어요?"

"재미있지 않을까 해서 작년 말에 했어요. 도쿄 공안위원회에 서류를 제출하고 3600엔을 지불하기만 하면 되더라고요. 따로 자격시험이 필요한 것도 아니고. 미스터리 서점과 탐정업이 그리 동 떨어진 직종도 아니니 괜찮지 않을까 해서요. 액자를 줄곧 여기 걸어뒀는데 몰랐어요?"

재미있지 않을까 해서? 그것만으로 이렇게까지? 그런데 왜 백곰?

"이런 거, 진짜로 해버리는 게 도야마 씨라니까요."

도바시가 웃으며 말했다. 처음에는 반대했지만, 종업원 명부에 이름을 올리고 싶은 사람 없냐며 주위에 물어보니 미스터리 작가가 몇 명이나 손을 들었다고 한다. 탐정이라는 간판을 원하는 특이한 사람들이 많은 모양이다.

비밀엄수 의무 위반으로 모조리 구속될 것 같지만.

"설마해서 묻는데, 신고를 할 때 종업원 명부를 제출해야 하죠?"

"물론 하무라 씨 이름도 올려놨어요. 당연한 소릴."

"왜 허락도 안 받고 그런 짓을?"

"어라, 문제가 있나요? 하지만 하무라 씨는 탐정이잖아요."

태연하게 말하는 도야마를 보다가 어떤 사실을 깨달았다. 그 사실을 깨닫고 웃음이 터지니 좀처럼 멈추지 않았다.

나는 제대로 신고를 한 탐정사의 종업원이자, 진짜 탐정이었다. 위법탐정 따위가 아니었다. 처음부터.

"뭘, 혼자서 웃고 그래요. 기분 나쁘게."

영문을 모르겠다는 듯이 서로를 마주보는 도야마와 도바시를 곁눈질하며 나는 배를 잡고 진심으로 웃었다.

도야마 씨, 당신은 경찰에게 이별을 말하는 방법을 발명한 거라고요.

작가 후기

정말 오랜만에 인사드립니다. 하무라 아키라, 오랜만의 장편입니다.

혹시 하무라 아키라가 누구인지 그새 잊으신 것은 아니겠죠? 《나쁜 토끼》 이후 13년 만의 등장. 그동안 단편을 두 편 정도 썼고(하무라 아키라가 등장하는 〈파리 남자〉, 〈도락가의 금고〉는 단편집 《어두운 범람》에 실렸습니다), 끝내지 못한 장편 원고도 엄청 쓰기는 했습니다. 이따금 훌륭하신 독자분께서 "하무라 아키라는 멀었나요?" 하고 물으시면 웃음으로 얼버무리고, 잘 못 쓰겠다며 토라져 누워버린 지 13년. 세월은 정말 빨리 흘러가네요.

덕분에 하무라 아키라의 신상에도 나름 변화가 있었습니다. 독신에 남자와 인연이 없는 것은 여전한데, 《나쁜 토끼》

당시에 서른한 살이었던 하무라도 현재는 40대. 가감 없이 말하는 그녀답게 나이도 확실히 말씀드리고 싶습니다만, 그래서는 이것저것 어긋나는 것들이 있어서 40대라고만 해둘게요.

그사이 전에 살았던 신주쿠의 집이 지진으로 살 수 없게 되어, 조후 시 센가와의 셰어하우스로 이사했습니다. 하세가와 소장의 은퇴로 하세가와 탐정사무소가 폐업을 했고, 탐정 휴업 중에 옛 지인인 도야마 야스유키의 권유로 기치조지에 있는 미스터리 전문서점 '살인곰 서점'에서 이전 개장 작업을 돕다가, 어쩌다 보니 그대로 아르바이트를 계속하게 됩니다.

참고로(《어두운 범람》 작가 후기에도 적었지만) 도쿄소겐샤의 편집장이자, 와카타케를 데뷔시켜준 대은인 도가와 야스노부 씨 부탁으로, 기치조지에 있었던 전설의 미스터리 전문서점 'TRICK + TRAP' 한정, 오리지널 단편 〈믿고 싶으면—살인곰 서점의 사건부1〉을 자비로 출판한 적이 있습니다. 이 단편에 등장한 것이 '살인곰 서점'이고, 이 설정이 마음에 들어, 하무라 아키라 시리즈에 다시 등장시키게 되었습니다(아무래도 상관없는 이야기인데, 하무라는 하자키의 고서점에서 일했다고 어떤 작품에 나오기도 하죠. 즉 서점에서 처음 일하는 것도 아니고, 갑작스런 전직도 아닌 것입니다).

그런 이유로 이 장편에는 여타 미스터리가 잔뜩 등장합니다. 도서 미스터리 페어, 뼈 미스터리 페어에 등장하는 작품. 하무라 아키라가 책을 사러 가서 발견한 작품. 손님으로 알게 된 구라시마 마미와의 대화 중에 등장하는 작품. 너무 많이 등장시킨 탓인지, 등장한 미스터리에 대해 해설하라고, 담당 편집자의 엄명이 떨어지고 말았네요. 귀찮아서 도야마 점장에게 부탁할 예정입니다.

신작을 쓰기까지 13년. 덕분에 많은 분들께 폐를 끼쳤습니다. 담당 편집자도 《나쁜 토끼》 때의 하나다 도모코 씨에서 요시다 나오코 씨, 사토 요이치로 씨 등을 거쳐, 이 작품에서 다시 하나다 씨로 돌아가고 말았습니다. 요시다 씨, 사토 씨, 담당할 때 원고를 완성하지 못해 정말로 죄송했습니다. 이제야 간신히 완성에 이를 수 있었던 것은 하나다 씨가 무서웠기 때문……이 아니라, 어쩌다 보니 타이밍이 맞았을 뿐입니다.

와카타케 나나미

역자 후기

책을 다 읽고, 작가 후기까지 읽으신 기존 '살인곰 서점의 사건파일' 시리즈 독자 여러분께서는 어라, 싶으신 지점이 많을 겁니다. 《나쁜 토끼》 이후 13년 만의 등장? 《나쁜 토끼》가 뭐야? 오랜만의 장편? 《녹슨 도르래》는 장편이 아니었나? 그런 여러분들의 의문점을 해결해드리기 위해, 편집부의 엄명으로 이 자리를 빌리게 되었습니다.

세상에서 가장 불행한 여성 탐정 '하무라 아키라 시리즈'의 일본 내 출간 순서는 다음과 같습니다.

(시즌1)

1996년 5월 《프레젠트》(국내 출간명은 《네 탓이야》) 단편

2000년 5월 《의뢰인은 죽었다》 단편

2001년 10월 《나쁜 토끼》 장편

(인터미션)

2014년 3월《어두운 범람》단편

(시즌2)

2014년 11월《이별의 수법》장편

2016년 8월《조용한 무더위》단편

2018년 8월《녹슨 도르래》장편

2019년 12월《불온한 잠》단편

하세가와 탐정사무소에서 일하는《나쁜 토끼》까지가 시즌1, 살인곰 서점 아르바이트 겸 백곰 탐정사 탐정으로 활약하는《이별의 수법》이후의 이야기를 시즌2라고 나눌 수 있을 겁니다.

위의 출간 순서를 보면 아시겠지만, 2001년에《나쁜 토끼》출간 이후,《이별의 수법》출간까지 무려 13년이라는 시간이 걸리고 말았네요. 그사이 주인공도 훌쩍 나이를 먹어 잘 벼려진 칼날 같았던 20대의 하무라에서, 노안과 사십견과 무릎 질환으로 고생하는 현실미 넘치는 40대의 하무라로 바뀌었습니다.

한편 한국에서는 2008년에《네 탓이야》, 2009년에《의뢰인은 죽었다》가 출간된 이후, 오랫동안 잠잠 무소식. 그러다 2017년에 단편집《어두운 범람》이 출간되기는 하나, '하무라 아키라'가 활약하는 이야기는 그중 단 두 편뿐.

그리고 2019년 7월 드디어 하무라 아키라 시리즈 신간이 출간되는데, 시간만 훌쩍 뛰어넘은 것이 아니라, 시리즈까지 훌쩍 뛰어넘어《조용한 무더위》가 먼저 출간됩니다.

《조용한 무더위》부터 출간된 데에는 사정이 있습니다. 국내에서 10년 만에 시리즈 재출간이다 보니, 기존 독자는 물론 새로운 독자들도 거부감 없이 읽을 수 있는 작품으로 연착륙을 노린 건데요.《네 탓이야》와《의뢰인은 죽었다》가 모두 단편집이기도 했고, 와카타케 나나미가 워낙 단편의 명수로 널리 알려져 있다 보니 단편집인《조용한 무더위》부터 번역 출간한 것이죠.

하지만《이별의 수법》을 끝까지 보신 독자 여러분께서는 와카타케 나나미가 단편의 명수가 아니라 미스터리의 명수라는 것을 이미 다 알고 계시지 않을까 합니다.

순서대로 출간되지 못한 점은 아쉽지만, 독립된 이야기다 보니 어떤 책을 먼저 읽더라도 상관이 없습니다. 다만《이별의 수법》을 통해 처음으로 하무라 아키라를 만나게 된 분이라면,《이별의 수법》,《조용한 무더위》,《녹슨 도르래》 순으로 읽는 것을 추천합니다.

《조용한 무더위》에서 다루는 사건들이《이별의 수법》에 살짝 언급되기도 하거든요.《조용한 무더위》 먼저 읽으신 분들은 그 부분에서 반가우셨을지도 모르겠네요.

이 자리를 빌려 사죄의 말씀도 드립니다.《이별의 수법》에서 처음 등장해,《녹슨 도르래》에서도 하무라 아키라를 괴롭히는 경시청 소속 도마 시게루의 직급이 바뀌었습니다. 사실,《녹슨 도르래》에서는 일본의 직급인 '경부'가 한국의 '경위'에 해당한다고 안내한 국내 사전에 따라 직급을 번역하여 실었습니다. 하지만 경찰 전체 직제를 놓고 볼 때 일본의 경부와 한국의 경위는 그 위치가 많이 달랐습니다. 또, 일본 소설을 영어로 번역할 때 경부를 Chief Inspector, 즉 '경감'으로 옮긴다는 것도 알게 되었습니다. (물론, 경부와 경감이 완벽하게 들어맞는 것은 아닙니다.) 이에 원문을 살려 '경부'로 옮기기로 결정하였습니다.《녹슨 도르래》에는 다음 쇄에 반영할 예정이지만, 이미 '도마 시게루 경위'를 만나고 이 책을 읽으신 분께는 죄송하다는 말씀을 올립니다.

부디 하무라 아키라가 독자 여러분의 꾸준한 사랑을 받기를, 그래서《녹슨 도르래》가 쇄를 거듭할 수 있기를 바라봅니다. 긴 글 읽어주셔서 감사합니다.

옮긴이 문승준

도야마 점장의 미스터리 소개

안녕하세요. 미스터리 전문서점 '살인곰 서점' 점장, 도야마 야스유키입니다. 작가의 지명을 받아 이 책에 등장하는 미스터리에 대해 가볍게 소개하도록 하겠습니다. 골수 미스터리 팬 여러분들이 보기에는 초보적인 내용이니 읽지 않고 넘어가셔도 상관없습니다. 게다가 "전문서점 점장인데 고작 이 정도 수준이야?" 하고 딴지를 걸으시는 모습이 눈에 선하니, 마니아분들께서는 정말로 읽지 말고 넘어가주세요. 진심입니다.

p.12 도서 미스터리 : 본문에도 나왔듯 일단 범인 시점에서 범행이 묘사되고, 그런 다음 수사 측이 범행의 구멍을 발견해서 수사망을 서서히 조여 오는 타입의 미스터리입니다. 드라마 〈형사 콜롬보〉나 〈후루하타 닌자부로〉 같은 이야기

라고 설명할 수 있습니다. 최근에 주목할 만한 작품은 몽키 펀치 원작, 오카다 다이 작화의 만화《경부 제니가타》. 진범이 루팡 3세 일당에게 죄를 뒤집어씌우려 하고, 루팡 3세의 라이벌인 제니가타 경부가 인터폴에서 파견된다는 설정의 도서 미스터리입니다.

p.12《백모살인사건》,《백모살인》: 리처드 헐의 소설로 '3대 도서 미스터리' 중 하나. 참고로 도쿄소겐샤에서 출간된 책의 제목이《백모살인사건》, 하야카와쇼보에서 출간된 것이《백모살인》. 어째서인지 이 두 출판사는 같은 책을 같은 제목으로 내고 싶지 않은 모양입니다. 같은 책 다른 제목으로 또 유명한 것으로는 엘러리 퀸의《도중의 집Halfway House》과《중간의 집》이 있습니다. 덕분에 우리 같은 서점 입장에서는 큰 도움이 됩니다. 그 왜 마니아에게 "양쪽 다 갖고 있어야죠" 하고 두 권 모두 팔 수 있으니까요.

p.12 리처드 오스틴 프리먼 : '과학수사 페어' 때도 신세를 진, 명탐정 손다이크 박사를 탄생시킨 작가입니다.《노래하는 백골The Singing Bone》은 최초의 도서 미스터리라고 합니다. 제가 가장 추천하고 싶은 작품은《위대한 인물 미스터리The Great Portrait Mystery》에 수록된 〈퍼시벌 블랜드Percival Bland's Proxy〉입니다. 구입한 골격 표본을 소고기로 감싸고, 옷을 입히고, 머

리에 토끼 모피를 씌워 불태워서는 자신의 죽음을 연출하려 했던 블랜드 씨. 하지만 사체를 조사한 명탐정은 어떤 사실을 지적합니다……. 지금 읽기에는 100년 전의 과학수사는 좀 웃긴 면도 있네요.

p.12 F. W. 크로프츠 : 3대 도서 미스터리 중 하나인《크로이든 발 12시 30분》를 쓴 작가. 참고로 저는 p.33에서 크로프츠의《살인자를 위한 침묵Silence for the Murderer》에 대해 뜨겁게 열변을 토합니다만, 개정판이 나오기 전까지 이 문고본은 엄청 희귀한 책이었습니다. 떠들어대지 않는 것이 오히려 더 이상하죠.

p.12 프랜시스 아일스 : 앤서니 버클리라는 이름으로도 알려진 미스터리 황금기의 작가. 3대 도서 미스터리 중 마지막 한 권인《살의Malice Aforethought》를 썼습니다. 독살로 완전범죄를 꿈꾸는 의사의 이야기인데, 반전이 훌륭합니다. 그 밖에도《사실 이전Before the Fact》도 함께 진열하였습니다.

p.12 로이 빅커스 :《미제 수사과The Department of Dead Ends》. 같은 시리즈의《악행은 반드시 탄로난다Murder Will Out》등 '미제 수사과 시리즈' 단편으로 유명합니다. 치밀한 범죄 계획과 실행 방법을 어쩌다 미제 수사과가 알게 되어 범죄가 밝혀진

다는 설정의 미스터리입니다.

p.13 오쿠라 다카히로 : 일본의 도서 미스터리를 대표하는 걸작 '후쿠이에 경부보 시리즈'의 작가. 〈형사 콜롬보〉를 너무나도 사랑한 나머지 드라마를 소설화(오리지널 소설도 포함) 작업까지 한 것으로 유명합니다. 참고로 이때 하무라가 발견한 것은《형사 콜롬보 살인의 서곡》,《신 형사 콜롬보 죽음의 인수인》,《형사 콜롬보 유리의 탑》. 엄청난 수확이었습니다.

p.17 마쓰모토 세이초 : 과연 소개가 필요할까요? 아직까지도 서점 문고 매대에 책이 진열되어 있고, 드라마화가 계속되는 확고부동한 추리소설계의 거장입니다. 고서점 입장에서 말씀드리자면 신초문고에서 출간된 것이라면 가급적 근래에 나온 깨끗한 책이 좋습니나. 옛날 책은, 종이는 누렇게 변색되고 글자는 흐릿하고 활자도 작아서 노안인 입장에서는 읽기 힘들거든요.

p.18 후지와라 신지 : 대표작은 '신주쿠 경찰 시리즈'인데, 제 추천작은《붉은 살의》. 소심하고 제멋대로인 남편과 잔소리가 많은 시어머니를 모시고 사는 전업주부가 뜻밖의 재난을 당하지만, 그럼에도 평온한 가정을 지키려고 하는 이야

기입니다. 줄거리만 들으면 멜로드라마 같지만, 인간의 천박한 심리를 묘사한 무서운 소설입니다.

p.18 고노 덴세이 : 《살의라는 이름의 가축》과 같은 하드보일드로 유명한데, 판타지물인 《마을의 박물지》나 본격 추리물인 《애거서 크리스티 살인사건》 같은 책도 있습니다. 《애거서 크리스티 살인사건》은 《오리엔트 특급 살인》의 후일담입니다. 인도를 무대로, 노인 푸아로가 등장하는 열차 미스터리죠. 《오리엔트 특급 살인》의 스포일러가 가득한데, 이렇게 남의 작품에 편승해도 되는지, 그 지점이 미묘합니다.

p.18 구로이와 주고 : 고대사물로 유명합니다만, 초기에는 사회파 추리소설 작가로 인기를 끌었습니다. 사회파 계열의 작품은 현재는 그리 인기가 없는 것 같습니다만, 일부 열렬한 팬도 있고, 걸작 의료 미스터리 《배덕의 메스》 등은 구하기 쉽습니다. 맞아, 다음에는 의료 미스터리 페어를 열어볼까요? 로빈 쿡, 마이클 크라이튼, 하하키기 호세이, 가이도 다케루……. 어떠신가요?

p.18 시바타 렌자부로 : 《유령 신사/이상한 이야기 시바타 렌자부로 미스터리집》이라는 문고가 출간되었습니다. '네무리 교시로 시리즈' 같은 에로틱한 시대소설, 《에도 탐정 도

부》와 같은 소설로 유명한 작가입니다만, 셜록 홈스 모방물인 '명탐정 유령 신사'는 그리 유명하지 않을 텐데, 그래도 이런 작품을 쉽게 구할 수 있게 되다니 굉장하네요.

p.18 이시자카 요지로 : p.18에 소개된 작가들은 주로 중간소설 잡지에 글을 실었습니다. 중간소설이란 대중문학과 순문학 사이에 위치하는 소설을 말하는데, 1979년에 간행된 우에쿠사 진이치의 《소설은 전철에서 읽자》에 실린 해설의 제목이 〈중간소설에 바치는 만가〉였고, 한세대를 풍미한 것은 1970년대일 겁니다. 이시자카 요지로는 청춘소설로 유명한 중간소설 작가입니다. 영화나 그 주제가로 유명한 〈푸른 산맥〉, 사쿠라다 준코가 주연을 맡은 〈젊은 사람〉의 원작자라고 하면 아시지 않을까요? 지금 몇 살 정도인 분들까지 아시려나요? 쉰 살?

p.21 미즈카미 쓰토무 : 《기아 해협》, 《금각 염상》으로 유명한 순문학 작가입니다만, 사회파 추리소설의 대표 작가이기도 합니다. 추리소설 중에는 《오리엔트의 탑》을 추천합니다. 《엘리엇 죽이기》, 《섬에서 아무도 없었다》를 쓴 캐서린 크리스틴이라는 여류 추리작가가 등장합니다. 고노 덴세이도 그렇고, 이분도 그렇고 애거서 크리스티를 좋아했을 줄이야……. 그런데 2013년에 발간된 와타나베 유키치의 《잠복

일기》. 1958년에 이바라키 현에서 발생한 토막살인사건을 수사하는 이바라키 현경과 경시청의 형사 콤비를 밀착 동행해서 촬영한 매력적인 사진집입니다. 이 사진집을 보고 있으면 미즈카미 쓰토무의 《눈》이 생각납니다.

p.21 《밤의 의혹》 : 하무라는 별 것 아닌 것처럼 적었지만, 순요문고판 아유카와 데쓰야의 《밤의 의혹》은 찾기 정말 힘든 책입니다! 여기 수록된 단편은 고분샤문고의 《수수께끼 풀이의 묘미》, 《알리바이 깨기》, 《무인 건널목》 등에서 찾아 읽을 수 있습니다만, 〈밤의 만가〉는 이 책에만 실렸습니다. 고가 사부로의 《젖이 없는 여자》. 소다 겐의 《한 자루의 만년필》 등 이 책들은 대체 어디로 가버린 걸까요. 《밤의 의혹》의 발견에 비하면, 살인 발견 따위는 아무 일도 아니라고요. 하무라 씨, 빨리 이 책들 좀 찾아오세요.

p.21 야마다 후타로 : 굳이 소개할 필요는 없겠죠? '인법첩 시리즈'가 엄청 유명합니다. 최근에는 《13각 관계》나 《청춘 탐정단》과 같은 미스터리물이 복각되었습니다.

p.21 가야마 시게루 : 바로 그 고질라를 창조해낸 장본인입니다. 추천작은 역시 전기뱀장어와 관련된 살인을 묘사한 〈해만장 기담〉입니다. 이 시절의 미스터리는 이따금 기억났

다는 듯이 복간이 되는 덕에, 우리 서점에도 바로바로 들여 놓고 있습니다.

p.33 《존 딕슨 카를 읽은 사나이》 : 일본에서 독자적으로 편찬된 윌리엄 브리튼의 미스터리 패러디 단편집. 최고의 걸작은 역시 표제작으로, 존 딕슨 카에 경도되어 불가능 범죄를 계획한 남자가, 말도 안 되는 바보 같은 실수를 해서 모든 고생이 물거품이 된다는 이야기입니다. 어째서인지 일본 미스터리 마니아에게 사랑받아, 패러디의 패러디가 다수 탄생했습니다.

p.87 캐시 라익스 : 캐나다 몬트리올을 무대로 활약하는 여성 법인류학자 '템퍼런스 브래넌 시리즈'의 작가. 이걸 기반으로 〈본즈〉라는 텔레비전 드라마가 제작되어 큰 인기를 끌었습니다. 미국인들은 '법인류학자'라고 들으면 브래넌 역할을 맡은 여배우의 얼굴이 떠오른다고 하네요.

p.87 아론 엘킨스 등 : 엘킨스는 인류학자이자 해골 탐정이라는 별명을 갖고 있는 '기데온 올리버 교수 시리즈'로 유명한 미스터리 작가. 시리즈 중 추천작은 심플한 완전범죄가 훌륭한 《오래된 뼈Old Bones》입니다. 그 밖에 빌 프론지니의 《뼈Bones》나 도널드 E. 웨스트레이크의 《물어보지 마Don't Ask》

등 여기서 구체적으로 소개한 작품은 모두 뼈와 그것을 발견함에 따라 사건이 움직이는 명작들입니다.

p.87 법인류학자의 논픽션 : 윌리엄 R. 메이플스의《죽은 사람은 말한다Dead Men Do Tell Tales》, 에밀리 크레이그《죽은 자의 비밀Teasing Secrets from the Dead》, 스즈키 가즈오《법의학이 나설 차례입니다》 등을 구비했습니다만, 하는 김에 '과학수사 페어' 때 사용했었던 법의학 관련 책들도 진열해보았습니다. 법의학자, 검시관, 감식반 등 여러 사람들이 경험이나 지식을 아낌없이 피로해주는 덕에 논픽션도 읽는 보람이 있습니다.

p.87《스켈레톤 크루》: 스티븐 킹의 호러 단편집 제목입니다. 일본에서는 '해골 승조원'이라고 번역되었죠. 해골이 등장하는 표지는 역시 호러 작품이 많은 것 같네요.《북 오브 블러드Books of Blood》 시리즈의 일본판 표지 같은 경우에는 꽤나 임팩트가 있습니다.

p.96 빅토리아 홀트 : 빅토리아 시대를 무대로 한 다수의 작품을 쓴 로맨스 작가. 서스펜스의 느낌이 강해서 우리 서점에도 진열해두었습니다. 해외작품을 출간했던 오래전 가도카와문고의 책등 부분은 흰색이었습니다. 이것을 업계에서는 '가도카와의 흰 책등'이라고 부르는데, 그 흰 책등으로 출

간된 《유사The Shivering Sands》는 희귀본입니다. 발견하면 꼭 구매하고 싶네요.

p.97 잰 버크 등 : 《잘 자 아이린Goodnight, Irene》으로 유명한 버크의 대표작이 《뼈Bones》. 도모노 로의 《50만년의 사각》은 사라진 베이징 원인의 뼈를 둘러싼 추리와 모험을 그린 란포상 수상작. 로스 맥도날드의 《갤튼 사건The Galton Case》에는 행방불명인 갤튼 가문의 아들을 찾던 중 뼈가 등장합니다. 요코미조 세이시의 《해골 검교관》은 뼈를 모아 죽은 자를 부활시키는 흡혈귀의 이야기. 어라, 미스터리가 아닌데?

p.98 푸아로의 단편 : 애거서 크리스티의 명탐정 에르퀼 푸아로의 벨기에 경찰 시절을 묘사한 〈초콜릿 상자〉. 《푸아로 사건집Poirot Investigates》(한국판 애거서 크리스티 전집에는 《빅토리 무도회 사건》에 실림 — 옮긴이)에 실려 있습니다.

p.99 《블러드하운드 레드의 죽음Death in Bloodhound Red》 : 블러드하운드 훈련사 조 베스의 활약을 그린 버지니아 래니어의 소설. 하무라 씨는 그중에서 숲에서 행방불명된 아이를 찾는 에피소드가 특히 좋다더군요.

p.99 《페르시안 피클 클럽The Persian Pickle Club》 : 샌드라 댈러스

의 소설. 불황에 허덕이는 캔자스 시골마을에서 퀼트 모임을 갖는 주부들. 코지 미스터리 분위기가 즐거운 소설입니다. 미스터리로서는 그냥 그런가 싶었지만, '최후의 일격'이 엄청납니다.

p.99 랜돌프 목사 시리즈 : 전직 미식축구 선수였던 터프가이 목사 랜돌프가 탐정으로 활약하는 찰스 메릴 스미스의 미스터리입니다. 이 시리즈도 가도카와의 흰 책등으로 출간되었습니다.

p.172 마르틴 베크 장 : 스타인벡은 《분노의 포도》로 유명한 미국의 작가입니다. 마르틴 베크는 마이 셰발 & 페르 발뢰 부부작가가 탄생시킨 형사의 이름입니다. 네, 제가 착각했어요. 죄송합니다.

p.228 이마무라 아야 등 : 《룸메이트》는 룸 셰어를 한 여자 두 명의 동거 생활의 전말을 그린 무서운 이야기. 니이쓰 기요미의 《스파이럴 에이지》는 사람을 죽이고 왔다며 고백을 하고, 임신을 이유로 눌러앉는 동급생과 그녀와 함께 살게 된 여자. 게다가 그 비밀을 여자의 불륜 상대의 아내가 알게 되어……. 이 또한 엄청 무서운 이야기입니다. 헬렌 맥클로이의 《어두운 거울 속에》는 미술교사의 도플갱어가 출몰하

는 여자 기숙사 이야기. 초상현상이 이성적인 추리로 해결되는 것처럼 보이고는……. 이후 미스터리 업계에 큰 영향을 끼친 작품입니다.

p.228 도가와 마사코 : 얼마 전까지 해외에서 가장 유명한 일본 미스터리 작가라고 하면 도가와 마사코 씨였습니다. 지금은 어떨까요? 란포상 수상작《거대한 환영》은 할머니들만 사는 오래된 연립에서 일어나는 괴사건을 묘사한 무서운 여성 심리 미스터리입니다.

p.478 톰 애덤스 : 일본의 아름다운 북 디자인에 익숙하다 보면, 엉성한 외국 책 표지에 깜짝 놀라게 됩니다. 하지만 톰 애덤스는 다릅니다. 그의 그림 때문에라도 책을 사기도 합니다. 추천작은 줄리안 시먼스가 해설을 쓴 화집《TOM ADAMS' AGATHA CHRISTIE COVER STORY》. 사과 모양의 해골을 모티프로 한《핼로윈 파티》, 투탕카멘 마스크와 권총을 조합한《나일 강의 죽음》은 정말 걸작입니다.

P.478 카터 딕슨 등 :《시계 속 해골The Skeleton in the Clock》에서는 H. M 경을 놀리기 위해 차창으로 해골을 들이미는 할머니가 등장. 요리미쓰 다카시의 표지 일러스트는 중후해서 눈길을 끕니다. 한편《해골성》의 표지는 마쓰다 마사히사로,

해골처럼 디자인된 건물이 엄청 모던한 느낌을 줍니다.

p.478 제프리 디버 등 : 《본 컬렉터》는 궁극의 반전으로 눈이 돌아갈 것 같은 안락의자 탐정 링컨 라임의 출세작. 이언 랜킨의 《셋 인 다크니스Set in Darkness》에서는 스코틀랜드 에든버러의 오래된 건조물 지하실 벽에서 리버스 형사가 백골을 발견하게 됩니다. 짐 켈리의 《문 터널Moon Tunnel》의 주인공인 신문기자 드라이덴이 활약하는 곳은 영국의 이스트앵글리아. 오래전 포로 수용소였던 장소에서 나온 것은 기묘한 해골이었습니다. P. D. 제임스의 《피부밑 두개골》은 여성 탐정 코델리아 그레이가 활약하는 이야기인데……. 어라, 이 작품에 뼈가 나왔었던가요? 까먹었네.

지금까지 살인곰 서점 점장 도야마 야스유키가 전해드렸습니다.

MURDER BEAR BOOKSHOP

특별 이벤트

이 자리를 빌려 알립니다

◇◇◇

두드리면 나는 남자의 향기!

하드보일드의 거성

쓰노다 고다이 선생님 악수회

(사인회 포함)

책 매진과 동시에 종료

장소 : 살인곰 서점

일시 : 쓰노다 선생님 요통 완치 후

◇◇◇

동시 개최 : 절판 고서 페어 '사나이들의 로망과 향기'

희귀한 1950년대의 일제 하드보일드 소설을 일거 방출
기타무라 마스오, 시마우치 도오루, 나카다 고지, 와시오 사부로, 야마시타 유이치 등

옮긴이 **문승준**

대학에서 일본문학을 전공한 후, 잡지사 기자를 거쳐 출판 편집 및 기획자로 일했다. 추리, 스릴러, 판타지, SF, 연애소설 등 세계 각국의 다양한 소설을 국내에 소개했고 현재는 일본어 전문 번역가로 활동하고 있다. 옮긴 책으로 《무라카미 하루키의 100곡》, 《조용한 무더위》, 《녹슨 도르래》, 《아들 도키오》, 《그녀와 그녀의 고양이》 등이 있다.

이별의 수법

살인곰 서점의 사건파일

1판 1쇄 인쇄 2020년 8월 21일
1판 1쇄 발행 2020년 8월 28일

지은이 와카타케 나나미
펴낸이 문준식

디자인 공중정원
제작 제이오

펴낸곳 내 친구의 서재
등록 2016년 6월 7일 제 2020-000039 호
주소 서울시 성북구 정릉로 305, 104-1109 우편번호 02719
전화 070-8800-0215 **팩스** 0505-099-0215
이메일 mytomobook@gmail.com **인스타그램** mytomobook

ISBN 979-11-971032-3-0 03830

http://blog.daum.net/mytomobook
내 친구의 서재 블로그를 방문하시면 더 많은 이야기를 만나실 수 있습니다

이 도서의 국립중앙도서관 출판예정도서목록(CIP)은 서지정보유통지원시스템 홈페이지(http://seoji.nl.go.kr)와 국가자료공동목록시스템(http://www.nl.go.kr/kolisnet)에서 이용하실 수 있습니다.(CIP 제어번호: CIP2020033476)